KB247468

상처받은 사람들

상처받은 사람들 하

Униженные и оскорбленные

표도르 도스또예프스끼 장편소설

윤우섭 옮김

UNIZHENNYE I OSKORBLIONNYE
by FEDOR DOSTOEVSKII (1861)

일러두기

1. 번역 대본은 F. M. Dostoevskii, *Sobranie sochinenii v dvenadtsati tomakh* (Moskva: Pravda, 1982)와 F. M. Dostoevskii, *Polnoe sobranie sochinenii v tridtsati tomakh*(Leningrad: Nauka, 1972~1990)를 주로 사용하였습니다. 다만 판본에 차이가 없는 한 옮긴이가 번역 대본을 임의로 선택하였습니다.

2. 러시아어의 로마자 표기와 우리말 표기는 〈열린책들〉에서 정한 표기안을 따르되, 관행적으로 굳어진 일부 용어만 예외로 하였습니다

이 책은 실로 꿰매어 제본하는 정통적인 사철 방식으로 만들어졌습니다.
사철 방식으로 제본된 책은 오랫동안 보관해도 손상되지 않습니다.

『상처받은 사람들』 등장 인물

바냐(이반 뻬뜨로비치) 소설가. 1인칭 화자.

발꼬프스끼 공작(뾰뜨르 알렉산드로비치) 홀아비 공작.
알료샤(알렉세이 뻬뜨로비치) 그의 아들.
넬리(엘레나, 레노치까, 넬리치까) 그의 딸.
예레미야 스미트 넬리의 외할아버지.

이흐메네프(니꼴라이 세르게예비치/세르게이치) 공작의 전(前) 영지 관리인.
안나 안드레예브나(안누쉬까) 그의 아내.
나따샤(나딸리야 니꼴라예브나, 나따쉔까) 그의 딸.

까짜(까쩨리나 표도로브나 필리모노바) 알료샤의 연인.
지나이다 표도로브나 백작부인 그녀의 의붓 어머니.

마슬로보예프(필립 필리뽀비치) 바냐의 학교 동창. 정보원.
알렉산드라 세묘노브나(사쉔까) 그의 동거녀.

안나 뜨리포노브나 부브노바 뚜쟁이.

K공작 부인 알료샤의 대모.
마프료나 이흐메네프 가족의 하녀.
마브라 나따샤의 하녀.

3

제3부

1

벌써 오래전에 땅거미가 지고 저녁이 찾아왔을 때에야 비로소 나는 무거운 악몽에서 깨어나 현실로 돌아왔다.

「넬리,」 내가 말했다. 「네가 지금 아프고 낙담해 있는 줄 알면서도, 나는 두려움에 떨며 눈물 짓고 있는 너를 홀로 남겨 두어야만 하겠다. 애야! 나를 용서하렴, 여기 또 다른 사랑스럽고 용서받지 못한 존재, 불행하고 모욕당하고 버려진 존재가 있다는 것을 알아 다오. 그녀는 나를 기다리고 있어. 그리고 네 이야기를 들으니 더욱 가고픈 마음을 억누를 수가 없구나. 나는 지금 이 순간 그녀를 보지 못한다면 견딜 수 없을 것 같아…….」

내가 말한 것을 넬리가 모두 이해했는지는 모르겠다. 나는 넬리의 이야기와 방금 털고 일어선 병 때문에 흥분해 있었다. 그러나 나는 나따샤에게로 서둘러 갔다. 내가 그녀 집에 도착했을 때는 이미 여덟 시가 넘어 있었다.

나는 나따샤가 살고 있는 집 대문 쪽 거리에서 공작의 것으로 보이는 쌍두 사륜 마차를 발견했다. 나따샤에게는 마당을 가로질러 가야 했다. 내가 막 계단에 올라섰을 때, 나보다 한 층 위에서 분명 이곳에 와본 적이 없는 사람이 조심스럽게 더듬더듬 올라가는 소리가 들렸다. 나는 이 사람이 공작일 것이라고 생각했다. 그러나 이내 확신을 잃었다. 이 미지의 인물은 위로 올라갈수록 더 강하고 더 격하게 통로를 욕하며 저주했다. 물론 계단은 좁고 지저분하고 가파르며, 전혀 조명이 되어 있지 않았다. 그러나 나는 3층까지 이어진 그 욕지거리가 공작이 내뱉은 것이라고는 생각할 수 없었다. 신사가 마치 마부처럼 욕을 해댔던 것이다. 그러나 3층부터는 밝아졌다. 4층 나따샤의 집 문에 작은 등이 밝혀져 있었던 것이다. 바로 문 앞에서 나는 미지의 인물을 따라잡았다. 그리고 그가 공작인 것을 알고 나는 크게 놀랐다. 그는 예기치 않게 나와 마주친 것이 매우 불쾌한 듯했다. 처음에 그는 나를 알아보지 못했으나 다음 순간 갑자기 얼굴이 변했다. 처음에 나를 보던 화나고 적의에 찬 시선이 문득 정중하고 유쾌해지더니 가장된 즐거운 기색을 띠며 나에게 손을 내밀었다.

「아, 당신이었군요! 나는 방금 무릎을 꿇고 하느님께 구해달라고 빌려던 참이었소. 내가 욕하는 것을 들었소?」

그리고 그는 사람 좋게 웃었다. 그러다가 갑자기 정색을 하고 자못 걱정스러운 표정을 지었다.

「알료샤가 나딸리야 니꼴라예브나를 이런 아파트에 살게 하다니!」 그는 말하며 고개를 저었다. 「소위 이런 사소한 것들이 사람을 특징짓지요. 그가 걱정되오. 그는 착합니다. 그에게는 착한 마음이 있소, 하지만 이걸 보시오. 그는 정신없이 사랑에 빠져 있소, 그러면서 사랑하는 사람을 이런 오두막에서 살게 만들었소. 나는 심지어 간간이 먹을 것이 떨어진다는 이야기도 들었소.」 그는 손으로는 초인종을 찾으며 아주 작은 소리로 덧붙였다. 「그의 장래를 생각하면 머리가

어지러워요. 특히 안나 니꼴라예브나[68]의 장래가, 그녀가 그
의 아내가 되면…….」

그는 이름을 혼동했으나 초인종을 찾지 못한 데 화가 났기
때문에 그것을 깨닫지 못했다. 그러나 초인종은 없었다. 나
는 문손잡이를 약간 흔들었다. 마브라가 이내 문을 열어 주
며 우리를 분망히 맞았다. 작은 현관에 목제 칸막이로 구분
된 부엌문을 통해 여러 가지가 준비되어 있는 것이 보였다.
모든 것이 전날과 다르게 쓸고 닦여 있었다. 난로에는 불이
지펴져 있었고 탁자 위에는 새 식기가 놓여 있었다. 우리를
기다리고 있었음이 분명했다. 마브라는 바삐 우리의 외투를
받아 들었다.

「알료샤가 왔나요?」 내가 그녀에게 물었다.

「오지 않았어요.」 그녀가 나에게 웬일인지 비밀스럽게 속
삭였다.

우리는 집 안으로 들어갔다. 그녀의 방에는 아무런 준비도
없었다. 모든 것이 평소와 다름없었다. 그렇기는 하나 그녀
의 방은 특별히 치울 필요가 없을 만큼 언제나 깨끗하고 말
끔했다. 나따샤는 문 앞에 서서 우리를 맞이했다. 죽은 사람
처럼 창백한 그녀의 뺨 위에 순간적으로 홍조가 피어 올랐지
만, 나는 병자처럼 수척하고 이상하리만큼 창백한 그녀의 얼
굴을 보고 놀랐다. 눈은 열병이 난 듯이 보였다. 그녀는 말없
이 서둘러 공작에게 손을 내밀었다. 그녀는 분명 불안과 당
혹감에 빠져 있었다. 그녀는 나를 거들떠보지도 않았다. 나
는 서서 조용히 기다렸다.

68 러시아 인들은 이런 종류의 부주의에 굉장히 민감하다. 어떤 사람을
부를 때 이름이나 부칭을 잊어버리는 것은 무례나 무관심의 표시이다.

「내가 왔소!」공작이 정답고 유쾌한 어조로 말을 꺼냈다. 「몇 시간 전에 돌아왔소. 그동안 줄곧 당신 생각이 내 머릿속에서 떠나지 않았소. (그는 그녀의 손에 부드럽게 입을 맞추었다.) 내가 얼마나 당신을 생각했는지 모르오! 당신에게 이야기할 것이 굉장히 많소……. 자, 그럼, 실컷 이야기해 봅시다! 먼저, 나의 바람둥이는, 내가 보듯, 여기에 아직 오지 않았군요…….」

「실례합니다, 공작님.」당황해서 얼굴이 붉어진 나따샤가 그의 말을 끊었다. 「이반 뻬뜨로비치와 몇 마디 할 이야기가 있어서요. 바냐, 가지요……. 두어 마디만…….」

그녀는 내 손을 잡고 칸막이 뒤로 데려갔다.

「바냐.」그녀는 나를 가장 어두운 구석으로 데려가면서 속삭이듯 말했다. 「당신 저를 용서하시나요?」

「나따샤, 무슨 소리요!」

「아니, 아니, 바냐, 당신은 너무 많은 걸, 너무 자주 용서했어요, 하지만 참을성에도 한계가 있어요. 절대로 당신은 저를 사랑하기를 멈추지 않을 거예요, 저는 알아요. 하지만 당신은 저에게 은혜를 저버린 사람이라고 하실 거예요, 저는 어제와 그제 은혜를 저버렸어요, 이기적이고 잔인하게…….」

그녀는 갑자기 눈물을 터뜨리며 내 어깨에 얼굴을 묻었다.

「됐어, 나따샤.」나는 서둘러 그녀를 진정시키고자 했다. 「지난밤 나는 밤새도록 아팠소, 지금도 간신히 서 있고. 그래서 어제 저녁과 오늘 들르지 못했소. 그런데 당신은 내가 화가 나서 그랬다고 생각하는군……. 당신은 내 소중한 친구요, 내가 지금 당신 마음에 무슨 일이 일어나고 있는지 모를 것 같소?」

「좋아요……, 당신은 언제나처럼 저를 용서하시는군요.」
그녀는 눈에 눈물을 담은 채 미소를 지으며 내 손을 아프도
록 꼭 쥐었다. 「나머지는 나중에 말해요. 당신에게 말할 게
많아요, 바냐. 하지만 지금은 그에게…….」

「빨리, 나따샤. 우리는 그를 갑작스럽게 혼자 남겨 두었
어…….」

「무슨 일이 벌어질지 당신은 보게 될 거예요, 보게 될 거예
요.」 그녀는 나에게 재빨리 속삭였다. 「나는 지금 모든 것을
알고 있어요, 모든 것을 파악했어요. 모든 것이 그 탓이에요.
오늘 저녁 많은 것이 결정될 거예요. 가요!」

나는 무슨 뜻인지 이해하지 못했지만, 물어볼 새가 없었
다. 나따샤는 밝은 얼굴로 공작에게 나갔다. 그는 여전히 손
에 모자를 든 채 서 있었다. 그녀는 상냥하게 그에게 용서를
구하고 모자를 받아 들었다. 그녀는 손수 그에게 의자를 밀
어 주었고, 우리 셋은 탁자에 둘러앉았다.

「바람둥이 이야기로 시작했지요.」 공작이 웃으며 말을 이
어 나갔다. 「나는 그를 아주 잠깐 보았는데, 그것도 거리에서
였소. 그가 지나이다 표도로브나 백작 부인에게 가려고 막
마차를 탔을 때였소. 그는 무척이나 서둘렀소. 생각해 보시
오, 나흘간이나 헤어져 있었으면서 나와 함께 집으로 들어가
고자 일어나려고도 하지 않았소. 그리고 그가 오늘 당신에게
오지 않은 것과 우리가 그보다 먼저 온 것은 내 잘못이오, 나
딸리야 니꼴라예브나. 내가 그 기회를 이용했기 때문이오.
그리고 내가 오늘 백작 부인에게 갈 수가 없었으므로 그에게
심부름을 하나 시켰소. 그는 곧 나타날 겁니다.」

「그가 오늘 여기 오겠다고 당신께 약속했나요?」 나따샤가

몹시 순진한 표정으로 공작을 보면서 물었다.

「아이고, 맙소사, 그가 어찌 오지 않겠소? 왜 그렇게 묻는 거요?」 그는 놀라서 소리 지르며 그녀를 찬찬히 살폈다. 「하기야 이해가 갑니다. 그에게 화가 나 있군요. 실제로 그가 이곳에 제일 늦게 온다는 것은 잘못이지요. 하지만, 다시 말하건대, 이건 내 잘못이오. 그에게 화내지 마시오. 그는 경솔하고 되통스럽소. 나는 그를 변호하고 싶지는 않으나, 여러 특별한 상황 때문에 지금 그는 백작 부인 댁과 다른 지인들을 모른 체할 수 없을 뿐더러, 오히려 가능한 한 자주 얼굴을 비칠 수밖에 없습니다. 그리고 십중팔구, 그는 당신 곁에서 떨어지지 않고 세상 모든 것을 잊고 있었을 테니, 내가 볼일이 있어 가끔 몇 시간씩 그를 빼앗아 가더라도 나를 너무 원망하지 말기 바라오. 나는 그가 그날 저녁 이후 한 차례도 K공작 부인 댁에 가지 않았다고 확신하오. 그리고 좀 전에 그에게 물어보지 못한 것이 유감스럽군요!」

나는 나따샤를 바라보았다. 그녀는 잔잔한, 약간 조롱 섞인 미소를 띠고 공작의 말을 듣고 있었다. 하지만 그는 아주 솔직하게, 아주 자연스럽게 말하고 있어서 의심할 여지가 없어 보였다.

「당신께선 그가 요즈음 저에게 한번도 오지 않았다는 것을 정말로 모르시나요?」 나따샤가 마치 늘상 있는 일에 대해 이야기하듯, 나직이 가라앉은 목소리로 물었다.

「뭐라고! 한번도 오지 않았다고요? 실례지만 무슨 말이오!」 공작이 몹시 놀란 듯 말했다.

「당신은 제게 화요일 저녁 늦게 오셨었죠. 다음날 아침 그는 반 시간 정도 저에게 들렀고, 그 이후로 저는 그를 한번도 보지 못했어요.」

「하지만 믿을 수 없는 일이로군! (그는 점점 더 놀랐다.) 나는 그가 당신 곁을 떠나지 않는다고 생각했소. 용서하시오, 이것은 참으로 이상하고…… 정말 믿을 수가 없소.」

「어쨌든 분명한 일이에요, 애석한 일이지요. 그래서 저는 당신을 기다렸어요, 당신에게서 그가 어디 있는지 알 수 있을 거라고 기대했기 때문이지요.」

「아, 맙소사! 그는 곧 여기 나타날 거요! 그러나 당신이 지금 말한 것은 충격이었소. 고백컨대, 나는 그가 할 수 있는 일은 다 생각해 봤지만, 그 중 이런 건 없었소!」

「몹시 놀라셨다고요! 저는 당신이 놀라지 않으실 뿐만 아니라, 심지어 무슨 일이 벌어질지 이미 아셨을 거라고 생각했어요.」

「알았다고! 내가요? 하지만 난 맹세코, 나딸리야 니꼴라예브나, 난 오늘 그를 잠깐 봤을 뿐이고 아무한테도 그에 대해 묻지 않았소. 그리고 마치 당신이 나를 믿지 않는 것 같아 이상하오.」 그는 우리 둘을 번갈아 보며 말을 이었다.

「천만의 말씀을!」 나따샤가 말을 받았다. 「당신이 진실을 말씀하셨다고 전적으로 믿습니다.」 그녀는 다시 웃었는데, 이번에는 공작을 똑바로 쳐다보고 웃어서 그는 무의식적으로 몸을 움츠렸다.

「설명을 해주시오.」 그는 약간 당황해서 말했다.

「설명할 것이 아무것도 없습니다. 저는 지극히 쉽게 말하고 있습니다. 당신은 그가 얼마나 변덕스럽고 건망증이 심한지 아시지요. 완전한 자유가 주어진 지금 그는 어쩔 줄 몰라해요.」

「하지만 어쩔 줄 몰라한다는 것은 있을 수 없는 일이오. 그에게 무슨 일이 있는 게 틀림없소. 그가 오면 바로 그에게 어떻게 된 일인지 설명을 요구하겠소. 그러나 무엇보다 내가 놀란 것은, 내가 이곳에 없었음에도 불구하고 당신이 어떤 점에서는 나를 책망하는 것처럼 보인다는 것이오. 어찌 되었든 나딸리야 니꼴라예브나, 당신은 그에게 몹시 화가 나 있군요. 그러나 이해가 됩니다! 당신은 충분히 그럴 권리가 있어요, 그리고…… 그리고……, 물론 내게 우선적으로 잘못이 있죠, 단지 내가 여기에 먼저 나타났다는 것 때문에라도, 그렇지 않소?」 그는 말을 계속하며, 초조한 미소를 띠고 나를 바라보았다.

나따샤는 갑자기 얼굴을 붉혔다.

「잠시만요, 나딸리야 니꼴라예브나.」 그는 품위 있는 어조로 말을 계속했다. 「나는 나에게 잘못이 있음을 인정합니다. 그러나 우리가 인사를 나눈 다음날 내가 떠났고, 그 결과로 나에 대한 당신의 불신이 생겨나고, 사정이 그랬던 만큼 당신이 나에 대한 생각을 바꾸게 되었다는 점에서만 인정합니다. 내가 떠나지 않았더라면 당신은 나를 더 잘 알 수 있었을 테고, 그리고 알료샤는 나의 감독 하에 그렇게 행동하지 않았을지도 모르오. 오늘 당신이 보는 데서 그에게 한 마디하겠소.」

「말하자면, 그가 저를 부담스럽게 느끼기 시작하도록 하시려는 거죠. 당신처럼 현명하신 분이 이런 방법으로 저를 도울 수 있다고 생각하시다니 정말 있을 수 없는 일이에요.」

「내가 지금 의도적으로 그로 하여금 당신을 짐스럽게 느끼도록 만든다고 의심하는 겁니까? 당신은 나를 모욕하고 있소, 나딸리야 니꼴라예브나.」

「저는 누구와 이야기하든지 가능하면 암시를 피하려고 애 쓰습니다.」 나따샤가 대답했다. 「오히려 언제나 가능하면 솔직하게 말하려고 하죠. 그리고 당신은 아마 오늘 그것을 확인하시게 될 겁니다. 저는 당신을 모욕하려는 의도는 없습니다. 그렇게 하다니, 당치도 않아요. 게다가 당신은 제가 드리는 말씀에, 제가 당신께 무슨 말씀을 드리든지, 모욕을 느끼지 않으실 것이기 때문이지요. 저는 절대적으로 그렇다고 확신해요. 왜냐하면 우리의 상호 관계를 완전히 이해하기 때문이지요. 당신은 이 관계를 진정으로 받아들이지 않으십니다. 안 그런가요? 하지만 제가 만일 당신을 정말로 모욕했다면, 당신께 집주인으로서 손님 접대의 모든 의무를 이행하기 위해 용서를 청할 준비가 되어 있습니다.」

이 말을 하는 나따샤의 경쾌하고 익살맞은 어조와 입술에 떠오른 미소에도 불구하고, 나는 그녀가 이렇게까지 화난 것을 아직 한번도 본 적이 없었다. 이제서야 비로소 나는 지난 사흘 동안 그녀의 마음이 얼마나 고통스러웠는지를 이해하게 되었다. 나는 그녀가 나에게 했던 말, 자신이 모든 것을 알며 모든 걸 간파해 냈다는 수수께끼 같은 말을 생각하고 몸을 떨었다. 그 말들은 바로 공작을 겨냥한 것이었다. 그녀는 그에 대한 의견을 바꾸었고, 그를 자신의 적으로 보았던 것이다. 이것은 분명했다. 그녀는 분명, 그녀와 알료샤와의 관계가 나쁜 방향으로 바뀐 것을 그의 영향 탓으로 돌리고 있었으며, 이런 생각을 하게 된 데는 그럴 만한 이유가 있는 듯했다. 나는 그들 사이에 돌발적인 일이 벌어질까 봐 겁이 났다. 그녀의 익살맞은 어조는 지나치게 노골적이었고, 너무

엷게 포장되어 있었다. 그녀가 공작에게 마지막으로 한 말, 즉 그가 그들의 관계를 진정으로 받아들이지 않는다는 말, 손님 접대의 의무에 따른 사과 운운, 그녀가 직선적으로 말할 수 있다는 것을 오늘 저녁 그에게 입증해 보이겠다는 위협조의 약속, 이 모두를 공작이 이해하지 못한다는 것은 도저히 불가능할 만큼 공격적이었고 노골적이었다. 나는 그의 얼굴이 변하는 것을 보았다. 하지만 그는 자신을 억제할 줄 알았다. 그는 이내 이 말들에 별 주의를 기울이지 않으며, 마치 그 말의 진정한 의미를 이해하지 못한다는 표정을 짓고, 농담으로써 거기를 벗어났다.

「사과를 요구하지 않게 해주소서!」 그는 웃으며 말을 받았다. 「나는 전혀 사과를 원치 않소. 그리고 여성에게 사과를 요구하는 것은 내 원칙에 없소. 이미 우리가 처음 만났을 때, 나는 당신에게 미리 내 성격을 말했소. 그러므로 바라건대, 내가 한 가지 지적을 하더라도 노하지 마시오. 더욱이 이것은 일반적인 모든 여성과 관계된 것이니까. 당신도 아마 이 지적에 동의하실 거요.」 그는 상냥하게 나를 보며 말을 계속했다. 「즉, 여성의 성격에는 이런 면이 있음을 말하는 거요. 예를 들어, 만일 여인들이 무엇인가에 책임을 느낄 때, 그들은 바로 그 순간, 그들이 명백히 잘못한 순간에 그것을 인정하고 용서를 빌기보다는 나중에 그 잘못을 천 배의 애교로써 무마하는 편을 택할 겁니다. 그러므로 나는 당신이 나를 모욕했다고 전제하더라도, 나는 바로 이 순간 사과받기를 단호히 거절합니다. 당신이 후에 자신의 실수를 인정하고 내 앞에서…… 천 배의 애교로 그 실수를 씻으려 할 때까지 기다리는 것이 나에게는 유리하기 때문이오. 그리고 당신은 아주 좋고 순수하고 신선하고 탁 트인 마음을 가지고 있어서, 당신이 뉘우치는 그 순간은 아주 매력적일 거요. 나에게 사과를 하기보다는 내가 오늘, 당신들이 나에 대해 생각하는 것보다 훨씬 더 솔직하고 진실하게 당신들을 대하고 있다는 것을 어떻게 증명할 수 있을지 말해 줄 수는 없겠소?」

나따샤는 얼굴이 빨개졌다. 나에게도 공작의 대답이 어쩐지 지나치게 가볍고 태연한 어조로 들렸고, 일종의 무례한 농담조라는 느낌마저 들었다.

「당신이 저를 상대로 솔직하고 진실하다는 것을 증명하고 싶으시다고요?」 나따샤가 그를 도전적인 시선으로 바라보며 물었다.

「그렇소.」

「만일 그러시다면, 제 청을 들어주세요.」

「미리 약속하오.」

「제 청은 오늘도 내일도, 저에 대한 그 어떤 말이나 암시로 알료샤를 불안하게 만들지 마시라는 겁니다. 그가 저를 잊었다고 해도 아무런 질책을 마세요, 아무런 훈계도. 저는 마치 우리 사이에 아무 일도 없었던 것처럼, 그를 맞고 싶어요. 그가 아무것도 알아챌 수 없도록. 저는 이렇게 되길 바랍니다. 약속해 주실 수 있겠어요?」

「하다마다요.」 공작이 대답했다. 「그리고 내가 충심으로 한마디 덧붙이는 것을 허락해 주시오. 나는 이런 종류의 일에 그렇게 이성적이고 분명한 견해를 가진 사람들을 좀처럼 보지 못했소……. 그런데 알료샤가 온 것 같군요.」

정말로 현관에서 시끄러운 소리가 났다. 나따샤는 전율했다. 마치 무엇인가 준비하는 듯했다. 공작은 심각한 표정으로 앉아서 무슨 일이 벌어질지 기다렸다. 그는 유심히 나따샤를 살폈다. 문이 열리고 알료샤가 우리에게 뛰어 들어왔다.

2

그는 환하고 명랑하고 기쁜 얼굴로 뛰어 들어왔다. 그는 지난 나흘을 유쾌하고 행복하게 보낸 것이 분명 했다. 그의 얼굴에는 우리에게 들려주고 싶은 말이 있다고 씌어 있었다.

「내가 왔습니다!」 그는 온 방에 대고 소리쳤다. 「가장 먼저 왔어야 할 내가. 그러나 곧 모든 것을 알게 될 겁니다, 모든 것을, 모든 것을 말입니다! 아버지, 좀 전엔 우리가 이야기를 나눌 시간도 없었지요. 저는 말씀드릴 게 많아요. 그는 기분이 좋을 때만 나에게 〈띠〉[69]라고 부르도록 허락해 주시죠.」 그는 나를 보며 말을 멈췄다. 「다른 때는 금지시킨다고요! 특별한 전략을 쓰시죠. 아버지 스스로 저에게 〈비〉[70]라고 시작을 하시거든요. 하지만 오늘부터, 나는 그가 언제나 기분이 좋으시기를 바라고, 그렇게 되도록 하겠어요! 요컨대 나는 지난 나흘 동안 나를 개조했어요, 완전히, 완전히 개조했어요. 모두 말씀드리겠습니다. 하지만 나중에 하기로 하고, 지금 중요한 것은, 그녀! 나의 그녀이고 또다시 그녀입니다! 나따샤, 내 사랑, 잘 있었소, 나의 천사!」 그는 말하며 그녀 옆

---

69 〈띠ty〉, 직역하면 〈너〉이지만 가까운 사이이거나 윗사람이 아랫사람을 지칭할 때 쓰이는 2인칭 단수 주격이다.
70 〈비vy〉, 직역하면 〈당신〉으로서, 공식적일 때나 아랫사람이 윗사람을 지칭할 때 쓰인다. 현재 가족간에는 모두 〈너ty〉로 통한다.

에 앉아 그녀의 손에 열렬히 입을 맞추었다. 「지난 며칠 동안 내가 얼마나 당신을 그리워했는지 아오! 하지만 할 수 없었어. 그럴 수 없었어! 나는 달리 어쩔 수가 없었소. 내 사랑! 당신은 약간 수척해진 것 같고, 좀 창백해진 것 같소······.」

그는 열광적으로 그녀의 손에 입을 맞추고, 아무리 보아도 싫지 않다는 듯 자신의 아름다운 눈으로 그녀의 얼굴을 행복에 겨워 바라보았다. 나는 나따샤를 바라보고 그녀의 얼굴에서 우리가 같은 생각을 하고 있음을 읽었다. 즉 그는 완전히 무고했다. 언제, 어떻게 이 천진난만한 사람이 잘못을 저지를 수 있었겠는가? 마치 그녀의 심장 속에 고여 있던 모든 피가 머리로 치솟아 오른 듯, 나따샤의 창백한 뺨에 갑자기 선명한 홍조가 퍼졌다. 그녀의 눈은 빛나기 시작했으며, 그녀는 오만하게 공작을 바라보았다.

「하지만 당신은······ 그동안······ 어디에 계셨나요?」 그녀가 억제된, 끊어지는 듯한 목소리로 물었다. 그녀는 무겁고 고르지 못한 숨을 쉬고 있었다. 맙소사, 그녀는 그를 얼마나 사랑하는가!

「사실 내가 당신에게 잘못을 한 것처럼 보일 거요. 하지만 그건 겉보기일 뿐이야. 물론 내가 잘못했지, 그건 나도 아오. 그리고 여기 오면서도 들었다오. 까쨔가 어제와 오늘, 여인들은 그러한 무관심을 용서하지 않는다고 말하더군(그녀는 화요일에 우리에게 무슨 일이 있었는지 알기 때문이지. 내가 그 다음날 그녀에게 이야기해 주었거든). 나는 그녀와 실랑이를 하기도 하고, 그녀에게 설명도 해주었소. 이 여인은 나따샤라고 부르며, 아마도 전세계에서 그녀와 견줄 수 있는 사람은 단 한 사람뿐일 거라고, 바로 까쨔라고 말하고 나는 이리로 왔지. 물론 그 논쟁에서 내가 이겼다는 의식을 가지고. 정말 당신 같은 천사가 용서하지 않을 수 있겠소? 〈그가 여기에 오지 않은 것은 형편이 여의치 않았기 때문이지, 그가 나를 더 이상 사랑하지 않아서가 아니에요.〉 나의 나따샤는 그렇게 생각할 거야! 어떻게 당신을 향한 내 마음이 식을 수 있겠소? 그것이 가능하기나 한 소리요? 나는 가슴이 아프도록 당신을 그렸소. 하지만 어쨌든 나는 잘못을 범했소! 당신이 모든 것을 알고 나면, 제일 먼저 나를 인정해 줄 거요. 나는 곧 모든 것을 말해 주겠소, 당신들 모두 앞에서 내 마음을 털어놓아야만 하겠습니다. 그 생각으로 온 것이니 말이오! 나는 오늘 당신에게 잠깐 입이라도 맞추기 위해 달려오려 했소. 30분 간의 자유 시간이 있었거든. 하지만 그리 하지 못했소. 까쨔가 중요한 일로 지체 없이 자기에게 와줄 것을 요구했기 때문이오. 내가 아직 마차에 올라타기 전이었어요. 아버지, 그리고 아버지께서 저를 보셨죠. 그때 저는 두 번째 통지를 받고 두 번째로 까쨔에게 가는 길이었어요. 지금 우리 하인들은 통신문을 가지고 하루 종일 이 집에서 저 집으로 달리고 있어요. 이반 뻬뜨로비치, 당신의 편지를 나는 어제 저녁에야 읽었습니다. 그리고 당신은 당신이 거기에 쓴 모든 점에서 전적으로 옳아요. 그러나 어떻게 하겠어요, 물리적으로 불가능한데! 그래서 생각했죠. 내일 저녁 모든 것을 입증하리라. 왜냐하면 오늘 저녁 무슨 일이 있어도 당신에게 오지 않을 수가 없었기 때문이었소, 나따샤.」

「그게 무슨 편지였나요?」 나따샤가 물었다.

「그가 우리 집에 왔었소, 물론 나는 못 만났지. 그리고 나에게 남겨 둔 편지에서, 내가 당신에게 오지 않은 것을 강력히 비난했소. 그러나 그가 전적으로 옳아요. 이것은 어제 일이었소.」

나따샤가 나를 바라보았다.

「하지만 만일 네가 아침부터 저녁때까지 까쩨리나 표도로브나에게 있을 수 있을 만큼 시간이 충분했다면……」 공작이 말하기 시작했다.

「알아요, 말씀하시려는 것이 무엇인지 알아요.」 알료샤가 말을 끊었다. 〈네가 만일 까쨔에게 갈 이유가 있었다면, 여기 와야 할 이유는 그 두 배다〉라는 말씀이죠. 아버지께 전적으로 동의하며, 더욱이 제 입장에서 덧붙이자면 두 배가 아니라 수천 배의 이유가 있다고요! 하지만 세상에는 모든 것을 혼동시키고 전도시키는, 기이하고 예기치 않은 사건들이 있는 법이거든요. 그런데 제가 바로 그런 상황에 처했던 거예요. 나는 이미, 내가 이 기간 동안에 머리끝에서 발끝까지 변했다고 말했습니다. 정말로 중요한 사정이 있었어요!」

「아이고, 맙소사, 당신한테 무슨 일이 있었단 말이에요! 애타게 하지 마세요, 제발!」 나따샤가 알료샤의 흥분한 모습에 미소 지으며 소리쳤다.

사실, 그는 약간 우스꽝스러웠다. 그는 너무 서둘렀고, 낱말들이 빠르고, 두서없이, 거의 지껄임 수준으로 마구 튀어나왔다. 그는 온통 말하고, 또 말하고, 이야기하고 싶어했다. 하지만 말하는 동안에도 나따샤의 손을 놓지 않고 쉴 새 없이 그 손을 자기 입술로 가져갔다. 마치 아무리 입을 맞추어도 싫지 않다는 듯.

「나에게 있었던 일이란 이런 것이지.」 알료샤가 말을 이었다. 「아 내 친구들! 내가 무엇을 보고, 무엇을 했는지, 어떤 사람들을 만났는지! 무엇보다도, 나따샤, 까쨔는 완벽해! 나는 그녀를 이때까지 전혀, 전혀 몰랐어요! 그리고 화요일 날, 내가 당신에게 그녀에 대해 말했을 때, 나따샤, 내가 상당히 열광했던 것을 기억하지. 그렇지만 그때도 나는 그녀를 거의 몰랐던 것이나 마찬가지요. 그녀는 지금까지 나에게 자신을 숨겼어요. 하지만 지금 우리는 서로를 완전히 알아요. 나와 그녀는 지금 너, 나 하는 사이가 되었지요. 하지만 나는 처음부터 시작하겠소. 우선, 나따샤, 만일 당신이 그녀가 당신에 대해 나에게 말한 것을 들을 수만 있다면……. 다음날, 즉 수요일에 우리 사이에 무슨 일이 있었는지 그녀에게 들려주었을 때 말이오. 어쨌든 내가 그때, 즉 수요일 아침에 당신에게 왔을 때 당신 앞에서 얼마나 바보같이 굴었는지 생각나오! 당신은 한없는 기쁨에 젖어 나를 맞았지. 당신은 우리의 새로운 상황에 완전히 감동되어 있었소. 당신은 이 모든 것에 관해 나와 이야기하고 싶어했지요. 당신은 침울했으나 그러면서도 나와 농담하고 장난을 쳤소. 그리고 나는 아주 위풍당당한 사람인 체했소! 오, 바보 같으니! 바보! 나는 내가 곧 가장이 되고, 믿음직한 사람이 될 것이라는 사실을 뽐내고 싶었소. 그리고 누구 앞에서 뽐낼 것인지를 찾아냈던 거요. 바로 당신 앞에서였소! 아, 그때 당신이 나를 얼마나 비웃었을지 몰라, 틀림없이. 그리고 나한테 그럴 만도 했지.」

공작은 조용히 앉아서 일종의 승리감에 젖은, 풍자조의 미소를 담고 알료샤를 바라보았다. 그는 자기의 아들이 그렇게 경솔하고, 심지어 우스운 사람으로 보이는 것을 참으로 기뻐했다. 나는 이날 저녁 내내 그를 유심히 관찰했다. 그리고 비록 사람들이 그의 지나치게 뜨거운 부성애에 대해 말하는 걸들은 적이 있지만, 나는 그가 아들을 결코 사랑하지 않는다는 확신을 얻었다.

「당신에게 들른 다음 나는 까짜에게로 갔소.」 알료샤는 자신의 이야기를 계속했다. 「내가 이미 말했지, 우리는 이날 아침에야 서로를 완전히 알게 되었다고. 그리고 이상한 일이 일어난 거요……. 기억조차 못하겠소……. 따뜻한 감정이 가득 찬 몇 마디, 터놓고 이야기한 생각과 느낌들, 그리고 나서 우리는 영원히 가까워졌어요. 당신은 그녀와 친교를 맺어야만 해요, 나따샤! 그녀가 얼마나 자세히 나에게 당신을 분석해 주고, 설명해 주었는지 몰라! 당신이 나에게 얼마나 귀중한 존재인가를 그녀가 깨우쳐 주었어! 그녀는 나에게 조금씩 자신의 이상과 인생관을 모두 펼쳐 놓았소. 그녀는 매우 진지하고 훌륭한 처녀요! 그녀는 의무에 대해, 우리의 사명에 대해, 그리고 우리 모두 인류에 봉사해야 한다는 점에 대해 이야기했소. 그렇게 대여섯 시간의 대화 끝에 우리는 완전한 의견의 일치를 보았기에, 서로 영원한 친구가 되기로, 그리고 일생 동안 협력하기로 맹세하였소! 그렇게 우리 대화를 끝냈소!」

「어떤 분야에서 활동할 거냐?」 공작이 놀라서 물었다.

「저는 많이 변했어요, 아버지, 분명히 깜짝 놀라셨지요. 그리고 아버지의 반박을 예상했어요.」 알료샤가 의기양양하여 대답했다. 「여러분은 모두 세상 일에 밝은 분들이에요. 여러분에게는 엄격하고 단호하고 확실한 규칙들이 있죠. 여러분은 모든 새로운 것, 젊은 것, 신선한 것들을 의심과 적의와 조롱의 감정을 품고 바라봅니다. 그러나 지금 저는 아버지가 며칠 전까지 알던 그 알료샤가 아닙니다. 저는 이제 다른 사람이에요! 저는 세상의 모든 것과 모든 이들을 대담하게 똑바로 보겠습니다. 저의 확신이 정당하다는 것을 안다면, 저는 그것을 끝까지 좇겠습니다. 그리고 만일 제가 그 길에서 벗어나지 않는다면, 저는 명예로운 사람입니다. 저는 이것으로 충분합니다. 나중에 무슨 말씀을 하셔도 저는 자신을 믿습니다.」

「오호!」 공작이 비꼬는 투로 말했다.

나따샤는 불안한 듯 우리를 번갈아 쳐다보았다. 그녀는 알료샤를 염려했다. 그는 대화를 하다가 오히려 자신의 입장을 더 불리하게 만드는 경우가 자주 있었고, 그녀는 이것을 알고 있었다. 그녀는 알료샤가 우리 앞에서, 특히 그의 아버지 앞에서 우스꽝스럽게 비칠까 봐 몹시 불안해 있었다.

「무슨 말을 하는 거예요, 알료샤!」 그녀가 말했다. 「그것은 이미 일종의 철학이군요. 정말로 누군가가 당신을 가르쳤군요……. 당신은 차라리 당신에게 일어났던 이야기를 하는 것이 더 나았을 텐데요.」

「지금 이야기하고 있잖소!」 알료샤가 소리쳤다. 「자, 보아요. 까쨔에게 두 사람의 먼 친척이 있어요. 무슨 사촌이라든가. 레프와 보리스라고, 한 사람은 대학생이고 다른 사람은 보통 청년이오. 그녀는 그들과 교제를 하고 있어요. 그런데 그들은 바로 괴짜들이죠! 그들은 원칙적으로 백작 부인에게는 거의 가지 않아요. 까쨔와 내가 인간의 사명이나 소명 그리고 모든 그와 같은 것들에 대해 이야기할 때, 그녀는 그들에 대해 언급하고 곧 그들에게 보내는 소개장을 내게 주었소. 난 그들과 인사하기 위해 서둘러 갔소. 그날 저녁 우리는 완전히 의견의 일치를 보았어요. 거기에는 열두 명 가량의 다양한 사회적 직분을 가진 사람들이 있었습니다. 대학생, 장교, 예술가, 게다가 작가도 한 사람 있었죠……. 그들 모두 당신을 알더군요, 이반 뻬뜨로비치. 즉 그들은 당신의 작품을 읽었고, 앞으로 당신에게서 많은 것을 기대하더군요. 그들 스스로 나에게 그렇게 말했어요. 나는 그들에게 당신을 개인적으로 안다고 말하고, 당신을 소개시켜 주겠다고 약속했지요. 그들 모두 나를 우호적으로, 쌍수를 들어 환영했습니다. 나는 처음부터 그들에게 곧 결혼할 것이라고 말했기 때문에, 그들은 이미 나를 기혼자로 대접했지요. 그들은 5층 다락방에 삽니다. 그들은 가능한 한 자주 모이는데, 주로 수요일마다 레프와 보리스의 집에서 만나죠. 그들은 씩씩한 젊은이들이며, 모두 인류에 대한 열렬한 사랑으로 충만해 있어요. 우리는 우리의 현재에 대해, 미래에 대해, 과학에 대해, 문학에 대해 이야기했죠. 참으로 훌륭하고, 매우 솔직하고, 꾸밈 없는 대화가 이루어졌지요……. 거기에 또 한 명의 중학생이 참여했어요. 그들이 서로 얼마나 아름답게 교제하는지, 얼마나 고결한지! 나는 아직까지 그런 사람들을 보지 못했어요! 지금까지 나는 어디를 드나든 것일까? 나는 무엇을 보았던가? 난 어떤 환경에서 자랐단 말인가? 오로지, 나따샤, 당신만이 나에게 이런 것에 대해 말해 주었소. 아, 나따샤, 당신은 필히 그들과 인사해야만 해요. 까쨔는 이미 그들과 아는 사이요. 그들은 까쨔라면 거의 외경심을 갖고 이야기를 해요. 그리고 까쨔가 이미 레프와 보리스에게 말했대요. 그녀가 자신의 재산에 대한 권리를 행사할 수 있게 되면, 즉각 1백만 루블을 사회적인 목적을 위해 희사하겠다고요.」

「그 1백만 루블의 관리인은 분명 레프와 보리스, 그리고 그들의 모임이 되겠지?」공작이 물었다.

「그렇지 않아요, 그렇지 않아요. 그렇게 말씀하시다니 부끄러운 일이에요, 아버지!」알료샤가 흥분해서 외쳤다.「저는 아버지의 생각이 수상해요! 이 1백만 루블에 대해 우리는 실제로 이야기를 했습니다. 그리고 그것을 어떻게 쓸 것인지 오랫동안 생각했지요. 그리고 마침내 무엇보다 사회적 계몽을 위해 쓰기로 결정했어요……」

「그래, 내가 이제까지 까쩨리나 표도로브나에 대해 정말로 충분히 알지 못했구나.」공작이 여전히 조소 어린 미소를 띠고 혼잣말하듯 토를 달았다.「내가 그녀에 대해 많은 것을 예상했지만, 이것만은……」

「이것이 무엇입니까!」알료샤가 그의 말을 끊었다.「아버지께서는 무엇이 그리 이상하신가요? 무엇이 아버지의 예상과 빗나간다는 말씀인가요? 지금까지 아무도 1백만 루블을 희사하지 않았는데, 그녀가 한다는 것 때문인가요? 바로 그점을 말씀하시는 거죠? 하지만 그녀가 남의 돈으로 살지 않겠다면요? 왜냐하면 이 1백만 루블로 산다는 것은 남의 돈으로 산다는 것을 의미하기 때문이죠(저는 이제서야 그것을 알게 되었어요). 그녀는 조국과 모든 이를 위해 유익한 사람이 되기를 원해요. 그리고 공공의 이익을 위해 자신의 힘을 보태려 합니다. 기부에 대해 우리는 이미 습자 교본에서 읽었어요, 거기서의 기부가 1백만의 가치가 있었더라면, 여기서도 그런 것 아니겠어요? 제가 그리도 굳게 믿었던 이 모든 훌륭한 상식이 무엇에 바탕하고 있습니까? 저를 왜 그렇게 보십니까, 아버지? 마치 어릿광대, 바보를 보시듯이! 바보가 어쨌게요! 나따샤, 당신은 까쨔가 이 말을 할 때 들었어야 했소. 〈가장 중요한 것은 지혜가 아니라 그것을 다스리는 것이에요, 성격, 마음, 고결한 성품, 정신적 발전이에요.〉 그러나 중요한 것은, 이 중요한 것에 대해서는 베스미긴의 천재적인 표현이 있어요. 베스미긴은 레프와 보리스의 지인인데 우리들의 우두머리예요. 실제로 천재적인 두뇌의 소유자죠! 어제 그가 대화 중에 말했어요. 〈자신이 바보라는 것을 자각하고 있는 바보는 이미 바보가 아니다!〉 진리예요! 그는 그런 금언을 끊임없이 토해 내요. 그는 진리를 손쉽게 찾아요.」

「정말로 천재적이구나!」 공작이 비꼬듯 토를 달았다.

「아버지는 계속 웃고 계시군요. 하지만 저는 아버지로부터 한번도 그런 말씀을 들어 보지 못했어요. 그리고 소위 아버지의 그 좋은 상류 사회 전체로부터도요. 그들은 그 반대로 모든 것을 숨기려 하고, 모든 것을 통제하려 해요. 그리고 그럼으로써 키나 코가 일정한 치수, 일정한 규격에 확실히 맞게 되도록, 마치 그것이 가능하기나 한 것처럼! 그리고 그것이 우리가 이야기하고 생각하는 것보다 1천 배나 더 불가능한 것은 아니라는 듯이. 그러면서 우리를 이상주의자라고 부르지요! 그들이 어제 제게 한 말을 들으셨어야 했어요…….」

「당신들이 이야기하고 계획한다는 것이 무엇인가요? 말해 주세요, 알료샤, 아직까지도 나는 이해하지 못하겠어요.」 나따샤가 말했다.

「진보, 인도적인 것, 사랑으로 이끄는 모든 것에 대해서요. 이 모든 것을 실제 문제와 관련하여 토론하오. 우리는 언론의 자유, 실행되고 있는 개혁, 인류에 대한 사랑, 이 시대의 선구적 인물들에 대해 이야기를 나누지요. 우리는 그들을 비판하면서, 그들의 저작을 읽어요. 그러나 중요한 것은 우리가 서로 완전히 터놓기로, 우리 자신에 대해 모든 것을 서로 솔직하게 거리낌 없이 말하기로 약속했다는 겁니다. 오직 솔직과 정직으로만 목적을 달성할 수 있기 때문이오. 특히 베스미긴이 그렇게 주장하지요. 나는 까쨔에게 이 이야기를 해 주었고 그녀는 베스미긴에 대해 전적으로 동감을 표했소. 그래서 우리 모두 베스미긴의 지도에 따라 일생 동안 정직하고 솔직하기로 약속을 했고, 사람들이 우리에 대해 뭐라고 하든, 우리에 대해 뭐라고 평가를 하든 어떤 일이 있어도 흔들리지 않고, 우리의 영감, 우리의 열정, 우리의 실패에 부끄러워하지 않고, 똑바로 우리의 길을 가기로 약속했소. 만일 당신이 사람들로부터 존경을 받고 싶다면, 우선 자기 자신을 존경하시오, 그것이 중요해요. 오직 자신에 대한 존경을 통해서만 당신은 다른 사람들로 하여금 당신을 사랑하게 만들수 있소. 이건 베스미긴이 한 말인데 까쨔도 그에게 전적으로 동의했소. 대체적으로 우리는 지금 우리의 신념을 협의하고 있고, 개별적으로 자기 자신에 대해 연구하기로 했고, 그 다음에 모두 함께 서로에 대해 이야기하기로 했소…….」

「이 무슨 실없는 소리야! 베스미긴이 누구야? 안 돼, 그냥 놓아둘 수 없어…….」공작이 불안한 기분을 드러내며 소리 쳤다.

「무엇을 그냥 둘 수 없다는 말씀인가요?」알료샤가 말을 받았다. 「들어 보세요, 아버지, 제가 왜 지금 아버지가 함께 하신 자리에서 이 모든 것을 이야기하는지 아세요? 저는 아버지도 우리 서클에 가입하시기를 원하고 기대하기 때문입니다. 저는 이미 거기에 아버지를 모셔 오기로 약속했어요. 아버지는 웃으시죠? 좋아요, 저는 아버지께서 웃으실 줄 알았어요. 하지만 끝까지 들어 보세요! 아버지는 훌륭하고, 고결한 분이시니 저를 이해하실 거예요. 정말 아버지는 모르세요, 아버지는 아직 이런 사람들을 보지 못하셨고, 그들에 대해 들어 보시지도 못했어요. 설령 아버지께서 이 모든 것을 들으셨고, 모든 것을 연구하셨다 해도, 아버진 무척 박식하시니까요. 아버지는 그들을 직접 보시지 못했고 그들을 방문해 보시지도 않았어요. 그런데 어떻게 그들에 대해 올바르게 판단할 수 있으시겠어요! 아버지는 그들에 대해 안다고 단지 상상하시는 거예요. 아니, 그들에게 가보세요, 그들의 말을 들어 보세요. 그리고 그때, 그때 저는 아버지가 우리의 일원이 되시리라는 것을 장담합니다! 중요한 것은, 제가 아버지께서 그렇게 집착하고 계신 그 사회 속에서 파멸하지 않도록, 아버지의 신념으로부터 아버지를 구하기 위해 모든 수단을 동원하겠다는 것입니다.」

공작은 조롱기를 담은 미소를 띠고 조용히 알료샤의 비장한 연설을 들었다. 그의 얼굴에는 악의가 떠올라 있었다. 나따샤는 노골적인 혐오를 드러내며 그를 지켜보고 있었다. 그는 이것을 알아챘지만, 눈치 채지 못한 것처럼 행동했다. 그러나 알료샤가 이야기를 끝내자마자, 그는 갑자기 웃음을 터뜨렸다. 그는 웃음 때문에 몸을 가눌 힘이 없기라도 한 듯 의자 등받이에 몸을 기대기까지 했다. 그러나 이 웃음은 분명히 부자연스러웠다. 그가 오로지 자기의 아들을 더 심하게 모욕하고 비하하기 위해 웃고 있다는 것이 너무나 분명했다. 알료샤는 정말로 괴로워했다. 그의 얼굴에는 몹시 슬픈 빛이 떠올랐다. 그러나 그는 아버지의 폭소가 가라앉기를 참을성 있게 기다렸다.

「아버지,」그가 우울하게 말문을 열었다. 「왜 저를 비웃으세요? 저는 솔직하고 정직하게 아버지께 말씀드렸는데요. 만일, 아버지가 보시기에 제가 바보 같은 말을 했다면 깨우쳐 주세요, 부디 웃지 마시고. 무엇이 그리 우습나요? 지금 저에게는 성스럽고 고결한 것이 아버지에게는 우스워요? 네, 저는 실수했을 수 있고, 모든 것이 옳지 않고 그릇된 것일 수도 있어요. 아버지께서 이따금 말씀하시듯 제가 바보일 수도 있지요. 하지만 제가 잘못 생각하고 있더라도, 저는 그것을 성실하고 진실되게 할 겁니다. 저는 제가 지니고 있는 고상함을 잃지 않았어요. 저는 높은 이상에 감격했어요. 그 이상들이 헛된 것일지라도 그 바탕은 숭고합니다. 제가 말씀드렸죠, 아버지나 아버지 주변의 어느 누구도 저에게 본보기가 될 만하고 저의 마음을 사로잡을 그런 것들을 이야기해 주지 않았다고요. 이 이상들을 반박해 보세요, 그리고 그들의 것보다 무엇인가 더 나은 것을 말씀해 주세요. 그럼 아버지를 따르겠습니다. 하지만 저에 대해 웃지는 마세요, 왜냐하면 그것은 저를 슬프게 만들기 때문입니다.」

알료샤는 매우 고결하게 그리고 일종의 진지한 품위를 담고 이 말을 했다. 나따샤는 동감이라는 표정을 짓고 그의 말을 음미했다. 공작도 아들의 말을 듣고 놀라서 곧 어조를 바꾸었다.

「나는 전혀 너를 모욕하려는 생각이 없었다.」그가 대답했다. 「아들아, 그 반대로 나는 네가 자랑스럽구나. 넌 경솔한 아이에서 벗어나기 위해 한 걸음 내디딜 준비를 하고 있구나. 그게 나의 생각이야. 웃은 것도 무의식적으로 웃었을 뿐이며, 너를 아프게 하고 싶은 생각은 전혀 없었다.」

「왜 저에게는 그렇게 보였을까요?」 알료샤가 괴로운 마음으로 말을 이었다. 「왜 저에게는 아까부터 아버지께서 저를, 아버지로서 아들을 보는 것이 아니라 적의를 품고 냉소를 담고 보신다고 여겨지는 걸까요? 왜 저는, 만일 제가 아버지라면, 아버지께서 지금 저에게 하시듯 아들이 그렇게 모욕을 느끼게끔 웃지 않았을 텐데, 하는 생각을 했을까요? 들어 보세요. 지금 솔직히 이야기해 보죠. 지금 즉시 그리고 이후로 더 이상의 오해가 남지 않도록. 그리고……, 저는 모든 진실을 이야기하고 싶습니다. 제가 여기 들어섰을 때, 저에게는 여기에 무슨 오해가 생겼다는 느낌이 들었어요. 저는 여기서 여러분을 모두 만나리라 기대하지 않았어요. 그런가요, 아닌가요? 만일 그렇다면, 각자가 자신의 느낌을 다 말해 보는 것이 더 낫지 않을까요? 얼마나 많은 불행이 솔직함을 통해 방지될 수 있을 것인가요!」

「말해, 말하려무나, 알료샤!」 공작이 말했다. 「네가 우리에게 제의한 것은 매우 현명해. 아무래도 거기서부터 시작해야 될 듯싶구나.」 그가 나따샤를 바라보며 덧붙였다.

「저의 가식 없는 솔직함에 대해 화내지 마세요.」 알료샤가 말문을 열었다. 「아버지께서 그렇게 하기를 원하시고, 그러기를 요구하셨으니까요. 들어 보세요. 아버지는 저와 나따샤의 결혼에 동의하셨어요. 아버지는 저희에게 이런 행운을 주셨고 그것을 위해 자신을 억제했어요. 아버지는 관대하셨고, 저희는 아버지의 고결하신 처사를 우러렀어요. 하지만 아버지는 지금 왜 그런 짓궂은 웃음으로, 제가 아직 가소로운 소년이고 남편으로서의 자격도 미달한다고 매순간 느끼게 만드시는 겁니까? 더구나 저를 조롱하고, 비하하고, 심지어 나

319

따샤의 면전에서 비방하고 싶으신 것 같아요. 아버지는 언제나 저를 우습게 만드는 데서 기쁨을 찾으세요. 이것은 제가 어제 오늘 느낀 것이 아니에요. 아버지는 왠지 마치 우리의 결혼이 우스꽝스럽고, 불합리하고, 우리가 한 쌍이 될 수 없다는 것을 우리에게 입증하려고 애쓰시는 것 같아요. 실제로 아버지는 아버지께서 우리를 위해 예정해 놓으신 것을 스스로 믿지 않으시는 듯합니다. 마치 이 모든 것을 농담 내지 재미있는 착상, 희극적 보드빌[71]을 보시듯 하세요……. 저는 이것을 단지 아버지가 오늘 하신 말씀에서만 추론하는 것이 아닙니다. 그날 저녁, 바로 그 화요일 날, 여기서 집으로 돌아가셨을 때 전 아버지께서 이상한 표현을 쓰시는 걸 듣고 매우 놀라고 슬펐어요. 수요일에도 떠나시면서 아버지께서는 우리의 현재 상황에 대해 어떤 암시를 하셨고, 나따샤에 대해 무언가 말씀하셨어요. 모욕적인 말씀이 아니라 그 반대였죠. 하지만 어쩐지 제가 아버지로부터 듣지 않았으면 좋았을 그런 식으로, 어쩐지 지나치게 쉽고 사랑이 담겨 있지 않으며, 그녀에 대한 경의가 없이……. 이것은 설명하기가 어렵지만, 어조는 분명했어요. 저는 마음으로 들었으니까요. 말씀해 주세요, 제가 오해한 것이라고. 그 느낌을 부정하도록 해주세요, 안심시켜 주세요, 그리고……, 그녀도 안심시켜 주세요. 왜냐하면, 아버지는 그녀도 아프게 했기 때문이에요. 저는 여기 들어오며 그것을 첫눈에 알아챘습니다…….」

알료샤는 이 말을 열렬히, 확고한 마음을 가지고 말했다. 나따샤는 일종의 의기양양한 마음으로 그의 말을 들었고, 사

71 vaudeville. 통속 가극.

뭇 흥분에 싸인 채 상기된 얼굴을 하고서는, 그가 말하는 동안에 두 차례나 〈그래, 그래, 그랬어!〉 하고 혼잣말을 중얼거렸다. 공작은 당혹해졌다.

「아들아,」 그가 대답했다. 「나는 물론 내가 한 말을 모두 기억하지는 못한다. 하지만 네가 내 말을 그런 식으로 받아들였다면 무척 섭섭하구나. 난 네 오해를 풀기 위해서라면, 내 힘이 닿는 데까지 무엇이든 할 준비가 되어 있다. 내가 조금 전에 웃은 것도 역시 오해에 지나지 않는다. 분명히 말하지만, 나는 그 웃음으로 나의 쓰라린 감정을 감추고 싶었다. 네가 곧 가장이 되려 한다는 것을 생각하면, 그것은 나에게 전혀 불가능하고 어리석은 짓으로 여겨지고, 미안하지만 심지어 우스꽝스럽게까지 보이는구나. 너는 이 웃음 때문에 나를 비난했지만, 나는 이 모든 것이 너로 인해서 비롯된 것이라고 말하겠다. 나에게도 잘못이 있어. 아마 근자에 들어 내가 너에게 너무 무신경했던 것 같다. 그리고 지금에야 네가 무슨 일에 능력이 있는지 알게 되었다. 지금도 너와 나딸리야 니꼴라예브나의 장래를 생각하면 벌써 나는 떨린다. 내가 너무 서둘렀다. 내 보기에 너희들은 전혀 어울리지 않는다. 모든 사랑은 사라지고, 어울리지 않는 것은 영원히 남는다. 나는 너의 운명에 대해 말하지는 않겠다만, 만일 네 의도가 진실하다면 잘 생각해 보거라. 너는 자신과 나딸리야 니꼴라예브나를 파멸의 길로 이끌고 있어, 결정적인 파멸의 길로 이끌고 있는 거야! 지금 너는 한 시간이나 인류애, 신념의 숭고함, 네가 사귄 고결한 사람들에 대해 이야기를 했다. 이반 뻬뜨로비치에게 좀 물어봐라. 내가 아까 이 형편없는 계단을 따라 4층에 올라와서 여기 문 앞에 멈춰 섰을 때, 우리의 생명과 다리를 구해 주심에 대해 신께 감사하며 뭐라고 했는지 말이다. 어떤 생각이 무의식적으로 머리에 떠올랐는지 알겠니? 나는 네가 나딸리야 니꼴라예브나를 그렇게 사랑하면서도, 어떻게 그녀를 이런 아파트에 살게 할 수 있을까 하고 놀랐다. 너에게 재력이 없다면, 자신의 의무를 이행할 능력이 없다면, 남편이 될 권리도, 아무 의무도 걸머질 권리도 없다는 것을 어째서 꿰뚫어 보지 못하느냐? 사랑만으로는 족하지 않아. 사랑은 행동으로 증명되는 것이야. 너는 〈당신은 고생스러울 수도 있지만, 그럼에도 불구하고 나와 함께 사는 거요〉라고 생각하는 듯하다. 그러나 이것은 비인도적이고 상스러운 거야! 보편적인 사랑에 대해 말하고 전인류적인 문제에 흥분하면서, 동시에 사랑에 대한 배신 행위를 하고 그것을 깨닫지 못하는 것은 이해할 수가 없어! 내 말을 막지 마시오, 나딸리야 니꼴라예브나, 끝까지 말하게 해주시오. 나는 몹시 가슴이 아프며, 가슴속에 담고 있는 걸 전부 다 말해야겠소. 너는 말했지, 알료샤. 이 기간 동안 너는 고상하고, 아름답고, 정직한 것들에 매료되었다고. 그리고 우리 부류 가운데서는 그렇게 매료시킬 만한 것이 없고, 단지 메마른 이성뿐이라고 비난했지. 보아라, 너는 높고 아름다운 것에 매료되었다지. 그런데 너는 화요일에 여기서 있었던 일에도 불구하고, 너에겐 세상의 무엇보다 고귀한 사람을 나흘이나 소홀히 하고 말았다! 너는 심지어 까쩨리나 표도로브나와 다투었다고도 고백했다. 그건 나딸리야 니꼴라예브나가 너를 극진히 사랑하고 너무나 관대해서 너를 용서해 줄 것이라 믿기 때문이었다. 하지만 너에게 그런 용서를 계산하고, 장담할 수 있는 무슨 권리라도 있는 거냐? 그리고 너는 네가 이 기간 동안 나딸리야 니꼴라예브나에게 얼마나 큰 고통, 얼마만한 쓰라림, 얼마나 많은 의심과 억측을 불러일으켰는지 한번 생각이라 도 해봤느냐? 정말로 네가 어떤 새로운 이념에 매료되었던 까닭에 자신의 최우선적인 의무를 소홀히 할 권리를 얻은 것은 아니겠지? 용서하시오, 나딸리야 니꼴라예브나, 내가 약속을 어긴 것을……. 그러나 지금의 일은 그 약속보다 더 심각해요. 당신도 그것을 잘 이해할 거요……. 알료샤, 너 아느냐, 내가 오늘 그녀가 몹시 괴로움에 빠져 있는 것을 본 것을. 그것은 그녀의 일생에서 가장 좋았어야 할 지난 나흘을, 네가 그 반대로 지옥으로 만들었기 때문이다. 한편에서는 그러한 행동, 그리고 다른 편에서는 말, 말, 말……. 내가 옳지 않느냐? 너는 너 자신에게 모든 잘못이 있는데도 불구하고 나를 비난할 수 있겠느냐?」

공작이 말을 끝냈다. 그는 자신의 웅변에 매료되어 우리 앞에서 의기양양함을 감추지 못했다. 알료샤는 나따샤의 고통에 대해 들었을 때 병적인 우울함을 담고 그녀를 바라보았으나, 그녀는 이미 결정을 내리고 있었다.

「됐어요, 알료샤, 괴로워하지 마세요.」 그녀가 말했다. 「다른 사람들이 당신보다 더 잘못이 많으니까요. 앉으세요, 그리고 제가 지금 당신의 아버님께 드리는 말씀을 잘 들어 보세요. 이제 끝낼 시간이 되었어요!」

「설명해 주시오, 나딸리야 니꼴라예브나.」 공작이 얼른 말을 받았다. 「간곡히 부탁하오! 나는 이미 두 시간이나 이 수수께끼 같은 암시를 들었소. 못 견딜 지경이오, 그리고 고백하건대 여기서 이런 대접을 받을 줄은 생각도 못했소.」

「그렇겠죠. 왜냐하면 당신은 우리가 당신의 비밀스러운 의도를 알아채지 못하게끔 말로써 우리를 현혹시킬 수 있다고 생각하시니까요. 당신께 설명할 것이 무엇이 있겠어요! 당신 스스로 모든 것을 알고 모든 것을 이해하시지 않습니까. 알료샤가 옳아요, 당신의 가장 우선적인 바람은 우리를 떼어 놓는 것이죠. 당신은 그 화요일 이후 여기서 무슨 일이 있을지 미리 환히 알고 계셨고, 모든 것을 상세히 계산하셨죠. 제가 이미 말씀드렸죠, 당신은 저와 당신에 의해 준비된 이 결혼을 진지하게 받아들이지 않으신다고요. 당신은 우리들과 농을 즐기고 일종의 게임을 하고 계세요. 거기엔 당신 혼자만이 아시는 어떤 의도가 있겠죠. 당신의 게임은 잘 맞아떨어졌어요. 알료샤가, 당신이 이 모든 것을 보드빌처럼 간주하고 있다고 비난한 것은 옳아요. 당신은 알료샤를 비난하는 대신에, 그의 행동에 차라리 기뻐하셨음에 틀림없을 거예요. 왜냐하면 그는 아무것도 모르면서 당신이 그에게서 기대하는 모든 것을 했기 때문이지요. 아마도, 기대하신 것보다도 더 많이!」

나는 놀라서 굳어졌다. 나는 오늘 밤 일종의 파국이 닥칠 거라고 예견하긴 했었다. 그러나 나따샤의 지나친 솔직함과 그녀의 말에 담긴 숨김 없는 경멸적인 어조에 극도로 놀라고 말았다. 그리고 나는 생각했다. 〈그녀는 정말 무엇인가 알아챘군, 그리고 지체 없이 결별하기로 마음먹었군. 면전에서 한꺼번에 모든 것을 똑바로 말하기 위해서, 오히려 초조하게 공작을 기다렸는지도 몰라.〉 공작의 얼굴이 약간 창백해졌다. 알료샤의 얼굴은 순박한 두려움과 고통스러운 기대의 빛을 띠고 있었다.

「기억하시오!」 공작이 소리쳤다. 「당신은 방금 나를 비난했소! 그리고 당신이 한 말을 다시 한번 생각해 보시오……. 나는 아무것도 이해하지 못하겠소.」

「아! 당신은 저를 이 짧은 말로 이해하려 하시지 않는군요.」 나따샤가 말했다. 「심지어 그도, 바로 알료샤도 저처럼 당신을 이해했어요. 우리는 아무 말도 나누지 않았고 더구나 만나지도 못했는데요! 그의 눈에도 당신이 우리를 상대로 부정한, 모욕적인 유희를 하고 있는 것으로 보였어요. 그러나 그는 당신을 사랑하고 당신을 마치 신처럼 믿습니다. 당신은 우리를 상대로 조금 더 경계하고, 조금 더 교활하게 대할 필요는 없다고 생각했어요. 그가 눈치 채지 못할 거라고 계산하신 거죠. 그러나 그는 민감하고 섬세하고 부드러운 마음을 가지고 있고, 그가 말하듯 당신의 말씀, 당신의 어조가 그에게 지속적인 영향을 남겼습니다…….」

「정말 무슨 말인지 한 마디도 모르겠군!」 마치 나를 증인으로 삼기라도 하려는 듯, 무척 놀란 표정으로 나를 바라보며 공작이 되풀이했다. 그는 벌컥 화를 냈다. 그는 나따샤를 향하여 되풀이했다. 「당신은 의심이 많고 흥분해 있어요. 당신은 그저 까쩨리나 표도로브나를 질투하고 있고, 그래서 온 세상을, 그리고 가장 먼저 나를 비난할 준비가 되어 있어요. 그리고……, 모두 다 말하도록 해주시오, 당신의 성격에 관한 독특한 의견을 가지게 되었소……. 나는 이런 장면에 익숙하지 못해요. 만일 내 아들의 이해 관계가 걸려 있지 않다면, 나는 이 일이 있고 난 후 여기 한순간도 더 남아 있지 않았을 것이오……. 기다릴 테니 설명해 주지 않으시겠소?」

「당신은 끝까지 고집을 피우시는군요. 당신이 모든 것을 정확히 알고 계심에도 불구하고, 이 짧은 말로는 이해하고 싶지 않으신 거군요? 그렇죠? 당신은 꼭 제가 당신께 모든 것을 똑바로 털어놓기를 원하십니까?」

「내가 원하는 것이 바로 그거요.」

「그럼 좋아요, 들어 보세요.」이렇게 외치는 나따샤의 눈은 분노로 반짝였다.「전부, 전부 다 말씀드리죠!」

3

그녀는 일어서서 선 채로 말하기 시작했다. 하지만 그녀는 흥분해서 그 사실을 깨닫지 못하고 있었다. 공작 또한 귀를 기울이고 들으며 자리에서 일어섰다. 방 분위기가 지나치게 엄숙해졌다.

「당신께선 화요일에 하신 말씀을 잘 기억하고 계실 겁니다.」나따샤가 말문을 열었다.「당신은 말씀하셨죠, 돈, 탄탄한 길, 상류 사회에서의 지위가 필요하시다고요. 기억하시죠?」

「기억하오.」

「그래요, 당신은 이 돈을 얻기 위해, 당신의 손에서 미끄러져 나간 이 모든 성공을 잡기 위해, 화요일에 여기로 오셨고 이 결혼을 생각해 내셨어요. 그리고 이 농간이 당신에게서 그것들이 빠져나가지 못하도록 도와줄 것이라고 계산하신 거죠.」

「나따샤,」내가 소리쳤다.「당신이 무슨 말을 하는지 생각해 봐요!」

「농간! 계산!」공작이 위신을 몹시 손상당한 표정으로 되풀이했다.

알료샤는 슬픔에 젖은 채 앉아서 거의 아무것도 이해하지 못한 듯 그냥 바라보았다.

「그래요, 그래요, 제 말을 끊지 마세요. 저는 모든 것을 말하겠노라 굳게 다짐했어요.」화가 난 나따샤가 계속 말을 이었다. 「알료샤가 당신 말씀을 듣지 않았다는 것을 당신은 스스로 기억하시죠. 그를 저에게서 떼어놓기 위해 당신은 꼭 반년 동안 애를 썼죠. 그는 당신에게 굴복하지 않았어요. 그리고 갑자기 당신은 시간상 더는 우물쭈물할 수 없는 시점에 처했지요. 당신이 이 시간을 놓치면, 처녀고, 돈이고, 무엇보다도 돈이죠. 3백만 루블의 지참금이 당신의 손아귀에서 빠져나가는 거죠. 한 가지 방법만이 남았죠. 알료샤는 당신이 지정하는 여인을 사랑했어야 했고, 당신은 만일 그가 그녀와 사랑에 빠진다면, 아마도 저와의 관계를 끊을 것이라고 생각했겠죠……」

「나따샤, 나따샤!」알료샤가 비통한 마음으로 소리쳤다. 「무슨 소리를 하고 있는 거요!」

그녀는 알료샤의 외침에도 멈추려 하지 않고 계속했다. 「당신은 역시 그렇게 하셨죠. 하지만 여기서 옛이야기가 다시 반복됐죠! 모든 것이 잘 처리될 수 있었는데, 제가 다시 방해가 됐죠! 오직 한 가지가 당신에게 희망을 주었을 거예요. 당신은 경험이 많고 노련한 사람으로서, 아마도 이미 그때 알료샤가 저와의 긴밀한 관계에 이따금 중압감을 느낀다는 것을 눈치 챘을 거예요. 당신이 그가 나를 소홀히 하고 따분해 하기 시작했으며, 닷새나 찾아오지 않은 것을 눈치 채지 못했을 리 없어요. 당신은 그가 스스로 나에게 완전히 싫증을 내고 날 버리기를 바랐을 거예요. 그런데 갑자기 화요일 날, 알료샤의 결정적인 행동이 당신의 계획 전부를 뒤엎어 버린 거죠. 당신은 어떻게 했어야 할까요!」

「실례하오.」 공작이 소리쳤다. 「그 반대요, 이 사실은…….」

「제 말이 아직 끝나지 않았습니다.」 나따샤가 고집스럽게 그의 말을 끊었다. 「그날 저녁 당신은 스스로에게 물었을 테죠. 〈이제 어떻게 해야 하나?〉 그리고 결심하셨죠. 그에게 저와 결혼하는 것을 승낙해 주자, 하지만 실제로가 아니라 그를 안심시키기 위해 단지 말로만. 〈결혼 일자는 편한 대로 뒤로 미룰 수 있지〉 하고 당신은 생각하셨을 거예요. 그런 가운데 새로운 사랑이 시작되었어요. 당신은 그것을 알아차렸고요. 그리고 당신은 이 새로운 사랑의 싹에 모든 것을 걸었어요.」

「소설이야, 소설.」 공작이 혼잣말하듯 낮은 소리로 말했다. 「고독, 공상, 소설 탐독!」

「네, 이 새로운 사랑에 당신은 모든 것을 걸었어요.」 나따샤가 공작의 말은 듣지도 않고 그의 말에 주의를 기울이지도 않으며, 열에 들떠 더 더욱 몰두해서 말을 되풀이했다. 「그리고 새로운 사랑은 어떤 기회를 줄지! 그 사랑은 그가 아직 그 처녀의 장점을 모두 알기 전부터 시작되었지요! 그날 저녁 그가 그 처녀에게, 하나의 의무와 다른 사랑이 그로 하여금 그녀를 사랑하는 것을 방해한다고 밝힌 바로 그때, 그 처녀는 지극한 고결함, 그와 자신의 라이벌에 대한 커다란 연민, 넓은 관용의 마음을 보여 주었지요. 그는 그녀의 아름다움에 경탄하기는 했지만, 이 순간까지 그녀가 그렇게도 아름다운 마음씨를 가지고 있는지 생각하지도 못했었죠! 그는 그날 저에게도 왔어요. 단지 그녀에 대해, 그녀가 얼마나 자신을 감동시켰는지 말하려고요. 네, 그는 다음날 이 아름다운 여인을 다시 보고 싶은 떨쳐 버릴 수 없는 욕구를 느꼈음에 틀림없었을 거예요, 비록 단지 고마움 때문이라고 해도. 그리고 그녀에게 가지 못할 이유가 없었겠지요? 다른 그의 연인은 더 이상 괴로워하지 않을 것이다, 그녀의 운명은 결정되었다, 그는 그녀에게 전 생애를 바칠 것이다. 새 여인에게는 단지 1분만…… 그리고 나따샤가 이 1분조차 시기한다면 그녀는 얼마나 고마움을 모르는 여자랴? 하는 생각이 들었겠지요. 그리고 이 나따샤를 의식하지도 못하는 가운데 몇 분 대신 하루, 이틀, 사흘을 제게서 빼앗아 갔어요. 그리고 그동안 그 처녀는 그에게 전혀 예기치 못한, 새로운 모습을 보여 준거예요. 그녀는 매우 고결하고 열정적이고, 동시에 매우 천진하고 완전한 어린아이나 마찬가지예요. 이 점에서 성격상 그녀는 알료샤와 비슷합니다. 그들은 서로 우정과 형제애를 맹세했고 평생 떨어지지 않기를 원했어요. 그 대여섯 시간의 대화 끝에 그의 전 영혼이 새로운 느낌을 향해 열리고, 그의 마음은 온통 그녀에게 빠진 것이죠……. 당신은 드디어 시간이 왔다, 그는 이전의 사랑을 새 사랑과, 그녀의 새롭고 신선한 느낌과 비교할 것이다 하고 생각하셨겠죠. 거기서는 모든 것을 알고 있고 익숙하며, 너무 심각하고 까다롭고, 그를 시기하고 욕하며 심지어 눈물마저 보이거든요……. 그리고 만일 그와 장난을 치고 농담이라도 할라치면, 그를 동등한 입장에서가 아니라 마치 어린아이를 다루듯 대한다……, 그러나 중요한 것은, 서로 너무 많이 알고 있고 너무 오래됐다는 것이지…… 하고요.」

눈물과 슬픈 경련으로 그녀는 질식할 듯했지만 나따샤는

좀 더 힘을 내었다.

「다음에는 어떻게? 그 다음은 시간에 맡기는 거죠. 나따샤와의 결혼이 가까운 시일로 결정된 것은 아니며, 시간은 많으니까요. 모든 것이 바뀔 수 있죠……. 게다가 당신은 말씀, 암시, 설명, 능변으로…… 이 귀찮은 나따샤를 중상할 수도 있고, 불리한 입장에 몰아넣을 수도 있죠. 그리고…… 이 모든 것이 어떻게 결말이 날지는 몰라요. 하지만 당신이 이기겠죠! 알료샤! 나를 비난하지 말아요, 친구여! 내가 당신의 사랑을 이해하지 못한다고, 그것을 소중하게 평가하지 않는다고 말하지 말아요. 나는 당신이 지금도 나를 사랑한다는 것, 그리고 이 순간 아마도 나의 푸념을 이해하지 못할 거란 것을 알아요. 나는 내가 지금 이 모든 것을 털어놓는 데 있어 몹시 서툴다는 것을 알아요. 하지만 내가 이 모든 것을 파악하면서도, 그럼에도 당신을 더 더욱…… 완전히…… 미치도록 사랑한다면, 어떻게 해야겠어요!」

그녀는 손으로 얼굴을 감싸고 안락의자에 쓰러져서 어린아이처럼 흐느꼈다. 알료샤는 소리 지르며 그녀에게 달려들었다. 그는 눈물 없이 그녀의 눈물을 결코 보지 못했다.

그녀의 흐느낌은 공작에게 매우 도움이 된 듯했다. 긴 설명이 이어지는 동안 나따샤가 보여 준 흥분, 그를 겨냥한 그녀의 신랄한 공격, 그것으로 그는 이미 체면상으로라도 모욕을 느꼈어야 했으나, 이 모든 것들을 이제는 분명 의미 없는 질투의 폭발, 모욕당한 사랑, 심지어 질병 탓으로 돌려 버릴 수 있게 되었다. 심지어 그녀에게 연민을 표하는 것조차 온당한 일이 되었다…….

「진정하시오, 진정하시오, 나딸리야 니꼴라예브나,」 공작이 위로했다. 「이 모두는 흥분, 공상, 고독의 결과요……. 당신은 그의 경솔한 행동에 의해 자극받았던 거요……. 하지만 그것은 단지 그의 경솔함일 뿐이오. 당신이 특히 강조한 가장 중요한 사실은 화요일 사건으로, 그것은 당신에 대한 그의 끝없는 애착을 보여 주는 것임에 틀림없었을 터인데, 당신은 그 반대로 생각을 했소…….」

「오, 저에게 아무 말씀 마세요, 적어도 지금은 저를 괴롭히지 마세요!」 흐느껴 울며 나따샤가 말했다. 「제 마음이 이미 모든 것을 말했어요, 이미 오래전에! 당신은 정말로 제가 그의 사랑이 다 식어 버린 것을 깨닫지 못한다고 믿으시는군요? 여기 이 방에 혼자 남았을 때, 그가 떠나고 저를 잊었을 때……, 저는 이 모든 것을 인내하며…… 숙고했어요……. 내가 할 수 있는 일이 무엇이 있었겠어요! 저는 당신을 비난하지 않아요, 알료샤……. 왜 저를 속이려 하나요? 정말로 당신은 저를 속이려 하지 않았다고 생각하시나 보군요! 오, 얼마나 자주, 얼마나 자주였던가요! 내가 그의 목소리의 모든 울림에 유의하지 않은 적이 있을까요? 내가 그의 얼굴을, 그의 눈을 읽는 것을 배우지 않았겠어요? 모든, 모든 것이 파멸해 버렸어요, 모든 것이 묻혀 버렸어요……. 오, 나는 불행한 여자예요!」

알료샤는 그녀의 앞에 무릎을 꿇고 눈물을 흘렸다.

「그래, 그래, 모두 내게 잘못이 있소! 모든 게 다 나 때문이오!」 그는 흐느끼며 되풀이했다.

「아니, 자책하지 말아요, 알료샤……. 잘못은 다른 이들에게 있어요…… 우리의 적들이, 바로 그들이에요…… 그들!」

「실례지만,」 공작이 약간 초조해져서 말문을 열었다. 「무슨 근거로 당신은 나에게 이 모든…… 죄를 덮어씌우는 겁니까? 그것이야말로 그 무엇으로도 입증할 수 없는 당신의 추측일 뿐이오…….」

「증거!」 나따샤가 안락의자에서 벌떡 일어서며 소리쳤다. 「당신이 증거를 요구하다니요, 간교한 사람! 당신이 당신의 제의를 들고 이곳에 왔을 때는 이미 다르게 행동할 수 없었을 텐데요! 당신은 당신의 아들이 까쨔에게 전적으로 헌신하도록 그를 진정시켜야만 하고, 그의 양심을 어루만져야만 했어요. 그렇지 않으면 그는 내내 제 생각을 할 테고, 당신 말을 듣지 않을 것이며, 당신은 기다림에 지쳐 버렸을 테니까요. 그래, 제가 틀린 말을 했나요?」

「고백하건대,」 공작이 빈정대는 미소를 머금고 대답했다. 「내가 만일 당신을 기만하려 생각했다면, 나는 정말로 그렇게 했을 것이오. 당신은 매우…… 날카롭소. 그런 비난거리를 가지고 다른 사람을 모욕하기 전에, 이것도 입증을 해야…….」

「입증이라고요! 그럼 당신이 그를 나로부터 떼어놓으려 한 이전의 모든 행동은 뭐죠? 아들에게 상류 사회에서의 이익이나 돈 때문에, 의무를 소홀히 하고 희롱하도록 가르치는 사람이야말로 그를 타락시키는 사람입니다! 당신은 방금 계단에 대해, 누추한 아파트에 대해 무슨 말씀을 하셨지요? 궁핍과 배고픔으로 인해 우리가 헤어지도록 하려고 전에 그에게 주었던 용돈을 거두어들인 건 당신이 아닌가요? 이 계단도, 이 아파트도 다 당신 덕인데, 당신은 이걸 가지고 이제 그를 비난하시는군요, 위선자! 그리고 어디에서 그날 저녁 당신에게 갑자기 그런 따뜻함이, 당신과 어울리지 않는 그런 새로운 신념이 생겨났나요? 무엇 때문에 내가 당신에게 그리 필요했나요? 저는 나흘간 여기서 왔다 갔다 하면서 내내 당신의 말 하나하나를, 당신의 얼굴 표정 하나하나를 생각하고 음미해 보았어요. 그리고 이 모든 것이 기만이고 농담이며, 모욕적이고 저급하며, 무가치한 희극이라는 확신이 들었어요……. 저는 당신이란 사람을 알아요. 이미 오래전부터 알았어요! 알료샤가 당신에게 갔다가 내게 올 때마다, 나는 그의 얼굴에서 당신이 그에게 말하고 영향을 끼친 모든 것을 읽었어요. 당신이 그에게 끼친 영향을 모두 연구했지요! 아니오, 당신은 저를 더 이상 기만하지 못해요! 아마 당신은 어떤 다른 계산을 가지고 있겠지요, 아마 내가 핵심을 짚어 내지 못했는지도 모르겠어요. 하지만 아무래도 좋아요. 당신은 저를 기만했어요. 이것이 중요합니다! 이것을 당신의 면전에서 똑바로 말하고 싶었던 겁니다!」

「그게 다요? 이것이 증거의 전부인가요? 하지만 생각해 보시오, 당신은 제정신이 아니오. 나는 이 행동으로(당신이 화요일의 나의 제안이라고 했지요) 스스로 지나친 의무를 진 것이오. 그 점에 대해서는 내가 지나치게 경솔했던 것 같소.」

「무엇으로, 무엇으로 의무를 지셨단 말씀입니까? 당신에게 나 같은 사람을 기만하는 것이 무슨 의미가 있단 말인가요? 이런 한 처녀에 대한 모욕이 무슨 대수겠어요! 당신에게 저는 아버지를 뿌리친 불행한 도망자, 의지할 곳도 없고 자신을 더럽힌, 비도덕적인 존재가 아니던가요! 이러한 농담이 당신에게, 비록 어떤 작디작은 이익을 가져다 준다 할지라도 그런 여자에게 예의를 차리는 수고를 할 필요가 있을까요!」

「당신이 자신을 어떤 상황으로 몰아넣고 있는지 생각해 보시오, 나딸리야 니꼴라예브나! 당신은 정말로 내가 당신에게 모욕을 주었다고 끈질기게 주장하고 있어요. 하지만 그 모욕이라는 것이, 어떻게 그것을 상상해 내고 더욱이 고집할 수 있는지 이해하지 못할 만큼 그렇게 심하고 모욕적이오. 이런 일을 그리 쉽게 가정할 수 있으려면 산전수전 다 겪은 사람이어야 할 터인데, 미안하오, 말이 좀 과했소. 오히려 내가 당신을 비난할 권리가 있소, 왜냐하면 당신은 내 아들을 내게 맞서도록 부추기고 있소. 설사 지금 그가 당신을 위해 나에게 맞서지 않는다고 하더라도, 그의 마음은 이미 나에게 맞서고 있소⋯⋯.」

「아니에요, 아버지, 아니에요.」 알료샤가 소리쳤다. 「제가 아버지께 맞서지 않는 것은 아버지가 그녀를 모욕하신 게 아니라고 믿기 때문이에요. 사람이 누군가를 그렇게 모욕할 수 있다고는 믿을 수 없어요!」

「듣고 있소?」 공작이 소리쳤다.

「나따샤, 모든 게 내 잘못이오, 그를 비난하지 말아요. 이것은 죄스러운 일이고 무서운 일이오!」

「들으셨어요, 바냐? 그는 이미 저를 배반하고 있어요!」 나따샤가 소리 질렀다.

「됐소!」 공작이 말했다. 「이 고통스러운 장면을 끝내야겠어. 이 눈멀고 광포한 질투의 폭발이 한계를 넘어서 당신의 성격을 완전히 다른 각도에서 보게 하고 있소. 나는 경고를 받은 셈이오. 우리는 너무 서둘렀소, 정말로 서둘렀소. 당신은 나를 얼마나 모욕했는지 심지어 인식하지도 못하고 있소. 당신에게 이것은 아무것도 아니겠지. 서둘렀어⋯⋯. 서둘렀어⋯⋯. 내 약속은 물론 신성해야 하오, 하지만⋯⋯ 나는 아버지고 내 아들의 행복을 바라오⋯⋯.」

「당신은 자신의 말씀을 취소하시는 거군요.」나따샤가 어쩔 줄 모르고 소리쳤다. 「당신은 이 기회를 기뻐하시는 거죠! 하지만 알아 두세요, 이틀 전에 혼자 이곳에서 그를 그의 약속으로부터 자유로울 수 있도록 해주겠다고 저 스스로 결심한 것을, 지금 모두가 있는 데서 그것을 확인합니다. 저는 거절합니다!」

「말하자면 당신은 아마도 그에게서 모든 예전의 불안, 의무감, 즉 〈자신의 의무에 대한 모든 괴로움〉을 되살리고 싶은 거요(당신이 방금 표현한 바처럼). 이를 통해 그를 새로이 자신에게 묶어 두려는 거요. 이것은 당신의 이론에서 나온 거요. 그래서 나는 이렇게 말하는 것이오. 하지만 좋소, 시간이 결정해 줄 거요. 나는 당신과 함께 터놓고 이야기할 수 있도록 좀 더 조용한 시간을 기다리겠소. 우리의 관계가 이것으로 결정적으로 끝나지 않기를 기대하오. 나는 또 당신이 나를 더 잘 평가하는 법을 배우기를 기대하오. 나는 오늘 당신 부모에 대한 내 계획을 당신에게 알려 주려고 했소, 그것을 통해 당신은 새로운 사실을 알게 됐을 텐데…… 하지만 됐소! 이반 뻬뜨로비치!」 그가 나에게 다가오며 덧붙였다. 「나는 오늘, 당신을 더 가깝게 사귀는 것이 그 어느 때보다도 아주 값질 것이라 생각하오. 이것이 내 오랜 바람이라는 것은 차치하더라도. 내 말을 이해해 주었으면 좋겠소. 며칠 내로 당신에게 들러도 되겠소, 괜찮겠소?」

나는 머리를 숙였다. 나는 그와 사귀는 일이 이미 회피할 수 없는 일이 되었다는 느낌을 받았다. 그는 내 손을 잡으며, 나따샤에게 가볍게 머리를 숙이고 품위가 손상된 표정으로 아파트를 떠났다.

4

몇 분 동안 우리들 가운데 누구도 한 마디 말도 하지 않았다. 나따샤는 슬프고 낙담한 얼굴로 생각에 잠긴 채 앉아 있었다. 그녀는 순간 기진맥진해 버린 것이다. 그녀는 정면을 바라보았으나 아무것도 보지 않았으며, 마치 자신의 손에 알료샤의 손을 쥐고 있는 것도 잊어버린 듯했다. 그는 조용히 울면서 자신의 슬픔을 삭였고, 이따금 겁에 질리고 호기심에 찬 눈길을 나따샤에게로 돌렸다.

마침내 그는 머뭇거리며 그녀를 위로하기 시작했다. 그녀에게 화내지 말라고 애원하고 자신을 책망했다. 그는 무척 자기 아버지를 변명하고 싶어했으며, 그 일을 매우 마음에 걸려하는 것이 분명했다. 그는 몇 번이나 이것에 대해 운을 떼려 했으나, 다시 나따샤의 분노를 불러일으킬까 봐 감히 분명히 말하지 못했다. 그는 그녀에게 영원히 변치 않는 사랑을 맹세했고, 자신이 까쨔에 대해 가지고 있는 집착을 열심히 변명했다. 그는 까쨔를 누이로서, 완전히 저버릴 수 없는 사랑스럽고 착한 누이로서 사랑할 뿐이라는 말을 계속해서 되풀이했다. 이것은 그로서는 심지어 조야하고 잔인했을 수도 있었는데, 그는 내내 만일 나따샤가 까쨔를 알게 된다면 둘은 결코 헤어질 수 없는 친구가 될 것이며, 그리고 나면 더는 아무런 오해도 발생하지 않을 것이라고 단언했다. 이 생각은 특히 그의 마음에 들었다. 그 가엾은 친구는 조금도 거짓말을 하지 않았다. 그는 나따샤가 염려하는 것이 무엇인지, 또한 그녀가 이제까지 자기 아버지에게 한 말이 도대체 무슨 뜻인지 잘 이해하지 못했다. 그는 단지 그들이 다투었다는 것을 이해했을 뿐이고, 이것이 특히 그의 마음을 짓누르는 것이었다.

「당신은 내가 당신 아버지에게 한 행동을 비난하는군요?」 나따샤가 물었다.

「내가 어떻게 책망할 수 있겠소?」 그가 괴로운 마음으로 대답했다. 「내 자신이 모든 것의 원인이고 잘못한 사람은 난데 말이오. 당신을 그렇게 화나게 한 사람은 바로 나요. 그리고 화가 났기에 당신은 그를 비난했소, 나를 변호하고자 했기 때문이지. 당신은 언제나 나를 변호해 주는데 나는 그럴 가치가 없는 사람이오. 잘못한 사람을 찾아내야 했고, 당신은 그에게 책임이 있다고 생각한 거지요. 그런데 진실로, 진실로, 그에게는 잘못이 없어요!」 알료샤가 용기를 내어 외쳤다. 「아버지께서 그런 생각으로 여기에 오셨단 말인가! 그가 그런 것을 기대했단 말인가!」

하지만 나따샤의 우수와 비난을 담은 눈길과 마주치자, 그는 이내 겁을 집어먹었다.

「다시는 그런 말 하지 않겠소, 다시는 그런 말 하지 않을 테니 용서해 줘요.」 그가 말했다. 「다 내 탓이오!」

「그래요, 알료샤.」 그녀가 우울하게 말을 이었다. 「지금 그는 우리 사이에 끼어들어와 우리의 평화를 깼어요, 영원히. 당신은 언제나 다른 사람보다 나를 더 믿었어요. 이제 그는 당신의 마음에 나에 대한 의심, 불신을 심었어요. 그리고 당신은 나보고 틀렸다고 해요. 그는 나에게서 당신 마음의 반을 가져갔어요. 검은 고양이 한 마리가 우리 사이로 지나간 거예요.」[72]

「그렇게 말하지 마오, 나따샤. 왜 우리 사이에 검은 고양이

---

72 둘의 사이가 나빠졌다는 뜻의 관용적인 표현.

가 있다는 거요?」이 표현이 그를 괴롭게 했다.

「그는 위선적인 선량함과 거짓의 관대함으로 당신을 자신에게로 끌어당긴 거예요.」나따샤가 말을 이었다. 「이제 점점 더 당신을 나로부터 멀어지게 할 거예요.」

「그렇지 않을 것이라고 맹세하오!」알료샤가 더욱 열을 올리며 소리쳤다. 「그가 〈우리가 서둘렀다〉고 말했을 때 그는 격분한 상태였소. 당신이 직접 보게 될 거요. 그는 바로 내일, 또는 수일 내로 정신을 차릴 거요. 만일 그가 정말로 우리의 결혼을 원치 않는다면, 당신에게 맹세하건대 나는 그의 말을 듣지 않을 것이오. 나에게도 그만한 힘은 있소……. 그리고 우리를 도와줄 사람이 있음을 알아 두시오.」그는 갑자기 자신의 생각에 흥분해서 소리쳤다. 「까쨔가 우리를 도와줄 거요! 그리고 당신은 보게 될 거요, 보게 될 거요, 그녀가 얼마나 훌륭한 여인인지를! 당신은 보게 될 거요, 그녀가 당신의 경쟁자가 되려 하는지, 그리고 우리를 떼어놓으려 하는지 아닌지! 그리고 최근, 당신이 내가 결혼한 다음날로 사랑이 식어 버리는 그런 사람이라고 말했을 때, 당신은 얼마나 공정하지 못했는지 모르오! 이 말을 들으면서 나는 얼마나 마음이 아팠는지 모르오! 아니오, 나는 그런 사람이 아니오, 그리고 설사 내가 까쨔를 자주 방문했더라도…….」

「됐어요, 알료샤, 가고 싶을 때 그녀에게 가세요. 나는 방금 그 일에 대해서 말한 것은 아니었어요. 당신은 모든 것을 다 이해하지 못했어요. 누구와 함께 있든지 간에 행복하세요. 당신의 마음이 내게 줄 수 있는 것보다 더 많은 것을 요구할 수는 없는 일이지요…….」

마브라가 들어왔다.

「어때요, 차를 들여올까요, 네? 두 시간이나 사모바르가 끓는다는 것은 농담이 아니에요, 열한 시란 말이에요.」

그녀는 무뚝뚝하고 화난 어조로 물었다. 그녀는 기분이 몹시 나쁘고 나따샤에게 화가 나 있음이 분명했다. 사실 그녀는 화요일부터 내내 그녀의 아가씨가(그녀가 매우 사랑하는 아가씨) 곧 시집을 간다는 것에 대해 이미 건물 전체에, 이웃에, 상점들에 그리고 문지기에게까지 알려 줄 만큼 그렇게 기쁨에 도취되어 있었던 것이다. 그녀는, 고귀한 사람이고 장군이며 굉장히 부자인 공작이 아가씨에게 결혼 승낙을 구하기 위해 직접 왔고, 자신이 이것을 직접 들었다고 의기양양하게 자랑하며 이야기하고 다녔는데, 갑자기 이제 와서 모든 것이 무너져 버린 것이다. 공작은 화가 나서 가버렸고, 차는 들여오지도 못한 데다, 물론 이 모든 점에 있어 잘못은 아가씨에게 있었던 것이다. 마브라는 그녀가 그에게 얼마나 무례하게 말하는가를 들었던 것이다.

「좋아…… 들여와.」 나따샤가 대답했다.

「전채도 들여올까요?」

「그래, 전채도.」 나따샤가 웃었다.

「모두 준비했다고요, 모두 준비했는데!」 마브라가 되풀이했다. 「어제부터 녹초가 되었어요. 와인을 사러 네프스끼 대로까지 갔다 왔는데, 지금은…….」 그리고 그녀는 화가 나서 쿵 하고 문을 닫고 나갔다.

나따샤는 얼굴이 붉어졌고 어쩐지 기묘한 눈초리로 나를 쳐다보았다. 그러는 가운데 차가 나왔고, 먹을 것들도 나왔다. 먹거리로는 들새 고기와 생선, 옐리세예프[73] 상점에서 사 온 두 병의 고급 포도주가 준비되어 있었다. 〈무엇을 위하여

이 모든 것을 준비했단 말인가?〉 하고 나는 생각했다.

「보시다시피, 바냐, 저는 이런 사람이에요.」 탁자로 다가오며 나따샤가 말했다. 그녀는 내 앞에서 당황하고 있었다. 「나는 오늘 모든 것이 이렇게 되고 말 거라고 예견했어요, 하지만 달라질지도 모른다고 생각했죠. 〈알료샤가 오고, 우리는 화해를 할 것이다. 그리고 모든 나의 의심은 근거가 없었던 것으로 판명될 것이고, 나는 잘못을 바로 잡을 것이다〉 하고요. 그리고…… 모든 경우에 대비해 나는 전채를 준비했어요. 또 생각했죠, 〈우리는 오래 같이 앉아서 이야기를 나눌 것이다〉 하고…….」

가엾은 나따샤! 그녀는 말하면서 몹시 얼굴을 붉혔다. 알료샤는 미칠 듯이 기뻐했다.

「자, 그것 봐, 나따샤!」 그가 소리쳤다. 「당신도 자신하지는 못했잖소. 두 시간 전까지만 해도, 당신은 자신이 의심하는 바를 믿지 않았어요! 아니, 모든 것을 바로잡아야 하오. 내게 잘못이 있소, 모두 내 잘못으로 생긴 일이오. 하지만 내가 모든 것을 바로잡겠소. 나따샤, 내가 지금 아버지에게 갈 수 있도록 허락해 주오! 그를 만나야겠소. 그는 체면을 잃었고 모욕을 당했소. 그를 위로해야겠어요, 그에게 모든 것을 설명하겠소. 모든 것을 내 입장에서, 오로지 내 입장에서만 말씀드리겠소. 당신은 전혀 끌어들이지 않겠어. 그리고 모든 것을 정리하겠소……. 내가 그에게 가고 싶어서 당신을 홀로 여기 남겨 둔다고 나에게 화내지 마오. 그럴 생각은 전혀 없소. 나는 그가 안됐소. 그는 당신 앞에서 자신이 잘못한 것이

---

73 좋은 품질의 제품을 팔던 큰 식료품상.

없음을 인정받게 될 거요. 두고 보시오……. 내일 아침 일찍 당신에게 오겠소, 그리고 하루 종일 당신 곁에 있겠소, 까쨔에겐 가지 않겠소…….」

나따샤는 그를 잡지 않았고 오히려 가라고 충고했다. 그녀는 알료샤가 의도적으로 또는 과도하게 자기 옆에 하루 종일 앉아 싫증내는 것을 몹시 두려워했다. 그녀는 단지 그에게 자기의 이름으로는 아무것도 말하지 말아 달라고 부탁하고, 그와 헤어질 때 가능한 한 유쾌하게 미소 지으려 노력했다. 그가 막 나가려고 하다가 갑자기 그녀에게 다가가 그녀의 양손을 잡으며 그 곁에 앉았다. 그는 이루 말할 수 없이 부드럽게 그녀를 바라보았다.

「나따샤, 나의 벗, 나의 천사, 나에게 화내지 말아요. 우리 결코 다투지 맙시다. 그리고 언제나 나를 전적으로 믿겠다고 약속해 주오, 내가 당신에게 하듯이. 나의 천사여, 지금 무엇인가 당신에게 할 말이 떠올랐소. 우리는 한 번 다툰 적이 있소, 무슨 일 때문이었는지는 잘 기억이 나지 않소. 하지만 내가 잘못했었소. 우리는 서로 말도 하지 않았소. 나는 먼저 용서를 빌고 싶지 않았소, 하지만 나는 굉장히 슬펐소. 나는 시내 곳곳을 배회하고, 친구들에게도 들렀소, 하지만 마음은 몹시 무거웠소, 몹시……. 그때 나에게, 만일 당신이 병이 나거나 죽는다면? 하는 생각이 떠올랐소. 그리고 이것을 상상했을 때 갑자기 내게, 정말로 내가 당신을 영원히 잃어버리기라도 한 듯한, 그런 절망감이 들었소. 생각은 점점 더 무거워지고, 더 무서워졌소. 그리고 조금씩 나는 내가 당신의 무덤에 찾아가 의식을 잃고 그 위에 쓰러져 내 팔로 그것을 감싼 채 슬픔에 잠겨 거의 죽음에 이르는 것을 상상했소. 나는 무덤에 입 맞추고, 잠깐만이라도 거기서 나오라고 당신을 부르며, 비록 한순간이나마 당신을 내 앞에 부활시키는 기적을 일으켜 주십사고 하느님께 기도하는 것을 상상했고, 당신을 품에 안으려고 당신을 향해 몸을 던져 당신을 껴안고 당신에게 입 맞추는 것을 상상했소. 그리고 당신을 한번만 내 품속에, 단 한순간이라도 전처럼 안을 수 있다면 지극한 행복에 취한 채 죽어도 좋을 것 같았소. 이런 상상을 하다가 문득 이런 생각이 들었소. 나는 당신을 단 한순간 만나려고 하느님께 요청하게 될 것이었소. 그런데 당신은 나와 6개월을 함께 있었소. 그 6개월 동안에 우리가 얼마나 많이 다투고, 얼마나 많은 날을 서로 이야기도 하지 않았었는지! 우리는 하루 종일 다투었고 우리의 행복을 무시했소. 그런데 이제 와서는 단 한순간을 위해 당신을 무덤에서 불러내며, 이 순간을 위해 전생애를 바칠 준비가 되어 있더란 말이오! 이 모든 것을 상상하자 나는 더 이상 견딜 수가 없었고, 가능한 한 빨리 당신에게 오려고 서둘렀소. 그리고 이 방에 뛰어들자 당신은 이미 나를 기다리고 있었고, 마치 내가 정말로 당신을 잃기라도 한 것처럼 당신을 꼭 껴안았던 것을 기억하오, 나따샤! 절대 다투지 맙시다! 다툼은 늘 나에게 커다란 고통을 안겨 주었소! 그리고 신이여, 내가 당신을 떠날 수 있다는 것이 있을 법이나 한 소린가요!」

나따샤는 눈물을 흘렸다. 그들은 서로 꼭 껴안았다. 그리고 알료샤는 다시 한번 그녀에게 절대로 그녀와 헤어지지 않겠노라 맹세했다. 그 다음 그는 아버지에게 서둘러 갔다. 그는 모든 것을 해결하고 바로잡을 수 있다고 굳게 믿고 있었다.

「모든 게 끝났어! 모든 것이 망가졌어!」나따샤가 내 손을 경련이 날 정도로 꼭 쥐며 말했다.「그는 나를 사랑해요, 그는 결코 나에 대한 애정을 잃지 않을 거예요. 하지만 그는 까쨔도 사랑하고, 얼마간의 시간이 지나면 그녀를 나보다 더 사랑할 거예요. 하지만 이 교활한 공작은 방심하지 않을 거예요. 그러고 나서……」

「나따샤! 나도 공작이 진실하게 행동하고 있지 않다고 믿고 있소, 하지만……」

「당신은 내가 그에게 한 말을 모두 믿지 않는군요! 당신의 얼굴에 그렇게 씌어 있어요. 하지만 기다려 보세요. 내가 옳았는지 아닌지 당신은 보게 될 거예요. 나는 단지 대체적으로 느낀 것에 대해서만 이야기했어요. 그러나 그에게 또 무슨 속셈이 있는지 누가 알겠어요! 그는 지독한 사람이에요! 나는 방 안에서 나흘 동안 왔다 갔다 하며 모든 수수께끼를 풀었어요. 그가 원하는 것은, 삶을 어지럽게 만드는 슬픔에서 알료샤를 벗어나게 하고, 나에 대한 사랑의 의무로부터 자유롭게 해주는 것이었어요. 그는 또한 자신의 영향력으로 우리 사이에 비집고 들어와서, 알료샤를 자신의 아량과 관대함으로 매료시키려는 목적으로 우리의 결합을 생각해 냈어요. 틀림없어요, 틀림없다고요, 바냐! 알료샤는 바로 그런 성격을 가지고 있어요. 그는 틀림없이 나에 대해 안심할 거고, 그에게서 나에 대한 걱정은 사라질 게 틀림없어요. 그는 〈그녀는 이제 내 아내와 다름없어, 평생 나와 함께 있을 거야〉하고 생각할 거예요. 그리고 자기도 모르게 까쨔에게 더 많은 주의를 기울일 거예요. 공작은 분명 이 까쨔를 유심히 관찰했어요. 그리고 그녀가 알료샤에게 어울리며, 나보다 그를 더 강하게 사로잡을 수 있다고 생각했을 거예요. 오, 바냐!

지금 나의 모든 희망은 당신에게 걸려 있어요. 그는 무슨 이유에서인지 당신과 사귀고 싶어해요. 그것을 거절하지 말아요, 친구여, 그리고 가능한 한 빨리 백작 부인에게 갈 수 있도록 노력해 주세요. 그리고 까쨔와 친교를 맺으세요. 그녀를 자세히 살펴보고 그녀가 어떤 사람인지 저에게 이야기해 주세요. 당신이 그녀를 보고 말해 주는 것이 중요해요. 당신은 누구보다도 나를 잘 이해해요, 그리고 당신은 내가 무엇을 원하는지도 알아요. 그들이 어느 정도로 가까운지, 그들 사이의 관계가 어떤 건지, 그들이 무엇에 대해 이야기하는지 살펴 줘요. 무엇보다 까쨔, 까쨔를 눈여겨보아 주세요……. 보여 주세요, 이번에 또 한번, 사랑스러운, 내 사랑하는 바냐, 나에게 또 한번 당신의 우정을 보여 주세요! 당신에게, 오직 당신에게 내 희망이 걸려 있어요!」

내가 집으로 돌아온 것은 이미 자정이 지나서였다. 넬리가 잠에 취한 얼굴로 문을 열어 주었다. 그녀는 미소를 지으며 기쁜 듯 나를 쳐다보았다. 가엾은 아이는 깜빡 잠들었다는 것 때문에 자신에게 화를 내고 있었다. 그녀는 자지 않고 나를 기다리려 했던 것이다. 그녀는 누군가가 나에 관해 물어보러 찾아와서는, 자기와 앉아 있다가 책상 위에 쪽지를 남겼다고 전해 주었다. 쪽지는 마슬로보예프가 남긴 것이었다. 그는 나에게 내일 한 시까지 자기 집으로 와달라고 써놓았다. 나는 넬리에게 이것저것 캐묻고 싶었으나 내일로 미루고, 그녀에게 얼른 자라고 말했다. 가엾은 아이는 그러잖아도 나를 기다리느라 피곤했으며, 내가 오기 겨우 30분 전에야 깜빡 잠이 들었던 것이다.

5

다음날 아침에 넬리는 어제의 손님에 대해 꽤 이상한 이야기를 들려주었다. 하기야 마슬로보예프가 그런 저녁에 나를 찾아오려고 생각했다는 것부터가 이미 이상한 일이었다. 그는 아마 내가 집에 없다는 것을 알고 있었을 것이다. 우리가 요전에 만났을 때 내가 직접 집에 없을 거라고 이야기해 주었던 것을 아주 잘 기억하고 있다. 넬리는 처음엔 겁이 나서 문을 열어 주지 않으려 했다고 말했다. 이미 저녁 여덟 시였기 때문이었다. 하지만 그는 닫힌 문틈으로 간청하며, 만일 그가 나에게 전언을 남기지 못한다면, 그 결과 내일 나에게 좋지 않은 일이 있을 거라고 단언했다는 것이다. 그녀가 그를 들어오게 하자, 그는 이내 쪽지를 써놓고 그녀에게 다가와 그녀와 나란히 소파에 앉았다는 것이다. 「저는 자리에서 일어났어요.」 넬리가 말했다. 「그와 말하고 싶지 않았거든요. 저는 그가 몹시 두려웠어요. 그는 부브노바에 대해 이야기하기 시작했어요. 그녀는 몹시 화가 나 있으나, 지금 감히 저를 잡으러 오지는 못할 거라고요. 그리고 당신을 칭찬하기 시작했어요. 그와 당신은 친한 친구 사이이고, 당신을 어릴 때부터 잘 알았다고 말했어요. 그래서 저는 그와 이야기하기 시작했어요. 그는 사탕을 꺼내더니 받으라고 했어요. 저는 받기 싫었어요. 그러자 그는 자신이 좋은 사람이라는 것을 믿게 하려고, 노래도 할 줄 알고 춤도 출 줄 안다고 하면서 일어나 춤을 추기 시작했어요. 우스꽝스러웠어요. 그러고 나서 조금 더 앉아 있겠다고 말했어요. 〈나는 바냐를 기다릴 거야, 곧 돌아오겠지.〉 그리고 저에게 겁내지 말고 그 옆에 앉으라

고 간곡히 부탁했어요. 저는 앉았어요. 하지만 그와 아무 말
도 하고 싶지 않았어요. 그러자 그는 엄마와 할아버지를 알
고 있었다고 말했어요. 그리고…… 그래서 저는 말하기 시작
했지요. 그리고 그는 오랫동안 앉아 있었어요.」

「그래, 무엇에 대해 이야기했니?」

「엄마에 대해…… 부브노바에 대해…… 할아버지에 대해.
그는 대략 두 시간 동안이나 앉아 있었어요.」

넬리는 무엇에 관해 이야기를 나누었는지 말하고 싶지 않
은 듯했다. 나는 마슬로보예프로부터 모든 것을 알 수 있으
리라 기대하며 더 이상 캐묻지 않았다. 나는 마슬로보예프가
일부러 내가 없을 때 넬리 혼자만을 만나기 위해 들른 것이
라고 생각했다. 〈무슨 일이 있는 걸까?〉 하고 나는 생각했다.

그녀는 나에게 그가 준 세 개의 사탕을 보여 주었다. 그것
은 초록색과 빨간색 종이로 싸여진 알사탕이었는데, 조악스
러운 것이 아마도 구멍가게에서 산 것 같았다. 넬리는 그것
들을 나에게 보여 주며 웃었다.

「왜 너는 먹지 않았니?」 내가 물었다.

「먹고 싶지 않았어요.」 그녀는 눈썹을 모으며 심각하게 대
답했다. 「저는 받지도 않았어요. 그가 소파 위에 그냥 놓아두
었어요…….」

이날 나는 여러 곳을 다녀야 했다. 그래서 넬리 곁을 일찍
떠나야 했다.

「혼자서 따분하니?」 내가 집을 나서며 물었다.

「따분하기도 하고 그렇지 않기도 해요. 당신이 오랫동안
계시지 않으니 따분해요.」

그녀는 이 말을 하면서 사랑 어린 눈으로 나를 바라보았

다. 이날 아침 내내 그녀는 그런 시선으로 나를 보았고, 쾌활하고 상냥하게 보였다. 동시에 그녀에겐 뭔가 부끄러운, 심지어 소심한 태도까지 깃들어 있었다. 그녀가 무엇인가로 나를 화나게 하거나, 나의 사랑을 잃어버릴까 봐, 그리고……그리고 무언가 부끄러운 것을 지나치게 표현하는 것은 아닐까 하고 두려워하는 듯했다.

「그럼 따분하지 않은 것은 무슨 까닭이냐? 네가 따분하기도, 따분하지 않기도 하다고 말했잖니?」 이렇게 물으며 나는 무의식적으로 그녀에게 미소를 지어 보였는데, 그만큼 그녀는 내게 사랑스럽고 소중해진 느낌이었다.

「말 안 할래요.」 그녀가 웃으며 대답했고 무엇 때문인지 다시금 부끄러워했다. 우리는 문지방에서 이야기를 했다. 문은 열려 있었다. 넬리는 눈을 밑으로 떨군 채 내 앞에 서서, 한 손으로는 내 어깨를 잡고 다른 한 손으로는 내 프록코트의 소매를 잡아당겼다.

「비밀이냐?」 내가 물었다.

「아니오……, 그렇지는 않아요……. 저는, 저는 당신이 계시지 않을 때 당신의 책을 읽기 시작했어요.」 그녀는 작은 목소리로 말하고, 부드러우면서 꿰뚫는 듯한 시선을 나에게 향하고는 온통 얼굴을 붉혔다.

「아, 그래! 맘에 드니?」 나는 면전에서 칭찬받는 작가의 당황함을 느꼈지만, 내가 이 순간 그녀에게 입을 맞출 수 있었다면 그렇게 했을 것이다. 그러나 그것은 정말 불가능했다. 넬리는 잠시 침묵했다.

「왜, 왜 그가 죽었나요?」 그녀는 아주 깊은 슬픔을 담고 물었지만, 나를 얼른 보고는 돌연 다시 눈길을 떨구었다.

「누구 말이냐?」

「그 사람, 결핵에 걸린 젊은 사람…… 책 속에.」

「어쩔 수 없었어, 불가피했어, 넬리.」

「전혀 아니에요.」 그녀는 거의 속삭이듯 말했으나, 어쩐지 갑자기 단숨에 화가 나서 내뱉는 듯했고, 입술은 뾰죽하게 내밀고 눈은 더 완고하게 바닥을 응시했다.

그렇게 또 1분이 지나갔다.

「하지만 그녀는…… 저기, 그들은…… 소녀와 할아버지는.」 그녀는 내 소매를 계속 더 세게 당기며 속삭였다. 「그들은 함께 살 건가요? 그리고 가난하지 않게 되나요?」

「아니, 넬리, 그녀는 멀리 떠날 거야, 지주에게 시집을 갈 거고, 그 혼자 남을 거야.」[74] 나는 극도의 유감을 느끼며 대답했다. 나는 실제로 그녀에게 위로가 되는 이야기를 해줄 수 없음이 안타까웠다.

「아, 저런…… 저런! 어떻게 그렇게! 아, 참으로! 저는 이제 읽고 싶지 않아요!」

그리고 그녀는 화가 나서 내 팔을 놓고, 재빨리 몸을 돌리더니 물러섰다. 그녀는 한쪽 구석으로 가서 얼굴을 돌리고 눈을 내리뜬 채 서 있었다. 그녀의 얼굴은 벌겋게 상기되었고, 마치 갑작스러운 슬픔에 짓눌린 듯 고르지 못한 숨을 쉬었다.

「됐어, 넬리, 너 몹시 화가 났구나!」 내가 그녀에게 다가가며 말을 꺼냈다. 「거기 씌어 있는 것은 전부 사실이 아니야, 허구야, 거기에 화낼 게 무엇이 있겠니! 너는 몹시 민감하구나!」

74 『가난한 사람들』의 등장 인물인 바렌까와 마까르 알렉세예비치를 가리킨다.

「저는 화나지 않았어요.」 그녀가 소심하게 말하며, 매우 밝고 사랑스러운 시선을 들어 나를 보았다. 그러고는 갑자기 내 손을 잡더니, 내 가슴에 얼굴을 묻고 울기 시작했다.

그러나 그녀는 동시에 웃기 시작했다. 울기도 하고 웃기도 하고, 두 가지를 한꺼번에. 나 역시 우습기도 했고 어쩐지…… 측은하기도 했다. 그러나 그녀는 결코 나에게서 머리를 들려 하지 않았다. 그리고 내가 그녀의 얼굴을 내 어깨에서 떼어 놓으려 하자, 그녀는 더욱 강하게 달라붙으며 점점 크게 웃었다.

마침내 이 민감한 장면이 끝났다. 나는 넬리와 헤어져 방에서 뛰어나갔다. 그녀의 얼굴은 완전히 빨개졌고 여전히 부끄러움을 띠고 있었으며, 눈은 별처럼 빛났다. 그녀는 나를 따라 계단으로 뛰어나오며 나에게 빨리 돌아오라고 당부했다. 나는 필히 점심때까지, 될 수 있는 한 더 일찍 오겠노라 약속했다.

먼저 나는 노인들에게 갔다. 그들은 둘 다 병이 나 있었다. 안나 안드레예브나는 완전히 병이 들어 있었고, 니꼴라이 세르게이치는 자기 방에 앉아 있었다. 그는 내가 오는 소리를 들었으나, 나는 그가 자기의 습관에 따라 우리가 실컷 이야기를 나누도록 15분쯤 지나서 나오리란 것을 알았다. 나는 안나 안드레예브나를 너무 흥분시키고 싶지 않아서 어젯밤에 얽힌 이야기를 가능한 한 부드럽게 전했지만, 거짓으로 이야기하지는 않았다. 놀랍게도 노부인은, 비록 슬퍼하기는 했으나, 결별 가능성에 관한 소식을 담담하게 받아들였다.

「그래, 여보게, 나도 그렇게 생각했네.」 그녀가 말했다. 「그때 자네가 가고 나서, 나는 오랫동안 그 일에 대해 숙고해 보았는데, 그 일은 그렇게 안 될 거라는 결론에 도달했다네.

우리는 하느님 앞에 그런 은혜를 받을 자격도 없네만, 그 사람은 그토록 비열한 인간이야. 그런데 그에게서 선을 기대할 수 있겠는가. 농담이 아니야. 우리한테서 빼앗은 1만 루블 말일세, 물론 그도 자기 것이 아니란 걸 알지. 우리에게 남은 마지막 빵 조각까지 뺏은 거야. 우린 이흐메네프까를 팔아야 해. 나따샤가 그를 믿지 않는 것은 정당하고 똑똑한 거야. 또 자네 아는가, 여보게.」 그녀가 목소리를 낮추어 계속했다. 「우리 집 양반, 그 양반! 완전히 그 결혼에 반대야. 그는 지나가는 말처럼 〈원치 않아〉 하고 말했지! 처음에 나는 그가 고집 부린다고 생각했어. 그런데 진지했어. 내 딸아이는 어떻게 되는 걸까? 그럼에도 그이는 그 애를 완전히 저주할 건가. 그래, 그는, 알료샤는 어떻게 하고 있나?」

그리고 그녀는 오랫동안 나에게 이것저것 캐묻고 여느때와 마찬가지로 내가 하는 대답에 한숨짓기도 하고 비통해 하기도 했다. 하여튼 나는 그녀가 최근에 어쩐지 아주 불안정해진 것을 감지할 수 있었다. 온갖 소식이 그녀를 뒤흔들어 놓았다. 나딸리아에 대한 걱정이 그녀의 마음과 건강을 해치고 있었다.

노인이 잠옷에 슬리퍼를 신고 들어왔다. 그는 오한을 호소했으나, 부드러운 눈길로 자기 아내를 바라보며, 내가 그들과 있는 동안 마치 유모처럼 그녀를 간호하고, 그녀의 심기를 살피며 심지어 그녀 앞에서 겁을 내기도 했다. 그의 시선 속에는 커다란 애정이 깃들어 있었다. 그는 그녀가 병든 것 때문에 매우 놀랐다. 그는 그녀를 잃으면 생애의 모든 것을 잃는 것이라고 느끼고 있었다.

나는 그들 곁에 한 시간 가량 같이 앉아 있었다. 헤어질 때 그가 현관에까지 따라와서 넬리에 대해 이야기를 꺼냈다. 그는 그녀를 딸로서 자기 집에 들이고자 진지하게 생각하는 중이었다. 그는 나에게 어떻게 안나 안드레예브나의 동의를 얻어 낼 수 있는지 조언을 구했다. 그는 각별한 호기심을 가지고 넬리에 대해 묻고, 그리고 내가 그녀에 대해 무엇인가 새로운 것을 알아낸 것이 없는가 캐물었다. 나는 그에게 간략히 내가 아는 것을 이야기해 주었다. 내 이야기는 그에게 큰 관심을 불러일으켰다.

「그 이야기는 또 하기로 하세,」 그는 단호하게 말했다. 「하지만 그동안에…… 어쨌든 내 건강이 약간 좋아지면, 내가 자네에게 가지. 그때 결정하세.」

정각 열두 시에 나는 마슬로보예프의 집에 도착했다. 대단히 놀랍게도, 내가 그의 집에 들어서며 첫 번째로 만난 인물은 공작이었다. 그는 현관에서 외투를 입는 중이었고, 마슬로보예프는 부지런히 그를 도우며 그에게 지팡이를 건네주었다. 마슬로보예프가 이미 나에게 공작을 알고 있노라고 말하기는 했으나, 어쨌든 나는 그와 마주쳐서 매우 놀랐다.

공작은 나를 보고 당황한 듯했다.

「아, 당신이군요!」 그는 지나치리만큼 반갑게 소리쳤다. 「참으로 놀라운 만남이구려! 어쨌든지 나는 당신과 마슬로보예프 씨가 서로 아는 사이란 것을 마슬로보예프 씨를 통해 알았소. 반갑소, 반갑소, 당신을 보니 무척 반갑소. 나는 당신을 만나고 싶었던 참이오. 가능한 한 빨리 당신을 방문하고 싶소. 허락해 주시겠소? 당신에게 부탁이 하나 있소. 나를 좀 도와주시오, 나에게 우리의 현재의 상황을 좀 명백하게 밝혀 주시오. 당신은 분명, 내가 어제의 일에 관해 이야기하고 있다는 것을 이해하실 게요. 당신은 그쪽에 친분 관계를 갖고 있고, 이 일의 전과정을 이해하고 있을 테니. 당신은 그쪽에 영향력이 있소⋯⋯. 당신과 지금 그 이야기를 같이 할 수 없는 것이 무척 유감이오⋯⋯. 어찌나 일이 많은지! 하지만 며칠 내로, 아마 머지않아 당신을 방문하게 된다면 큰 기쁨이겠소. 하지만 지금은⋯⋯.」

그는 매우 친밀하게 내 손을 꼭 잡으며, 마슬로보예프와 시선을 교환하고 나갔다.

「말해 주게, 제발⋯⋯.」 방 안으로 들어서며 내가 묻기 시작했다.

「자네에게 말할 것이 아무것도 없네.」 마슬로보예프가 내 말을 끊고 재빨리 모자를 집어 들며 현관으로 향했다. 「일이 있어! 여보게, 나는 서둘러야 해, 늦었어!」

「하지만 자네가 나에게 열두 시까지 와달라고 쪽지를 써놓지 않았는가.」

「그것이 어쨌다고? 어제는 내가 자네에게 썼지만, 오늘은 내가 받았네. 골치가 아플 지경이네, 할 일이 많아! 그들이 나를 기다리네. 용서하게, 바냐. 내가 자네에게 보상으로 해줄 수 있는 것은, 내가 자네를 쓸데없이 이리로 오라고 한 것에 대해 나를 사정없이 때리라는 거야. 자네가 이 보상을 원한다면, 나를 때리게. 하지만 제발 빨리! 붙들지 말게, 일이 있어, 사람들이 나를 기다려⋯⋯.」

「왜 내가 자네를 때려야 한단 말인가? 일이 있으면, 빨리 가보게. 누구에게나 예상치 못한 일이 일어날 수 있으니까. 단지⋯⋯.」

「아냐, 그 〈단지〉에 대해 자네와 이야기하고 싶네.」 그는 말을 끊고 현관으로 뛰어나가 외투를 걸쳤다(그를 따라 나도 다시 옷을 입었다). 「나한테 자네와 관계 있는 일이 있네. 매우 중요한 일이야. 그 일 때문에 자네를 이리로 부른 걸세. 그것은 자네 자신에게 그리고 자네의 이해와 직접 관련이 있는 거야. 지금 1분 만에 이야기할 수도 없는 일이니, 제발 오늘 일곱 시에, 이르지도 늦지도 않게[75] 오겠다고 약속해 주게. 나는 집에 와 있을 것이네.」

나는 주저하며 말했다. 「여보게, 나는 오늘 저녁 원래 다른 곳을 방문하려 했는데…….」

「그럼, 여보게, 자네가 오늘 저녁 들르려고 한 곳에 지금 들르게. 왜냐하면 자네는 내가 자네에게 어떤 소식을 전하려 하는지 상상도 할 수 없을 것이기 때문일세.」

「그래 좋아, 좋아, 한데 무슨 일인가? 솔직히 말하네만 자네가 내 호기심을 자극했어.」

그러는 사이에 우리는 그 집 대문을 나서서 인도 위에 멈췄다.

「오는 거야?」 그가 간절한 투로 물었다.

「오겠다고 했잖은가.」

「아니야, 약속하게.」

「허, 이런 사람! 좋아, 약속하네.」

---

75 안나 그리고리예브나의 노트. 〈누군가와 약속을 잡을 때 표도르 미하일로비치는 《정확히 그 시간에, 이르지도 늦지도 않게》라는 말을 덧붙였다. 그는 속기사를 불러 달라고 했을 때 올긴에게도 같은 말을 했으며, 올긴은 나에게 이 요구에 따라 줄 것을 특별히 부탁했다.〉 도스또예프스끼는 『노름꾼』을 정해진 날짜까지 편집자에게 넘기기 위해 속기사를 고용했다. 그리고 이 일을 계기로 그는 1866년 두 번째 아내가 된 안나 그리고리예브나를 알게 되었다.

「좋았어, 잘됐어. 어디로 가는가?」

「이리로.」 나는 오른쪽을 가리키며 대답했다.

「그래, 나는 이리로 가네.」 그는 왼쪽을 가리키며 말했다. 「잘 가게, 바냐! 잊지 말게, 일곱 시야.」

〈이상하군.〉 나는 그를 보내며 생각했다.

저녁에 나는 나따샤에게 가려고 생각했었다. 하지만 마슬 로보예프와 약속을 했기 때문에, 지금 그녀에게 가기로 마음 먹었다. 나는 그녀의 집에서 알료샤를 만나리라는 확신이 들었다. 정말로 그는 거기에 있었고, 내가 들어서자 대단히 기뻐했다.

그는 나따샤에게 무척 애교를 부렸고 대단히 부드럽게 행동했으며, 내가 온 것에 대해서도 매우 즐거워했다. 나따샤는 비록 유쾌하게 보이려고 노력을 하고 있었으나, 억지로 하고 있음이 명백했다. 그녀의 얼굴엔 병색이 나타나 있었고 창백했다. 간밤에 제대로 잠을 자지 못했던 것이다. 알료샤에게 그녀는 어쩐지 한층 더 상냥하게 대하고 있었다.

알료샤는 그녀를 유쾌하게 하고, 무의식적으로 굳게 다물어진 그녀의 입술에 미소를 띠우려는 목적으로 많은 이야기를 했지만, 까쨔와 자기 아버지에 대한 언급은 의식적으로 피했다. 아마 어젯밤 화해를 시도한 것이 성공하지 못한 것 같았다.

「무슨 일인지 아시겠어요? 그는 몹시 나를 떠나고 싶어해요.」 나따샤는 그가 마브라에게 무엇인가 이야기하러 나간 사이에 나에게 재빨리 속삭였다. 「그러나 감히 그러질 못하고 있죠. 나 스스로도 그에게 가라고 말하기가 두려워요. 왜냐하면, 그렇게 되면 그는 의도적으로 더 떠나지 않을 것이고, 따분해 할 것이며, 무엇보다 그 결과 나에 대한 사랑이 완전히 식을까 봐 두려워요! 어떻게 하면 좋을까요?」

「맙소사, 당신들은 스스로를 어떤 상황에 몰아넣고 있는 거야! 도대체 당신들은 얼마나 의심이 많고, 어떻게 서로를 감시하고 있는 거요! 간단히 털어놓으면 그것으로 끝인데. 그는 아마도 이런 상황에 정말 허탈감을 느끼고 말 거요.」

「어떻게 해야 되나요?」 그녀가 놀라 외쳤다.

「기다려요. 내가 일을 처리해 주겠소…….」 그리고 나는 마브라에게 매우 더러워진 내 덧신 한 짝을 닦아 달라고 부탁하겠다는 핑계로 부엌으로 갔다.

「조심 또 조심하세요, 바냐!」 그녀가 내 뒤에서 소리쳤다.

내가 마브라에게 들어서자마자, 알료샤는 나를 기다렸다는 듯 나에게 달려왔다.

「이반 뻬뜨로비치, 어떻게 해야 할까요? 조언 좀 해주세요. 나는 어제 까쨔에게, 오늘 바로 이 시간에 가겠다고 약속했어요. 가지 않을 수가 없어요! 나는 나따샤를 말할 수 없이 사랑하고, 그녀를 위해서라면 불에라도 뛰어들겠어요. 하지만 그쪽과의 왕래를 포기하는 것, 이것은 불가능하다는 데 동의해 주시길…….」

「그래요, 그럼 가세요…….」

「하지만 나따샤가 뭐라고 할까요? 내가 그녀를 또 괴롭히는 꼴이 될 거예요. 이반 뻬뜨로비치, 어떻게든 도와주세요…….」

「내 견해로는 가는 것이 가장 좋겠소. 당신은 그녀가 당신을 얼마나 사랑하는지 알고 있소. 그녀는 당신이 이 집에서 따분함을 느끼고 억지로 그녀 곁에 앉아 있다고 느끼고 있소. 가장 좋은 것은 자연스럽게 행동하는 것이오. 갑시다, 내가 당신을 도와주겠소.」

「이반 뻬뜨로비치! 당신은 참으로 좋은 분입니다!」우리는 방으로 들어갔다. 잠시 후 내가 그에게 말했다.

「나는 방금 당신 아버지를 만났소.」

「어디서요?」그가 놀라서 외쳤다.

「거리에서 우연히. 그는 나와 잠시 서서 서로 사귀어 보자고 다시 청했소. 그는 나에게 당신이 어디 있는지 아느냐고 물어보았소. 그는 당신에게 무언가 말하려고 당신을 급히 만나고 싶어해요.」

「아, 알료샤, 가세요. 그에게 가보세요.」나따샤가 내가 무슨 말을 하는지 눈치 채고 말을 받았다.

「하지만…… 내가 지금 어디서 그를 만나죠? 집으로 가셨나요?」

「아니오, 내가 기억하기론 그가 백작 부인에게 가겠다고 말한 것 같소.」

「하지만 내가 어떻게…….」나따샤를 슬픈 눈으로 바라보며 알료샤가 순진하게 말했다.

「아니, 알료샤, 왜요!」그녀가 말했다. 「당신 나를 안심시키려고 정말로 이 교제를 그만둘 생각이에요? 그것은 애들 같은 짓이에요. 우선, 이것은 있을 수 없는 일이에요. 그리고 둘째, 당신은 까쨔에게 비열한 짓을 하는 거예요. 당신들은 친구예요. 인간 관계를 그렇게 난폭하게 끊을 수는 없는 일이에요. 마지막으로, 만일 당신이 내가 질투한다고 생각하신다면, 당신은 나를 그야말로 모욕하는 것이에요. 가세요, 즉시 가세요, 부탁이에요! 그리고 그럼으로써 당신 아버지도 안심하실 거예요.」

「나따샤, 당신은 천사요, 나는 당신의 새끼손가락만큼도 못해요!」 알료샤가 열광하며 또 후회하며 외쳤다. 「당신은 이리도 착한데, 나는…… 나는…… 아, 당신이 아는 게 좋겠어요. 나는 지금 저 부엌에서 이반 뻬뜨로비치에게 부탁했어요, 내가 나갈 수 있게 도와달라고. 그래서 그가 이것을 생각해 낸 것이오. 그러나 나를 심판하지 마오, 사랑하는 나따샤! 내가 전적으로 잘못한 것은 아니오, 왜냐하면 내가 당신을 세상의 무엇보다도, 너무나 사랑하기 때문이오. 내게 새로운 생각이 떠올랐소. 나는 까짜에게 모든 것을 밝히겠소. 그리고 지금 우리의 상황에 대해 즉각 이야기하고, 어제 있었던 일을 모두 이야기해 주겠소. 그녀는 무엇인가 우리에게 도움이 될 일을 생각해 낼 거요, 그녀는 우리에게 마음으로부터 우러나…….」

「그럼 가세요!」 나따샤가 미소 지으며 대답했다. 「그리고 또 한 가지, 친구여, 나도 몹시 까짜와 사귀고 싶어요. 어떻게 이것을 추진하지요?」

알료샤는 한없이 흥분했다. 그는 곧 어떻게 처음 인사를 나누는 것이 좋을지에 대해 제안들을 늘어놓았다. 그에 따르면 아주 간단했다. 바로 까짜에게 생각해 보라고 한다는 것이었다. 그는 신이 나서 열심히 자신의 생각을 펼쳐 보였다. 그는 오늘 당장, 두 시간 후에 대답을 가져오겠으며, 저녁 시간은 나따샤와 함께 보내겠다고 약속했다.

「정말로 올 거예요?」 나따샤가 그를 보내며 물었다.

「믿지 못하겠소? 안녕, 나따샤, 안녕, 내 사랑, 영원한 내 사랑! 안녕 바냐! 아, 이런, 내가 무심코 당신을 바냐라고 불렀군요. 들어 보세요, 이반 뻬뜨로비치, 나는 당신을 좋아합니다. 왜 우리가 서로 말을 놓지 않는 거죠, 말을 놓읍시다.」

「그럽시다.」

「아이, 고맙게도! 이 생각이 백 번이나 머리에 떠올랐었어요. 그런데 당신에게 감히 말을 꺼내지 못했지요. 보세요, 지금도 말을 높이잖아요. 정말 말을 놓는다는 것은 매우 힘들어요. 이것이 똘스또이의 어느 작품[76]에선가 잘 묘사되어 있어요. 두 사람이 말을 놓기로 합의하고는 아무리 해도 잘하지 못하고 2인칭 대명사가 들어가는 표현을 피하는 거예요. 아, 나따샤! 우리 언제 『유년 시대』와 『소년 시대』를 읽읍시다. 굉장히 훌륭한 작품이에요!」

「자, 어서 가세요, 가세요, 당신은 들떠서 정신없이 이야기를 늘어놓는군요……」 나따샤가 웃으며 그를 쫓았다.

「안녕! 두 시간 후에 돌아오겠소!」

그는 그녀의 손에 입을 맞추고 서둘러 나갔다.

「보세요, 보세요, 바냐!」 그녀가 말하며 눈물을 터뜨렸다.

나는 두 시간 가량 그녀와 함께 앉아서, 그녀를 위로하고 모든 점에서 그녀를 설득하는 데 성공했다. 물론 그녀는 모든 점에서 옳았다. 그녀가 우려하고 있는 것도 옳았다. 현재 그녀의 처지에 생각이 미치자 내 마음은 울적해졌다. 나는 그녀가 걱정스러웠다. 하지만 무슨 일을 할 수 있겠는가?

나에게는 알료샤도 이상해 보였다. 그는 그녀를 전보다 덜 사랑하는 것이 아니었다. 아마도 회개와 감사의 마음으로 인해 더 강하게, 더 아프게 사랑하고 있는지도 모른다. 하지만 새로운 사랑이 그의 마음에 확고히 자리를 잡고 있었다. 이

76 똘스또이의 『유년 시대』를 염두에 둔 것이다. 1852∼1853년에 걸쳐 『동시대인』에 연재되고 1856년에 단행본으로 나왔다.

모든 것이 어떻게 결말이 날지 예견한다는 것은 불가능했다. 나는 까짜를 보고 싶은 호기심이 생겼다. 나는 나따샤에게 그녀와 가까워지도록 해보겠다고 다시 약속했다.

이윽고 그녀도 기분이 나아진 듯했다. 다른 이야기들과 더불어 나는 그녀에게 넬리에 대해, 마슬로보예프에 대해, 부브노바에 대해, 오늘 마슬로보예프 집에서 있었던 공작과의 조우에 대해, 그리고 일곱 시로 예정된 약속에 대해 모두 이야기해 주었다. 이 모두가 몹시 그녀의 흥미를 끌었다. 그녀의 부모들에 대해서는 그녀와 거의 이야기하지 않았고, 이흐메네프 노인이 나에게 찾아온 데 대해서는 새로운 상황이 벌어질 때까지 아무 말도 않기로 했다. 공작과 결투를 벌이려는 니꼴라이 세르게이치의 의도가 그녀를 매우 놀라게 할 수 있었기 때문이다. 그녀는 또한 공작이 마슬로보예프와 왕래하는 사이라는 것과, 나와 사귀고 싶다는 공작의 특별한 바람을 무척 기이하게 여겼다. 비록 이 모든 것이 현재의 상황으로 충분히 설명되고 있음에도 불구하고…….

대략 세 시에 나는 집으로 돌아왔다. 넬리는 밝은 얼굴로 나를 맞았다…….

6

정각 저녁 일곱 시에 나는 마슬로보예프의 집에 도착했다. 그는 양팔을 활짝 벌리고 큰 소리로 나를 맞았다. 물론 그는 어느 정도 취해 있었다. 그러나 무엇보다 나를 놀라게 한 것은 나를 맞기 위해 특별히 준비한 상차림이었다. 그것은 나

를 위한 것임이 분명했다. 적황동(赤黃銅)[77]으로 만든 훌륭한
사모바르가 예쁘고 값비싼 식탁보가 덮인 둥근 탁자 위에서
끓고 있었고, 찻잔 세트는 크리스털, 도자기, 그리고 은으로
빛났다. 다른 종류이기는 하지만 그에 못잖은 식탁보가 덮여
있는 다른 탁자에는 접시 위에 매우 고급스러운 과자, 각각
수분을 많게 또는 적게 함유한 끼예프 잼, 마멀레이드, 캔디,
젤리, 프랑스 제 잼, 오렌지, 사과 그리고 서너 종류의 견과가
놓여 있었는데, 한마디로 완전한 과일 가게가 차려져 있었
다. 눈 부신 흰 덮개가 씌워져 있는 세 번째 탁자 위에는 실로
다양한 먹거리가 놓여 있었다. 철갑 상어알, 치즈, 고기 만두,
소시지, 훈제 베이컨, 생선 그리고 매혹적인 루비색, 갈색, 황
금색의 다양한 술이 든 최상급의 목이 긴 크리스털 병들이
가지런히 놓여 있었다. 마지막으로 옆에 서 있는 작은 탁자
위에는 역시 흰 덮개가 씌워져 있었는데, 샴페인을 넣어 식
히는 두 개의 단지가 놓여 있었다. 소파 앞 탁자 위에는 세 개
의 병이 잔뜩 뽐내고 있었다. 소테른, 라피트[78]와 코냑인데,
매우 값비싼 술들로 옐리세예프 상점에서 가져온 것이었다.
차 탁자 옆에는 알렉산드라 세묘노브나가 앉아 있었다. 비록
소박하게 옷을 차려입고 머리 장식을 하고 있었으나, 분명히
장시간 세련되게 고르고 마음을 쓴 그런 것들이었다. 그녀는
그것들이 자기에게 어울린다고 생각했고, 분명 그것들을 자
랑스러워했다. 내가 인사하자 그녀는 일종의 위엄을 띠고 약
간 몸을 일으켰다. 만족감과 쾌활함이 그녀의 신선한 얼굴에

77 동과 아연의 합금.
78 소테른Sauternes은 프랑스 산 백포도주. 라피트Lafitte는 남프랑스
산 적포도주.

서 빛났다. 마슬로보예프는 아름다운 중국산 슬리퍼를 신고 비싼 가운을 걸치고 있었으며, 산뜻하고 멋진 내복을 입고 앉아 있었다. 그의 셔츠에는 달 수 있는 곳이라면 어디에나 각종 유행하는 단추들이 매달려 있었다. 머리는 잘 빗어 기름을 발랐으며, 유행에 따라 비스듬히 가리마가 타져 있었다. 나는 당황해서 방 한가운데 선 채 입을 벌리고 마슬로보예프와 알렉산드라 세묘노브나를 번갈아 쳐다보았다. 그런 사이에 알렉산드라 세묘노브나의 만족감은 한없는 행복감으로 온화해졌다.

「이것이 다 무엇인가, 마슬로보예프? 자네 오늘, 집에 사람들을 초대했는가?」 내가 마침내 불안해서 소리쳤다.

「아니, 자네 혼자야.」 그가 엄숙하게 대답했다.

「하지만 무엇 때문에 이 모든 것을? (나는 먹거리를 가리켰다.) 연대 하나는 충분히 먹이겠는데?」

「그리고 충분히 마시게 하지. 자네는 중요한 것을 빼먹었네. 실컷 마시게 한다는 것을!」 마슬로보예프가 덧붙였다.

「그래, 이 모든 것이 나 혼자만을 위한 건가?」

「그리고 알렉산드라 세묘노브나를 위해서지. 이 모든 것을 이렇게 준비하고 싶어한 사람은 이 사람이거든.」

「드디어 시작이군! 그럴 줄 알았어!」 알렉산드라는 얼굴을 붉히며 소리쳤으나, 자신의 행복한 표정은 잃지 않았다. 「나는 예절을 갖춰 손님을 모시지도 못해, 저렇게 흉을 본다니까!」

「아침부터 말이야, 상상할 수 있겠나, 아침부터 자네가 저녁 식사에 올 거란 사실을 알자마자 그녀는 아침부터 일했다네. 수고를 많이 했지……」

「게다가 거짓말까지! 이른 아침이 아니라 엊저녁부터지요.

361

당신이 어제 저녁에 들어와서는 나에게, 저녁 내내 시간을 보내기 위해 우리 집에 사람이 올 거라고 말씀하셨잖아요⋯⋯.」

「당신이 잘못 들었겠지.」

「제가 잘못 들은 것이 아니고, 실제로 그랬어요. 저는 절대로 거짓말을 하지 않아요. 왜 우리는 손님을 맞을 수 없는 건가요? 아무리 잘 살아도 사람들이 우리를 보러 오지 않아요. 하지만 우리에겐 무엇이든지 있어요. 훌륭하신 분들을 모셔서 우리도 사람답게 살 줄 안다는 것을 보여 드리고 싶어요.」

「그리고 중요한 것은, 당신이 얼마나 훌륭한 주부이고 관리자인지 남들이 알아주길 바라는 거지.」 마슬로보예프가 덧붙였다. 「상상해 보게, 친구, 내가, 내가 왜 이렇게 당해야 하는지. 네덜란드 산 셔츠를 입히고 단추를 채우고, 중국제 슬리퍼를 신기고 가운을 입히고, 머리는 손수 빗어 주고 기름을 발라 주었네. 베르가모트 포마드 냄새가 나. 그리고 무슨 크렘 브륄레인가 하는 향수를 뿌려 주려 하더군. 마침내 나도 참다못해 남편의 힘을 보여 주었지⋯⋯.」

「베르가모트 포마드가 아니라 제일 좋은 프랑스 제 포마드로서 채색된 사기 단지에 담아 파는 거예요!」 알렉산드라 세묘노브나가 얼굴이 온통 붉어져서 말을 받았다. 「스스로 판단해 보세요, 이반 뻬뜨로비치. 이 사람은 저를 극장에도, 무도회에도 보내 주지 않아요. 오로지 옷만 선물해요. 그런데 제가 옷만 가지고 무엇을 하겠어요? 성장(盛裝)을 해도 혼자 방 안에서만 왔다 갔다 하죠. 최근에 간청을 해서 극장엘 가기로 했어요. 제가 브로치를 꽂기 위해 몸을 돌리자마자 그는 장식장으로 가더니 한 잔, 두 잔, 또 한 잔 그러다가 취해 버리고 말더군요. 그래서 집에 머무를 수밖에 없었죠. 누구한 사람. 도대체 아무도 우리를 찾아오지 않아요. 단지 아침에 업무상 여러 사람이 올 뿐이고, 그러면 저는 방에서 쫓겨나요. 우리에게는 사모바르도, 식기도, 좋은 찻잔 세트도 있어요. 우리에겐 무엇이든지 있어요, 모두 선물받은 거죠. 그리고 음식물도 선물로 받아요. 우리가 사는 거라곤 거의 포도주나 무슨 포마드, 안주거리들뿐이에요. 여기 고기 만두, 베이컨과 과자들은 당신을 위해 샀어요……. 우리가 어떻게 사는지 누군가가 본다면! 저는 1년 내내 생각했어요. 손님이 올 것이다, 진짜 손님이, 그럼 우리는 이 모든 것을 보여 주리라, 그리고 접대하리라. 손님은 환대에 대해 치사를 할 것이고, 그리고 우리는 즐거울 것이리라 하고. 제가 저기 저 사람, 저 바보에게 포마드를 발라 주었으나 그는 그럴 만한 가치도 없어요. 그는 기꺼이 언제나 지저분하게 하고 다닐 거예요. 그가 얼마나 좋은 가운을 걸치고 있나 보세요. 그것도 선물로 받은 것이에요. 그가 이런 가운을 입을 가치가 있나요? 그는 무엇보다도 오로지 취하고만 싶을 거예요. 자, 보세요, 그가 당신께 차에 앞서 보드까를 권할 겁니다.」

「잘 아는군, 당신이 옳아. 마시세, 바냐, 금물과 은물을. 그러고 나서 신선해진 정신으로 다른 것을 하세.」

「그래, 내 그럴 줄 알았어!」

「걱정 마시게, 사셴까, 우리는 당신의 건강을 위해 코냑을 탄 차도 마시겠소.」

「그래, 정말로!」 그녀가 손바닥을 탁 마주치며 소리쳤다. 「귀한 차예요, 6루블 하죠. 사흘 전에 어떤 상인이 선물했어요. 그런데 그이는 그것을 코냑과 마시고 싶대요. 듣지 마세요, 이반 뻬뜨로비치. 제가 당신께 바로 따라 드리죠……. 보세요. 직접 맛보세요, 어떤 차인지!」

그녀는 분주히 사모바르를 준비하기 시작했다

그들이 저녁 내내 나를 붙들어 두려는 것이 분명했다. 알렉산드라 세묘노브나는 1년 내내 손님을 기다렸고, 지금 나를 위해 기꺼이 수고할 준비가 되어 있었던 것이다. 이는 내가 예상하지 못했던 일이었다.

「들어 보게, 마슬로보예프.」 내가 앉으며 말했다. 「나는 자네에게 정말 손님으로서 온 게 아니네. 용무가 있어서 온 거야. 자네가 직접 무엇인가 나에게 전해 주려고 나를 불렀잖은가…….」

「그래, 그러나 일은 일이고, 우정의 대화는 또 다른 일이지.」

「아니야, 여보게, 그렇게 생각하지 말게. 여덟 시 반엔 가야 해. 일이 있어. 약속을 했네…….」

「그건 당치도 않네. 자네 나에게 어떻게 그럴 수 있나? 그리고 알렉산드라 세묘노브나에게 어찌 그럴 수 있는 건가? 그녀를 보게, 놀라서 어리둥절해 하잖아. 무엇 때문에 그녀가 나에게 포마드를 발라 주었겠나, 베르가모트 냄새가 나는군. 생각 좀 해주게!」

「자네 늘 익살을 떠는군, 마슬로보예프. 알렉산드라 세묘노브나에게 다음주에 올 것을 맹세하겠네. 금요일에 점심 식사를 하러 오겠네. 그런데 지금은, 여보게, 나는 약속을 했어. 약속이라기보다 난 정말 어떤 곳에 가야만 해. 제발 말해 주게. 자네는 내게 무엇을 알려 주려 했나?」

「정말로 여덟 시 반까지만 머무르실 거예요?」 알렉산드라 세묘노브나는 나에게 좋은 차 한 잔을 건네주면서, 거의 울상이 되어 소심하고 애처로운 목소리로 외쳤다.

「걱정 마, 사셴까, 모두 허튼소리야.」마슬로보예프가 말을 받았다. 「그는 여기 있을 거야. 그것보다 자네가 늘 어디를 그리 가는지 말해 주게나, 바냐. 자네에게 무슨 일이 있는 건가? 내가 알아도 되는 건가? 자네는 매일 어디론가 달려가던데, 일은 하지 않고…….」

「왜 그것이 알고 싶나? 그러나 나중에 얘기해 줄지도 모르겠네만. 그보다 왜 어제 저녁 우리 집에 왔었나? 내가 자네에게 집에 있지 않을 거라고 말했는데, 기억 나겠지?」

「나중에야 생각이 났네, 그러나 어제는 잊고 있었어. 나는 정말 자네와 무슨 일에 대해 이야기를 좀 하고 싶었지만, 무엇보다 알렉산드라 세묘노브나를 위로하려 한 거지. 〈당신에게 그런 친구가 계신데 왜 부르지 않나요?〉 하고 그녀가 말했지. 그리고 그녀는 자네 때문에 꼬박 나흘 낮과 밤을 나에게 졸랐단 말일세, 여보게. 내가 저승에 간다면 베르가모트 덕분에 분명 아흔 개의 죄를 용서받을 거야. 하지만 생각했지, 왜 자네와 정답게 하루 저녁을 함께 보낼 수 없는 건가 하고 말이야. 그래서 나는 머리를 좀 써서, 자네가 오지 않으면 최악의 상황이 벌어질지도 모를 그러한 일이 있다고 쓴 거지.」

나는 앞으로는 그렇게 하지 말고 나에게 솔직하게 미리 알려 줄 것을 부탁했다. 그렇기는 하나 이 설명은 나를 완전히 만족시키지는 못했다.

「그럼 오늘 점심때는 왜 나를 피했는가?」내가 물었다.

「그때는 정말 일이 있었네, 거짓말이 아니야.」

「공작과 함께?」

「우리 차가 마음에 드시나요?」알렉산드라 세묘노브나가 애교 어린 목소리로 물었다.

그녀는 내가 차를 칭찬하기를 이미 5분 동안이나 기다렸는데 나는 그것을 깨닫지 못했던 것이다.

「아주 좋습니다, 알렉산드라 세묘노브나, 훌륭합니다! 아직까지 이렇게 좋은 차는 마셔 본 적이 없습니다.」

알렉산드라 세묘노브나는 만족스러움에 얼굴을 붉히며 나에게 또 한 잔을 서둘러 따라 주었다.

「공작!」 마슬로보예프가 소리쳤다. 「여보게, 그 공작은 좀체 볼 수 없는 사기꾼이고, 협잡꾼이네……. 그래! 내가 자네에게 하나 말해 주지. 나 자신도 비록 협잡꾼이지만, 마지막 순결함으로라도 그와 같은 사람이 되기는 싫다네! 그러나 됐어, 입 다물어야지! 그에 대해서는 이것 하나밖에 할 말이 없네.」

「나는 무엇보다 그에 대해 물어보려고 자네에게 온 것이네. 하지만 이것은 있다가 하지! 왜 자네는 어제 내가 없을 때 엘레나에게 사탕를 주고 그녀 앞에서 춤을 추었는가? 그리고 그 애와 무슨 이야기를 한 시간 반 이상이나 했는가?」

마슬로보예프는 갑자기 알렉산드라 세묘노브나를 보면서 설명했다. 「엘레나는 열한 살 내지 열두 살 가량 먹은 작은 계집아이인데, 임시로 이반 뻬뜨로비치의 집에서 살아.」 그녀를 손가락으로 가리키며 그가 계속했다. 「이봐, 바냐, 보게나. 내가 모르는 소녀에게 사탕을 갖다 주었다고 듣는 순간 저렇게 흥분했어. 마치 우리가 갑자기 피스톨을 쏜 것처럼 온통 벌게지고, 저렇게 전율하네……. 아니 눈이 불처럼 이글거리잖아. 감춰 봤자 소용없어. 알렉산드라 세묘노브나, 아무것도 숨길 수 없어! 질투하는군. 그 아이가 열한 살짜리 소녀라고 설명하지 않았더라면, 내 머리채를 잡아챘을 거야.

베르가모트도 아무런 도움을 주지 못했을 거야!」

「그것은 지금도 도움이 되지 않아요!」

이 말과 함께 알렉산드라 세묘노브나가 몸을 한번 움직여 차 탁자 뒤에서 뛰어나오더니 마슬로보예프가 머리를 감싸기도 전에 이미 그의 머리카락을 낚아채어 강하게 잡아당겼다.

「이거나 받아요, 이거나 받아! 손님이 계시는 데서 내가 질투한다고 감히 말하다니, 감히! 하지 마, 하지 말아요!」

그녀는 얼굴을 빨갛게 붉혔고, 비록 웃고는 있었지만 마슬로보예프는 단단히 보복을 받은 셈이었다.

「부끄러운 이야기만 한다니까요!」 그녀가 나를 향해 진지한 어조로 덧붙였다.

「자, 바냐, 내 삶이 이렇다네! 그래서 나는 필히 한잔해야겠어!」 마슬로보예프는 머리를 바로 매만지고 거의 뛰다시피 병 쪽으로 몸을 옮겨 가며 설명했다. 그러나 알렉산드라 세묘노브나가 그보다 빨랐다. 그녀는 탁자로 뛰어가, 스스로 한 잔 가득히 따라 그에게 건네주며 애교 있게 그의 뺨까지 어루만져 주었다. 마슬로보예프는 자랑스럽게 나에게 한 눈을 깜빡이더니, 혀를 차며 잔을 엄숙하게 비웠다.

「사탕에 대해서는 설명하기가 어렵네.」 그가 소파 위 내 옆자리에 앉으며 말문을 열었다. 「그것은 사흘 전에 술이 취한 가운데 과일 가게에서 샀어. 무슨 목적이었는지 몰라. 어쨌든지 아마 조국의 상공업을 지원하기 위해서였겠지, 정확히는 모르겠어. 단지 내가 그때 술이 취해 거리를 걷다가 진창에 넘어져서 머리를 쥐어뜯으며, 나는 아무짝에도 쓸모가 없는 인간이라고 하며 울었던 것만 기억할 뿐이야. 물론 사탕에 대해서는 잊어버렸지. 그리고 그것들은 내 주머니 속에 들어 있었는데, 마침 어제 자네 소파 위에 앉았을 때 그것들을 깔고 앉았어. 춤에 대해서라면 다시금 거나하게 취한 것이 원인이었네. 어제 나는 상당히 취했어. 그리고 취하면 가끔 나는 내 운명에 만족하고 춤을 추기 시작하지. 그것이 다야. 그 외에 그 고아가 나의 연민을 불러일으켰겠지. 그리고 그 아이는 마치 화가 난 듯 나와 이야기를 하려 들지 않았어. 나는 그 애의 기분을 전환시키려 춤을 추었고 사탕을 권했던 거야.」

「자네 그 애에게서 무엇인가 알아내기 위해 사탕으로 그 애를 꾀려던 것은 아니었나? 솔직하게 고백하게, 자네는 의도적으로, 내가 집에 없을 것을 알고 그 애와 단둘이 이야기를 해서 그 애에게서 무엇인가를 알아내려고 내 집을 방문한 것이 아니었는가? 나는 자네가 그 애와 한 시간 반 이상 같이 앉아 있었고, 죽은 그 애 엄마를 안다고 하며 무엇인가 캐물은 것을 알아.」

마슬로보예프는 실눈을 뜨고 교활하게 웃었다.

「흠, 그 생각이 나쁘지는 않은데.」 그가 말했다. 「하지만, 아니야, 바냐, 그렇지 않아. 그러나 기회가 생겼을 때 좀 물어보면 안 되나? 그러나 이것은 그게 아냐. 들어 보게, 옛 친구여. 내가 비록 지금도 여느때처럼 상당히 취해 있지만, 절대로 이 필립이 자네를 나쁜 의도로 속이지는 않을 거야, 나쁜 의도로는.」

「그럼, 나쁜 의도를 가지지 않고는?」

「그럼…… 나쁜 의도가 없이도 마찬가지지. 집어치우고, 어서 마시세, 그리고 우리 일에 대해 이야기하세! 그 일은 매우 간단한 거야.」 한 잔을 비우고 나서 그가 계속했다. 「부브노바는 그 소녀를 잡아 둘 아무런 권리도 없어. 내가 모든 것을 알아냈어. 양자 수속이고 뭐고 없었어. 그 애 엄마가 빚을 졌고, 그래서 그녀는 아이를 잡은 거야. 부브노바가 비록 교활한 여자이고 악한 여자이지만, 모든 여편네들이 그렇듯 바보야. 고인에게는 완전한 신분 증명서가 있었어. 따라서 모든 것이 깨끗해. 엘레나는 자네 집에서 살 수가 있네. 그러나 가정을 이루고 사는 고마운 사람들이 그녀를 진실한 마음으로 데려다가 기른다면 더 좋겠지만. 하지만 당분간 그녀를 자네 집에 머물러 있게 해. 어려울 게 없어! 내가 모든 것을 처리해 줄게. 부브노바는 감히 손가락 하나도 건드리지 못해. 죽은 어머니에 대해 정확한 것은 거의 아무것도 알아내지 못했어. 그녀는 과부였고, 성은 잘쯔만이었어.」

「그래, 넬리도 내게 그렇게 말했어.」

「그래, 이 일은 그렇게 끝난 거야. 이제는, 바냐.」 그는 일종의 엄숙함을 띠고 다시 말을 시작했다. 「자네에게 조그마한 부탁이 있네. 거절하지 말아 주게. 자네에게 무슨 일이 있는지, 어디를 다니는지, 하루 종일 어디에 있는지, 가능하면 자세히 이야기해 주게. 나는 비록 부분적이나마 들어서 알고 있지만, 훨씬 더 자세히 알아야만 하겠어.」

그 엄숙한 어조는 나를 놀라게 했고 심지어 불안하게 만들었다.

「그래, 어떤 것을? 알아서 뭘 하려고 자네 그렇게 엄숙하게 묻는가…….」

「바냐, 쓸데없는 말은 빼고. 내가 자네에게 봉사를 하고 싶네. 이것 보게, 친구, 내가 자네를 속여넘기려면, 이 엄숙함 없이도 캐낼 수 있어. 그럼, 자네는 내가 자네를 기만한다고 의심할 거야. 좀 전의 사탕만 해도 그렇지. 이해가 안 가는 것은 아냐. 그러나 내가 엄숙하게 이야기를 하는 것은, 나 자신의 홍미를 위해 그러는 것이 아니라 자네를 위해서라네. 그러니 의심하지 말고 숨김없이 말해 주게, 참된 진실을……」

「무슨 봉사를? 들어 보게, 마슬로보예프, 왜 자네는 공작에 대해 아무런 이야기도 해주려 하지 않는가? 나는 그런 이야기들을 알고 싶어. 그것이 나에 대한 진정한 봉사일 거야.」

「공작에 대해서라! 홈……, 그래 좋아! 솔직하게 말해 주지. 나도 지금 공작과 관계된 일로 자네에게 물어보았네.」

「뭐라고?」

「이런 거야. 여보게, 나는 그가 자네 일에 개입하고 있다는 걸 알았어. 그는 특히 자네에 대해 나에게 물어보았어. 우리가 친구라는 것을 그가 어떻게 알았는지는 자네와 관계없는 일이고. 그러나 중요한 것은, 이 공작을 조심하라는 거야. 그는 배반자 유다 같은 인물이고, 어쩌면 그보다 더 사악하지. 그리고 그가 자네 일에 홍미를 가지고 있는 것을 알고 난 자네 때문에 몸서리까지 쳤네. 그렇기는 해도 나는 아무것도 몰라. 그래서 내가 바로 판단할 수 있도록 자네에게 모든 이야기를 해달라고 부탁하는 것이네……. 그리고 그 일로 자네를 오늘 오라고 한 걸세. 자, 그 중요한 일이란 그런 걸세. 나는 솔직히 이야기했네.」

「적어도 내게 뭔가 말해 주어야지. 예를 들면, 왜 내가 공작을 조심해야 하는지.」

「좋아, 그렇다면 할 수 없지. 여보게, 사람들은 가끔 여러 가지 일로 나에게 의뢰를 해오네. 하지만 자네 스스로 생각해 보게. 그들은 내가 떠버리가 아니라서 나를 신용하는 것이지. 그러니 내가 어떻게 이야기해 줄 수 있겠는가? 그런고로 일반적으로, 단지 그가 얼마나 협잡꾼인가를 보여 주기 위해, 지나치게 일반적으로 이야기하는 것에 만족해 주게. 이제 자네가 자네 이야기를 시작해 보게.」

나는 나와 관계된 일들을 마슬로보예프에게 감출 이유가 없다고 생각했다. 나따샤의 일은 비밀이 아니었다. 게다가 그녀를 위해 마슬로보예프에게 어떤 도움을 기대할 수도 있었다. 물론 이야기를 하는 가운데 나는 몇 가지 점은 될 수 있는 대로 지나쳤다. 마슬로보예프는 공작에 관한 이야기는 모두 특별한 주의를 기울이고 들었다. 그가 여러 곳에서 내 말을 끊고 많은 것을 다시 물어보는 바람에, 나는 그에게 상당히 자세하게 이야기를 해주었다. 내 이야기는 대략 30분이 걸렸다.

「흠! 그 처녀는 똑똑하군!」 마슬로보예프가 말했다. 「그녀가 공작에 대해 완전히는 간파하지 못했더라도, 그녀가 처음부터 어떤 사람과 상대하고 있는지 알아챘다는 것과 모든 관계를 끊었다는 것은 잘된 거야. 똑똑한 친구야. 나딸리야 니꼴라예브나는! 그녀의 건강을 위해 마시겠네! (그는 잔을 비웠다.) 기만당하지 않기 위해서는 지혜만이 아니라 용기도 필요해. 그녀에게는 용기도 없지 않아. 물론 그녀의 일은 끝이 난 거야. 공작은 자기 의지를 관철할 것이고, 알료샤는 그녀를 버릴 거야. 이흐메네프만 안됐네, 그 협잡꾼에게 1만 루블을 지불해야 하다니! 그러나 누가 그 일을 법정으로 가져갔고, 누가 서둘렀는가? 물론 그 사람이지! 에이! 그들 모두 그래, 고지식하고 성급한 사람들! 그들은 아무짝에도 쓸데없어! 그 공작과 관계되었다면 다르게 행동했어야 마땅해. 내가 이흐메네프에게 적당한 변호사를 대줄 수도 있었을 텐데, 에이!」 그리고 그는 화가 나서 주먹으로 탁자를 쳤다.

「그래, 이제 공작과는 어떻게 되는가?」

「자네는 내내 그 공작 타령이군. 그에 대해 무엇을 말해야겠나? 그를 화제에 올리는 게 아닌데. 나는, 바냐, 자네에게 이 협잡꾼에 대해 경고하려고만 했네. 이를테면, 그의 영향으로부터 보호막을 쳐주기 위해서. 그와 관계하는 사람은 위험해. 그러니 경계를 게을리 하지 말게. 그것이 다야. 한데 자네는 이미 파리에서 있었던 내가 그와 관련된 어떤 비밀을 이야기해 줄 거라고 생각했겠군. 자네가 소설가라는 것이 보이는군! 협잡꾼에 대해 무슨 말을 하겠는가? 그는 협잡꾼이야, 그 이상도 이하도 아닌……. 그래, 내가 자네에게 예를 들어 한 가지 일을 이야기해 주지. 물론, 장소, 도시, 사람은 빼고, 즉 역사적 정확성은 제거한 채 말이야. 자네, 그가 사무원 봉급으로 살아야만 했던 젊은 시절에 거상(巨商)의 딸과 결혼한 것을 알 거야. 그는 이 상인의 딸을 전혀 예절을 갖춰 대우하지 않았어. 지금 그녀에 대해 이야기하고자 하는 것은 아니고, 바냐, 무엇보다 그가 일생 동안 그런 방식으로 돈벌이를 했다는 것을 지적하는 것이네. 그리고 또 하나의 예는, 그는 해외로 갔어. 거기서…….」

「잠깐, 마슬로보예프, 자네 어떤 여행에 관해 말하는 건가? 어느 해 말인가?」

「그것은 정확히 99년하고도 3개월 전이지. 그래, 그는 거기서 한 여인을 아버지로부터 꾀어내어 파리로 데려갔지. 그리고 이렇게 된 거야! 그 아버지는 일종의 공장주였거나 어떤 기업에 참여하고 있었지. 나도 정확히는 몰라. 내가 자네에게 이야기하는 것은 내 자신의 추리와 다른 사실에 근거한 판단에 따른 것이야. 공작은 그를 속이고 그와 함께 그 사업에 끼어들었지. 그리고 그를 완전히 속여 그에게서 돈을 빌렸어. 노인은 빌려 간 돈에 대한 서류를 가지고 있었지. 그러나 공작은 돌려줄 생각이 없었고, 우리 식으로 하면 그냥 날아 버렸던 거지. 그 노인에게는 딸이 하나 있었는데, 미인이었어. 그 처녀에겐, 애인으로서 이상적인 청년, 실러의 동지이자 시인이며 동시에 상인인 젊은 몽상가 애인이 있었지. 한마디로 진짜 독일인인데 뭐라더라 페페르쿠헨이였나…….」

「그럼, 그의 성이 페페르쿠헨인가?」

「뭐, 페페르쿠헨이 아닌지도 모르지, 제기랄, 그게 중요한 것이 아니야. 공작은 그 딸에게 접근했는데, 그녀가 마치 미친 사람처럼 그에게 사랑을 느끼지 않을 수 없도록 만들었지. 공작은 그때 두 가지를 원했어. 먼저 딸을 자기 것으로 삼고, 둘째 노인이 가지고 있는 빌린 돈에 대한 문서를 손에 넣는 것이었지. 노인의 상자란 상자와 서랍이란 서랍의 열쇠는 모두 딸의 손에 있었어. 노인은 그녀를 시집보내고 싶어하지 않을 만큼 정신없이 딸을 사랑했지. 진심이야. 모든 구혼자들에게 질투를 느꼈으며, 어떻게 자신이 딸과 헤어질 수 있는지를 이해하지 못했어. 그래서 페페르쿠헨을 쫓아 버리고, 정말 괴짜 영국인이었어…….」

「영국인? 그래, 이 일이 어디서 일어났는가?」

「나는 그냥 비유로 영국인을 언급했는데, 자네는 당장 매달리는군. 그게 산타 페 데 보고타[79]에서였든가, 아마 끄라

---

79 콜롬비아의 수도.

꼬프[80]에서든가, 아니면 후작령(侯爵領) 나사우[81]가 맞을 거야. 그 젤터스 음료수[82] 병에 씌어 있는, 바로 그 나사우에서야. 만족하는가? 어쨌든 공작은 그 처녀를 유혹해서 아버지로부터 빼앗아 갔지. 그리고 공작의 요구에 따라 그 처녀는 몇 개의 서류를 탈취해 나왔어. 정말 그런 사랑이 있긴 있나 봐. 바냐! 그러나 그 처녀는 진실하고, 점잖으며, 고결한 사람이었어! 물론 그녀는 그런 서류에 대해 제대로 이해를 하지 못했던 게야. 그녀의 유일한 걱정은 아버지가 자기를 저주하는 것이었지. 공작은 여기서도 방법을 강구해 냈어. 그는 그녀와 결혼하겠다는 것을 법적인 형식을 갖춰 작성한 서류를 가지고 그녀에게 약속했지. 그런 방법으로 그는 그녀에게, 당분간만 떠나서 두루 돌아다니다가 아버지의 분노가 가라앉았을 때 돌아와 결혼도 하고 셋이서 함께 살며 재산을 모으고 등등, 끝없는 말로 안심시켰지. 그녀는 그와 도주했고, 노인은 그녀를 저주하고 게다가 망하기까지 했지. 그리고 프라우엔밀히도 그녀의 뒤를 쫓아 모든 것을 버리고, 자기 장사도 버리고, 파리로 갔지. 그는 그녀에게 굉장히 빠져 있었어.」

「잠깐 어떤 프라우엔밀히?」

「그 친구, 이름이 뭐더라? 페이예르바흔가…… 뭐라 했더라, 망할 놈 같으니, 아, 페페르쿠헨이야! 공작은 물론 결혼할 의사가 없었지. 흘레스또바 공작 부인이 그에 대해 뭐라고 할까? 그리고 뽀모이긴 남작은 뭐라고 의견을 피력할까? 따라서 그는 속여야만 했지. 그리고 그는 더할 수 없이 뻔뻔스럽

---

80 폴란드의 고도(古都).
81 Nassau. 독일 중부의 도시.
82 광천수를 말한다.

게 속였어. 먼저 그는 그녀를 때렸지, 아마. 그 다음 페페르쿠
헨을 의도적으로 초대했어. 그는 그들을 만나러 와서 그녀의
벗이 되어 주었지. 그리고 그들은 함께 울고, 밤새 단둘이 앉
아서 자신들의 불행을 슬퍼했고, 그는 그녀를 위로했어. 말할
것도 없이 고결한 마음이었지. 그러나 공작은 이렇게 되게 하
려고 일부러 술책을 꾸민 거였어. 어느 날 밤 늦게 그는 그들
둘이 함께 있는 현장을 잡고 그들이 내밀한 관계라고 주장하
며 트집을 잡았지. 그는 자신이 두 눈으로 똑똑히 보았다고
떠들면서 말야. 결국 그는 그 둘을 문 밖으로 내쫓았고, 자신
은 일시적으로 런던으로 떠났지. 그런데 그녀는 해산을 앞두
고 있었어. 그녀는 쫓겨나고 바로 딸을 낳았어……. 아니, 딸
이 아니고 아들, 아들이었어. 발로쟈라는 이름으로 세례를 받
았지. 페페르쿠헨이 대부가 되고. 그리고 그 후 그녀는 페페
르쿠헨과 같이 떠났어. 그에게는 약간의 돈이 있었어. 그녀는
스위스, 이탈리아를 돌았지……. 시적으로 아름다운 모든 지
방을 말이야, 당연한 일처럼. 그녀는 늘 울었고, 페페르쿠헨
도 흐느껴 울었지. 여러 해가 그렇게 흘렀고, 아이도 성장했
어. 공작에게는 모든 것이 잘된 것 같았지, 그러나 한 가지만
은 처리되지 않았어. 서류로 작성한 결혼 약속을 그녀로부터
뺏지 못했던 거야. 〈당신은 몹쓸 사람이에요〉 하고 그녀가 헤
어질 때 그에게 말했다는 거야. 〈당신은 나를 훔치고, 욕보이
고, 이제 나를 버리는군요. 잘 가요! 그러나 결혼 약속 서류는
돌려주지 않겠어요. 내가 언젠가 당신과 결혼하고 싶어서가
아니라, 당신이 이 서류를 두려워하기 때문이에요. 고로 그것
은 영원히 내 손에 남아 있어야 해요.〉 한마디로 그녀는 흥분
했지만, 그럼에도 공작은 침착했지. 소위 〈고결한 존재들〉과

375

볼일이 있다는 건 이런 종류의 협잡꾼들에겐 매우 유리하거든. 그들은 남들이 아주 쉽게 속여 넘길 수 있을 만큼 고결하고, 언제나 법률을 적용할 수 있는 데서도 실질적으로 법률을 적용하는 대신에 고결하고 오만하게 그것을 무시해 버리고 만다네. 이 여자도 마찬가지였네, 그녀는 오만하게 멸시해 버리고 말았지. 비록 그녀가 서류를 가지고 있기는 했지만, 공작은 그녀가 그것을 재판에 사용하기보다는 그전에 목을 매고 말 것이라는 것을 알았지. 그래서 그는 때가 될 때까지 편안할 수 있었던 게야. 비록 그녀가 그의 치사한 얼굴에 침을 뱉었지만, 그녀의 손엔 발로쟈가 남아 있었지. 그녀가 죽으면 그 애는 어떻게 될까? 그러나 그녀는 그것을 심사숙고하지 않았어. 브루제르샤프트 역시 그녀를 격려했지만 깊이 생각하지 않았어. 그들은 실러를 읽었지. 결국 브루제르샤프트는 어쩐 일인지 기력이 쇠해지더니 죽었어……」

「페페르쿠헨을 말하는 거지?」

「그래, 제기랄! 그리고 그녀는…….」

「잠깐! 그들이 얼마나 오랫동안 떠돌아다녔나?」

「정확히 2백 년. 그래, 그녀는 끄라꼬프로 돌아왔지. 아버지는 그녀를 받아들이지 않고 저주만 퍼부었어. 그녀는 죽었고, 공작은 기뻐서 성호를 그어 댔지. 나도 거기 있었는데, 꿀을 마셨어, 그런데 수염을 따라 흐를 뿐 입으로 들어가지를 않더군. 사람들이 나에게 수건을 주고, 나는 개구멍으로 미끄러졌어……. 한잔하세, 바냐!」

「내가 보기엔 바로 자네가 이 일로 공작을 위해 일하고 있는 것 같은데, 마슬로보예프.」

「자네, 그것을 꼭 알고 싶은가?」

「나는 단지 자네가 무엇을 할 수 있는지 이해가 안 될 뿐이네!」

「보게나, 그녀가 10년 간 떠나 있다가 마드리드에 다른 이름으로 돌아왔는데, 이와 관련한 모든 것을 상세히 알아내야 했네. 브루제르샤프트에 대해서도, 노인에 대해서도, 그녀가 정말로 돌아왔는가, 그리고 아이에 대해서도, 그녀가 정말로 죽었으며 아무런 문서도 남기지 않았는가에 대해서도, 기타 등등. 또 이밖에도 여러 가지가 있네. 그는 가장 추악한 인물이네, 그를 조심하게, 바냐. 마슬로보예프에 대해서는 이렇게 생각하게. 그를 협잡꾼이라고 부르지 말자, 이렇게. 그는 비록 협잡꾼이지만(내 생각으로는 협잡꾼 아닌 사람은 없네), 자네를 적대하지는 않네. 나는 몹시 취했어. 하지만 들어 보게. 언젠가, 가까운 시일이 되었건 먼 훗날이 되었건, 지금이건 내년이건, 마슬로보예프가 무슨 일 때문이건 자네를 상대로 간계를 썼다고(부디 간계를 썼다는 이 말을 잊지 말게) 여겨진다면, 절대로 악한 의도는 없었다고 생각해 주게. 마슬로보예프는 자네를 관찰하고 있네. 그러므로 의심을 접게. 그보다는 마슬로보예프에게 솔직하고 우호적으로 털어놓고 상의하러 오게. 그래, 이제는 마시겠나?」

「아니.」

「뭐라도 들지 않겠나?」

「아니, 여보게, 미안하네……」

「그래, 그럼 갈 준비하게, 15분 전 아홉 시야. 자네는 거만한 사람이야. 이제 자네가 갈 시간이 되었네.」

「뭐? 어째요? 혼자만 취하도록 마시고 손님을 쫓다니! 저이는 언제나 저래요! 부끄러워하지도 않아요!」 알렉산드라 세묘노브나가 거의 울면서 외쳤다.

「걷는 자는 말 탄 자의 친구가 될 수 없네! 알렉산드라 세묘노브나, 우리 함께 남아서 서로 존경하는 마음을 나눕시다. 그는 장군의 관등을 가진 인사요! 아니야, 바냐, 내가 거짓말을 했네. 자네는 장군이 아니야. 그러나 나는 협잡꾼이야! 보게, 내 꼴이 지금 어떤가! 자네와 비교하면 나라는 사람은 무언가? 용서하게, 바냐, 질책하지 말게. 심중을 털어놓을 수 있게 해주게……」

그는 나를 껴안고 눈물을 터뜨렸다. 나는 막 떠나려던 참이었다.

「아, 맙소사! 우리는 저녁 식사를 다 준비해 놓았는데,」 알렉산드라 세묘노브나가 매우 낙담하여 말했다. 「하지만 금요일엔 오시겠지요?」

「오겠습니다, 알렉산드라 세묘노브나. 약속합니다, 오겠습니다.」

「당신은 아마 그이가 저렇게도…… 술꾼이라서 혐오하시죠. 경멸하지 마세요, 이반 뻬뜨로비치, 그는 좋은, 매우 좋은 분이에요. 그가 당신을 얼마나 좋아하는데요! 그는 요즘 저에게 낮에도 밤에도 당신에 대해, 당신에 대해 모든 것을 말씀하세요. 그는 전에 저에게 당신의 책을 사주었어요. 저는 아직 읽지 않았는데, 내일부터 시작하겠어요. 그리고 당신이 오시면 저는 대단히 기쁘겠어요! 저는 아무도 만나지 못하고, 아무도 우리 집에 오지 않아요. 우리에겐 무엇이든지 다 있는데, 우리는 늘 홀로 있어요. 지금 저는 여기 앉아서 당신들이 이야기하는 것을 다, 죄다 들었어요, 참 좋았어요……. 그럼 금요일까지……」

7

나는 서둘러 집으로 갔다. 마슬로보예프의 말이 나에게 강한 영향을 미쳤다. 내 머릿속엔 여러 생각들이 오갔다…….
그런데 뜻밖에도 전기 충격처럼 나를 전율시킨 어떤 사건이 집에서 나를 기다리고 있었다.

내가 살고 있는 집 대문 맞은편에 가로등이 서 있었다. 내가 대문을 들어서려 하자 어떤 이상한 형체가 가로등으로부터 갑자기 내게 달려들어 나는 외마디 소리를 질렀다. 두려움에 미치다시피 하여 반쯤 정신이 나간 어떤 사람이 몸을 떨며 외마디 소리와 함께 내 팔에 매달렸다. 두려움이 나를 사로잡았다. 그것은 넬리였다.

「넬리! 무슨 일이냐?」 내가 외쳤다. 「너 여기서 무엇을 하는 거야?」

「저기, 위에……, 그가 앉아 있어요……. 우리 집에…….」

「그게 누군데? 가보자, 나와 함께 가자.」

「싫어요, 싫어요! 그가 갈 때까지…… 현관에서 기다리겠어요……. 싫어요.」

나는 이상한 예감을 느끼며 내 방으로 올라갔다. 문을 여니 공작의 모습이 눈에 들어왔다. 그는 책상에 앉아서 소설을 읽고 있었다. 적어도 책이 펼쳐진 상태였던 것이다.

「이반 뻬뜨로비치!」 그가 기쁨에 겨워 소리쳤다. 「당신이 마침내 돌아와서 몹시 기쁘오. 금방 가려고 했소. 한 시간 이상 당신을 기다렸소. 나는 백작 부인의 긴급하고 간절한 청에 따라, 오늘 저녁 당신과 함께 그녀에게 가겠다고 약속을 했소. 그녀는 간절히 부탁을 했고, 몹시 당신과 친교를 맺고 싫어하오! 그리고 당신이 나에게 약속을 했기 때문에, 나는 당신이 어디 다른 곳으로 가기 전에 직접 와서 당신을 데려가기로 결심을 했소. 내가 얼마나 실망했을지 상상해 보시오. 내가 와보니 당신의 하녀가 당신이 집에 안 계신다고 하더군요. 어떻게 한담? 나는 정말 당신과 함께 오겠다고 약속을 했소. 그래서 15분만 기다리기로 하고 이렇게 앉아서 기다렸소. 그런데 그 15분이 이렇게 길어지게 된 거요. 나는 당신의 소설을 펴서 읽기 시작했소. 이반 뻬뜨로비치! 이것은 완벽하오! 사람들은 당신을 올바르게 평가할 줄 모르오. 당신은 나의 눈물을 자아내었소. 나는 울었소, 나는 자주 우는 사람이 아니오…….」

「당신은 제가 같이 가기를 원하십니까? 솔직히 말해서, 지금…… 달갑지 않은 것은 아니지만, 하지만…….」

「제발 갑시다! 당신은 나에게 무슨 낭패를 끼치시려는 겁니까? 당신을 한 시간 반이나 기다렸는데! 그 밖에도 나는 필히 당신과 해야 할 이야기가 있소. 무슨 일인지 아시죠? 당신은 이 모든 일을 나보다 더 잘 알 거요……. 우리는 아마 뭔가 결정 내릴 수도 있겠고 어떤 해결책을 찾을 수도 있을 거요. 생각해 보시오! 제발 거절하지 말아 주시오.」

나는 조만간 한번은 가야 한다고 판단했다. 물론 나따샤가 지금 혼자 있고 그녀는 내가 필요했지만, 그녀 자신이 나에게 가능하면 빨리 까쨔와 사귀어 보라고 부탁하지 않았던가? 더욱이 아마 알료샤도 거기에 있을 것이다……. 나는 내가 까쨔에 대한 정보를 가져오기 전에는 나따샤의 마음이 편안하지 못하리란 것을 알았다. 그래서 그곳에 가기로 결심했다. 하지만 넬리가 걱정이었다.

「잠깐, 실례합니다.」 나는 공작에게 말하고 계단으로 나왔다. 넬리는 거기, 어두운 구석에 서 있었다.

「왜 들어오려 하지 않니, 넬리? 저 사람이 너에게 무슨 짓을 했니? 너한테 무슨 말을 했니?」

「아무 말도요……. 저는 싫어요, 싫어요…….」 그녀는 되풀이했다. 「저는 겁나요…….」

내가 그녀에게 아무리 간청해도 소용이 없었다. 나는 그녀와, 내가 공작과 나오면 그녀는 방으로 들어가 문을 잠그기로 합의했다.

「그리고 아무도 들여보내지 말아야 한다, 넬리, 너에게 아무리 부탁을 해도!」

「당신은 그와 가실 건가요?」

「그래.」

그녀는 몸을 떨며, 마치 내가 가지 말기를 부탁이라도 하려는 듯 내 손을 잡았다. 하지만 그녀는 아무 말도 하지 않았다. 나는 내일 그녀에게 자세히 물어보리라 결심했다.

공작에게 양해를 구하고 나는 옷을 갈아입기 시작했다. 그는 나에게 그곳을 방문하는 데 어떤 특별한 옷이나 치장이 요구되는 것은 아니라고 설득하기 시작했다. 「기껏해야 깨끗한 내의 정도!」 그는 종교 재판관 같은 시선으로 나를 머리끝에서 발끝까지 살펴보며 덧붙였다. 「보시오, 도대체 이 모든 상류 사회의 편견을…… 그것들로부터 완전하게 자유로워질 수가 없으니. 그들은 이것으로부터 완전히 벗어나지 못할 거요.」 그는 내가 프록코트를 입는 것을 만족스러운 표정으로 바라보며 말을 끝냈다.

우리는 방을 나왔다. 그러나 나는 그를 계단에 세워 놓고,

넬리가 이미 몰래 숨어 든 방으로 들어가 그녀와 다시 작별했다. 그녀는 대단히 흥분해 있었고 얼굴은 파랗게 질려 있었다. 나는 걱정이 되어 혼자 남겨 두는 것이 마음에 걸렸다.

「당신 하녀는 이상하군요.」계단을 내려가며 공작이 나에게 말했다. 「그 작은 소녀가 당신의 하녀지요?」

「아니오……, 그녀는 그저…… 제 집에서 임시로 삽니다.」

「이상한 소녀예요. 그 애는 정신이 나간 아이 같더군요. 생각해 보세요, 처음엔 내게 대답을 잘했소. 그러더니 나를 자세히 보고는 나에게 달려들어 소리를 지르고, 오들오들 떨기 시작하더니, 나에게 매달렸소……. 무엇인가 말을 할 듯하더니 하지 못했소. 고백하건대, 내가 겁이 나서 그녀로부터 도망치려 했소. 하지만, 다행히도 그녀가 나로부터 도망을 갔소. 나는 경악했소. 당신은 어떻게 같이 살 수 있었소?」

「그녀는 간질을 앓아요.」내가 대답했다.

「아, 그래요! 그럼 그렇게 놀라운 일은 아니군……. 그녀가 그런 발작을 일으킨다면.」

이 순간 어떤 생각이 내 머리를 스쳤다. 어제 내가 집에 없는 것을 알고도 마슬로보예프가 내 집을 방문한 일, 오늘 내가 마슬로보예프를 방문한 일, 마슬로보예프가 술 취한 가운데 본의 아니게 나에게 들려준 이야기, 오늘 저녁 일곱 시의 초대, 나를 상대로 간계를 부리지 않았다는 그의 확언, 그리고 마침내, 내가 마슬로보예프의 집에 가 있는 것을 어쩌면 알면서도 한 시간 반 동안 나를 기다린 공작, 그리고 그를 피해 거리로 뛰어나간 넬리, 나에게는 이 모든 것이 서로 어떤 관련을 가지고 있는 것처럼 보였다. 이것은 진지하게 생각할 문제였다.

대문에는 그의 마차가 기다리고 있었다. 우리는 마차를 타고 떠났다.

8

따르고비 다리까지는 오래 걸리지 않았다. 처음에 우리는 침묵을 지켰다. 나는 내내 그가 어떻게 대화를 시작할지를 생각했다. 그가 나를 떠보고, 탐색하고, 무엇인가 캐내려 할 것이라는 생각이 들었다. 그러나 그는 거두절미하고 단도직입적으로 용건을 꺼냈다.

「지금 나는 한 가지 일로 큰 걱정을 하고 있소, 이반 뻬뜨로비치.」 그가 말문을 열었다. 「그것에 대해 무엇보다 당신과 이야기를 나누고 싶고 당신께 조언을 부탁하고 싶소. 나는 오래전에 소송을 포기하고, 이흐메네프에게 1만 루블을 돌려주기로 결심했소. 그 일을 어떻게 하는 것이 좋겠소?」

〈당신이 어떻게 해야 좋을지 모르겠다고 하다니 있을 수 없는 일이야.〉 내 머릿속에 이런 생각이 스치고 지나갔다. 〈그래 나를 우습게 만들 참인가?〉

「모르겠습니다, 공작님.」 나는 가능한 한 냉담한 어조로 대답했다. 「다른 일로는, 즉 나딸리야 니꼴라예브나에 관한 것이라면, 당신과 우리들 모두를 위해 필요한 소식들을 전달해 줄 준비가 되어 있습니다. 하지만 그 일에 관해서는 물론 당신께서 저보다 더 많이 알고 계실 텐데요.」

「아니, 아니, 분명히 더 적어요. 당신은 그들과 잘 알고, 그리고 나딸리야 니꼴라예브나가 당신에게 아마도 이 일에 관해 자신의 생각을 한번은 피력했을 터이고. 그것이 나에게 중요한 지침이 될 수 있소. 당신은 나를 많이 도와줄 수 있소. 이 일은 상당히 어렵소. 나는 그에게 양보할 준비가 되어 있소, 심지어 다른 일들이 어떻게 끝나든 관계없이 즉각 양보할 생각이오, 이해하겠소? 하지만, 어떻게, 어떤 모양으로 양보를 해야 할지 그것이 문제요. 노인은 자존심이 강하고 고집이 세요. 결국 그는 나의 관대함을 비웃으며 나에게 돈을 도로 던질 거요.」

「그러나 실례지만, 당신은 그 돈을 어떻게 생각하십니까. 자신의 것으로, 또는 그의 것이라고?」

「재판은 내가 이겼소, 따라서 내 돈이지요.」

「하지만 양심상으로는요?」

「물론 내 것이라고 생각하지요.」 그는 나의 거리낌 없음에 약간 화가 나서 대답했다. 「그런데, 내가 보기에 당신은 이 일의 본질을 모르는 것 같소. 나는 노인이 계획적으로 사기를 쳤다고 비난하는 것이 아니오. 그리고 고백하건대, 결코 그를 비난하지 않았소. 모욕당한 듯이 행동한 것은 그의 자의에 의한 것이었소. 그의 잘못은, 그를 믿고 맡긴 일을 태만하게 처리한 데 있고, 우리의 과거 약속에 따르면 그는 그 일에 대해 책임을 지게 되어 있소. 하지만 본질은 그것이 아니라는 것을 아시오? 본질은 우리의 다툼, 당시 서로 주고받은 모욕, 한마디로 서로 상처받은 자존심에 있소. 아마 나는 그때 그 시시한 1만 루블에 주의를 기울이지 않았을지도 모르오. 하지만 당신은 물론 그때 무슨 일로, 그리고 어떻게 이 일이 시작되었는지 알고 계실 것이오. 내가 의심이 많았다는 것은 인정하오. 아마 내가 옳지 않았을 수도 있소(그 당시에 말이오). 그러나 나는 그것을 깨닫지 못했소. 그리고 유감스럽게 그의 조야함에 모욕을 느끼고 화가 난 가운데 그 기회를 놓치고 싶지 않았고, 그래서 일을 일으킨 거요. 당신에겐 아마 나의 이 모든 행위가 아주 고상하다고 여겨지진 않을 거요. 나는 나를 변호하지는 않겠소. 단지 당신에게 지적하고 싶은 것은 분노, 그리고 특히 자극당한 자존심이 인품의 결핍을 나타내는 것이 아니라, 자연적이고 인간적인 것이라는 사실이오. 그리고 다시 말하지만, 그때 나는 이흐메네프를 거의 몰랐으며, 알료샤와 그의 딸에 대한 모든 소문을 전적으로 믿었소. 따라서 고의적인 금전 사취를 믿을 수 있었던 거요……. 그러나 이것은 부차적인 것이오. 중요한 것은 지금 내가 무엇을 해야 하는가 하는 것이오. 돈을 포기하긴 해도 내가 소송을 제기한 것은 옳았다고 생각하오. 이렇게 되면 내가 그에게 돈을 선물하는 것이 되오. 여기에 나딸리야 니꼴라예브나를 둘러싼 미묘한 상황이 더해진다면……. 그는 즉각 이 돈을 나에게 던져 버릴 것이오.」

「자, 보세요, 당신 스스로 그가 돈을 던져 버릴 것이라고 하시잖습니까. 결국 당신은 그를 고결한 사람이라고 간주하시고, 그가 당신의 돈을 훔치지 않았다고 충분히 믿으실 수 있을 겁니다. 그리고 만일 그렇다면, 왜 그에게 가서 소송을 제기한 것은 옳지 않았다고 솔직히 말하려 하지 않습니까? 그렇게 하면 당신도 깨끗하고, 이흐메네프 또한 자신의 돈을 받는 것을 어려워하지 않을 겁니다.」

「흠…… 그의 돈이라. 문제는 바로 거기에 있소. 당신은 나를 어떤 입장에 처하도록 만드는 거요? 그에게 가서 고소가 옳지 않았다고 선언하라고요? 그럼 옳지 않은 것을 알았다면 왜 소송을 제기했느냐? 이렇게들 말할 거요. 나는 그럴 까닭이 없소, 왜냐하면 나는 법적으로 정당하기 때문이오. 나는 아무에게도, 누구에게도 그가 내 돈을 훔쳤다고 말하지 않았소. 그러나 그가 조심성 없이 행동했고 경솔했으며, 경영에 대해 아는 것이 없었다고는 지금도 확신하오. 그 돈은 정말로 내 거요. 그러니 잘못된 비방의 책임을 나 자신에게 돌리기는 힘든 일이오. 마지막으로 다시 한번, 나는 노인이 스스로를 중상한 것이라고 말해 두고자 하오. 그런데 당신은 이 모욕 때문에 그에게 용서를 빌라고 하고 있소. 그것은 너무 가혹하오.」

「제 생각으로는, 두 사람이 화해하려면, 그때는……」

「그때는 이것이 쉽다는 말이오?」

「네.」

「아니오, 가끔은 매우 힘드오, 더구나……」

「더구나 다른 상황들이 이와 결부되어 있다면! 이 점에 대해서는 당신 의견에 동의합니다, 공작님. 나딸리야 니꼴라예브나와 당신 아들의 일에 대해서는 당신이 결정하는 바에 따라, 모든 점에서 당신에 의해 해결되어야만 합니다. 그리고 이흐메네프 집안에게 완전히 만족스러운 방향으로 해결되어야만 합니다. 그때가 되면 당신은 이흐메네프 집안과 재판에 관해 허심탄회하게 대화를 나눌 수 있을 겁니다. 아직 아무것도 해결되지 않은 이때, 당신에겐 오직 한 가지 길만이 있습니다. 즉 당신의 소송이 정당하지 못했다는 것을 인정하는 것입니다. 솔직하게 인정하는 것이죠, 필요하다면 공개적으로. 제 의견은 그렇습니다. 당신이 제 의견을 물으셨기 때문에 솔직하게 말씀드리는 겁니다. 제가 당신에게 간계를 쓰길 바라지는 않으셨겠죠. 저는 그 점에 용기를 얻어 감히 여쭙겠습니다. 왜 그 돈을 이흐메네프 네에게 돌려주는 것에 대해 걱정하시는 겁니까? 만일 당신이 그 소송을 정당하다고 여기신다면, 왜 돌려주시려는 겁니까? 제 호기심을 용서하십시오, 하지만 이것은 다른 상황과 밀접히 연관되어 있어서…….」

「당신은 그에 대해 어떻게 생각하시오?」 그는 마치 내 물음을 전혀 듣지 못한 듯 갑자기 되물었다. 「당신은 이흐메네프 노인에게 아무런 사과 없이, 그리고…… 그리고…… 그리고 이 모든 완화책 없이 그냥 돈이 건네진다면, 그가 그 돈을 거절할 것이라고 확신합니까?」

「물론, 거절할 겁니다!」

나는 몹시 얼굴이 달아올랐고 심지어 격분해서 몸을 떨었다. 이 뻔뻔스럽고 회의적인 물음은 내게, 마치 공작이 내 얼굴에 침을 뱉은 것 같은 그런 인상을 불러일으켰다. 이 모욕감에는 다른 일도 기여를 했다. 즉 그가 마치 내 물음을 알아듣지도 못한 것처럼 대답도 하지 않은 채, 아마도 내가 대담하게도 그런 물음을 던짐으로써 주제넘었고 거리낌 없이 굴었다는 것을 내게 인식시키려는 듯, 자신 쪽에서 다른 물음을 던져 내 물음을 끊는 조야하고 상류층 같은 태도를 보였다. 나는 이 고상한 태도가 정말 증오할 정도로 역겨웠으며, 전에 알료샤로 하여금 그 버릇을 버리도록 하기 위해 모든 노력을 다 기울였었다.

「흠…… 당신은 지나치게 성마르군요. 하지만 세상에는 당신이 상상하는 것처럼 처리되지 않는 일들이 있소.」 공작이 나의 외침에 대해 조용히 지적했다. 「그런데 나는 나딸리야 니꼴라예브나도 이 문제에 대해 함께 이야기할 수 있을 거라고 생각하오. 그녀에게 이 이야기를 전해 주시오. 그녀가 조 언을 해줄 수도 있을 것이오.」

「결코 그렇지 않을 겁니다.」 내가 거칠게 대답했다. 「당신 은 조금 전에 제가 시작한 말을 다 들으려고도 하지 않고 제 말을 끊었습니다. 나딸리야 니꼴라예브나는 당신이 마음에 도 없이, 당신 말씀대로 아무런 사전 완화책 없이 돈을 되돌 려 주신다면, 아버지에게는 딸에 대한 대가로, 그녀에게는 알료샤에 대한 대가로 지불한다고, 한마디로 말해서 금전적 보상이라고 이해할 겁니다…….」

「흠…… 당신은 나를 그렇게 이해했군요, 이반 뻬뜨로비 치.」 공작은 웃었다. 그가 왜 웃는 것일까? 그가 계속했다. 「그럼에도 불구하고……. 우리는 이야기할 것이 아직 많소. 하지만 지금은 시간이 없소. 한 가지만 염두에 두시오. 이 일 은 나딸리야 니꼴라예브나와 그녀의 앞날에 관련된 것인데, 이 모든 것은 다름 아니라 우리가 어떻게 결정하고 무엇에 합 의하느냐에 따라 어느 정도 달려 있소. 여기에 당신이 반드시 필요하오, 당신도 스스로 보게 될 것이오. 그래서 만일 당신 이 계속 나딸리야 니꼴라예브나에게 헌신적일 것 같으면, 내 가 당신 마음에 들지 않더라도 나와의 타협을 거절하지 못할 것이오. 하지만 다 왔군……. 잠시 후에 봅시다A bientôt.」

9

백작 부인은 멋있는 집을 소유하고 있었다. 방들은 화려하 지는 않지만 편안하고 운치있게 가구가 갖추어져 있었다. 그러나 모든 것이 임시적인 거처의 성격을 띠고 있었다. 이것은 일시적인 목적으로는 적당한 집이었지만, 상시 거처할 곳으로는 적당치 못했다. 부유한 가문의 본가라면 가장 자질구레한 물건에 이르기까지 필수 불가결한 것으로 간주되는 귀족다운 호사를 과시해야 했다. 백작 부인은 여름에는 심비르스까야 현에 있는 자신의 영지로(퇴락하고 저당잡혀 있는) 갈 것이고, 그 여행에 공작이 동행한다는 소문이 있었다. 나도 이미 그 이야기를 들었던 터이고, 만일 까쨔가 백작 부인과 함께 간다면, 알료샤가 어떻게 할 것인지 은근히 걱정하고 있었다. 나는 나따샤와 아직 이것에 대해 이야기를 나누지 않았다. 겁이 났던 것이다. 하지만 몇 가지 징후를 통해 그녀도 이 소문을 들었을 것이라고 깨닫게 되었다. 하지만 그녀는 침묵을 지켰고 혼자서 괴로워했다.

백작 부인은 나를 매우 우호적으로 맞으며, 나에게 상냥하게 손을 내밀고는 오랫동안 나를 보고 싶었다고 힘주어 말했다. 그녀는 손수, 우리가 자리잡은 자리의 옆에 있는 멋진 은제 사모바르에서 차를 따라 주었다. 거기에는 나, 공작 그리고 또 한 명의 훈장을 단, 약간 딱딱한 외교적 태도를 지닌 중년의 상류 사회 인사가 있었다. 이 손님은 매우 존경받는 사람 같았다. 백작 부인은 해외에서 돌아와 이번 겨울 아직 뻬쩨르부르그에서 별로 큰 교제도 시작하지 못하고, 자신이 원하고 계산한 것처럼 자신의 위치를 확고히 하지 못하고 있었다. 이 손님을 제외하고는 아무도 없었고, 저녁 내내 그 누구도 나타나지 않았다. 나는 눈을 들어 까쩨리나 표도로브나를 찾았다. 그녀는 알료샤와 다른 방에 있었는데, 우리가 오는 소리를 듣고는 곧 나왔다. 공작은 사랑스럽게 그녀의 손에 입을 맞추었고, 백작 부인은 그녀에게 나를 소개했다. 공작은 곧 우리를 인사시켰다. 나는 성급히 주의를 기울여 그녀를 살펴보았다. 그녀는 키가 작은 귀여운 금발 여인이었고, 흰 옷을 입고 있었으며, 키가 작고, 조용하고 침착한 얼굴 표정을 지니고 있었다. 그리고 알료샤가 말한 것처럼 짙은 파란 눈을 지니고 있었고, 젊음의 아름다움을 가지고 있었을 뿐이었다. 나는 완벽한 미인을 만날 것을 기대했으나, 그녀는 아름답지는 않았다. 부드러운 곡선의 갸름한 얼굴, 반듯한 이목구비, 숱 많고 아름답지만 평범하게 손질된 머리카락, 부드럽고 침착한 시선. 내가 다른 곳에서 그녀와 마주쳤다면, 나는 그녀에게 특별한 신경을 쓰지 않고 지나쳤을지도 모르겠다. 하지만 이것은 얼른 본 첫인상이었고, 나는 이날 밤 늦게까지 그녀를 좀 더 자세히 눈여겨볼 시간이 있었다. 그녀는 아무 말도 없이 순진하고 긴장된 시선으로 나를 계속 바라보며 나에게 손을 내밀었다. 나는 이 단순한 동작의 기이함에 놀랐으며, 무의식적으로 그녀에게 미소를 지어 보였다. 나는 순수한 마음을 가진 존재가 내 앞에 서 있다는 느낌을 받았다. 백작 부인은 그녀에게서 눈을 떼지 않았다. 나와 악수를 한 다음, 까쨔는 나에게서 약간 서둘러 물러나서 방의 맞은편에 알료샤와 함께 앉았다. 나에게 인사를 하며 알료샤가 〈나는 여기 잠시만 더 있을 것이고, 곧 그리로 갈 거요〉하고 속삭였다.

그 〈외교관〉(나는 그의 성을 모르고 그를 어떻게든 부르기 위해서 외교관이라고 부르겠다)은 조용하고 위엄 있는 어조로 어떤 사상을 이야기했다. 백작 부인은 주의 깊게 그의 말을 들었고, 공작은 찬성하고 아부하는 태도로 그에게 미소

지었다. 연설가는 아마 그를 훌륭한 청취자로 평가한 듯 자주 그에게 얼굴을 돌렸다. 나에게 차가 제공되었고, 나는 나를 조용히 내버려 두는 것이 무척 기뻤다. 그러는 동안 나는 백작 부인도 유심히 살펴보았다. 첫인상은 그녀가 어쩐지 내 의지와 관계없이 내 맘에 들었다는 것이다. 아마 그녀는 이미 젊은 나이는 아니었을 테지만, 나에게는 스물여덟 살이 넘지 않은 것처럼 보였다. 그녀의 얼굴은 아직 신선했고 언젠가 젊었을 때는 분명히 매우 아름다웠을 것이라 여겨졌다. 짙은 아맛빛 머리는 아직 상당히 숱이 많았다. 그리고 시선은 매우 선량했지만, 약간 가볍고 장난을 좋아하는 조롱기를 담고 있었다. 그러나 지금 그녀는 어떤 이유에선지 자신을 제어하고 있었다. 또 그 시선 속에는 많은 지혜가 들어 있었는데, 무엇보다 인자함과 유쾌함이 드러나고 있었다. 나에게는 그녀의 주된 성질이 경박함, 쾌락에 대한 욕구와 일종의 선한 이기심, 그것도 아마 커다란 이기심이라고 여겨졌다. 그녀는 자기에게 커다란 영향력을 행사하고 있는 공작의 손아귀 안에 들어 있었다. 나는 그들이 어떤 관계를 가지고 있음을 알고 있었고, 그들이 해외에 체류할 때 그는 심한 질투를 부리는 정부는 아니었다고 들었다. 하지만 나에게는(지금도 그렇게 여겨진다) 그들 사이에 과거의 관계를 제외하고 또 다른 비밀스러운 관계가, 어떤 계산에 입각한 상호 약정이 그들을 결합시키고 있는 것 같았……. 한마디로 무엇인가 그러한 것이 있음에 틀림없었다. 나는 또 공작이 지금은 그녀를 부담스러워하지만, 그들의 관계가 끊어지지 않고 있음을 알았다. 아마도 그 당시 그들을 묶어 준 것은 특히 까쨔를 둘러싼 계획이었을 텐데, 그 계획의 발원지는 물론 공작이었을 것이다. 이러한 토대 위에 공작은 백작 부인이 진실로 요구했던 그녀와의 결혼을 회피하고, 알료샤와 그녀의 양녀의 결혼을 위해 협력하자고 그녀를 설득했을 것이다. 적어도 나는, 어쨌든 무엇인가 눈치 챌 수 있었던 알료샤가 예전에 들려준 몇 가지 이야기를 듣고 그렇게 결론을 내렸다. 나에게는 또, 부분적이지만 동일한 이야기를 토대로, 비록 공작이 백작 부인을 완전히 손에 틀어쥐고 있음에도 불구하고, 어떤 이유에선지 그녀를 두려워하고 있는 것으로 보였다. 알료샤도 그렇게 느끼고 있었다. 나는 후에, 공작이 백작 부인을 누군가와 결혼시키기를 무척 원했고, 부분적으로 이런 목적을 가지고 지방에서 적당한 남편감을 찾기를 기대하며 그녀를 심비르스까야 현으로 보냈다는 것을 알았다.

나는 앉아서 사람들의 이야기를 들으며, 어떻게 하면 까쩨리나 표도로브나와 빨리 단둘이 이야기를 할 수 있을까 하고 곰곰이 생각했다. 외교관은 국가의 현 상황과, 궤도에 오른 개혁,[83] 그리고 그것을 겁내야 할 것인지 아닌지에 대한 백작 부인의 물음에 대답하고 있었다. 그는 오랫동안 많은 것을 조용하고 권위 있는 어조로 설명했다. 그는 자신의 이상을 섬세하고 현명하게 전개했지만, 그 이상은 혐오스러운 것이었다. 그는 이 개혁과 개선의 정신이 아주 빨리 열매를 맺을 것이라고 힘주어 주장하고 있었다. 이 열매를 보면 사람들은 정신을 차릴 것이고, 이 새로운 정신은 사회에서(물론 사회의 일정한 부분에서) 다시 사라져 갈 뿐만 아니라 사람들은

83 1861년 2월 19일 공포된 농노 해방을 말한다. 같은 해에 『상처받은 사람들』이 나왔다. 이후 알렉산드르 2세 통치의 전반기를 특징짓는 사법부, 행정부, 재무, 교육 개혁 등 많은 다른 개혁들이 계속되었다.

이 경험을 통해 실수를 발견하고, 그때 두 배의 힘으로 옛것을 지지하기 시작할 것이라는 주장이었다. 그의 주장은, 경험은 비록 쓰라리겠지만 유익할 것이다, 그것은 사람들에게 유익한 옛것을 지켜야 한다는 사실을 가르쳐 줄 것이고, 그를 위한 새로운 여건을 가져다 줄 것이다, 따라서 지금 되도록 빨리 개혁을 부주의의 극단까지 끌고 가기를 빌어야만 한다는 것이었다. 그는 결론을 내렸다. 〈우리가 없인 되지 않아요. 우리가 없이는 아직 어떤 사회도 결코 존속하지 못했지요. 우리는 패하는 것이 아니고, 반대로 승리자가 될 것이오. 우리는 부상할 것이고, 이 순간 우리의 좌우명은 나쁠수록 더 좋다Pire ça va, mieux ça est여야 하오.〉 공작은 그의 말에 미소를 지었다. 그것은 혐오를 담은 동감의 미소였다. 연설자는 전적으로 자기 만족에 빠져 있었다. 나는 어리석게도 반박하고 싶은 생각에 심장이 끓어올랐다. 그러나 공작의 음흉한 시선이 나를 멈추게 했다. 그 눈길은 흘끗 내 쪽으로 미끄러졌고, 나는 공작이 정말 나에게서 어떤 젊은이다운 감정의 분출을 기대하는 듯이 느껴졌다. 그는 심지어 내가 어떻게 망신을 당하는지 아마 즐기고 싶었을 것이다. 동시에 나는 외교관이 분명 나의 반박과 아마도 나라는 존재조차 마음에 두지 않을 것이라고 확신했다. 나는 그와 함께 앉아 있는 것이 역겨웠으나, 알료샤가 나를 구해 주었다.

그는 조용히 내게 다가와서 어깨를 두드리며 말 좀 하자고 청했다. 나는 까쨔가 그를 보냈으리라고 추측했다. 역시 그랬다. 잠시 후 나는 이미 그녀와 나란히 앉아 있었다. 먼저 그녀는 〈당신은 이런 분이군요〉 하고 혼잣말하듯 나를 유심히 살펴보았다. 처음에 우리 둘은 대화를 풀어 가기 위한 실마리를 찾아내지 못했다. 그러나 나는 말문이 터지기만 하면, 우리는 다음날 아침까지도 이야기를 멈추지 않을 것이라고 확신했다. 알료샤가 이야기했던 〈대여섯 시간의 대화〉라는 말이 머릿속에서 어른거렸다. 알료샤는 옆에 앉아 우리가 대화를 시작하기를 초조하게 기다렸다.

「왜 말을 하지 않는 거요?」 그가 미소를 띠고 나를 보며 말을 꺼냈다. 「정작 만나니 침묵을 하는군요.」

「아, 알료샤, 당신은 무슨 사람이…… 우리는 곧 이야기할 거예요.」 까쨔가 대답했다. 「제가 무엇부터 시작해야 할지 모를 만큼, 이반 뻬뜨로비치와 저는 함께 나눌 이야기가 많이 있어요. 이반 뻬뜨로비치, 우리는 너무 늦게 서로 알게 되었어요. 더 일찍 만나 뵈었어야 하는 건데, 하지만 저는 당신을 오래전부터 알았어요. 그리고 당신을 무척 보고 싶었답니다. 저는 심지어 당신께 편지를 쓸까 하고 생각하기도 했지요……」

「무슨 사연을요?」 나는 무의식적으로 미소 지으며 물었다.

「모든 가능한 것에 대해.」 그녀가 진지하게 대답했다. 「예를 들면, 그가 지금 같은 시간에 나딸리야 니꼴라예브나를 혼자 남겨 두어도 그녀가 화내지 않는다는 것이 사실인지 아닌지에 대해서요. 그래, 저이처럼 해도 괜찮은 건가요? 알료샤, 당신은 지금 왜 여기 계신 거예요, 말해 보세요, 제발.」

「아, 맙소사, 그래 지금 가오. 정말로 여기 잠시만 머물러 당신들이 어떻게 이야기를 나누는지 보고, 다음에 그리 가겠다고 말했잖소.」

「그래, 우리 둘이 여기 앉아 있어요, 보았어요? 그는 늘 저래요.」 그녀는 약간 얼굴이 빨개지며 그를 손가락으로 가리켰다. 「잠시라고, 잠깐만이라고 말하죠. 그러다 어느새 자정까지 앉았고, 그럼 이미 늦는 거죠. 〈그녀는 화내지 않을 거야. 그녀는 아주 착하다〉고 말해요. 이게 그가 생각하는 방식이에요! 이것이 좋은가요, 그래 이것이 고상한가요?」

「당신이 그토록 원하니 가겠소.」 알료샤가 슬픈 목소리로 대답했다. 「나는 정말로 당신들하고 좀 더 같이 있고 싶은데……」

「우리와 무엇을 하겠어요? 우리는 오히려 단둘이 이야기를 나눌 것이 많아요. 하지만 화내지는 마세요. 어쩔 수 없어요. 이해해 주세요.」

「꼭 그래야 한다면, 나는 지금 가겠소……. 화낼 일이 무엇이 있겠소? 단지 잠시만 레벤까에게 들르겠소. 그리고 거기서 바로 그녀에게 가겠소. 한 가지만 더, 이반 뻬뜨로비치.」 그가 모자를 집으며 덧붙였다. 「당신은 아버지께서 이호메네프와의 재판에서 이기신 돈을 포기하려 하신다는 것을 아시죠.」

「알아요, 나에게 말씀하셨소.」

「참으로 훌륭한 일입니다. 까쨔는 그가 훌륭하게 행동한다는 것을 믿지 않아요. 그녀와 이 문제에 대해 좀 이야기를 나누어 보세요. 안녕 까쨔, 그리고 제발 내가 나따샤를 사랑한다는 것을 의심하지 마시오. 왜 당신은 나에게 그것을 강요하는 거고, 왜 나를 질책하며, 왜 나를 감시하는 거요. 마치 내가 당신의 감시를 받아야 마땅한 것처럼! 그녀는 내가 자기를 얼마나 사랑하는지 알아요. 그리고 나를 믿으며, 나도 그녀가 나를 믿는다고 확신해요. 나는 그녀를 어떤 상황에서도 사랑해요. 나는 내가 얼마나 그녀를 사랑하는지 잘 몰라요. 나는 그냥 그녀를 사랑해요. 그러므로 나를 죄지은 사람처럼 심문할 이유가 없어요. 자, 이반 뻬뜨로비치에게 물어

보시오, 그가 지금 여기 왔으니. 그는 나따샤가 시샘이 많고, 나를 무척 사랑하지만 그녀의 사랑 속에는 많은 이기심이 들어 있다는 것을 증명해 줄 것이오. 그녀는 나를 위해 아무것도 희생하고 싶어하지 않기 때문이오.」

「뭐라고요?」 나는 내 귀를 의심하며 놀라서 물었다.

「그게 무슨 말이에요, 알료샤?」 까쨔는 거의 소리를 지르다시피 하며, 손을 마주쳤다.

「아니, 뭐가 그리 놀랍소? 이반 뻬뜨로비치가 알아요. 그녀는 늘 내가 자기와 함께 있기를 요구해요. 그녀가 비록 요구하지는 않지만, 바라는 것은 분명해요.」

「부끄럽지 않나요, 부끄럽지 않아요?」 까쨔가 분노로 얼굴이 온통 달아오르며 말했다.

「왜 부끄러워해야 하오? 당신은 무슨 사람이, 정말, 까쨔! 나는 그녀가 생각하는 것 이상으로 그녀를 사랑해요. 그러나 만일 그녀가, 내가 자기를 사랑하듯 그렇게 올바르게 나를 사랑한다면, 아마 나를 위해 자신의 만족을 희생했을 것이오. 물론 그녀는 나를 보내 주었소. 그러나 나는 그녀의 얼굴에서 그녀가 고통스러워하는 것을 읽었소. 그녀가 나를 보내지 않았다 해도 나에게는 마찬가지였을 거요.」

「아니, 여기엔 분명 무슨 까닭이 있어!」 까쨔가 분노로 빛나는 눈을 다시 내게로 향하며 소리쳤다. 「고백하세요, 알료샤, 지금 고백하세요. 당신 아버지가 이 모든 것을 말했죠? 오늘 말했나요? 제발 나를 속이려 하지 마세요. 나는 금방 알아차려요! 그래요, 안 그래요?」

「그래, 말씀하셨어.」 알료샤가 당황해서 말했다. 「그런데 그게 어때서? 오늘 나에게 아주 부드럽고, 우호적으로 말씀하셨어. 그리고 나에게 계속해서 그녀를 칭찬했어요. 그녀는 내가 놀랄 정도로 그를 심하게 모욕했는데, 그는 그녀를 칭찬했단 말이오.」

「그럼 당신은 그걸 믿고 있나요!」 내가 말했다. 「그녀는 당신에게 그녀가 바칠 수 있었던 모든 것을 바쳤고, 심지어 지금 그녀의 유일한 걱정은, 당신이 자신에게서 따분함을 느끼지는 않을까, 당신이 까쩨리나 표도로브나를 방문하는 것을 혹시 방해하지나 않을까 하는 그런 것이었소! 그녀 스스로 오늘 나에게 그렇게 말했소. 그런데 당신은 그런 중상을 믿다니! 부끄럽지도 않소?」

「당신, 은혜도 모르는 사람 같으니! 저이는 아무것도 결코 부끄러워하지 않나 봐요, 그 무엇에 대해서도!」 까쨔가 이렇게 말하며 그에게, 마치 완전히 결별하는 사람에게 하듯 손을 내저었다.

「당신들은 정말 무엇을 원하오!」 알료샤가 비탄조로 말했다. 「당신은 언제나 이래요, 까쨔! 언제나 당신은 나에게서 나쁜 면만을 찾아요……. 이반 뻬뜨로비치에 대해서는 말도 않겠소! 당신들은 내가 나따샤를 사랑하지 않는다고 생각하지요. 그녀의 이기심과 관련해서, 나는 그녀가 도를 넘어설 정도로 지나치게 나를 사랑하고 있기에, 그로 인해 그녀도 나도 힘이 든다는 것을 말하려 했을 뿐이오. 아버지는 혹 원할지는 모르나 결코 나를 속이지는 않을 거요. 내가 그렇게 두지 않을 거요. 그는 절대로 나쁜 의미에서 그녀가 이기주의자라고 말씀하시지는 않았소. 나는 그것을 잘 알고 있소. 그는 내가 지금 말한 것처럼 꼭 그렇게 말씀하셨소. 그녀의 나에 대한 사랑은 그것이 이기심이 될 만큼 그렇게 크고 지나치며, 그래서 그녀에게도 나에게도 어렵고, 나중에는 내가 더욱 힘들게 될 것이라고 말이오. 그는 나에 대한 사랑에서 진실을 말씀하셨소. 그리고 이것이 그가 나따샤를 모욕하려 했음을 의미하는 것은 전혀 아니오. 반대로 그는 그녀의 사랑 속에 매우 강하고, 도를 벗어나고, 극단적일 정도의 열정이 깃들어 있음을 본 거요……」

하지만 까쨔는 그의 말을 끊고 끝까지 말하도록 두지 않았다. 그녀는 그를 혹독하게 비난하며, 그의 아버지는 표면적인 관후함으로 그를 속이기 위해 나따샤를 칭찬하는 것일 뿐이고, 이 모든 것을 알료샤 자신이 눈치 채지 못하는 가운데 나따샤에게 대립하도록 교사하여 그들의 관계를 끊으려는 의도로 시작한 것이라고 증명했다. 그녀는 나따샤가 그를 얼마나 사랑하는지, 어떠한 사랑이라도 그가 그녀에게 하는 행동을 용서하지 못한다는 것, 그리고 진정한 이기주의자는 알료샤 자신이라고 열심히 그리고 현명하게 결론지었다. 까쨔는 그를 점점 무서운 슬픔과 깊은 후회의 상태로 몰고 갔다. 그는 우리들 옆에 앉아서 바닥을 보며 아무 대답도 하지 못한 채 완전히 압도되어 있었으며, 얼굴에는 고통스러운 표정을 짓고 있었다. 하지만 까쨔는 가차 없었다. 나는 극도의 호기심을 가지고 그녀를 자세히 들여다보았다. 나는 될수록 빨리 이 기이한 처녀를 알고 싶었다. 그녀는 완전히 어린아이 같아 보였지만, 어딘지 이상하고 확고한 신념을 가지고 있었으며, 굳건한 원칙과 열정적인, 선과 정의에 대해 타고난 열정적인 사랑을 가진 아이였다. 그녀를 진정 아이라고 부를 수 있다면, 그녀는 우리네 가정에 상당히 많이 있는 생각하는 아이들의 범주에 속한다. 그녀가 이미 많이 생각했다는 것은 분명했다. 이 생각하는 머릿속에 시선을 던져, 완전히 어린이 같은 생각과 상상이 진지한 경험으로부터 획득한 느낌과 삶의 관찰들에(까쨔는 이미 생활하고 있기 때문이다) 어떻게 혼합되는지, 그리고 동시에 아직 그녀에게 알려져 있지 않고 경험으로부터 유래하지도 않았지만, 책에서 얻은 추상적인 생각들과 이것이 어떻게 혼합되는지 보는 것은 흥미로울 것이다. 이런 것들은 이미 상당히 많을 것이고, 그녀는 아마 자신의 경험을 통해 그런 생각에 이르렀다고 여길 것이다. 이날 저녁 내내 그리고 그 후, 내가 생각하기에 나는 까쨔를 꽤 잘 연구한 것 같았다. 그녀는 쉽게 격해지고 외부 영향에 민감한 마음을 가지고 있었다. 많은 경우 그녀는 무엇보다 진리를 최상에 두고, 자신을 억제하는 법을 경멸하는 듯했다. 그리고 그런 억압을 편견으로 간주했다. 더 이상 어리지 않음에도, 열정을 간직한 많은 사람들이 그렇듯 그러한 신념을 자랑스러워하는 듯했다. 그러나 바로 이것이 그녀에게 어떤 특별한 매력을 부여하고 있었다. 그녀는 사고하고 진리를 탐구하는 것을 좋아했지만, 그렇게 꼼꼼하지도 않고 아주 어린아이 같은 명랑함을 가지고 있어, 사람들은 첫눈에 그녀의 모든 기발함을 사랑하게 되고 그녀를 용인하게 되는 것이었다. 나는 레벤까와 보렌까를 상기했지만, 나에게는 이 모든 것이 지극히 자연스럽게 여겨졌다. 그리고 기이한 것은, 나는 이날 첫눈에는 그녀의 얼굴에서 아무런 특별한 아름다움을 인지하지 못했지만, 그 얼굴은 이날 저녁 시간이 갈수록 더욱 아름답고 매력적으로 되어 갔다. 이 천진한 어린이와 사고하는 여인의 혼합, 그리고 진실과 정의에 대한 아이 같고 성실한 갈구, 그리고 자신의 추구에 대한 굳건한 믿음, 이 모든 것이 그녀의 얼굴을 아름다운 내면의 빛으로 빛나게 했고, 그 얼굴에 일종의 높은 정신적 아름다움을 부여하였다. 그리고 이 아름다움에 담긴 모든 의미를 빨리 고갈시킬 수 없으며, 무관심한 시선에는 이 아름다움이 단번에 눈에 띄게 하지 않을 것이라는 것도 이해할 수 있었다. 나는 알료샤가 그녀에게 열정적으로 끌리게 된 것을 이해했다. 스스로 생각하고 판단할 수 없는 그는, 그를 위해 사고하거나 그렇게 하기를 바라는 사람을 사랑했을 것이고, 까짜는 이미 그를 자신의 후견하에 둔 것이었다. 그의 마음은 너그럽고 배타적이지 않았으므로, 솔직하고 아름다운 모든 것에 단번에 굴복한 것이다. 까짜는 이미 그녀의 아이 같은 존재와 그에 대한 연민에서 비롯된 솔직함을 가지고 그에게 자신을 펼쳐 보였다. 그에게는 자신의 의지라고는 하나도 없었다. 그러나 그녀는 매우 끈기 있고, 강하고 열정적인 의지를 소유하고 있었는데, 알료샤는 무엇인가로 자신을 지배하고 명령할 수 있는 그런 사람만 따랐던 것이다. 부분적으로는 이런 요인으로 그는 나따샤와의 관계 초기에 그녀에게 매달린 것이었는데, 이 점에서 까짜는 나따샤보다 우월한 면을 가지고 있었다. 즉 그녀 자신이 아직 어린아이였고, 그녀는 아마도 틀림없이 더 오래도록 아이로 머물러 있을 것이기 때문이었다. 그녀의 이러한 아이다움, 명석한 지혜 그리고 동시에 약간의 판단력 결핍, 이 모든 것이 알료샤와 비슷했다. 그는 이것을 느끼고 있었고, 그래서 까짜는 그에게 점점 더 강한 흡인력을 행사하고 있었다. 나는 그들이 단둘이 이야기할 때에, 까짜의 진지한 선전적인 이야기와 더불어 이따금 장난치는 듯한 이야기도 나누었다고 확신한다. 그리고 까짜가 아마도 알료샤를 매우 자주 꾸짖고 그를 손아귀에 쥐고 있는 것 같기는 했지만, 그는 분명 나따샤와 함께 있을 때보다는 편안함을 느끼는 것 같았다. 그들은 서로 동등했는데 중요한 것은 그것이었다.

「됐어요, 까쨔, 됐어, 충분해. 언제나 당신은 옳고 나는 그렇지 못하다는 것으로 끝나지. 그건 당신의 영혼이 더 순수하기 때문이야.」 알료샤가 일어서면서 이렇게 말하고 그녀에게 작별의 손을 내밀었다. 「지금 그녀에게 가겠소, 레벤까에게는 들르지 않겠소……..」

「당신이 레프에게서 할 것이라곤 하나도 없잖아요. 당신이 지금 제 말을 듣고 그녀에게 간다니 참으로 사랑스럽네요.」

「당신은 다른 사람들보다 천 배는 더 사랑스러워요.」 알료샤가 우울해져서 대답했다. 「이반 뻬뜨로비치, 당신과 몇 말씀 더 나누고 싶습니다.」

우리는 몇 걸음 옆으로 물러섰다.

「내가 오늘 매우 뻔뻔하게 행동했소.」 그가 나에게 속삭였다. 「내가 천하게 행동했소. 나는 세상의 모든 사람들에게 잘못을 범했소, 무엇보다 당신들 둘 앞에. 오늘 점심을 먹은 후 아버지가 나에게 알렉산드리나 양을 (프랑스 인이라오) 소개해 주셨소. 매력적인 여인이었어요. 나는…… 마음이 끌렸소. 그리고…… 지금, 내가 무엇을 더 말할 수 있겠어요. 나는 그들과 같이 있을 가치가 없어요……. 안녕히 계시오, 이반 뻬뜨로비치!」

내가 다시 옆에 앉자 까쨔가 재빨리 말했다. 「그는 선하고 결백해요. 그러나 그에 대해서는 나중에 많이 이야기할 수 있을 거예요. 지금은 무엇보다 하나의 문제를 이야기해야겠

401

어요. 당신은 공작을 어떻게 보세요?」

「매우 좋지 않은 사람이라고 생각합니다.」

「저도 그래요. 그럼 우리는 이 점에서 의견이 일치했군요. 그러면 이야기하기가 쉽겠네요. 이제 나딸리야 니꼴라예브나에 대해……, 아시겠어요, 이반 뻬뜨로비치. 저는 지금 어둠 속에서 더듬고 있어요, 저는 당신을 등불처럼 기다렸어요. 당신은 이 모든 것을 저에게 말씀해 주셔야 해요. 왜냐하면 가장 중요한 부분에 이르러서는 추측할 수밖에 없었으니까요, 알료샤가 저에게 이야기해 준 것을 바탕으로 해서. 그를 제외하고는 제가 정보를 얻을 수 있는 사람이 아무도 없어요. 먼저(이것이 중요해요), 당신이 어떻게 생각하는지 말씀해 주세요. 알료샤와 나따샤가 행복할까요, 아닐까요? 저는 최종적인 결심을 하기 위해 무엇보다 먼저 이것을 알아야겠어요, 그래야 제가 어떻게 행동할지를 알 수 있으니까요.」

「어떻게 확실하게 말할 수 있겠습니까?」

「네, 물론, 정확하지 않겠죠.」 그녀가 말을 끊었다. 「그렇다면 당신은 어떻게 보시나요? 왜냐하면 당신은 매우 지혜로운 분이니까요.」

「내 생각으로는, 그들은 행복해질 수 없을 거예요.」

「왜 그렇죠?」

「그들은 어울리지가 않아요.」

「저도 그렇게 생각했어요!」 그녀는 깊은 걱정에 잠긴 사람처럼 팔짱을 끼었다.

「더 자세하게 말해 주세요. 저 말이죠, 저는 무척 나따샤를 만나 보고 싶어요. 왜냐하면 그녀와 나누고 싶은 이야기가 많이 있기 때문이죠. 그리고 저는 그녀와 모든 것을 결정할 수 있다고 생각해요. 요즘 저는 그녀를 머릿속에 그리고 있어요. 그녀는 매우 똑똑하고, 진지하고, 성실하고, 아름다울 거라고 생각해요. 그렇지 않나요?」

「그렇소.」

「그럴 거라고 확신했어요. 그럼, 그녀가 그런 사람이라면, 어떻게 그녀는 알료샤를, 그런 어린아이를 사랑할 수 있었을까요? 저에게 그것을 설명해 주세요. 저는 이 점을 자주 생각하고 있어요.」

「그 점은 결코 설명할 수가 없습니다, 까쩨리나 표도로브나. 왜 그리고 어떻게 사랑할 수 있었는지 말하기란 보통 어려운 일이 아닙니다. 맞아요, 그는 어린앱니다. 하지만 당신은 어떻게 어린애를 사랑할 수 있는지 아시겠죠(그가 두 눈에 깊고, 진지하고, 초조함에 찬 주의를 담고 유심히 나를 바라보는 모습을 보면 내 마음이 약해집니다)?」 나는 계속했다. 「그리고 나따샤 스스로가 어린아이를 닮지 않으면 않을수록, 그녀가 진지하면 할수록, 그녀는 더 빨리 그를 사랑할 수 있었을 겁니다. 그는 진실을 사랑하고, 성실하고, 무척 순진하고, 이따금 우아하게 순진합니다. 그녀는, 아마도 그를 사랑했…… 어떻게 말해야 할까? 마치 일종의 연민에서……, 관대한 마음은 연민으로부터 타인을 사랑할 수도 있지 않습니까……. 그러나 나는 당신에게 아무 설명도 드릴 수 없다는 느낌을 받습니다. 하지만 그 대신 당신에게 물어보겠습니다. 당신은 그를 사랑하시나요?」

나는 대담하게 그녀에게 이 물음을 던지고, 내 조급한 질문이 그녀의 어린아이 같은 맑은 영혼의 순수함을 어지럽히지는 않을 것이라고 느꼈다.

「저는 정말 아직 잘 모르겠어요.」 그녀는 밝은 낯으로 내 눈을 바라보며, 조용히 대답했다. 「하지만 매우 사랑하는 것 같아요……」

「그것 보세요. 왜 그를 사랑하는지 설명할 수 있겠습니까?」

「그에게는 거짓이 없어요.」 그녀는 잠시 생각하고는 대답했다. 「그리고 그가 제 눈을 똑바로 보며 무엇인가 제게 말할 때, 그런 말하는 모습이 무척 제 맘에 들어요……. 들어 보세요, 이반 뻬뜨로비치. 제가 당신과 이 점에 대해 이야기하고 있지만, 저는 여자고 당신은 남자입니다. 제가 잘하고 있는 건가요, 그렇지 않은가요?」

「무슨 잘못된 것이 있겠습니까?」

「그래요, 물론, 잘못된 것은 없겠죠? 그런데 저들은(그녀는 눈으로 사모바르 옆에 앉아 있는 그룹을 가리켰다), 아마도 이것이 잘못된 거라고 말할지도 모르죠. 그들이 옳은가요, 그른가요?」

「그르죠. 당신은 마음속으로 잘못 행동하고 있다고 느끼지 않잖소……」

「저는 늘 그래요.」 그녀는 서둘러 내 말을 끊었지만, 분명 나와 가능한 한 많은 이야기를 하고자 했다. 「무엇인가가 명쾌하지 않으면, 저는 바로 제 마음에게 묻습니다. 그래서 만일 마음이 평온하면, 저도 안심합니다. 그렇게 늘 해야겠죠. 그리고 저는 다음과 같은 이유로 당신에게, 마치 혼잣말하듯 완전히 터놓고 말씀드립니다. 우선 당신은 훌륭한 분이고, 그리고 저는 알료샤가 나타나기 전까지 당신과 나따샤 사이에 있었던 과거사를 압니다. 그리고 저는 그 이야기를 듣고 울었습니다.」

「누가 당신에게 이야기해 주었습니까?」

「물론 알료샤죠. 그 스스로 눈물을 흘리며 이야기를 들려주었어요. 그게 그의 정말 좋은 면이며, 무척 제 마음에 들었어요. 제게는, 당신이 그를 좋아하는 것보다 그가 당신을 더 좋아하는 것처럼 보입니다. 이반 뻬뜨로비치. 그러한 그의 면모가 제 마음에 들었습니다. 그리고 둘째로는 당신은 무척 현명한 분이고, 저에게 많은 조언을 해주실 수 있고, 저를 가르쳐 줄 수 있는 분이기에, 제가 당신과 혼잣말하듯 이렇게 터놓고 말하는 겁니다.」

「왜 당신은 제가 당신을 가르쳐 줄 수 있을 만큼 현명하다고 생각합니까?」

「아니, 무슨 그런 말씀을 하시나요!」 그녀는 생각에 잠겼다. 「저는 단지 말씀을 드렸을 뿐입니다. 가장 중요한 점에 대해 이야기를 해보죠. 가르쳐 주세요, 이반 뻬뜨로비치. 저는 지금 나따샤를 연적으로 느낍니다. 저는 그것을 알고 있어요. 제가 어떻게 해야 할까요? 저는 그래서 당신께 그녀가 행복해질까 그렇지 않을까 물어본 겁니다. 저는 이 점에 대해 낮이나 밤이나 생각합니다. 나따샤의 입장은 끔찍해요, 끔찍해요! 그는 그녀를 전혀 사랑하지 않게 되었어요. 반면에 저는 점점 더 사랑하고요. 그렇죠?」

「그런 것 같아요.」

「그렇다고 그가 그녀를 속이는 것은 아니에요. 그 자신은 사랑이 식어 버린 것을 몰라요, 하지만 그녀는 아마 그것을 알 거예요. 그녀는 얼마나 고통스러울까요?」

「당신은 어떻게 하고 싶습니까, 까쩨리나 표도로브나?」

「제게 많은 계획이 있어요.」 그녀가 정색을 하고 대답했다.

「하지만 대단히 혼란스러워요. 그래서 당신이 오셔서 이 혼란을 없애 주시길 바라며 당신을 몹시 초조하게 기다렸어요. 당신은 이 모든 것을 저보다 훨씬 잘 아시잖아요. 정말 당신은 지금 제게 하느님이나 같아요. 들어 보세요, 저는 처음엔 이렇게 결정했습니다. 만일 그들이 서로 사랑한다면 그들이 행복하도록 해야 한다. 그래서 나는 자신을 희생하고 그들을 도와야 한다고요. 그래야겠죠?」

「나는 당신이 자신을 희생했다는 것을 알고 있소.」

「네, 희생했어요. 그 다음 그가 저를 방문하기 시작했고, 저를 점점 더 사랑하기 시작했어요. 그래서 저는 마음속으로 희생해야 하나 말아야 하나 하고 늘 고민하고 있어요. 참 안 좋은 일이에요, 그렇죠?」

「그것은 자연스러운 일이오.」 나는 대답했다. 「그럴 수밖에 없었던 거요……, 당신은 잘못한 게 없어요.」

「저는 그렇게 생각지 않아요, 당신은 무척 좋은 분이라 그렇게 말씀하시는 거죠. 그러나 저는 제 마음이 완전히 순수하지 못하다고 생각해요. 제 마음이 깨끗하다면, 어떻게 결정해야 할지 알았을 거예요. 하지만 이 이야기는 접어 두죠! 그 다음에 저는 그들의 관계에 대해 좀 더 들었어요. 공작으로부터, 엄마로부터, 알료샤 자신으로부터요. 그리고 그들이 어울리지 않는다고 짐작했어요. 당신도 지금 확인해 주었지요. 저는 더 생각했지요. 앞으로 어떻게 해야 할까? 만일 그들이 불행해질 거라면, 그들은 헤어지는 것이 가장 좋을 것이라고 생각했어요. 그 다음 결심했죠, 당신께 모든 것을 더 자세히 물어보고 스스로 나따샤에게 가서 그녀와 모든 일을 해결하리라고.」

「하지만 어떻게 해결하겠습니까, 그것이 문제입니다.」

「저는 그녀에게 말할 겁니다. 〈당신은 그를 누구보다도 사랑한다. 그러므로 자신의 행복보다 그의 행복을 더 사랑해야 한다. 따라서 그와 헤어져야 한다〉 하고요.」

「그래요, 하지만 그녀가 어떻게 받아들일까요? 설령 그녀가 당신의 의견에 동의하더라도, 그것을 실천할 힘이 있겠습니까?」

「바로 그것에 대해 제가 밤낮으로 생각하는 거예요. 그리고…… 그리고…….」

그리고 그녀는 갑자기 울음을 터뜨렸다.

「당신은 제가 나따샤를 얼마나 가엾게 생각하고 있는지 믿지 않으시죠.」 그녀가 울음으로 인해 입술을 떨며 속삭였다.

나는 아무것도 더 이상 덧붙일 것이 없었다. 나는 입을 다물었다. 그리고 그녀를 보며 일종의 감동으로 인해 스스로 울고 싶어졌다. 그녀는 얼마나 사랑스러운 아이인가! 나는 왜 그녀가 자신이 알료샤를 행복하게 해줄 수 있다고 믿는지는 묻지 않았다.

「당신은 음악을 사랑하시나요?」 그녀가 약간 진정이 된 후, 하지만 금세 흘린 눈물로 여전히 침울한 채 물었다.

「사랑하오.」 나는 약간 놀라서 대답했다.

「시간이 있었다면, 당신께 베토벤의 제3번 협주곡을 연주해 드렸을 텐데. 저는 요즘 그 곡을 치고 있어요. 거기에 이 모든 감정이 표현되어 있어요……. 제가 지금 느끼는 바로 그 감정이에요. 제게는 그런 생각이 들어요. 하지만 그것은 다음 기회에 하기로 하고, 지금은 이야기를 해야겠어요.」

우리는 그녀가 어떻게 나따샤를 만날 것인가, 또 그것을 어떻게 추진할 것인가에 대해 이야기를 나누기 시작했다. 그녀는 자신이 감시를 받고 있다고 말했다. 비록 그녀의 어머니가 좋은 분이고 그녀를 사랑하지만, 그녀가 나딸리야 니꼴라예브나와 만나는 것을 어떠한 경우에도 허락하지 않기 때문에 그녀는 하나의 계책을 쓰기로 결심했다고 알려주었다. 아침에 그녀는 종종, 거의 언제나 백작 부인과 동반하여 산보를 나간다고 했다. 그런데 이따금 백작 부인이 함께 가지 않고 지금 병중에 있는 프랑스 인과 둘이서 갈 때도 있는데, 이것은 백작 부인이 두통을 앓을 때 있는 일이므로 그녀가 두통이 나기를 기다려야 한다는 것이었다. 그때까지 그녀는 프랑스 인을(어느 정도 하녀 역할을 하는 노부인이다) 설득할 수 있을 것이라고 말했다. 왜냐하면 그 프랑스 인은 매우 선량한 사람이기 때문이었다. 결론적으로 그녀는 나따샤를 방문하는 날을 사전에 결정할 수 없다는 것이었다.

「나따샤와 사귀면 후회하지 않을 겁니다. 그녀도 무척 당신을 알고 싶어합니다.」 내가 말했다. 「그리고 그녀가 누구에게 알료샤를 양보하는 건지 알기 위해서라도 당신을 만나 보는 것이 필요합니다. 이 일에 대해 너무 많이 생각하지 마십시오. 당신이 심려하지 않아도 시간이 해결해 줄 겁니다. 당신은 시골에 가실 겁니까?」

「네, 곧, 아마 한 달 후에.」 그녀가 대답했다. 「그리고 저는 공작이 이 시골행을 고집한다는 것을 알고 있어요.」

「당신은 어떻게 생각하십니까, 알료샤가 당신과 함께 갈까요?」

「저도 그 점에 대해 생각해 봤어요!」 그녀는 유심히 나를 보며 말했다. 「그는 틀림없이 갈 거예요.」

「그래요.」

「맙소사, 이 모든 것이 어떻게 될지 모르겠네. 들어 보세요, 이반 뻬뜨로비치. 제가 벌어지는 모든 일에 대해 당신께 편지를 쓰겠어요. 자주 그리고 많이 쓰겠습니다. 제가 벌써 당신을 괴롭히기 시작했군요. 우리 집에 자주 놀러 오시겠죠?」

「모르겠습니다, 까쩨리나 표도로브나. 상황에 따라 다를 겁니다. 아마도 전혀 오지 않을지도 모릅니다.」

「왜요?」

「여러 원인이 있습니다. 특히 저와 공작의 관계에 따라 달라지겠지요.」

「그는 진실하지 못한 사람이에요.」 까쨔가 단호하게 말했다. 「이반 뻬뜨로비치, 제가 당신께 가면 어떨까요! 괜찮을까요, 안 될까요?」

「당신 스스로는 어떻게 생각하십니까?」

「저는 좋다고 생각해요. 그래, 당신을 방문하곤 한다면……」 그녀가 미소 지으며 덧붙였다. 「제가 당신을 존경한다는 것 말고도 당신을 무척 좋아해서 말씀드리는 거예요……. 그리고 당신에게서 많은 것을 배울 수 있겠지요. 저는 당신을 좋아합니다……. 제가 당신께 이 모든 것을 말씀드리는 것을 부끄러워하지 않아도 되겠지요?」

「무엇을 부끄러워합니까? 당신도 내 친척처럼 내게는 이미 소중해요.」

「당신은 제 친구가 되고 싶으세요?」

「오, 네, 그럼요!」 내가 대답했다.

「저들은 분명 제가 처녀답게 행동하지 않았다고, 부끄러워해야 할 거라고 말할 거예요.」 그녀는 차 탁자에 둘러앉아 있는 사람들을 가리키며 말했다. 나는 여기서, 공작이 아마 의도적으로 우리 둘이서 마음껏 이야기하라고 우리를 놓아두었다고 말해 두고 싶다.

「저는 아주 잘 알고 있어요.」그녀는 덧붙였다.「공작은 제 돈을 원해요. 그들은 제가 순전히 어린애라고 생각하고, 심지어는 그것을 제게 노골적으로 말해요. 그러나 저는 그렇게 생각지 않아요. 저는 어린아이가 아니에요. 그들이 이상한 사람들이에요. 그들 스스로가 아이들이에요, 그러기에 분주한 것 아니겠어요?」

「까쩨리나 표도로브나, 제가 물어본다는 것을 깜빡 잊었어요. 알료샤가 그렇게도 자주 찾아가는 레벤까와 보렌까는 누굽니까?」

「그들은 제 먼 친척이에요. 그들은 매우 똑똑하고 아주 진실한 사람들이에요, 하지만 그들은 이야기를 너무 많이 해요……. 저는 그들을 알아요…….」

그리고 그녀는 미소를 지었다.

「당신이 그들에게 1백만 루블을 기부할 의향이 있다는 것이 사실입니까?」

「그것 보세요, 이 1백만 루블, 그들은 너무 쓸데없이 지껄여 일을 더 어렵게 해요. 물론 저는 좋은 일에 기쁘게 희사할 겁니다. 그렇지 않으면 그렇게 많은 돈이 무슨 소용이 있겠어요, 그렇지 않아요? 하지만 저는 아직 희사할 수가 없어요. 그런데도 그들은 이미 그것을 나누고, 논의하고, 소리 지르고, 어떻게 그 돈을 사용할 것인가 논쟁하고, 심지어 그 때문에 싸워요. 이것은 참 희한한 일이에요. 그들은 지나치게 서둘러요. 그러나 그들은 어쨌든 솔직하고…… 똑똑해요. 그들은 배우고 있는 중이에요. 이것은 다른 사람들이 사는 방식보다 더 좋아요. 그렇지 않아요?」

그리고 우리는 더 많은 것에 대해 함께 이야기했다. 그녀는 나에게 자신의 삶을 거의 모두 이야기해 주었고, 내가 이야기하는 것을 흥미롭게 들었다. 그녀는 내내 나에게 나따샤와 알료샤에 대해 더 많이 이야기해 달라고 요구했다. 공작이 내게 다가와 떠날 때가 되었다고 알려주었을 때 이미 열두 시가 되어 있었다. 나는 작별을 고했다. 까쨔는 내 손을 뜨겁게 쥐고 나를 의미심장하게 바라보았다. 백작 부인은 내게 다시 방문해 달라고 부탁했다. 나는 공작과 함께 나왔다.

나는 이상한, 그리고 아마 전혀 어울리지 않을 지적을 하고픈 마음을 억제할 수가 없다. 나는 세 시간에 걸친 까쨔와의 대화로부터 다른 것들과 더불어, 그녀가 남자와 여자 관계의 모든 비밀을 하나도 알지 못할 정도로 아직 완전히 어린아이라는 어떤 이상한, 그러나 동시에 깊은 확신을 얻었다. 이것은 그녀가 여러 가지 판단과 여러 가지 매우 중요한 일들에 대해 이야기할 때 띠었던 심각한 어조에 대단한 희극성을 부여하였다.

10

「어떻소?」 공작이 마차에 오르며 말했다. 「만찬을 들면 어떻겠소, 어떻게 생각하시오?」

「모르겠습니다, 공작.」 내가 결심을 못하고 대답했다. 「나는 결코 만찬을 들지 않는데…….」

「물론 만찬을 들며 이야기도 좀 합시다.」 그가 교활한 시선으로 내 눈을 똑바로 뚫어지게 바라보며 덧붙였다.

이해하지 못할 바가 없었다! 〈나와 이야기를 나누고 싶다는 게지.〉 나는 생각했다. 〈나도 그것이 필요한데.〉 나는 동의했다.

「잘되었소. 발샤야 모르스까야 가[84]로, B로.」

「레스토랑으로요?」 내가 약간 당황해서 물었다.

「그렇소, 그러면 안 됩니까? 내가 집에서 저녁을 먹는 것은 아주 이따금 있는 일이오. 당신은 내 초대를 받아들이지 않으려는 거요?」

「하지만 나는 절대로 만찬을 들지 않는다고 이미 당신께 말씀드렸는데요.」

「한번의 예외야 어떻겠소. 게다가 내가 당신을 초대하는 것이고…….」

나는 그가 달리 말해 〈즉, 내가 당신 것까지 셈을 치르겠다〉는 의미로 그 말을 일부러 덧붙였다고 확신했다. 나는 그에게 초대하는 것을 허락했다. 하지만 레스토랑에서 내 몫은 스스로 지불하겠다고 마음먹었다. 우리는 레스토랑에 도착했다. 공작은 특실을 잡고 음식에 대한 자신의 조예를 바탕으로 두세 개의 요리를 골랐다. 이 요리들은 비싼 것이었다, 마찬가지로 그가 주문한 좋은 와인도. 그러나 이 모든 것은 내 주머니 사정과는 맞지 않았다. 나는 차림표를 보고 들꿩 반쪽과 라피트 한 잔을 시켰다. 공작은 격분했다.

「당신은 나와 만찬을 들고 싶지가 않은가 보군요! 이거야

---

84 말라야 모르스까야 거리와 평행하며 약간 남쪽으로 니꼴라이 1세 동상과 성 이삭 성당으로 이어지는 길이다. 이 길에는 이 글에서 자주 언급되는 뒤소 식당이 있다.

정말 가소롭군. 용서하시오, 친구Pardon, mon ami, 하지만 이건 정말…… 매우 불쾌하고 좀스러운 짓이오. 이것은 아주 사소한 자존심이오. 마치 신분의 이해가 개입된 것처럼 보이오, 지금이 그런 경우임을 장담하겠소. 나는 당신이 나를 모욕하고 있다는 것을 확실히 말해 두고자 하오.」

그러나 나는 내 의지를 고수했다.

「그래요, 당신이 원하는 대로 하시오,」 그는 덧붙였다. 「강요하지 않겠소……. 말해 주시오, 이반 뻬뜨로비치, 내가 당신과 아주 허물없이 이야기해도 되겠소?」

「제가 부탁하고 싶은 겁니다.」

「그렇다면, 내 생각으로는 이런 좀스러운 짓은 당신에게 손해만 될 뿐이오. 그리고 당신의 동료들도 이런 행동으로 인해 자신에게 손해를 끼쳐요. 당신은 문인이오, 문인들은 세상을 알아야 하오, 그런데 당신은 모든 것을 경원하오. 지금 들핑에 대해 이야기하려는 것이 아니오. 하지만 당신은 우리 사회와의 교제를 완전히 피하려 하는데, 그건 좋지 않소. 당신이 많은 것을 잃으리란 걸 제외하고, 그래, 한마디로 출세의 기회를 잃는 거죠. 그것 말고도 당신은 자신이 소설 속에 묘사하는 것, 백작들, 공작들, 규방 이야기 등등을 직접 알아볼 필요가 있소. 내가 무슨 소리를 하는 거야! 당신들 오늘의 작가들은 언제나 가난, 잃어버린 외투,[85] 검찰관, 싸움을 좋아하는 장교, 관리, 과거 그리고 분리파[86]의 관습에 대

---

85 러시아 문학의 실제적이고 새로운 전환점인 고골의 「외투」를 말한다. 도스또예프스끼는 이런 말을 한 적이 있다. 〈우리는 모두 고골의 「외투」에서 나왔다.〉

86 뽀뜨르 대제의 아버지인 알렉세이 미하일로비치 시대에 니꼰 대주교가 행한 전례 개혁은 〈구의식파〉 또는 〈구교파〉라고 불린 대중에게 거부당했다.

해서만 말하지요. 알아요, 알아요.」

「하지만 당신은 실수를 하고 계십니다, 공작. 만일 내가 당신들의 소위 〈상류 사회〉에 가지 않는다면, 그것은 첫째 거기서는 따분하고, 둘째 내가 구할 것이 아무것도 없기 때문입니다! 그럼에도 불구하고 결과적으론 나도 어쨌든 왕래하고 있습니다……」

「알아요, R공작에게 1년에 한 번 간다는 것을. 내가 거기서 당신을 보았소. 그 외의 시간은 평민적 우월감 속에서 빠져나오지 못하고 당신들의 다락방에서 시들어 가오, 물론 당신의 동료들이 다 그런 것은 아니지만. 그 가운데는 나도 속이 메슥거릴 정도의 모험가도 있지요……」

「이야기를 다른 데로 돌렸으면 합니다, 공작. 우리의 다락방으로 돌아가지 않기를 바랍니다.」

「아, 맙소사, 모욕을 느끼셨군요. 하지만 당신 스스로 나에게 허물없이 이야기해도 좋다고 허락했잖소. 하지만, 용서하시오. 내가 아직 어느 것으로도 당신의 우의를 얻지 못했소. 마실 만한 와인이오. 마셔 보시오.」

그는 자기 병에서 나에게 반잔을 따라 주었다.

「자, 보시오, 친애하는 이반 뻬뜨로비치. 나는 누군가에게 우정을 강요하는 것은 무례한 일이라는 걸 잘 알고 있소. 당신이 믿듯 그렇게 우리 모두가 당신에 대해 조야하고 뻔뻔하지는 않소. 그리고 나는, 당신이 내게 호의가 있어 여기 앉아 있는 것이 아니라, 내가 이야기를 하겠다고 약속했기 때문에 앉아 있다는 것 또한 매우 잘 아오. 그렇지 않소?」

그는 웃음을 흘렸다.

「그리고 당신은 어떤 사람의 이해 관계를 지켜보고 있기 때문에, 내가 말하는 것을 듣고 싶어하는 것이오. 그렇죠?」
그는 사악한 미소와 함께 덧붙였다.

「당신 말씀은 틀리지 않습니다.」 나는 조급하게 그의 말을
끊었다(나는 그가 누구든지 조금이라도 자기 손아귀에 들어
있다는 생각이 들면, 그 사람으로 하여금 그 사실을 느끼도
록 만드는 사람에 속한다는 것을 깨달았다. 나 자신도 그의
손안에 있었던 것이다. 나는 그가 나에게 말하려고 하는 것
을 다 듣기 전에는 떠날 수가 없었으며, 그는 이것을 아주 잘
알고 있었던 것이다. 그의 어조는 갑자기 바뀌어 점점 더 뻔
뻔하고 허물없이 되어 갔고, 조소를 띠기 시작했다). 「바로
보셨습니다, 공작. 바로 그 때문에 같이 온 겁니다. 그렇지 않
으면 나는 여기 앉아 있지 않을 겁니다……. 이렇게 늦게.」

나는 〈그렇지 않으면 세상 무슨 일로도 여기 당신과 함께
앉아 있지는 않을 겁니다〉 하고 말하고 싶었다. 하지만 나는
그렇게 말하지 않고 그것을 뒤집었다. 두려움 때문이 아니
라, 내 저주받을 허약함과 아무짝에도 쓸모없는 섬약함 때문
이었다. 설사 어떤 사람이 좋지 않은 말을 들어 마땅하고, 내
가 정말로 그에게 좋지 않은 말을 하고 싶다 하더라도, 어떻
게 그 사람을 앞에다 두고 좋지 않은 말을 할 수가 있겠는가?
공작은 이미 내 눈 속에서 이 점을 간파하고 내 말이 계속되
는 동안, 마치 나의 소심함을 즐기는 듯, 자기의 시선으로 나
를 자극하려는 듯, 조소를 담고 나를 바라본다고 여기게 됐
다. 그 시선에는 〈보라고, 자네는 감히 하지 못했어, 겁을 먹
었군, 그래, 그래, 이 친구야!〉 하는 뜻이 담긴 것 같았다. 아
마 그랬을 것이다. 왜냐하면 그는 내가 말을 끝내자 웃음을
터뜨렸고, 일종의 후견인 같은 친절함을 띠며 내 무릎을 가

볍게 쳤기 때문이었다.

〈재미있군, 자네.〉 나는 그의 시선을 그렇게 읽어 냈다.
〈기다려 봐!〉 나는 조용히 생각했다.

「나는 오늘 매우 유쾌하오!」 그가 소리쳤다. 「그런데 왜 그
런지는 정말 모르겠소. 그래요, 그래, 친구여, 그래요! 바로
이 사람에 대해 당신과 이야기하기를 원했지. 한번쯤은 철저
히 이야기를 해서 결과를 도출해야만 하오. 그리고 이번에는
당신이 나를 완전히 이해해 주기를 바라오. 나는 아까 당신
과 이 돈에 대해서, 그리고 우둔한 아버지, 60세나 된 젖먹이
에 대한 이야기를 꺼냈었소…….그래요! 다시 그 이야기를
할 필요는 없겠지. 농으로 말한 거였소! 하하하, 당신은 작가
이니 틀림없이 그것을 짐작했겠지…….」

나는 어안이 벙벙해서 그를 바라보았다. 그는 아직 취한
것 같지는 않았다.

「그렇소. 그 처녀에 관해서, 정말 나는 그녀를 존경합니다.
심지어 애정을 느낍니다. 정말이오. 그녀는 약간 변덕스럽지
만, 50년 전에 사람들이 말했듯 〈가시 없는 장미는 없소〉. 그
리고 일리가 있지요. 〈가시가 찌르기는 하지만, 바로 그것이
매혹적이다〉라고. 그리고 비록 알료샤가 바보이기는 하지만,
나는 이미 그를 부분적으로 용서했소. 그의 좋은 취향 때문에.
간단히 말해서 이 처녀는 내 마음에 드오. 그리고 나한테 (그
는 의미심장하게 입술을 깨물었다.) 특별한 계획이 있소……
하지만 그에 대해서는 나중에…….」

「공작! 잠깐 들어 보시오, 공작! 갑작스럽게 돌변하시니
이해할 수가 없습니다. 하지만…… 이야기를 돌립시다, 부탁
입니다!」 내가 소리쳤다.

「또다시 흥분하는군요! 그래, 좋아요…… 바꾸지, 바꾸자고! 그런데 하나만 물어보고 싶소, 나의 훌륭한 친구여. 당신은 그녀를 높이 평가하고 있소?」

「물론이오.」 나는 무뚝뚝하고 성급한 어조로 대답했다.

「그럼, 사랑도 하시오?」 그는 역겹게 이를 드러내고 눈을 가늘게 뜨며 계속 물었다.

「당신은 제정신이 아닌 듯합니다!」 내가 소리쳤다.

「좋아요, 다시 묻지 않겠소, 묻지 않겠소! 진정하시오! 나는 오늘 놀라울 정도로 기분이 좋소. 나는 오랫동안 이렇게 유쾌해 본 적이 없소. 샴페인 좀 마시지 않으시겠소? 어떻게 생각하시오, 나의 친애하는 시인 선생!」

「마시지 않겠습니다, 마시고 싶지 않아요!」

「그렇게 말하지 마시오! 당신은 오늘 필히 내 동무가 되어주어야 하오. 나는 기분이 매우 좋소. 그리고 나는 감상적일 정도로 순한 사람이라서, 혼자서만 행복할 수는 없소. 누가 알겠소, 우리가 잔을 나누다가 허물없이 너나들이하는 데까지 도달할지, 하하하! 아니, 젊은 친구, 당신은 나를 아직 몰라요! 나는 당신이 나를 좋아하게 될 거라 확신하오. 나는 오늘 당신이 나와 슬픔도 기쁨도, 즐거움도 눈물도 함께하기를 바라오. 비록 내가, 적어도 울게 되지 않기를 바라지만. 그래 어떻소, 이반 뻬뜨로비치? 당신이 내 뜻을 따르지 않으면, 내 영감은 사라지고 시들어서 날아가 버리며, 당신은 아무것도 듣지 못할 것이라는 사실을 염두에 두시오. 당신은 여기 오로지 무엇인가 들으려는 목적으로 온 사람이오. 그렇지 않소?」 그는 다시금 뻔뻔하게 눈을 깜빡이며 나에게 덧붙였다. 「자, 선택하시오.」

협박은 심중했다. 그리고 나는 동의했다. 〈나를 취하게 만들려는 걸까?〉 하고 나는 생각했다. 여기서 오래전에 내 귀에 들어온 공작에 대한 소문 하나를 언급해야겠다. 소문은, 사교계에 언제나 고상하고 말쑥하게 등장하는 그가 이따금 밤에 곤드레만드레 취하도록 술을 마시고, 비밀리에 음란 행위를, 추하고 은밀하게 음란 행위를 벌이는 것을 좋아한다는 것이었다……. 나는 그에 대한 이런 끔찍한 소문들을 들은 적이 있었다. 사람들은 알료샤도 그의 아버지가 이따금 술을 마신다는 것을 알고 있으며, 이 사실을 모든 사람들 앞에서 특히 나따샤 앞에서 숨기려고 애쓴다고 말했다. 한번은 그가 무심코 말을 꺼낸 적이 있었는데, 그는 곧 화제를 바꾸어 버리고 내 물음에 대해 아무런 대답도 하지 않았다. 내친김에 하는 말이지만, 나는 사람들로부터 들은 것을 솔직히 말해서 지금까지는 믿지 않았지만, 지금은 무슨 일이 일어날지 기다리는 중이었다.

샴페인이 제공되었다. 공작은 두 잔을, 자기와 나를 위해 따랐다.

「사랑스러운, 사랑스러운 처녀야, 비록 나를 욕하긴 했어도!」 그는 와인을 음미하며 말을 계속했다. 「하지만 이런 인간들은 그런 순간에 특히 사랑스러워……. 그녀는 분명히 그날 저녁 나를 부끄럽게 만들었다고 생각했을 거요, 기억하지요, 나를 묵사발로 만들었어! 하하하! 발그레한 얼굴이 그녀에게 얼마나 잘 어울리던지! 당신은 여자에 대해 아시오? 갑자기 떠오른 홍조는 그들의 창백한 얼굴들에 아주 잘 어울리지, 그런 걸 본 적이 있으시오? 아, 맙소사! 당신 또 화가 난 것 같군!」

「네, 화났습니다!」 나는 더 이상 참지 못하고 소리 질렀다. 「그리고 당신이 나딸리야 니꼴라예브나에 대해 말하는 것을 원치 않소⋯⋯. 적어도 그런 어조로는 말이오. 나는⋯⋯ 당신이 그러는 것을 허용할 수 없소!」

「오호! 그래, 좋아요. 당신을 만족시켜 드리기 위해 주제를 바꾸리다. 나는 양보를 잘하고 밀가루 반죽처럼 부드러운 사람이오. 당신에 대해 이야기합시다. 나는 당신을 좋아하오, 이반 뻬뜨로비치. 내가 얼마나 우애롭고 진실하게 당신에 대해 관심을 가지고 있는지 당신이 안다면⋯⋯.」

「공작님, 용건을 이야기하는 것이 낫지 않겠습니까?」 내가 말을 끊었다.

「우리 일에 대해 이야기하고 싶으시군요. 나는 당신이 운을 떼자마자 이해했소, 친구여mon ami. 하지만 당신은, 우리가 지금 당신에 대해서 이야기한다면, 물론 당신이 내 말을 끊지 않는다면, 우리가 얼마나 그 일에 가까이 접근했을지 짐작조차 하지 못하는군요. 그런고로 계속하겠소. 나는 당신에게, 나의 가장 친애하는 이반 뻬뜨로비치, 당신이 지금처럼 사는 것은 정말 자신을 파멸시키는 짓이라는 사실을 이야기해 주고 싶소. 이 민감한 문제를 언급할 수 있게 해주시오. 나는 깊은 우정에서 우러나오는 말을 하는 거요. 당신은 가난하오, 당신은 출판업자에게서 선금을 받아, 그것으로 자신의 조그마한 빚을 갚고, 나머지를 가지고 반년을 차(茶) 하나로 연명하면서 다락방에서 추위에 떨고 있소. 당신의 소설이 출판업자의 잡지에 실리는 것을 기다리며 말이오. 그렇지 않소?」

「설사 그렇다 해도, 이 모든 것은⋯⋯.」

「훔치고, 굽실거리고, 뇌물을 받고, 간계를 쓰는 등등보다는 떳떳하다, …… 당신이 무엇을 말하려는지 압니다. 이 모든 것은 이미 오래전에 까만 글자로 찍혀 나와 있소.」

「따라서 당신은 제 일에 대해 아무런 말씀도 하실 필요가 없습니다. 내가 정말로 당신에게 정중한 행동거지를 가르쳐 드려야 할까요, 공작?」

「물론 그럴 필요 없소. 하지만 만일 우리가 바로 이 민감한 문제를 건드려야 한다면, 어떻게 해야겠소? 그것을 회피할 수는 없는 일이오. 그럼 다락방 이야기는 접어 둡시다. 나도 다락방 애호가는 아니오, 특별한 경우를 제외하고는(그리고 그는 역겹게 웃었다). 그런데 나를 놀라게 하는 것이 있소. 무슨 열정으로 당신은 이번 일에서 조연의 역할을 하시오? 물론 당신들 작가 가운데 한 사람이 어디선가 말한 것으로 기억되는데, 〈일생에서 조역으로 만족할 줄 안다면, 그것은 아마 가장 위대한 인간의 승리일 것이다〉라고 말이오……. 대충 그랬을 거요! 나는 이것에 대해 또 어디선가 언급되는 것을 들은 적이 있소. 하지만 알료샤가 당신에게서 애인을 빼앗아 갔소, 나는 그것을 아오. 하지만 당신은 실러처럼 그들을 위해 모든 힘을 기울이고, 그들에게 봉사하며, 그들의 일꾼같이 행동하고 있소……. 당신은 나를 용서하겠죠, 친구여. 하지만 이것은 관대한 감정을 비하하는 역겨운 놀음이 아니오……. 그것이 당신에게 역겹지 않다니, 정말로! 이건 분명 부끄러워할 일이오. 내가 당신이라면 아마 울화가 치밀어 죽었을 거요. 무엇보다 창피했을 거요, 창피 말이오!」

「공작! 당신은 아마 나를 모욕하기 위해 고의로 이곳에 초청한 것 같군요!」 나는 노여움에 어쩔 줄을 모르고 소리쳤다.

「오, 아니오, 내 친구여, 아니오. 나는 이 순간 그저 사무적인 사람이고 당신의 행운을 바랄 뿐이오. 한마디로 나는 모든 것을 정리하고 싶소. 하지만 모든 일은 잠시 접어 둡시다. 그리고 내 말을 끝까지 들으시오. 비록 2분간만이라도 흥분하지 않도록 노력해 보시오. 당신의 결혼에 대해서라면 당신은 무슨 말을 하시겠소? 보시오, 나는 지금 완전히 부차적인 것에 대해 말하고 있소. 왜 그리 놀라서 보시오?」

「당신이 모든 이야기를 끝마치기를 기다리고 있습니다.」 나는 정말 놀라서 그를 바라보며 대답했다.

「더 말할 것은 없소. 나는 그저, 당신의 친구들 중 한 명이 진심으로 당신의 행복을 기원하여, 일시적인 행복 말고 말이오, 젊고 예쁜 아가씨를 소개한다면, 그런데…… 이미 어떤 경험을 한 아가씨를 소개하면 당신이 뭐라 말할까 궁금하오. 내가 비유적으로 말하기는 했지만, 내 말을 이해했을 거요. 나딸리야 니꼴라예브나 같은 처녀를, 물론 상당한 보상과 함께……(내가 우리 일이 아니라, 부차적인 것에 대해 말하고 있다는 것을 염두에 두시오). 그래 당신은 무엇이라고 말하겠소?」

「나는 당신이…… 정신이 나갔다고 말하겠소.」

「하하하! 저런! 거의 나를 때릴 기세군요?」

나는 정말 그에게 달려들 준비가 되어 있었다. 나는 더 이상 참을 수가 없었다. 그는 나에게 일종의 파충류 같은, 일종의 거대한 거미 같은 인상을 주었고, 나는 소름끼치도록 그것을 밟아 죽이고 싶었다. 그는 나를 조롱하면서 즐거워했다. 그는 내가 자신의 손아귀에 들어 있다고 가정하고, 마치 고양이가 생쥐를 희롱하듯 가지고 놀았다. 나에게는(나는 이 점을 이해했다), 그가 마침내 내 앞에서 자신의 가면을 벗고 보여 준 비열한 행위, 후안무치한 행위, 냉소적 행위 속에서 일종의 즐거움, 심지어 분명 쾌락조차 느끼는 것처럼 여겨졌다. 그는 나의 놀람과 나의 두려움을 즐기고자 했다. 그는 정말로 나를 경멸하고 조롱했던 것이다.

나는 이미 처음부터 이 모든 것이 미리 계획되었고 어떤 목적을 좇고 있다는 것을 예감했지만, 좋건 싫건 끝까지 그의 말을 들어야만 하는 입장에 있었다. 그것이 나따샤의 이익에 부합하는 것이었다. 그리고 나는 모든 것을 참으리라 결심해야 했다. 왜냐하면 이 순간 아마도 모든 것이 결정될지도 모르기 때문이었다. 그러나 어떻게 내가 그녀에 대한 그의 냉소적이고 비열한 언사를 듣고 가만히 있을 수 있었겠는가, 어떻게 내가 이것을 냉정하게 참을 수 있었겠는가? 게다가 그는 내가 그의 말을 듣지 않을 수 없다는 것을 아주 잘 알고 있었다. 이것이 그 모욕을 더욱 증대시켰다. 〈그러나 그도 내가 필요해〉 하고 나는 생각하며 그에게 험악하고 적의가 담긴 어조로 대답하기 시작했다. 그는 이것을 알아챘다.

「들어 보시오, 나의 젊은 친구.」 그가 근엄한 표정으로 나를 바라보며 말을 시작했다. 「이렇게는 계속할 수 없소, 합의를 하는 것이 낫겠소. 보시오, 나는 당신에게 무엇인가 전하려는 의도를 가지고 있소. 그러니 당신은 내가 무슨 말을 하든 그것을 조용히 끝까지 다 들어야만 하오. 나는 내 생각대로, 그리고 내 마음 내키는 대로 이야기하고 싶소. 그리고 실제로 그렇게 되어야 하오. 그래, 젊은 친구, 참고 들을 수 있겠소?」

나는, 그가 나에게서 신랄한 항의를 불러일으키기라도 하려는 듯 자극적인 조롱기를 담고 나를 대하고 있음에도 불구하고, 불만을 억누르며 입을 꾹 다물었다. 그러나 그는 내가 이미 나가지 않기로 했다는 것을 눈치 채고는 말을 계속했다.

「나에게 화를 내지 마시오, 친구여. 무슨 일로 나한테 그리 화가 난 거요? 오로지 내 겉모습 때문이지요, 그렇지 않소? 하지만 사실상 당신은 나에게서 다른 것은 전혀 기대하지 않았잖소. 그리고 내가 당신에게 수사를 동원하여 정중하게 말하든, 아니면 지금처럼 말하든 그 의미는 조금도 다름이 없을 거요. 나를 경멸하지요, 그렇지요? 그러나 보시오, 내가 얼마나 사랑스러운 순박함, 솔직함, 관대함bonhomie을 지니고 있는지. 나는 당신에게 모든 것을, 심지어 나의 어린애 같은 변덕도 고백하오. 그래요, 내 친구여mon cher, 당신 쪽에서 약간 더 관대함을 보인다면 우리는 모든 점에서 의견의 일치를 볼 것이고, 결국 완전히 서로를 이해하게 될 것이오. 놀라지 마시오. 이 모든 순진함의 연기, 알료샤의 그 모든 목가적 태도, 모든 실러 식의 몽상, 나따샤와의(그녀는 물론 매우 사랑스러운 아가씨요) 이 저주받을 관계에서의 고상함들은, 말하자면 내가 이 모든 것에 대해 거리낌 없이 말할 수 있는 기회가 오는 것이 기뻤을 만큼 메스꺼웠었소. 지금이 그 기회요. 더욱이 나는 당신 앞에 내 마음을 털어놓고 싶소. 하하하!」

「당신은 나를 놀라게 하는군요, 공작. 당신을 모르겠습니다. 당신의 어조는 어릿광대의 어조로 바뀌었습니다. 이 예기치 않은 솔직함은……」

「하하하, 부분적으로는 옳소! 가장 애교 있는 비교요! 하하하! 나는 오늘 마시며 놀고 있는 거요, 친구. 마시며 놀고 있소, 나는 기쁘고 만족스럽소. 그러나 당신은, 나의 시인, 나에게 온갖 관용을 베풀어야 하오. 하지만 우선 마십시다.」 그는 결정을 하고, 스스로에게 완전히 만족하여 잔에 술을 채웠다. 「자 보시오, 친구. 나따샤 집에서의 그 바보 같은 저녁 때 말이오, 기억하시오? 나는 극도로 분개했소. 맞소, 그녀 자신은 매우 사랑스럽소. 하지만 나는 극도로 화가 나서 그 집을 나왔소, 그리고 그것을 잊고 싶지 않소. 잊지도 않을 것이고 묻어 두지도 않을 거요. 물론 나의 시간도 빨리 올 것이오, 그리고 이미 빨리 오고 있소. 하지만 그것은 지금 놓아둡시다. 그건 그렇다고 치고, 다른 것들보다도 내 성격 중에 당신이 아직 모르는 한 특징이 있다는 것, 그걸 말하고 싶소. 나는 저속하고 값싼 이 모든 순진성과 모든 전원시를 증오하오. 나에게 가장 흥미로운 취미 중 하나는, 언제나 우선 그 흐름에 동참하고 어조를 맞추고 영원히 젊은 실러[87]에게 나의 애정과 격려를 보여 준 다음, 갑자기 단번에 그를 당혹스럽게 하는 거요. 갑작스럽게 그 앞에서 가면을 벗고, 이제까지의 황홀한 얼굴 대신 찡그려 보이며, 그가 전혀 예상치도 못하는 바로 그 순간에 그에게 혀를 쑥 내밀어 보이는 것이오. 당신은 그것을 이해 못하겠지요? 어떻소? 당신에겐 이것이 추악하고, 졸렬하고, 고상하지 않게 보이겠지요, 아마도 그렇겠지요?」

「그렇습니다.」

「솔직하시군요! 그러나 만일 사람들이 나를 괴롭힌다면 어떻게 해야 하겠소? 나 역시 바보스러울 정도로 솔직하오, 하

---

87 여기서는 낭만주의자를 의미한다.

424

지만 그것이 내 성격이오. 그 외에 나는 당신에게 내 생활 속의 특징을 몇 가지 더 이야기해 주고 싶소. 당신은 그럼 나를 더 잘 이해하게 될 것이오, 그리고 매우 흥미 있을 것이오. 그래, 나는 오늘 아마 정말로 어릿광대를 닮은 것 같소. 그러나 어릿광대도 솔직하오, 그렇지 않소?」

「들어 보세요, 공작, 늦었습니다. 그리고 정말로……」

「뭐요? 맙소사, 이렇게도 조급하다니! 그래, 어디를 그리 서둘러 가려는 것이오? 자, 조금 더 앉아서, 정답게, 아주 솔직하게, 이야기 좀 합시다. 아시겠소, 좋은 친구들처럼 한 잔의 와인을 마시며. 당신은 내가 취했다고 생각하시겠지? 나쁠 것 없소, 그게 더 낫지. 하하하! 정말 언제나 이런 우정 어린 만남은 그 후에 오래오래 기억에 남으며, 그것들을 회상하는 것만으로도 커다란 즐거움이오. 당신은 좋은 사람이 아니오, 이반 뻬뜨로비치. 당신에게는 감상도 감정도 없는 듯하오. 당신이 나 같은 사람을 위해 시간을 희생한다는 것이 어찌 있을 법이나 한 일이겠소? 게다가 이것 역시 우리 일과 관련되어 있으니……. 그래 어떻게 이해하지 않을 수 있겠소? 더욱이 당신은 문학가인데, 당신은 이 우연에 감사해야 할 거요. 당신은 나를 하나의 유형으로 삼을 수 있을 것이오, 하하하! 맙소사, 내가 오늘은 이리도 사랑스럽도록 솔직하다니!」

그는 분명 취했다. 그의 얼굴은 점점 변하여 일종의 사악한 표정을 드러냈다. 그는 분명 누군가에게 상처를 입히고, 쑤시고, 물어뜯고, 조롱하고 싶어했다. 〈그가 취했다는 것은 어떤 점에서는 더 잘된 일이야.〉 나는 생각했다. 〈취한 사람은 언제나 쉽게 무엇인가를 지껄이지.〉 하지만 그의 정신은 또렷했다.

「내 친구여.」그는 말을 시작했고, 분명 자기 말을 즐기고 있었다.「나는 금세 당신에게 고백을 하나 했소, 아마도 어울리지도 않을 고백을. 나는 이따금 어떤 경우에 누군가에게 혀를 내밀고 싶어진다는, 억누를 수 없는 바람이 있다는 것에 대해서 말이오. 이 순진하고 단순한 나의 솔직함 때문에 당신은 나를 어릿광대와 비교했고, 그것은 정말로 나를 웃겼소. 하지만 당신이 나를 비난하거나 내가 지금 당신에 대해 무례하고 아마도 더욱이 농부처럼 투박하다고, 한마디로 말해서 내가 갑자기 어조를 바꾸었다는 것에 대해 놀라워한다면 완전히 부당하오. 우선 나는 그러는 게 편하고, 둘째 내가 내 집에 있지 않고 당신과 함께 있으니 말이오…….다르게 말하면 나는 우리가 지금 좋은 친구들처럼 마시고 있다는 것을 말하고 싶소. 그리고 셋째로 나는 몹시도 변덕부리기를 좋아한다는 것이오. 당신은 내가 언젠가 한번 변덕이 동해 철학자이자 자선가였던 적이 있고, 거의 당신과 같은 그런 사상을 가지고 행동했었다는 것을 아시오? 그러나 이것은 아주 오래전 일이었소, 내 황금 같은 청년기에 말이오. 나는 그때 인본주의적 목적을 가지고 나의 영지로 갔었는데, 물론 거기서 지독히도 따분해 했던 것을 기억하오. 당신도 그때 나에게 무슨 일이 일어났는지 거의 믿지 못할 것이오. 나는 하도 지루해서 예쁜 아가씨들을 사귀기 시작했소…….벌써 또 상을 찌푸리지 않소? 오, 젊은 친구여! 우리는 지금 다정하게 앉아 있소. 마시며 흉금을 터놓기 가장 좋은 시간이오! 나는 러시아적 존재요, 진정한 러시아적 존재에 애국자이고, 나는 흉금을 터놓기를 좋아하오. 그리고 덧붙여 사람은 순간을 포착해야 하고 삶을 즐겨야만 하오. 우리가 죽고 나면 그 다음엔 무엇이 있겠소? 그래, 나는 여자들 꽁무니를 따라다녔소. 나는 한 여자 목동에게 잘생긴 남편이 있었던 것을 기억하오. 나는 그에게 고통스러운 벌을 내리고, 그를 군대에 보내려고 했소(옛날 옛적의 벌들이었소, 나의 시인 선생!). 그러나 군대에 보내지는 않았소. 그는 내 병원에서 죽었소……. 내 영지에는 12개의 병상을 가진 병원이 있었소. 병원은 훌륭한 설비를 갖추고 있었고, 청결했으며, 마루는 쪽마루를 깔았소. 그러나 나는 그것을 오래전에 닫았소, 하지만 그때 나는 그것이 매우 자랑스러웠소. 나는 자선가였소. 그러나 나는 그 농부를 그의 아내 때문에 죽도록 때렸소……. 아, 왜 당신은 다시 얼굴을 찡그리시오? 듣는 것이 역겹소? 내 이야기가 당신의 고결한 감정을 격분시킨 것이오? 자, 진정하시오! 이 모든 것은 옛날이야기요. 이것들은 내가 낭만주의자였고, 인류의 은인이고자 했고, 자애로운 사회를 건설하고 싶어했을 때 한 일이었소……. 그때 나는 그런 길에 빠졌었소. 그때는 채찍으로 때리기도 했소. 지금은 채찍으로 때리지 않소. 그런 일에 그저 얼굴을 찡그릴 뿐이오. 지금 우리 모두는 그런 일에 얼굴을 찌푸리오. 그럴 때가 온 것이오……. 그러나 지금은 멍청한 이흐메네프가 무엇보다 나를 웃기고 있소. 나는 그가 이 농부에 얽힌 이야기를 모두 안다고 믿고 있소……. 그런데 그가 어쨌는지 아시오? 그는 선량한, 아마도 당밀로 만들어진 듯한 마음을 가졌고, 그리고 그 당시 나에게 매혹되어 있었기 때문에, 그 사실을 믿지 않기로 작정했고 정말로 믿지 않았소. 즉 그는 분명한 사실을 믿지 않았고, 12년 동안이나 그의 코가 빠질 때까지 온 힘을 다해 나를 옹호했소. 하하하! 그래, 이 모든 것은 실없는 일이오! 마십시다, 나의 젊은 친구. 들어 보시오,

427

당신은 여자들을 사랑하시오?」

나는 아무 대답도 하지 않았다. 나는 그가 하는 말을 듣기만 했다. 그는 벌써 두 병째 마시기 시작했다.

「나는 저녁을 먹으며 여자들에 대해 이야기하는 것을 좋아하오. 만찬을 든 후 마드무아젤 필베르뜨와 인사시켜 줄까요, 네? 어떻게 생각하시오? 헌데 어디 안 좋소? 나를 쳐다보기도 싫은 거요……? 홈!」

그는 생각에 잠겼다. 그러다 갑자기 머리를 들어 의미심장하게 나를 바라보며 말을 계속했다.

「자, 나의 시인이여, 아마 당신이 전혀 모르고 있을 자연의 비밀 하나를 털어놓고자 하오. 나는 당신이 지금 이 순간 나를 큰 죄를 지은 사람, 아마 비열한 사람, 타락과 죄악의 화신으로 부를 것이라고 확신하오. 하지만 내가 당신에게 말하고자 하는 것은 이런 것이오! 만일 이런 게 가능하다면(물론 인간의 특성상 결코 가능하지 않겠지만), 우리들 각자가 자신의 내밀한 생각들을 모두 말할 수 있다면, 그럴 때에 보통 말하기를 두려워하고 무슨 일이 있어도 다른 사람들에게 말하지 않을 그런 것뿐만 아니라, 자신의 가장 친한 친구에게도 말하기를 두려워하는 그런 것뿐만 아니라, 심지어 자기 자신에게도 고백하기 두려워하는 그런 것조차 두려움 없이 말할 수 있다면, 그때 세상에는 우리 모두 질식하고 말 그런 악취가 피어오를 거요. 그 때문에, 다른 이야기이지만, 우리의 사회적인 조건과 예의 범절이 소중한 것이오. 그 속에는 깊은 의미가 들어 있소. 도덕적인 의미가 아니라, 그렇다고까지 말하지는 않겠소, 단순히 예방적이고 안락한 의미를 담고 있소. 그것이 더 좋은 것은 도덕도 결국은 편안함이라는 똑같은 것을 지향하고 있기 때문이오. 이렇게 말하고 싶군요. 도덕은 오로지 편안함만을 위해 만들어진 거라고 말이오. 그런데 예의범절 이야기로 돌아갑시다. 지금 주제에서 벗어나 있는데 나중에 지적해 주시오. 나는 이렇게 결론을 맺겠소. 당신은 죄악, 타락, 부도덕 등을 구실로 나를 비난하고 있으나, 지금 나의 잘못이란 오로지, 내가 아마 다른 사람들보다 더 솔직하다는 점에 있을 것이오. 그 이상은 아니오. 내 잘못은 아까 말한 바 있듯, 다른 사람들은 심지어 자신에게조차 숨기는 그런 것을 감추지 않는다는 점에 있는 것 같다는 말이오……. 그래서 나는 괴팍하게 행동하는데, 나는 지금 그렇게 하고 싶소. 그렇기는 하나 걱정하지 마시오.」 그는 조롱기를 담은 웃음을 띠고 덧붙였다. 「나는 〈잘못했다〉고 말했으나, 결코 용서를 빌지는 않소. 이 점을 기억해 두시오. 나는 당신을 혼란스럽게 만들지는 않겠소, 즉 당신의 비밀을 통해 나를 정당화시키기 위해 당신에게도 그런 비밀이 있지 않은지 물어보지는 않겠소……. 나는 예의 바르고 고상하게 행동하고 있소. 대체로 나는 언제나 고상하게 행동한단 말이오…….」

「당신은 그저 수다를 떨고 있습니다.」 나는 그를 경멸스럽게 바라보며 말했다.

「수다를 떤다, 하하하! 당신이 지금 무슨 생각을 하는지 말해 볼까? 당신은 어째서 내가 이렇다 할 이유도 없이 당신을 이리 데리고 와서 당신 앞에서 자신을 드러내 놓았을까? 하고 생각하고 있지. 그렇지 않소?」

「그렇습니다.」

「좋소, 당신은 나중에 그 이유를 알게 될 거요.」

「가장 간단한 설명은, 당신이 거의 두 병을 마셨고 …… 홍분했다는 것이오.」

「취했다고 말하고 싶은 게로군. 그럴 수도 있지. 〈흥분했다!〉 즉 이 말은 취했다는 것보다는 부드럽군. 오! 정중함으로 가득 찬 사람이여! 하지만…… 우리는 다시 다투기 시작한 것 같구려, 아주 재미있는 주제에 대해 이야기를 시작했는데. 그래, 나의 시인이여, 만일 세상에 아직 좋고 달콤한 것이 있다면, 그것은 바로 여인이오.」

「들어 보세요, 공작. 나는 어째서 당신이 나를 당신의 비밀과 애정적…… 욕망을 털어놓을 수 있는 사람으로 선택해야겠다는 생각을 하게 되었는지 도대체 이해하지 못하겠습니다.」

「흠…… 나중에 알게 될 거라고 내가 말하지 않았소. 걱정 마시오. 어찌 되었든, 내가 아무런 이유 없이 우연히 이렇게 당신을 인도해 왔다 해도, 당신은 시인이고 나를 이해해 줄 것이오. 그 점에 대해서는 내가 이미 당신에게 말한 바 있소. 갑작스럽게 가면을 벗는 것에, 어떤 사람 앞에서는 부끄러워할 가치조차 없다는 태도로 그 사람에게 냉소적으로 본색을 드러내는 것에 특별한 즐거움이 담겨 있소. 당신에게 일화 하나를 소개해 주리다. 파리에 한 미친 관리가 있었소. 사람들은 그가 완전히 돌았다는 확신이 들자 그를 정신 병원에 수용했소. 그는 정신이 나갔을 때, 어떤 특별한 즐거움을 생각해 냈소. 그는 신발만을 남긴 채 아담처럼 발가벗었소. 그리고 발목까지 닿는 넓은 외투를 뒤집어쓰고, 그 속에 자기 몸을 둘둘 만 후, 진지하고 엄숙한 표정으로 거리로 나갔소. 옆에서 보면, 그도 다른 이들과 마찬가지로 자기 만족을 위해 넓은 외투를 걸치고 산책하고 있는 사람이라는 생각이 들었을 것이오. 그러나 주위에 아무도 없는 어떤 외진 곳에서 행인을 마주치기만 하면, 그는 가장 심각하고 깊은 생각에 잠긴 표정으로 그 행인에게 조용히 다가가서 그의 앞에 갑자기 멈춰 서서는 외투를 펼치고 자신의 알몸을 적나라하게 보여 주었소. 그는 잠깐 동안 그렇게 한 다음에는, 조용히 다시 몸을 감싸고 표정 하나 바꾸지 않고 놀라서 굳어 있는 구경꾼 옆을, 햄릿 속의 망령처럼 엄숙하고 경쾌하게 지나갔소. 그는 만나는 모든 사람들에게, 남자들이건 여자들이건 아이들이건 그렇게 했고, 그렇게 하는 데서 만족을 찾았소. 이런 종류의 만족은 바로 어떤 실러주의자를 갑자기 어리둥절하게 만들고, 그가 가장 예기치 않고 있는 순간에 그에게 혀를 내보일 때도 느낄 수 있소. 〈어리둥절하게 만들다〉, 이 표현 어떻소? 나는 그것을 당신의 최근 소설 어딘가에서 읽었소.」

「그래요, 그는 미친 사람이었소, 그러나 당신은…….」

「정신이 말짱하다고요?」

「네.」

공작이 웃음을 터뜨렸다.

「당신은 공정하게 평가하고 있소, 나의 친애하는 벗이여.」 그는 얼굴에 아주 뻔뻔스러운 표정을 담고 덧붙였다.

「공작님,」 나는 그의 후안무치함에 격분해서 말했다. 「당신은 우리를 증오하고 계십니다. 그 속에 나도 포함해서. 그리고 당신은 지금 모든 것과 모든 사람들에 대해 나에게 복수하고 계십니다. 이 모든 것은 극히 사소한 자존심에서 나온 것입니다. 당신은 악한데, 좀스럽게 악하십니다. 우리가 당신을 화나게 했을 테고, 아마도 무엇보다 그날 저녁 일로 화가 났을 겁니다. 물론 나를 철저히 경멸하는 것보다 다른 무엇으로도 더 훌륭하게 복수할 수는 없었을 것입니다. 당신은 내 앞에서 당신의 역겨운 가면을 더할 수 없이 솔직하고 예기치 않게 벗고, 그런 도덕적인 냉소주의에 찬 자신을 보여 주었습니다. 그럼으로써 당신은, 나란 사람은 누구라도 내 앞에서 부끄러워할 필요조차 없는 그런 사람이라는 것을 분명히 보여 주고자 했습니다……」

「왜 이 모든 것을 말하는 거요?」 그가 무뚝뚝하고 독살스럽게 나를 바라보며 물었다. 「자신의 명민함을 보여 주기 위해서?」

「내가 당신을 이해한다는 것을 보여 주고, 당신에게 그것을 느끼게 하기 위해서요.」

「훌륭한 생각이오, 벗님Quelle idée, mon cher.」 그는 갑자기 좀 전의 유쾌하고 온후하며 수다스러운 어조로 바꾸어 말을 계속했다. 「당신 때문에 가닥을 놓쳤소. 마십시다, 친구 Buvons, mon ami, 당신 잔을 채워 드리겠습니다. 나는 방금 당신에게 아주 매혹적이고, 굉장히 재미있는 모험에 대해 이야기해 주고 싶어졌소. 당신에게 요약해서 들려주리다. 언젠가 나는 한 귀족 부인을 알게 되었소. 그녀는 꽃다운 나이는 아니었소. 스물예닐곱쯤이었을 텐데 드물게 보는 미인이었소. 그 가슴, 그 당당한 태도, 그 걸음걸이란! 그녀는 독수리처럼 날카로운 눈을 가지고 있었지만, 그 시선은 언제나 진지하고 엄격했소. 그녀는 매사에 당당하고 범접할 수 없게 행동했소. 그녀는 혹독한 겨울날처럼 쌀쌀했고, 모든 이를 자신의 높고 준엄한 정결로써 겁먹게 했소. 맞소, 바로 〈준엄하게〉. 주변에 그녀보다 엄격한 판관은 없었소. 그녀는 다른 여인들의 죄악뿐 아니라 작디작은 연약함조차 심판했소. 그리고 그것은 돌이킬 수 없는 것이었소. 그녀의 주위에서 그녀는 커다란 명성을 누렸소. 가장 자존심이 강하고 자신의 정결로 다른 사람들을 두렵게 만들었던 노부인들조차 그녀를 존경했고, 심지어 그녀에게 아첨까지 했소. 그녀는 모든 사람들을 마치 중세 수도원의 수도원장처럼 쌀쌀하고 엄하게 대했소. 젊은 여인들은 그녀의 눈길과 그녀의 판결에 몸을 떨었소. 그녀의 지적 한마디, 그녀의 암시 하나하나가 이미 얻고 있는 명성을 쓸모없는 것으로 만들 수도 있는 지경이었소. 그녀는 사교계에서 그런 위치에 있었소. 심지어 남자들도 그녀를 두려워했소. 결국에 그녀는 일종의 사변적인, 그러나 동시에 조용하고 고상한 특성을 지니기도 한 신비주의에 빠지게 되었소……. 그런데 어땠는지 아오? 세상에 그녀보다 더 심한 탕자가 없었소. 그리고 나는 다행히도 그녀의 절대적인 신용을 얻었소. 한마디로 나는 그녀의 내밀한 연인이었소. 우리의 관계는 그녀의 집 식구 중 어느 누구도 최소한의 의심조차 품지 않았을 만큼 아주 교묘하고, 아주 훌륭하게 조정되었소. 오직 그녀의 예쁜 프랑스 인 시녀만이 모든 비밀을 소상히 알고 있었으나, 그녀는 완전히 신뢰할 수 있었소. 그녀 역시 이 일에 관련을 맺고 있었기 때문이오, 어떤 식으로? 그 말은 생략하겠소. 나의 연인은 얼마나 음탕했던지, 사드 후작[88]이라 해도 그녀에게서 많이 배울 수 있었을 거요. 그러나 이 향락에서 가장 자극적이고 가장 놀랄 만한 것은, 그것의 은밀함과 세상을 속이는 대담함이었소. 백작 부인이 사교계에서 고상하고, 위엄 있고, 훼손할 수 없는 것으로 설교했던 모든 것에 조롱을 던지는 이 방식, 그리고

88 Marquis de Sade(1740~1814). 프랑스의 에로티즘 문학가.

드디어는 내적인, 악마 같은 웃음, 결코 침범해서는 안 될 모든 것을 발치로 끌어내리는 방법, 그리고 이 모든 것이 한정 없이 극단에 이르도록, 불타는 상상력으로도 생각해 내지 못할 지점까지 뻗어 나갔소. 바로 여기에 이 향락의 가장 큰 특징이 있었소. 그렇소, 이 여인은 악마의 화신이었소. 하지만 그녀는 거부할 수 없는 매력을 지니고 있었소. 나는 지금도 흥분하지 않고는 그녀를 상기할 수 없을 지경이오. 쾌락의 절정에서 그녀는 갑자기 미친 사람처럼 웃어 젖혔고, 그리고 나는 이 웃음을 이해했소. 이 웃음을 완전히 이해하고 나도 함께 웃었소……. 나는 아직, 비록 여러 해가 지나기는 했지만, 지금도 그것을 회상하면 숨이 막히오. 1년 후 그녀는 딴 남자를 구했소. 내가 원했다면 그녀에게 해를 입힐 수도 있었을 거요. 하지만 누가 내 말을 믿었겠소? 그 성격이 어떻소? 그에 대해 뭐라고 말하겠소, 친구?」

「쳇, 그 무슨 비열함인가!」 나는 이 고백을 혐오감을 느끼면서 듣고 나서 이렇게 대꾸했다.

「만일 당신이 다르게 대답했더라면 당신은 나의 젊은 친구가 아니었을 거요! 나는 당신이 그렇게 대답할 줄 알았소. 하하하! 하지만, 내 친구여mon ami, 당신이 좀 더 나이가 들면, 그것을 이해할 수 있을 거요. 지금 당신은 아직 달콤한 것이 더 필요하오. 아니, 당신은 이것으로 보아 아직 시인이 아니오. 이 여인은 삶을 이해했고 그것을 이용할 줄 알았소.」

「그럼 무슨 이유로 그런 동물적인 데까지 떨어져 버렸단 말입니까?」

「무슨 소리요?」

「그 여인이 제 몸을 동물적인 상태로 낮추었잖습니까, 그녀와 함께 당신도.」

「아, 당신은 이것을 동물적이라고 칭하는군요. 당신이 아직 노끈을 잡고 걸음마를 한다는 표시요. 인정하오. 사실 자립성이 정반대로 나타날 수 있으니까, 하지만…… 더 간단명료하게 이야기합시다, 내 친구여mon amie ……. 당신은 이모든 것이 엉터리라는 데 동의해야 할 거요.」

「엉터리가 아닌 것은 무엇입니까?」

「엉터리가 아닌 것, 그것은 개성, 나 자신이오. 모든 것은 나를 위한 거요. 바로 나를 위해 온 세상이 창조되었소. 들어보시오, 내 친구여. 나는 아직 사람들이 이 세상에서 잘 살 수 있다고 믿소. 그리고 이것은 가장 훌륭한 믿음이오. 왜냐하면, 그것이 없으면 결코 시시하게 살 수조차 없을 테니까. 그러면 음독(飮毒)을 해야만 할 것이오. 어떤 바보가 있어 그렇게 했다고들 하오. 그는 너무나 철학적인 사색에 빠져, 모든 것을, 모든 것을, 심지어 모든 정상적이고 자연스러운 인간 의무의 합법성조차 파괴시킬 정도로 당치도 않은 일을 했고, 그에게는 아무것도 남은 것이 없게 되었소. 결론은 영(零)이었소. 여기서 그는 삶에서 가장 필요한 것은 청산가리라고 선언했다는 것이오. 당신은, 그것은 햄릿이고 끔찍한 절망이라고, 한마디로 우리가 꿈에서도 보지 못할 일종의 대단히 위엄 있는 것이라고 말하겠지. 그러나 당신은 시인이지만 나는 평범한 사람이고, 그래서 나는 어떤 일을 가장 단순한, 실제적인 관점에서 보지 않을 수 없음을 말하고자 하오. 나는, 물론 이미 오래전에 자신을 모든 구속과 모든 의무로부터 해방시켰소. 나는 무엇인가가 나에게 이익을 가져다 줄 때만 의무라고 생각하오. 당신은 물론 그렇게 볼 수 없겠지. 당신의 다리는 결박되어 있고 당신의 취향은 병적이오. 당신은 이상과 덕행을 그리워하오. 그러나, 나의 친구여, 나는 지금 당신이 원하는 것을 모두 인정할 준비가 되어 있소. 하지만 내가 모든 인간 덕행의 토대 위에 한없는 이기심이 있다는 것을 안다면 어떻게 해야겠소? 어떤 행위가 선행일수록, 거기에는 더 큰 이기심이 깃들어 있소. 자신을 사랑하라. 이것이 내가 인정하는 하나의 법칙이오. 인생은 상거래요. 당신의 돈을 헛되이 버리지 마시오. 그러나 당신의 즐거움을 위해서는 돈을 지불하시오. 그럼으로써 당신은 당신의 가까운 이들에 대한 의무를 이행하는 것이 되오. 그것이 나의 도덕률이오. 만일 당신이 꼭 알고 싶어한다면 당신에게 고백하겠지만, 가까운 사람에게 돈을 지불하지 않고도 머리를 써서 그가 그냥 일하도록 시킬 수 있다면 더 좋소. 나는 이상을 가지고 있지도 않고, 가지고 싶지도 않소. 결코 그것을 동경해 본적도 없소. 이상 없이도 세상을 유쾌하고 만족스럽게 살 수 있소……. 그리고 요컨대en somme, 나는 청산가리 없이도 지낼 수 있다는 것이 기쁘오. 내가 조금이라도 덕이 있었다면, 나도 아마 그 바보 철학자처럼 청산가리 없이 지낼 수 없었을 것이오(그는 의심할 바 없이 독일인이었을 거요). 아니오! 인생에는 더 좋은 것이 많이 있소. 나는 영향력 있는 위치, 관등, 호텔, 판돈이 큰 카드 놀이를 좋아하오(나는 굉장히 카드 놀이를 좋아하오). 그러나 무엇보다도, 그 무엇보다도 여인들을 가장 좋아하오……. 여자란 여자는 모두. 나는 심지어 비밀스럽고 은밀한 쾌락을, 약간 기이하고 독특한, 기분전환을 위해서는 약간 더러움을 지닌 쾌락도 좋아하오……. 하하하! 당신 얼굴에서 읽을 수 있소. 당신은 지금 무척 경멸을 담은 눈으로 나를 보고 있군요!」

「옳습니다.」내가 대답했다.

「그래, 당신이 옳다고 합시다. 하지만 어떤 경우에도 청산가리보다 지저분함이 낫지. 그렇지 않소?」

「아니오, 청산가리가 더 좋습니다.」

「나는 당신 대답을 즐기기 위해 일부러 당신에게 〈그렇지 않소?〉 하고 물었소. 나는 당신 대답을 미리 알았소. 여보시오, 당신이 진실한 인도주의자라면, 당신은 모든 똑똑한 사람들이 나와 같은 취향을 가지도록 빌어야 하오, 약간 지저분하더라도 말이오. 그렇지 않으면 똑똑한 사람들은 더 이상할 일이 없고, 세상에는 오직 바보들만 남을 것이오. 그렇게 되면 바보들은 행복할 것이오! 지금도 바보들이 행복하다는 속담이 있소. 바보들과 함께 살면서 그들에게 맞장구치는 것보다 더 유쾌한 일은 없다는 것을 아시오? 그것은 유익한 일이오! 내가 편견을 귀중히 여기고, 여러 관습들을 고수하고 존경을 구한다 해서 날 나무라지는 마시오. 나는 내가 시시한 사회에서 살고 있음을 아오. 그러나 지금까지는 여기서 나를 환대해 주니, 나는 그 사람들에게 맞장구를 쳐주고 그들의 열렬한 변호자인 척하는 거요. 그러나 경우에 따라 나는 그 사회를 떠나는 첫 번째 사람이 될 거요. 나는 당신들의 새로운 사상을 아오, 비록 그에 대해 고민한 적은 없었지만, 물론 그럴 필요도 없지. 나는 그 무엇에 대해서도 양심의 가책을 느껴 본 적이 없소. 나는 나에게 좋으면, 모든 것에 동의하오. 나 같은 사람들은 무수히 많소, 그래서 우리에겐 정말 좋았소. 세상의 모든 것이 파멸하는 법이지만, 오직 우리만은 결코 멸망하지 않을 것이오. 우리는 세상이 존재한 이래 계속 존재해 왔소. 전세계가 어딘가로 가라앉을 수도 있소, 하지만 우리는 다시 떠오를 것이오. 말이 나온 김에, 우리 같은 사람들이 얼마나 굳센 생활력을 가지고 있는지 그 하나만이라도 보시오. 정말 우리는 훌륭한, 놀라운 생활력을 가지고 있소. 이것에 대해 놀란 적이 없소? 말하자면 자연이 우리를 보호하고 있는 거요, 헤헤헤! 나는 꼭 아흔 살까지 살고 싶소. 나는 죽기가 싫고, 죽음을 두려워하기까지 하오. 사람이 어떻게 죽어야 하는지는 귀신이나 알 거요! 그런데 무엇 때문에 우리가 그 점에 대해 이야기해야 한단 말이오! 음독한 그 철학자가 나를 잘못 인도했어. 빌어먹을 놈의 철학! 마시자고, 친구Buvons, mon cher! 우리는 아름다운 아가씨들에 대해 이야기하기 시작했었지……. 아니, 어디 갑니까?」

「전 가겠습니다. 당신도 돌아갈 시간이 되었어요…….」

「아니오, 아니오! 나는 당신에게, 그러니까 마음을 열었소. 그런데 당신은 그런 분명한 우정의 표명을 받아 주지조차 않는군요. 헤헤헤! 당신은 사랑스러운 마음을 가지고 있지 않소, 나의 시인 선생. 하지만 기다리시오, 나는 한 병 더 마시고 싶소.」

「세 병을요?」

「세 번째. 덕행에 대해 나의 젊은 생도에게(이런 우정 어린 호칭으로 당신을 부르는 것을 허락해 주시오. 누가 알겠소, 나의 가르침이 아마 열매를 맺게 될지……) …… 그래서, 덕행에 대해서 나는 이미 당신에게 〈덕행이 덕스러울수록, 더욱더 큰 이기심이 그 속에 깃들어 있소〉 하고 들려주었소. 이 주제에 대해 당신에게 아주 재미있는 일화를 들려주고 싶소. 언젠가 나는 한 여자를 사랑했고 그리고 거의 진심으로 그녀를 사랑했소. 그녀는 나를 위해 많은 것을 희생하기까지 했소……」

「당신이 약탈한 여인인가요?」 나는 더 이상 나를 억제하고 싶지 않았기에 무뚝뚝하게 물었다.

공작은 부르르 떨며 얼굴색을 바꾸더니, 타오르는 듯한 눈길로 나를 응시했다. 그의 시선에는 놀라움과 분노가 드러나 있었다.

「잠깐만,」 그는 마치 혼잣말하듯 중얼거렸다. 「기다리시오, 생각 좀 하게 해주시오. 나는 정말로 취했소, 생각하기가 힘드오……」

그는 입을 다물고, 적의를 담은 채 탐색하듯 나를 보았다. 그러면서, 마치 내가 가버릴까 봐 두렵다는 듯 자기 손으로 내 손을 꼭 쥐었다. 나는 그가 이 순간 여러 궁리를 하고, 거의 아무도 모르는 이 일을 내가 어디서 알게 됐으며, 이 모든 것에 어떤 위험이 존재하고 있지는 않은가 생각하고 알아내려 했다고 확신한다. 이 상황이 거의 1분 간 지속되었다. 그러더니 그의 얼굴이 돌연 빠르게 변화했다. 이전의 비웃는 듯하고 취기에 들뜬 표정이 그의 눈에 다시 떠올랐다. 그는 크게 웃기 시작했다.

「하하하! 당신은 정말 탈레랑[89]이오! 그래요, 그녀가 자기를 약탈했다고 면전에서 나를 책망했을 때, 나는 정말 그녀 앞에 침이라도 맞은 듯 서 있었소! 그녀가 그때 어찌나 짖어대고 욕을 해대던지! 그녀는 격노했소, 그리고…… 자제력이라곤 찾아볼 수 없을 만큼. 그러나 스스로 판단해 보시오. 우선 나는 당신이 방금 표현했듯 그녀를 약탈한 것이 아니오.

89 프랑스의 정치가(1754~1838).

그녀는 스스로 나에게 자신의 돈을 선사한 것이오. 그러니 결국 그 돈은 내 것이오. 자, 당신이 나에게 당신의 가장 좋은 프록코트를 선사했다고 가정합시다. (이렇게 말하며 그는 나의 유일한, 3년 전에 재단사 이반 스꼬르냐긴이 지은 다분히 낡고 추한 프록코트를 주시했다.) 나는 당신에게 감사하고, 그것을 입지요. 그런데 갑자기 1년이 지나서 당신이 나와 싸우고 그것을 돌려 달라고 요구하는데, 나는 그것을 많이 입어서 해지게 했소. 이것은 고상치 못한 일이오. 왜 그것을 나에게 선물했습니까? 둘째, 나는 그 돈이 나의 것임에도 불구하고 즉각 돌려주었을지 모르오. 하지만 생각해 보시오, 내가 어디서 갑자기 그만한 액수의 돈을 모을 수 있었겠소? 그리고 특히 나는 감상적 감정이나 실러주의를 용인할 수 없소. 이미 당신에게 말했지요, 바로 이것이 그 모든 것의 원인이었소. 당신은 믿지 못할 것이오, 그녀가 나에게 돈을(여하간 내 돈인데) 선사하겠노라고 소리 지르며, 내 앞에서 얼마나 폼을 잡았는지를. 나도 역시 악이 받쳤지만, 나는 금세 전적으로 올바르게 판단을 내릴 수 있었소. 나는 절대로 침착함을 잃지 않기 때문이오. 나는 그녀에게 돈을 돌려주면 그녀가 불행해질지도 모른다고 판단했소. 그녀에게서, 나로 인해 자신이 불행해졌다고 느끼며 일생 동안 나를 저주할 즐거움을 앗았을지도 모르오. 내 말을 믿으시오. 그러한 종류의 불행에는 오히려 일종의 최고의 기쁨이 들어 있기도 하오. 그 기쁨이란, 자기는 완전히 정당하고 관대하게 행동했다고 의식하며 자신의 적을 협잡꾼이라고 지칭할 권리를 가지고 있다고 인식하는 것을 말함이오. 이러한 증오의 기쁨은 물론 실러적 기질에서만 찾아볼 수 있소. 아마 그녀는 후에 먹을 것이 하나도 없었을지 모르오. 하지만 나는 그녀가 행복했다고 확신하오. 나는 그녀에게서 이 행복을 빼앗고 싶지 않았소. 그래서 나는 그녀에게 돈을 돌려주지 않았던 것이오. 이런 방식으로 나의 좌우명은 정당화된 셈이오. 즉 한 인간의 너그러움이 강하고 거창할수록 그 속에 더 크고 혐오스러운 이기심이 들어 있다고……. 명확하지 않소? 그러나…… 당신은 나를 곤란하게 하려 하지, 하하하! 자, 솔직하게 말해 보시오, 나를 곤란하게 만들고 싶지요? 오, 당신은 탈레랑이오!」

「실례합니다!」 나는 일어서며 말했다.

「잠깐만! 마지막으로 두어 마디만, 내 마지막 말을 들어 보시오.」 그가 갑자기 자신의 혐오스러운 어조를 진지한 어조로 바꾸며 소리쳤다. 「내가 당신에게 말한 그 모든 것을 통해 내가 절대로, 누구를 위해서도 나의 이익을 포기하지 않을 것이란 것이 분명하고 확실해졌을 거요(당신도 이것을 깨달았으리라 생각하오). 나는 돈을 사랑하오. 그리고 내게는 그것이 필요하오. 까쩨리나 표도로브나는 돈이 많소. 그녀의 아버지는 10년이나 주류를 독점 판매했소. 그녀는 3백만 루블을 가지고 있고, 내게는 이 3백만 루블이 몹시 필요하오. 알료샤와 까쨔는 완벽한 한 쌍이오. 둘 다 더할 수 없는 멍청이들이오. 그것도 내게 필요한 것이오. 그러하기에 나는 가능한 한 빨리 그들의 결혼이 성사되기를 무조건 바라오. 2, 3주 후에 백작 부인은 까쨔와 시골로 갈 거요. 알료샤가 그들과 동행해야 하오. 나딸리야 니꼴라예브나에게 미리 알려 주시오, 그래서 아무런 감정적 장면이 펼쳐지지 않고, 실러주의가 생기지 않고, 아무도 나를 적대시하지 않도록. 나는 복수심이 강하고 사악하며 고집이 세오. 나는 그녀를 두려워하지 않소. 모든 것은 의심할 것도 없이 내 뜻대로 될 것이오. 그래서 내가 지금 그녀에게 미리 경고한다면, 그것은 바로 그녀를 위해 그러는 것이오. 바보 같은 일이 일어나지 않도록, 그녀가 이성적으로 행동하도록 살펴 주시오. 그렇지 않으면 그녀에게 나쁘게, 아주 나쁘게 되고 말 거요. 그녀는 내가 마땅히 법적으로 처리해야 할 것을 그냥 두는 것만으로도 내게 고마워해야 할 것이오. 시인 선생, 당신도 알다시피, 법은 가정의 평화를 보호하며, 아버지에 대한 아들의 순종을 규정하고 있소. 그리고 자식을 그들의 부모에 대한 신성한 의무로부터 오도하는 사람은 법에 의해 보호받지 못하오. 마지막으로, 내게는 연줄이 있고 그녀에게는 아무 연줄도 없다는 것을 생각해 보시오. 그리고…… 당신은 정말로 내가 그녀와 뭐든지 할 수 있다는 것을 이해하지 못하겠소? 하지만 나는 아무것도 하지 않았소. 왜냐하면 그녀가 이제까지 현명하게 처신해 왔기 때문이오. 안심하시오, 이 반년 동안 날카로운 눈이 매 순간, 그들의 모든 움직임을 감시해 왔소. 그래서 나는 아주 사소한 일까지 알고 있소. 그래서 나는 알료샤가 스스로 그녀를 떠날 때까지 조용히 기다렸소. 그리고 이미 그것은 시작되었소, 당분간 그에게 기분좋은 위안이 될 것이오. 그러나 나는 그의 눈에 인자한 아버지로 남아 있을 것이오. 그가 나에 대해 그렇게 생각한다는 것은 내 이익에 부합하는 것이오. 하하하! 지금 생각하건대, 나는 그때, 바로 그날 저녁, 그녀가 그와 결혼하지 않아도 괜찮을 정도로 관대하고 사심이 없다고 거의 말할 뻔했었소. 나는 그녀가 알료샤와 결혼하면 어떨까 하고 궁금한 생각마저 들었소. 그날 내가 찾아간 까닭은 바로 그들의 관계를 끝낼 때가 되었기 때문이었소. 하지만 나는 모든 것을 내 눈으로 보고, 나 자신의 경험에 비추어 확인하는 것이 필요하다고 여겼소……. 자, 이제 후련하오? 아니면, 혹 더 알고 싶은 것이 있소 이를테면, 왜 내가 당신을 이리로 끌고 왔는지, 왜 내가 당신 앞에서 거드름을 피웠는지, 그리고 털어놓고 이야기하지 않아도 되는데도 왜 아무런 생각 없이 털어놓았는지, 아?」

「네.」 나는 인내하며 탐욕스럽게 그의 말을 들었다. 내게는 그에게 더 대답할 말이 없었다.

「그것은 다만 당신이 우리의 두 바보들보다 조금 더 분별이 있고 사물을 보는 분명한 시각을 가지고 있다고 보았기 때문이오. 물론 당신은 이미 사전에 내가 누구인지를 알고, 온갖 추측과 나에 대한 모든 상상을 해보았을 테지만, 나는 당신의 이 모든 수고를 덜어 주고 싶었고 당신이 상대하고 있는 사람이 어떤 사람인가를 보여 주기로 결심했소. 실제 인상이란 큰 것이오. 나를 이해해 주시오, 내 친구여mon ami! 당신은 이제 누구를 상대하고 있는지 잘 알았고, 당신은 그녀를 사랑하오, 그래서 이제 나는 당신이 그녀를 어떤 괴로움에서 구해 주도록 자신의 영향력을(당신은 그녀에 대해 영향력을 가지고 있소) 행사해 줄 것을 기대하오. 그렇지 않으면 성가신 일이 발생할 것이오. 그리고 나는 당신에게 이것이 농담이 아니라는 것을 확실히 해두고자 하오. 그리고 끝으로, 당신에 대한 나의 솔직함의 세 번째 이유는 이것이오(당신도 이미 추측했겠지만). 실은 나는 이 모든 일에 약간의 침을 뱉어 주고 싶소, 그것도 바로 당신의 눈앞에서 말이오…….」

「당신은 목적을 달성했습니다.」 나는 흥분한 나머지 몸을 떨며 말했다. 「당신이, 나와 우리 모두에 대한 당신의 모든 분노와 경멸을 바로 지금 솔직하게 표현한 것보다 결코 더 잘 표현할 수는 없었을 것이란 점에 동의합니다. 당신은 당신의 솔직함이 나 같은 사람 앞에서 자신을 부끄럽게 만들 수도 있다는 점을 두려워하지 않았을 뿐만 아니라, 내 앞에서 부끄러워하지도 않았습니다……. 당신은 정말 그 외투를 입은 미치광이를 닮았군요. 당신은 나를 인간으로 여기지 않았습니다.」

「알아챘군, 젊은 친구.」 그가 일어나며 말했다. 「당신은 모든 것을 알아맞혔어, 괜히 작가는 아니군. 나는 우리가 다정하게 헤어지기를 기대하오. 다정하게 서로 마시지 않겠소?」

「당신은 취했습니다, 그래서 나는 당신에게 해야 마땅한 대답을 하지 않겠습니다…….」

「다시 침묵이로군! 당신은 대답이 어떠해야 마땅한지를 끝까지 말하지 않았소, 하하하! 당신 몫을 내가 지불하도록 허락하지 않겠지?」

「걱정 마십시오, 나 스스로 지불하겠습니다.」

「그렇지, 의심할 것도 없지. 우리 같은 길이 아니오?」

「당신과 같이 가지 않겠습니다.」

「잘 가시오, 시인 선생. 당신이 내 말의 의미를 이해했길 기대하오…….」

그는 나를 다시 돌아보지도 않고 약간 흔들리는 걸음으로 나갔다. 종업원이 그가 마차에 오르는 것을 도와주었다. 나는 내 갈 길로 갔다. 두 시가 지나 있었다. 비가 내리고 있었고, 밤은 어두웠다…….

4

제4부

1

내가 얼마나 화가 났었는지는 더 이상 쓰지 않겠다. 나는 모든 것을 예상했음에도 불구하고 대단히 놀랐다. 그는 예기치 않게, 소위 추악함이란 추악함은 모두 둘러쓰고 내 앞에 나타났던 것이다. 게다가 내 느낌은 혼란스러웠다. 나는 마치 무엇인가에 짓눌리고 맞은 것 같은 느낌을 받았고, 마음은 무거운 근심으로 조여 드는 것 같았다. 나는 나따샤가 걱정되었다. 나는 그녀가 앞으로 수많은 고통을 겪게 될 것을 예감했으며, 어떻게 그것을 회피할 수 있고, 최종 결말이 나기 전 이 마지막 시간들을 어떻게 하면 보다 현명하게 보낼 수 있을까 어렴풋이 생각해 보았다. 결말이 날 거라는 데 대해서는 의심할 여지도 없었다. 결말의 순간은 다가오고 있고, 그것이 어떤 모습으로 올지 짐작하는 것은 어려운 일이 아니었다.

오는 도중 내내 비를 맞았으면서도, 나는 내가 어떻게 집에 도착했는지 알 수 없었다. 벌써 새벽 세 시였다. 내가 아파트 문을 두드리자마자 신음소리가 들리고 문이 급히 열렸다. 마치 넬리가 잠자리에 들지 않고 문지방 옆에서 내내 나를 기다린 것 같았다. 초가 타고 있었다. 그리고 나는 넬리의 얼굴을 보고는 놀랐다. 그 얼굴은 형편없이 일그러져 있었다. 눈은 열병을 앓듯 타고 있었고, 마치 나를 알아보지 못하기라도 하는 듯 어쩐지 멍하니 나를 보고 있었다. 그녀는 고열에 휩싸여 있었다.

「넬리, 무슨 일이냐, 너 아프니?」 나는 그녀에게 몸을 굽히고 한 팔로 감싸며 물었다.

그녀는 무엇인가를 두려워하듯 몸을 떨며 나에게 안겨서, 무엇인가 조급하게 더듬으며 말하기 시작했다. 마치 오직 무엇인가를 내게 빨리 말해 주기 위해 기다렸던 것처럼 여겨졌다. 그러나 그녀의 말은 앞뒤가 맞지 않았고 이상했다. 나는 아무 말도 알아듣지 못했다. 그녀는 의식이 뚜렷하지 않았다.

나는 그녀를 빨리 침대로 데려갔다. 그러나 그녀는 마치 놀란 듯, 나에게 누군가로부터 자신을 지켜 주기를 빌기라도 하듯, 계속해서 내게 매달렸다. 그리고 침대에 누운 뒤에도 그녀는 여전히, 내가 또 나갈까 봐 겁이 나는 듯 내 손을 잡고 꼭 쥐었다. 나는 그녀를 보면서 눈물을 흘릴 만큼 아주 심하게 동요되었고 신경이 약해졌다. 나 자신이 병에 걸렸던 것이었다. 내 눈물을 보자 그녀는 무엇인가 생각을 정리하려고 애쓰듯, 집요하고 긴장된 주의를 기울여 오랫동안 유심히 나를 바라보았다. 그녀가 안간힘을 쓰고 있다는 것이 느껴졌다. 마침내 그녀의 얼굴에 무엇인가 상념 같은 것이 떠올랐다. 심한 간질 발작을 일으킨 후 그녀는 보통 얼마 동안 생각을 정리하지 못했고, 말도 분명하게 발음하지 못했다. 지금도 그랬다. 그녀는 나에게 무엇인가 말하기 위해 비상한 노력을 기울였다. 그리고 내가 이해하지 못했다는 것을 알아채고는, 손을 내밀어 내 눈물을 닦은 다음 내 목을 감싸 자신에게 끌어당겨 입을 맞추었다.

내가 없을 때 발작이 찾아왔고, 그 발작은 그녀가 문가에서 있던 그 순간에 찾아왔음이 분명했다. 발작이 지나고, 그녀는 아마도 오랫동안 제정신으로 돌아오지 못한 듯했다. 이때 현실이 환상과 뒤섞이고, 그녀에게 아마 무엇인가 무서운, 일종의 공포가 찾아온 듯했다. 그와 동시에 그녀는 내가 곧 돌아올 것이 틀림없고 문을 두드릴 것이라는 것을 어렴풋이 인식하면서, 문지방 바로 옆 바닥에 누워 내가 돌아오기를 기다리다가 내 첫 노크 소리에 일어났던 것이다.

〈하지만 어째서 바로 문 옆에서 깨어났을까?〉 하고 생각하다가 나는 문득 놀랍게도 그녀가 털외투를 입고 있다는 것을 알았다(나는 그 외투를 내 아파트에 들러서 이따금 외상으로 내게 물건을 넘겨주는 한 노부인에게서 사주었다). 결국 그녀는 어디론가 가려고 했던 것이고, 아마 문을 막 열었을 때 갑자기 발작이 찾아왔던 것이다. 어디를 가려고 했던 걸까? 어쩌면 그때 이미 의식이 흐릿해져 있던 것은 아니었을까?

열은 떨어지지 않았고, 그녀는 또다시 헛소리와 실신 상태에 빠져 버렸다. 그녀는 이미 내 아파트에서 두 번의 발작을 일으켰었다. 하지만 두 번 다 다행스러운 경과를 보였다. 그런데 지금 그녀는 열병에 빠져 있는 것이다. 나는 반 시간쯤 침대 머리맡에 앉았다가, 그녀가 나를 부르면 속히 일어날 수 있도록 몇 개의 의자를 침대에 붙이고 옷을 입은 채로 그녀 곁에 누웠다. 나는 촛불은 끄지 않았다. 나는 잠에 빠져 들기 전에 여러 번 더 그녀에게 눈길을 돌렸다. 얼굴이 창백했다. 그녀의 입술은 열 때문에 바싹 말랐고, 아마도 넘어지면서 상처를 입은 듯 피가 조금 맺혀 있었다. 그녀의 얼굴에서는 공포와 일종의 고통스러운 비애의 표정이 사라지지 않았다. 그 비애는 꿈에서조차 그녀를 놓아주지 않는 듯했다. 나는 그녀의 상태가 악화되면, 내일 가능한 한 빨리 의사를 부르러 가야겠다고 결심했다. 나는 진짜 신경성 열이 오를까 봐 겁이 났다.

〈이것은 공작이 그녀를 놀라게 한 결과야〉 하고 생각하며 나는 전율했고, 그가 들려준, 그의 얼굴에 돈을 집어 던졌다는 여인의 이야기를 생각해 냈다.

2

······2주일이 흘렀다. 넬리는 건강을 회복했다. 신경성 열은 없었다. 하지만 그녀는 몹시 앓았다. 그녀는 4월 말 어떤 맑은 날, 병석에서 일어났다. 부활절 전주(前週)였다.

불쌍한 것! 나는 이 이야기를 이전까지의 질서 속에서 계속할 수가 없다. 내가 이 모든 과거지사를 쓰게 된 이 순간까지 벌써 많은 시간이 흘렀지만, 지금까지도 나는 매우 무겁고 쓰라린 비통함 없이는, 넬리의 창백하고 여윈 얼굴을 생각할 수 없을 뿐만 아니라, 이따금 우리 둘이서만 있을 때 마치 어떤 생각을 하고 있는지 나에게 맞혀 보라고 재촉하듯 자신의 침대에서 나를 쳐다볼 때, 언제까지나 나를 골똘히 바라보던 그녀의 검은 눈과 그 길고 깊은 시선을 생각할 수가 없다. 그러나 그녀는 내가 알아맞히지 못하고 어찌할 바를 모르고 있는 것을 보면, 조용히 혼자서 미소짓고는 문득 나에게 여위고 가늘어진 손가락을 가진 뜨거운 손을 다정하게 내밀었다. 이제는 모든 것이 흘러갔고 다 알려진 것이지만, 지금도 나는 이 병들고 피로에 지치고 모욕당한 영혼이 가진 비밀을 전부 다 알지는 못한다.

나는 내가 줄거리를 벗어나고 있음을 느낀다. 하지만 이 순간 나는 오직 넬리 한 사람에 대해서만 생각하고 싶다. 이상도 하다. 내가 병원 침대에 홀로, 내가 매우 진지하게 사랑했던 모든 이들로부터 잊혀진 채 누워 있는 지금, 나에게 이따금, 그때는 내가 거의 주의를 기울이지도 않았고 그리고 이내 잊어버린 과거의 어떤 보잘것없는 일들이 갑자기 기억에 떠오르고, 문득 내 정신 속에서 전혀 다른 의미를 획득하며, 내가 지금까지 파악할 수 없었던 무엇인가를 분명하게 해줌을 느낀다.

그녀가 발병하고 나서 처음 나흘 동안은 우리, 즉 나와 의사는 그녀에 대해 많은 걱정을 했다. 하지만 닷새가 되던 날 의사는 나를 한쪽으로 데려가서는, 걱정할 것 없고 그녀가 곧 건강을 회복할 것이라고 말했다. 이 사람은 내가 넬리가 처음 병이 났을 때 우리 집에 불러왔고, 목에 걸린 몹시도 큰 스따니슬라프 훈장으로 그녀를 놀라게 했던 바로 그 의사, 오래전부터 내가 알고 있던 늙은 독신자로서 온후하고 별스러운 바로 그 사람이었다.

「그럼, 전혀 걱정할 게 없다고요?」 내가 기쁨에 차 말했다.

「그렇소, 그녀는 이제 건강해질 거요. 하지만 아주 가까운 장래에 세상을 떠날 것이오.」

「죽는다고요? 아니 왜요?」 나는 이 말에 아연해져서 외쳤다.

「네, 그녀는 틀림없이 곧 세상을 떠날 것이오. 환자는 심장 기관에 이상이 있소. 그래서 아주 작은 바람직하지 못한 일을 당하면 다시 침대 신세를 지게 될 거요. 아마 다시 회복이 되겠지요. 하지만 다시 눕게 될 거고 급기야는 세상을 떠나게 될 거요.」

「그럼, 정말 그녀를 구할 방도가 없는 겁니까? 아니야, 그런 일은 있을 수 없어!」

「하지만 어쩔 수가 없는 일이오. 물론 모든 바람직스럽지 않은 일을 그녀로부터 멀리하거나, 평온하고 조용한 생활을 마련해 주거나, 더 많은 즐거움을 가져다 줄 때, 그 시기를 늦출 수는 있을 것이오. 그리고 심지어…… 예기치 않은…… 진기한 경우가 있기도 하오……. 간단히 얘기해서, 많은 바람직한 상황들이 연결될 경우 환자가 구출될 수도 있소. 하지만 역시 신속한 치유는 불가능하오.」

「오, 맙소사, 그럼 어떻게 해야 합니까?」

「내 지시대로 하시오. 저 애에게 조용한 생활을 마련해 주고 가루약을 정기적으로 복용하게 해야 합니다. 나는 이 소녀가 변덕스럽고 균형 잡히지 않은 성격을 가지고 있고, 심지어 남을 비웃는 버릇이 있다는 것을 알아챘소. 약을 정기적으로 복용하는 것을 몹시 좋아하지 않을 거요. 금방 그것을 여실히 보여 주었어요.」

「그렇습니다, 선생님. 저 아이는 정말 이상합니다. 하지만 나는 그 모든 것이 병적인 예민함 탓이라고 생각합니다. 저 애는 어제 매우 공손했어요. 그런데 오늘, 내가 약을 주려 하자, 우연인 것처럼 숟가락을 쳐서 약을 엎지르게 만들었습니다. 그리고 내가 새 가루약을 풀려 하자, 나에게서 약을 상자째로 빼앗아 방바닥에 던져 버렸습니다. 그러고는 울음을 터뜨렸어요……. 그러나 보아하니, 내가 강제로 약을 먹이려 해

452

서 우는 것이 아니었어요.」 나는 잠시 생각한 후 덧붙였다.

「흠! 홍분. 이전의 큰 불행(나는 의사에게 넬리의 과거 중 많은 부분을 자세하고 솔직하게 들려주었는데, 내 이야기는 그에게 깊은 감동을 자아냈다), 이 모든 것이 서로 연관되어 있고, 바로 여기서 병도 생긴 것이오. 당분간 유일한 방법은 약을 먹는 것뿐이고, 저 애는 무조건 약을 복용해야 합니다. 내가 다시 한번 저 애에게 가서 의사의 지시를 따라야 한다는 것, 그리고…… 말하자면…… 약을 복용해야 한다는 것을 설득해 보겠습니다.」

우리 둘은 부엌에서 나왔다(거기에서 우리 대화가 이루어졌던 것이다). 그리고 의사는 다시 환자의 침대로 다가갔다. 그러나 넬리는 우리가 하는 말을 들은 듯했다. 적어도 그녀는 베개에서 머리를 들고 우리 쪽으로 귀를 기울여 내내 열심히 듣고 있었다. 나는 이것을 반쯤 열린 문틈을 통해 알아차렸던 것이다. 우리가 그녀에게 다가서자 이 깜찍한 아이는 다시 이불 속으로 몸을 숨기고는 조롱 섞인 미소를 띠며 우리를 바라보았다. 이 가엾은 아이는 병을 앓은 이 나흘 동안 몹시 여위었다. 눈은 쑥 들어가고 열은 아직 내리지 않았다. 그녀의 장난스러운 모습과 뻬쩨르부르그에 사는 모든 독일인 가운데 가장 선량한 의사를 몹시 놀라게 한 도전적으로 반짝이는 눈빛은 그녀의 얼굴과 더욱 기묘하게 대조를 이루었다.

의사는 심각하게, 그러나 자신의 목소리를 가능한 한 부드럽게 하려고 노력하며, 사려 깊고 상냥한 어조로, 약은 꼭 필요하고 무해한 것이며, 따라서 모든 환자는 그 약을 복용할 의무가 있다는 것을 설명해 주었다. 넬리는 머리를 약간 들었다. 하지만 얼른 보기에 갑자기 자기도 모르는 듯한 손놀림으로 숟가락을 쳐 약이 전부 바닥에 쏟아져 버렸다. 나는 그녀가 일부러 이 짓을 했다고 확신했다.

「유감스러운 실수로군.」 의사가 조용히 말했다. 「그리고 나는 네가 이 짓을 일부러 했다고 생각해. 이런 짓은 아주 비난받아 마땅한 거야. 그러나…… 모든 것은 바로잡을 수 있고, 약도 다시 준비할 수 있지.」

넬리는 그의 얼굴을 보며 웃었다.

의사는 정연하게 머리를 흔들었다.

「장난이 너무 심해.」 그는 새 약을 준비하며 말했다. 「아주, 아주 야단을 맞을 일이야.」

「제게 화내지 마세요, 약을 반드시 먹겠어요……. 하지만 저를 좋아하세요?」 넬리가 이렇게 말하며 또다시 웃음을 터뜨리지 않으려고 노력했지만 허사였다.

「만일 네가 칭찬받도록 행동한다면, 너를 아주 사랑할 거야.」

「많이 사랑해 주신다고요?」

「그래.」

「그럼 지금은 좋아하지 않으시나요?」

「지금도 좋아하지.」

「제가 당신께 입을 맞추면, 선생님도 제게 입 맞춰 주시겠어요?」

「그래, 네가 키스를 받을 만하다면.」

여기서 넬리는 더 이상 참지 못하고 크게 웃음을 터뜨렸다.

「환자는 재미있는 성격을 가지고 있군.」 의사가 아주 심각한 표정을 지으며 내게 말했다. 「하지만 지금 이것은 신경 쇠약과 변덕의 증거요.」

「그럼, 좋아요, 약을 먹겠어요.」 넬리가 자신의 힘없는 목소리로 갑자기 외쳤다. 「하지만 제가 자라서 어른이 되면 저와 결혼해 주시겠어요?」

아마도 이 새로운 장난을 생각해 낸 것이 무척 그녀의 마음에 들었던 것 같다. 그녀의 눈은 매우 빛났고, 약간 어안이 벙벙해진 의사의 대답을 기다리면서 비어져 나오는 웃음으로 인해 입술은 약간 떨리고 있었다.

「그래 좋아,」 그가 이 새로운 변덕에 자신도 모르게 웃으며 대답했다. 「그래 좋아. 만일 네가 착하고 훌륭하게 교육을 받은 아가씨가 된다면, 그리고 순종적이고 또⋯⋯.」

「약을 먹는다면요?」 넬리가 말을 받았다.

「오호! 그래, 약을 먹으면.」 그는 나에게 다시 속삭였다. 「착한 소녀요, 그녀는 속에 많은, 많은⋯⋯ 선량함과 지혜로움을 간직하고 있소. 그러나 어쨌든 결⋯⋯ 결혼은⋯⋯ 참으로 희한한 변덕이오.」

그리고 그는 다시 그녀에게 약을 들이댔다. 하지만 그녀는 이번에는 계략도 쓰지 않고 간단히 숟가락을 아래로부터 위로 친 탓에 약은 바로 불쌍한 노인의 와이셔츠와 얼굴로 날아갔다. 넬리는 크게 웃음을 터뜨렸지만, 이전의 순진하고 유쾌한 웃음이 아니었다. 그녀의 얼굴에 무엇인가 잔인하고 악한 표정이 반짝였다. 이 시간 내내 그녀는 나의 시선을 피하는 듯 오로지 의사만 바라보았으며, 비웃음을 담고, 그러나 그 웃음 뒤로 불안을 완전히는 감추지 못한 채 〈우스운〉 노인이 이제 무엇을 할지 기다리고 있었다.

「오! 너는 또⋯⋯ 이 무슨 불행이람! 그러나⋯⋯ 약은 다시 풀면 되지.」 노인은 손수건으로 자신의 셔츠와 얼굴을 닦으며 말했다.

이것이 넬리에게 강한 인상을 주었다. 그녀는 우리의 분노를 기다렸고, 우리가 욕하고 비난할 것이라 생각했던 것이다. 아마도 그녀는 이 순간 무의식적으로 그것을 바라고 있었는지도 모르겠다. 그것을 기회로 곧 울음을 터뜨려 히스테릭하게 흐느끼고, 전처럼 약을 다시 흩뜨리고, 심지어 화가 나서 무엇인가 깨뜨리고, 그리고 이 모든 것을 통해 자신의 변덕스럽고 병든 마음을 달래고 싶었던 것이다. 그런 변덕이 병자들에게만, 넬리 한 사람에게만 있는 것은 아니다. 나는 누군가 나를 모욕하거나 모욕으로 간주할 수 있는 말을 하기를, 그럼으로써 신속하게 가슴을 후련하게 할 수 있기를 무의식적으로 바라며 자주 방 안을 왔다 갔다 한 적이 있다. 그러나 그런 방법으로 가슴을 후련하게 하는 여인들은 가장 진실한 눈물을 쏟아 내며, 그 여인들 가운데 감성이 풍부한 어떤 여인들은 히스테리에 이르기도 한다. 이것은 아주 간단하고 일상적으로 일어나는 일인데, 흔히 남들은 모르는, 그리고 알리고 싶어도 남에게 말할 수 없는 슬픔이 가슴속에 들어 있을 때 더욱 빈번히 일어난다.

그러나 그녀에게서 모욕을 받았지만, 그녀에게는 아무런 질책의 말도 하지 않고 참을성 있게 다시 그녀를 위해 세 번째로 약을 개는 노인의 천사 같은 마음씨와 참을성에 감동을 받고 넬리는 이윽고 조용해졌다. 그녀의 입술에서 비웃음은 사라졌고, 얼굴이 홍조로 물들며 눈은 촉촉해졌다. 그녀는 흘긋 나를 보고는 이내 시선을 돌렸다. 의사가 그녀에게 약을 가져왔다. 그녀는 조용하고 수줍게 약을 마시고 나서 의사의 붉고 두꺼운 손을 잡으며 천천히 그의 눈을 바라보았다.

「당신은…… 제가 심술궂어서 화가 나셨겠죠.」 그녀는 말을 시작했으나 채 끝맺지 못하고, 이불을 머리까지 덮어쓰고는 큰 소리로 히스테릭하게 흐느끼기 시작했다.

「애야, 울지 마라……, 아무것도 아냐……. 신경이 예민한 거야, 물을 마시렴.」

그러나 넬리는 그의 말을 듣지 않았다.

「진정해라…… 그렇게 흥분하지 말아라.」 그는 매우 다감한 사람이었기 때문에 몸을 숙이고 자신이 거의 흐느낄 듯 말을 계속했다. 「너를 용서하마, 그리고 올바른 행동을 하는 얌전한 처녀가 된다면…… 너와 결혼하마.」

「약을 복용하면!」 이불 밑에서 가느다랗게 방울처럼 울리는, 흐느낌 때문에 끊기는, 내가 익히 알고 있는 그녀의 신경질적인 웃음이 울렸다.

「착하고, 고마운 아이요, 가엾은 아이!」 의사가 의기양양하게 거의 눈물을 글썽이며 말했다.

그때부터 그와 넬리 사이에는 일종의 알 수 없는 놀라운 우정이 싹텄다. 그 반대로 나와는 더 음울하고 신경질적이고 예민하게 되었다. 나는 거기에 어떤 원인이 있는지 몰랐고, 이 변화가 별안간 찾아왔기 때문에 더욱 놀랐다. 병이 난 처음 며칠간 그녀는 내게 아주 부드럽고 친절하게 대했다. 그녀는 나를 보는 것이 싫증나지도 않는 듯했고, 나를 못 떠나게 했으며, 자신의 뜨거운 손으로 내 손을 잡고 나를 자기 곁에 앉아 있게 했다. 그리고 만일 내가 우수에 잠겨 있거나 흥분해 있다고 느끼면, 나의 기분을 바꾸려고 농담도 하고 나와 장난도 쳤으며 나에게 미소를 지었는데, 그러는 가운데 분명 스스로의 괴로움은 억제했을 것이다. 그녀는 내가 밤에 일을 하거나 앉아서 자기를 보살피는 것을 원치 않았으며, 내가 자기 말을 따르지 않으면 슬픈 표정을 짓곤 했다. 가끔 나는 그녀의 얼굴이 수심에 가득 찬 것을 발견하곤 했다. 그러나 그녀는 오히려 나에게 왜 우울해 하느냐고, 무슨 생각을 하느냐고 질문하기 시작했다. 그러나 이상하게도 화제가 나따샤에 이르면, 그녀는 이내 침묵하거나 화제를 다른 데로 돌려 버리는 것이었다. 그녀는 짐짓 나따샤에 대해 이야기하는 것을 회피하려는 듯했는데, 나는 그것이 놀라웠다. 내가 집으로 돌아오면 그녀는 기뻐했다. 내가 모자를 집어 들면 그녀는 침울한 얼굴로 어쩐지 이상하게, 마치 비난과 질책을 담은 듯한 눈으로 나를 배웅했다.

그녀가 앓아 누운 지 나흘째 되던 날, 나는 저녁 내내, 거의 자정 넘어까지 나따샤에게 가 있었다. 그때 우리는 서로 이야기할 것이 많았다. 나는 집을 나설 때 환자에게 일찍 돌아오겠다고 말했고, 나 자신도 그럴 작정이었다. 내가 뜻하지 않게 나따샤의 집에 오래 머물게 되었을 때도 나는 넬리에 대해 걱정하지는 않았다. 왜냐하면 그녀 혼자 집에 있는 것이 아니라 알렉산드라 세묘노브나가 곁에 같이 있었기 때문이었다. 그녀는 잠시 내게 들른 마슬로보예프로부터 넬리가 아프고 내가 혼자서 큰 어려움을 겪고 있다고 들었던 것이다. 맙소사, 그 마음씨 좋은 알렉산드라 세묘노브나가 얼마나 흥분했던지.

「그럼 그는 이제 우리 집에 식사를 하러 오지 못하겠군요! 아, 맙소사! 그리고 그는 혼자야, 가여운 사람, 혼자라니. 그럼 우리가 지금 그에게 친절을 베풀도록 합시다. 지금 좋은 기회가 왔어요. 헛되이 보내면 안 돼요.」

그녀는 이내 수레에 커다란 보따리를 싣고 왔다. 그녀는 나에게 짤막하게, 우리 집에 머무를 것이며 나를 도우러 왔다고 말하고는 보따리를 풀었다. 그 속에는 시럽, 환자가 먹을 수 있게 만든 잼, 환자가 원기를 회복하기 시작할 때 만들어 줄 병아리와 비스킷 용 사과, 오렌지, 끼예프 산 말린 과일 (이것은 의사가 허락할 경우지만), 그리고 내의, 침대보, 냅킨, 부인용 셔츠, 붕대, 습포가 — 마치 병원 하나를 차릴 수 있을 만큼 — 들어 있었다.

「우리 집에는 뭐든지 비축되어 있어요.」 그녀는 마치 어디론가 서둘러 가야만 할 것처럼 빠르고 사무적으로 말했다. 「당신은 여기 혼자서 사시잖아요. 당신에겐 이런 것들이 많지 않을 거예요. 실례지만 이렇게 이미…… 그리고 필립 필리뻬치가 그렇게 시켰어요. 그럼 제가 무엇을 먼저…… 빨리요, 빨리! 지금 무엇을 해야 하나요? 아이는 어때요? 정신이 있나요? 아이고, 좋지 않은 자세로 누워 있군요. 머리를 더 아래로 낮추도록 베개를 바로해야 해요. 그런데 가죽 베개가 낫지 않을까요? 가죽이 체온을 낮추어 주죠. 아이고 이런 바보 같으니! 그걸 가져오는 것을 생각하지 못했네. 가지러 가야겠어요……. 불을 피워야 하지 않을까요? 제가 할머니를 보내 드릴게요. 제가 아는 할머니가 있어요. 당신은 도와줄 여자라곤 아무도 없으니까요……. 근데 무엇을 해야 할까요? 이게 뭐지? 의사 선생님이 처방한 약초인가요? 필시 달여야 하는 거겠죠? 곧 불을 피우겠어요.」

그러나 나는 그녀를 진정시켰다. 그녀는 할 일이 그리 많지 않다는 것에 무척 놀랐고 슬퍼하기조차 했다. 그러나 이것이 그녀의 사기를 떨어뜨리지는 않았다. 그녀는 곧 넬리와 친해졌고, 넬리가 앓고 있는 동안 나를 많이 도와주었다. 그녀는 거의 매일 우리를 방문했는데, 뭔가 없는 것을 되도록 빨리 가져오고 싶어 안달하는 기색이었다. 그녀는 언제나 필립 필리삐치가 그렇게 시켰다고 덧붙였다. 넬리는 그녀를 무척 좋아했다. 그들은 마치 자매처럼 서로를 사랑했다. 나는 알렉산드라 세묘노브나도 여러 점에서 아직 넬리 같은 어린 아이라고 생각했다. 그녀는 넬리에게 여러 가지 이야기를 들려주고 그녀를 웃겼으므로, 그녀가 집으로 돌아가고 나면 넬리는 자주 따분해 했다. 그녀가 처음 우리 집에 왔을 때는 환자도 놀랐었다. 하지만 그녀는 곧 왜 부르지도 않은 손님이 왔는가를 알아채고는 자신의 습관에 따라 얼굴을 찌푸리며 입을 꼭 다물고 퉁명스럽게 행동했다.

「무엇 때문에 왔던 거예요?」 그날 알렉산드라 세묘노브나가 떠나자 넬리는 불만스러운 얼굴로 그렇게 물었다.

「너를 도와주려고, 넬리야, 너를 보살피러 왔어.」

「그렇지만 무엇 때문에? 무슨 생각으로? 제가 그녀에게 좋은 일을 한 것이 없는데.」

「좋은 사람들은 다른 사람들이 먼저 그들에게 좋은 일을 해주기를 기다리지 않는단다, 넬리. 그런 사람들은 그런 것은 제쳐놓고도 도움을 필요로 하는 사람들을 돕는 것을 좋아한단다. 넬리, 세상에는 좋은 사람들이 많단다. 네가 필요했을 때 그런 사람들을 만나지 못했던 것이 너에게는 불행이었어.」

넬리는 침묵했다. 나는 그녀를 혼자 남겨 두었다. 그러나 15분쯤 지나 그녀는 힘없는 목소리로 나를 불러서 마실 것을 달라고 부탁했다. 그러고는 갑자기 나를 꼭 껴안아 내 가슴에 자신의 몸을 바싹 붙이고는 오랫동안 나를 놓아주려 하지 않았다. 다음날 알렉산드라 세묘노브나가 왔을 때, 넬리는 여전히 무엇인가를 부끄러워하는 듯했지만 기쁨의 미소를 띠고 그녀를 맞았다.

3

그날 나는 저녁 내내 나따샤의 집에 가 있었다. 나는 늦게서야 집으로 돌아왔다. 넬리는 자고 있었다. 알렉산드라 세묘노브나는 졸린 것을 참으며 환자 옆에 앉아서 나를 기다리고 있었다. 곧 그녀는 나에게 빨리 속삭이는 듯한 어조로, 넬리가 처음엔 매우 쾌활했고 많이 웃기도 했으나, 내가 늦도록 돌아오지 않자 점점 우울해지더니 입을 다물고는 생각에 잠겨 버렸다고 말해 주었다.「그 다음에 두통을 호소하더니 울기 시작했어요. 그리고 너무나 흐느껴서 나는 어떻게 해야 할지를 몰랐어요.」알렉산드라 세묘노브나가 덧붙였다.「나와 함께 나딸리야 니꼴라예브나에 대해 이야기를 시작했어요. 하지만 나는 그녀에 대해 넬리에게 아무 말도 할 수 없었어요. 그러자 묻기를 멈추더니 내내 울기만 하고, 그러다가 잠들어 버렸어요. 그럼 안녕히 계세요, 이반 뻬뜨로비치. 내가 보기에는 이제 좀 나아졌어요. 저는 집으로 가야겠어요, 필립 필리삐치가 빨리 오라고 했거든요. 당신께 고백하지만, 그는 이번에는 두 시간만 시간을 허락했어요. 그러나 내 마음대로 더 머물렀어요. 하지만 괜찮아요, 제 걱정은 마세요. 그는 감히 화를 내지 못할 거예요……, 거의. 아, 맙소사, 이반 뻬뜨로비치, 어찌해야 좋을까요, 요사이 그는 언제나 술이 취해 집으로 돌아옵니다! 그는 무슨 일에 매달려 있어요, 나와 말도 안 하고, 짜증을 내요. 무슨 중요한 일이 그의 머릿속에 들어 있는 것 같아요. 분명해요. 저녁에는 늘 취해 있어요. 내가 지금 오로지 생각하는 것은, 그가 집에 돌아와도 아무도 그를 침대에 눕혀 줄 사람이 없다는 것이에요. 자, 나는 갑니다, 갑니다. 안녕. 안녕히 계세요, 이반 뻬뜨로비치. 나는 여기서 당신의 책들을 보았어요. 당신은 책이 엄청 많아요, 그리고 분명 지적인 것들이겠죠. 하지만 나는 멍청한 여편네예요, 나는 결코 무엇 하나 읽어 본 적이 없었어요……. 그럼, 내일 다시…….」

다음날 넬리가 깼을 때, 그녀는 우울하고 시무룩했으며 내가 묻는 말에 마지못해 대답했다. 그녀는 나에게 화가 난 듯 한마디 말도 걸어오지 않았다. 나는 오로지 그녀가 때때로 곁눈질로 나를 훔쳐보는 것을 감지했을 뿐이다. 이 시선 속에 많은, 그 어떤 비밀스러운 마음의 상처가 들어 있었다. 하지만 어쨌든 그 속에는 그녀가 나를 똑바로 볼 때는 들어 있지 않은 부드러움이 감춰져 있었다. 의사와 약 복용 때문에 옥신각신한 것이 바로 이날이었다. 나는 어떻게 해석해야 좋을지 몰랐다.

그러나 넬리의 나에 대한 태도는 완전히 변해 있었다. 그녀의 변덕, 그녀의 기분, 이따금 드러내는 나에 대한 거의 증오에 가까운 감정, 이 모든 것은 그녀가 나를 떠나게 되는 그날에 이를 때까지, 우리의 소설을 종결시킨 바로 그 파국의 시간까지도 지속되었다. 그러나 그에 대해서는 나중에 이야기하기로 하겠다.

그러는 가운데 가끔 그녀가 갑자기 한 시간 가량, 전과 같이 상냥하게 나를 대하는 일이 생기곤 했다. 그녀의 상냥함은 이 순간 오히려 두 배로 증가된 것 같았다. 이럴 때 그녀는 그 어느 때보다도 자주 비통한 눈물을 흘렸다. 그러나 이 시간들은 신속히 지나갔으며, 그녀는 다시금 이전의 우울함 속으로 빠져 들었고, 다시 적개심을 띠고 나를 바라보거나 전에 의사에게 했듯이 변덕을 부렸으며, 또는 내가 그녀의 새로운 광기를 불쾌해 한다는 것을 눈치 채면 웃어 젖히다말고 결국 울음을 터뜨리고 말았다.

그녀는 심지어 알렉산드라 세묘노브나와도 한 차례 다투었고 그녀의 도움이 필요치 않다고 말했다. 내가 이 일로 알렉산드라 세묘노브나가 있는 자리에서 그녀를 책망하자, 그녀는 오랫동안 쌓아 두었던 적의를 드러내며 흥분해서 충동적으로 대답하더니 갑자기 입을 다물고는, 이틀이나 나와 아무 말도 하지 않고, 일체의 약이나 음식도 먹고 마시려 하지 않았다. 의사만이 그녀를 설득하고 훈계할 수 있었다.

나는 약을 복용키로 한 그날부터 의사와 그녀 사이에 놀랍게도 일종의 우정 어린 관계가 시작되었음에 대해 이미 말한 바 있다. 넬리는 그를 매우 사랑했고 그를 언제나 상냥한 미소로 맞았다. 그가 도착하기 전에 아무리 슬펐다 하더라도. 의사에 관해 말할 것 같으면, 그는 매일 우리 집에 왔고 이따금은 하루에 두 차례도 왔다. 심지어는 넬리가 완쾌되어 다시 서게 되고 완전히 회복되어 갈 때까지도 그랬다. 그는 그녀의 웃음소리와 꽤나 재미있는 그녀의 농담을 듣지 못한다면 하루도 살 수 없을 만큼 그녀에게 매혹당한 것 같았다. 그는 그녀에게 교육적인 내용이 담긴 그림책을 가져다 주었다. 그녀를 위해 일부러 한 권을 사다 주기도 했다. 그 다음 그는 그녀에게 과자를, 예쁜 상자에 담긴 캔디를 가져오기 시작했다. 그럴 때면 그는 늘 마치 명명일에 오는 것처럼 엄숙한 표정을 지으며 들어섰고, 넬리는 이내 그가 선물을 가지고 왔다는 것을 알아맞혔다. 그러나 그는 선물을 보여 주지 않고 단지 능글맞게 웃으며 넬리 옆에 앉아서 슬쩍 암시를 주었다. 즉 젊은 처녀가 품행을 단정히 하고, 자기가 없을 때도 주위의 경의를 받는다면, 그 처녀는 좋은 상을 받을 가치가 있노라고. 이때에 그는 너무나 순박하고 온후하게 그녀를 바라보아서, 넬리가 그에 대해 가장 냉소적인 웃음을 웃더라도, 동시에 그녀의 맑게 빛나는 두 눈에서는 진실되고 친밀한 사모의 정이 빛날 정도였다. 마침내 노인은 의자에서 엄숙하게 일어나 캔디 상자를 꺼내어 넬리에게 전해 주며 즉각 덧붙인다. 〈나의 사랑스러운 미래의 아내에게〉 하고. 이 순간 그 자신은 넬리보다 아마 더 행복했으리라.

그 다음에는 담소가 시작되었고, 매번 그는 엄격하고 진지하게 건강을 돌보라고 그녀를 설득하며 그녀에게 면밀한 의학적 조언을 했다.

「사람은 무엇보다 자신의 건강을 돌보아야만 하는 것이야.」 그는 단호한 어조로 말했다. 「그리고 가장 먼저 중요한 것은 살아남기 위한 것이고, 둘째로는 언제나 건강하기 위함이고, 그러한 방식으로 인생의 행복에 이르기 위함이야. 만일 당신이, 나의 귀여운 아가씨, 그 어떤 슬픔을 가지고 계신다면, 그것들을 잊어버리든지 아니면 가장 좋은 방법은 그것에 대해 생각하지 않도록 노력하는 것이오. 만일 그 어떤 슬픔도 가지고 있지 않다면, 그럼…… 역시 그에 대해 생각지 말고 기쁨에 대해, 무엇이든지 유쾌한 놀이에 대해 생각하려고 노력해야…… 하오.」

「하지만 어떤 유쾌한 놀이에 대해 생각해야 해요?」 넬리가 물었다.

의사는 이내 난처하게 되었다.

「저, 그러니까…… 당신의 나이에 걸맞는 어떤 순진한 놀이에 대해, 또는…… 음, 어떤, 이런 것에 대해…….」

「저는 놀이를 하고 싶지 않아요, 저는 놀이를 좋아하지 않아요.」 넬리가 말했다. 「저는 새 옷이 더 좋아요.」

「새 옷이라! 흠, 그래, 그것은 썩 좋은 것은 아니야. 사람은 살아가며 모든 점에 있어 검소한 운명에 만족해야 해. 그렇기는 하나…… 그래…… 새 옷을 좋아할 수도 있는 거지.」

「제가 당신께 시집간다면 저에게 옷을 많이 맞추어 주시겠어요?」

「이 무슨 소리람!」 의사는 무의식적으로 얼굴에 어두운 빛을 띠며 말했다. 넬리는 짓궂게 웃고 나서 한 차례 무의식적인 미소를 띠며 나를 바라았다. 「그렇지만…… 모범적으로 행동한다면, 당신에게 옷을 맞추어 드리지.」 의사가 말을 이었다.

「하지만 제가 당신에게 시집을 가면 매일 약을 복용해야 하나요?」

「아, 그렇다면 매일 약을 복용하지 않아도 되지.」 의사도 웃기 시작했다.

넬리가 웃음으로 대화를 중단시켰다. 노인이 그녀를 따라 웃으며 사랑스러운 눈초리로 그녀가 즐거워하는 모양을 지켜보았다.

「재미있는 아이요!」 그가 나를 보며 말했다. 「하지만 여전히 변덕스러움과 쉽게 성내는 면이 보여요.」

그가 옳았다. 나는 그녀에게 어떤 일이 있었는지 뚜렷하게
는 몰랐다. 그녀는 마치 내가 그녀에게 어떤 잘못을 저지르
기라도 한 것처럼, 나와는 전혀 이야기를 나누고 싶어하지
않는 듯했다. 이 점이 나는 몹시 괴로웠다. 나 자신이 스스로
우울해져서 언젠가는 하루 종일 그녀와 말도 하지 않았다.
하지만 그런 다음날이면 나는 부끄러운 마음이 들었다. 그녀
는 자주 울었지만 나는 정말로 어떻게 그녀를 위로해야 할지
몰랐다. 그런 가운데 그녀가 한번은 침묵을 깨뜨렸다.

어느 날 나는 해가 지기 전에 집으로 돌아왔을 때, 넬리가
한 권의 책을 급히 자신의 베개 밑에 숨기는 것을 보았다. 이
것은 그녀가 나의 책상에서 가져다가 내가 없을 때면 읽는
내 소설이었다. 나는 〈무슨 일로 그것을 내 앞에서 숨긴단 말
인가? 마치 부끄러워하듯이〉라는 생각을 했지만 아무런 내
색도 하지 않았다. 15분이 지나고 내가 잠시 부엌에 가자 그
녀는 재빨리 침대에서 뛰어나와 소설을 제자리에 갖다 놓는
것이었다. 부엌에서 돌아와 보니 소설이 책상 위에 놓여 있
었다. 잠시 후 그녀가 나를 불렀다. 그녀의 목소리에는 일종
의 흥분이 담겨 있었다. 그녀는 벌써 나흘이나 나와 거의 아
무 말도 하지 않았던 터였다.

「당신은…… 오늘…… 나따샤에게 가시나요?」 그녀가 토
막토막 끊기는 소리로 나에게 물었다.

「그래, 넬리. 오늘 그녀를 꼭 만나야만 해.」

넬리는 입을 다물었다.

「당신은…… 그녀를 매우 사랑하시지요?」 그녀가 다시 힘
없는 목소리로 물었다.

「그래, 넬리, 매우 사랑해.」

「저도 그녀를 사랑해요.」 그녀가 조용히 내 말을 막았다. 그 다음 다시 침묵이 찾아 들었다.

「저는 그녀에게 가서 그녀와 함께 살고 싶어요.」 넬리가 조심스럽게 나를 바라보며 다시 말을 시작했다.

「그건 안 돼, 넬리.」 내가 약간 놀라서 대답했다. 「나한테 있는 것이 불편하니?」

「왜 안 되죠?」 그녀가 흥분해서 말했다. 「당신은 저더러 그녀의 아버지께 가라고 하셨잖아요. 그러나 저는 가고 싶지 않아요. 그녀에겐 하녀가 있나요?」

「있단다.」

「그럼 그녀에게 하녀를 내보내라고 하지요. 제가 그녀의 시중을 들겠어요. 그녀에게 모든 일을 해드리고 한 푼도 받지 않겠어요. 저는 그녀를 사랑하고 그녀에게 음식을 조리해 주겠어요. 그녀에게 오늘 그렇게 말씀해 주세요.」

「하지만 왜, 무슨 생각이냐, 넬리? 그리고 너는 그녀에 대해 어떤 생각을 하는 거냐? 너는 정말로 그녀가 하녀 대신에 너를 받아들이는 데 동의할 것이라고 생각하니? 그녀가 너를 받아들인다면 그것은 그녀와 동등한 위치, 즉 그녀의 여동생으로서 받아들일 거야.」

「아니에요, 저는 동등한 사람이 되기를 원치 않아요. 그건, 아니에요……」

「그건 왜?」

넬리는 입을 다물었다. 그녀의 입술은 떨리고 있었다. 그녀는 거의 울상이 되었다.

「지금 그녀가 사랑하는 사람이 그녀를 떠나고 그녀는 혼자 남게 되는 건가요?」 마침내 넬리가 물었다.

나는 놀랐다.

「어떻게 그 일을 알았니, 넬리?」

「당신이 스스로 저에게 모든 것을 말씀해 주셨잖아요. 그리고 엊그제 아침에 알렉산드라 세묘노브나의 남편이 왔을 때 그에게 물어보았어요. 그가 저에게 모든 것을 이야기해 주었어요.」

「엊그제 아침에 마슬로보예프가 여기 왔었다고?」

「네.」 그녀가 눈을 내리뜬 채 대답했다.

「그런데 왜 그가 왔었다고 말하지 않았니?」

「왜냐하면……」

나는 잠시 생각했다(이 마슬로보예프가 무슨 비밀스러운 마음을 품고 여기를 다니는 건가. 넬리하고 무슨 관계를 맺어 놓은 것일까? 그와 이야기를 한번 해보아야겠군).

「그래, 그가 그녀를 버린다 하더라도 그것이 네게 어쨌단 말이냐, 넬리?」

「당신은 그녀를 매우 사랑하시죠.」 넬리는 나에게 얼굴도 들지 않고 대답했다. 「그리고 당신이 그녀를 사랑하신다면, 그가 떠난 후 그녀를 아내로 맞이하세요.」

「아니, 넬리, 그녀는, 내가 그녀를 사랑하는 것만큼 나를 사랑하지 않아. 그리고 나 역시…… 아니, 그런 일은 없을 거야, 넬리.」

「저는 당신들 두 분께 하녀로서 봉사하겠어요, 당신들은 행복한 삶을 사실 거예요.」 그녀는 나를 보지도 않고 나직하게, 거의 속삭이듯 말했다.

〈얘한테 무슨 일이 있었던 것일까, 어떻게 된 일일까!〉 하고 나는 생각했고 마음은 뒤집히듯 어지러웠다. 넬리는 입을 다물어 버렸고 그 후로는 나에게 더 이상 한 마디의 말도 하지 않았다. 알렉산드라 세묘노브나는, 내가 나가자 그녀가 울기 시작했으며, 저녁 내내 눈물을 흘리다 잠들었다고 전해 주었다. 그리고 밤에 꿈속에서도 그녀는 울었고 잠꼬대를 했던 것이다.

그러나 이날부터 그녀는 더욱 우울해졌고 말이 없어졌으며 나와는 더 이상 말을 하지 않았다. 물론 나는 그녀가 몰래 나를 바라보는 시선을 두세 차례 느꼈는데, 이 시선 속에는 한없는 다정함이 깃들어 있었다! 그러나 그것은 그 순간에 다시 사라졌고, 이 순간적인 다정함에 저항하듯 넬리는 시시각각으로 더 우울해져 갔으며, 심지어 의사에 대해서도 마찬가지여서 그는 그녀의 이런 성격적 변화에 놀라워했다. 그러는 가운데 그녀는 이미 거의 회복되었고, 의사는 마침내 그녀에게 신선한 공기를 마시도록 외출하는 것을 허락했다. 하지만 그것은 짧은 시간 동안만이었다. 날씨는 맑고 따뜻했다. 이번 부활제 전주는 매우 늦게 찾아오는 것처럼 느껴졌다. 나는 오전에 집을 나섰다. 나는 즉각 나따샤에게 가야만 했다. 하지만 나는 보다 일찍 집에 돌아와 넬리를 데리고 산책을 나가기로 마음먹었다. 그동안에 나는 그녀를 집에 홀로 남겨 두었다.

그러나 나는 어떤 충격이 집에서 나를 기다리고 있었는지 달리 표현할 길이 없다. 나는 서둘러 집으로 갔다. 집에 도착해서 나는 열쇠가 밖에 꽂혀 있는 것을 보았다. 나는 집 안으로 들어갔다. 집에는 아무도 없었다. 나는 정신이 멍해졌다. 나는 책상 위에 종이 한 장이 놓여 있는 것을 보았다. 그 위에는 크고 고르지 못한 연필 글씨로 다음과 같이 씌어 있었다.

저는 당신을 떠납니다. 그리고 당신께 더 이상 돌아오지 않을 겁니다. 그러나 저는 당신을 매우 사랑합니다.

당신의 충실한 넬리

나는 놀라움에 소리치며 집을 뛰쳐나갔다.

4

미처 거리로 뛰어나오지도 못했을 때, 갑자기 우리 집 앞에 사륜 마차가 멈췄고 그 속에서 알렉산드라 세묘노브나가 넬리의 손을 잡고 내리는 것을 보는 순간, 나는 앞으로 무엇을 해야 할지 갈피를 잡지 못했다. 그녀는 넬리를, 마치 그녀가 재차 도망가는 것을 두려워하기라도 하듯 꼭 잡고 있었다. 나는 그들에게로 뛰어갔다.

「넬리, 무슨 일이냐?」 내가 소리쳤다. 「너 어디를 갔었니, 무엇 때문에?」

「잠깐만, 서두르지 마세요, 빨리 당신 집으로 갑시다.」 알렉산드라 세묘노브나가 재빨리 말하기 시작했다. 「거기서 모든 이야기를 다 하겠어요, 이반 뻬뜨로비치. 제가 이제 당신께 말씀드릴 일은……, 이반 뻬뜨로비치.」 걸어가며 그녀가 재빨리 속삭였다. 「아마 놀라실 거예요…… 갑시다, 곧 모든 것을 아시게 될 거예요.」

그녀의 얼굴에는 매우 중요한 소식이 있다고 씌어 있었다.

「가거라, 넬리. 가서, 잠시 눕거라.」 우리가 집으로 들어서자 그녀가 말했다. 「너는 매우 피곤할 거야, 네가 얼마나 뛰어다녔는지 알기나 하니. 게다가 앓고 난 다음이니 더 힘들었을 거야, 누워라. 애야, 누워. 우리는 여기서 잠시 나갑시다. 방해하지 말고, 이 아이를 좀 자게 합시다.」

그리고 그녀는 나더러 자기와 부엌으로 가자고 눈짓을 했다. 그러나 넬리는 눕지 않았다. 그녀는 침대 위에 앉아서 양손으로 얼굴을 감쌌다.

우리는 방에서 나왔다. 알렉산드라 세묘노브나는 나에게 재빨리 무슨 일이 있었는지를 이야기해 주었다. 나중에야 나는 더 상세한 내용을 알았지만 대강의 전말은 이랬다.

내가 돌아오기 두 시간 전에 넬리는 내 집을 나서며 나에게 쪽지를 남겨 두고는 맨 처음 노의사에게로 갔다. 그녀는 그의 주소를 이미 전에 알아 두었다. 의사는 넬리가 자신을 찾아온 것을 보고 거의 망연자실했으며, 그녀가 자기 집에 있는 동안 내내 〈자신의 눈을 믿지 못했다〉고 나에게 말했다. 〈나는 지금도 믿지 못해요. 결코 이 일을 믿지 못할 거요〉라고 자신의 이야기를 끝맺으면서 덧붙였다. 그러나 어쨌든 넬리의 방문은 사실이었다. 그녀가 뛰어들어와서 그가 정신을 차리기도 전에 그의 목에 매달렸을 때, 그는 가운을 입은 채 자기 방 안락의자에 앉아 커피를 앞에 두고 있었다. 그녀는 눈물을 흘리며 그를 껴안고는 입을 맞추었다. 그녀는 일관성은 없지만 그의 손에 입을 맞추며 간절하게 그의 집에서 살게 해달라고 부탁했다는 것이다. 그녀는 내 집에서 살고 싶지 않으며 더 이상 살 수도 없다. 자기는 매우 괴롭다, 또 더 이상 그를 조롱하지 않을 것이며 새 옷을 사달라고 조르지도 않고, 몸가짐을 바로할 것이며, 공부도 할 것이고, 〈셔츠를 빨고 다리는 법〉을(아마도 그녀는 자신의 이야기를 오는 도중에, 아니 어쩌면 훨씬 전에 생각했던 것 같다) 배우겠다, 그리고 고분고분하겠으며, 매일 그가 먹으라는 만큼의 약을 복용하겠다고 말했다는 것이다. 뿐만 아니라 그녀가 전에 그와 결혼하고 싶다고 말한 것은 농담이었다고도 말했다는 것이다. 늙은 독일인은 아연해져서 손을 든 채로 앉아 있었다. 그의 손에는 담배가 들려져 있었으나 그 사실을 잊어 버린 탓에 그것이 꺼져 버릴 정도였다.

「마드무아젤,」 그가 놀라움을 가라앉히고 자신의 혀가 어느 정도 움직여지자 마침내 말을 시작했다. 「내가 이해한 바에 의하면, 당신은 내게 내 집에서 살도록 해달라는 부탁을 하고 있는 거지요. 하지만 그것은 불가능해요! 당신도 보다시피 우리 집은 매우 협소하고 내 수입은 많지도 않아요……. 그리고 도대체, 이렇게 갑자기, 생각도 안 해보고…… 이거 무시무시한 일이야! 그리고 보아하니 당신은 집에서 뛰쳐나왔군요. 이것은 칭찬할 만한 일도 아니고 있어서도 안 되는 일이에요……. 그리고 마지막으로, 나는 당신에게 날씨 좋은 날 당신 보호자의 보호를 받으며 약간만 산보하라고 했는데, 당신은 자신의 보호자를 팽개치고 나에게 달려왔어요. 마치 숨어야만 하는 일이 있기라도 한 것처럼. 그리고…… 그리고 약을 복용하는 것은, 도대체…… 도대체, 나는 아무것도 이해하지 못하겠어요…….」

넬리는 그가 말을 마치도록 놓아두지 않았다. 그녀는 다시 울음을 터뜨리며 그에게 간절히 부탁했지만 소용없는 일이었다. 노인의 놀라움은 점점 더 커졌고 노인은 점점 더 갈피를 잡지 못하게 되었다. 마침내 넬리는 포기하며 〈아 맙소사!〉 하고 탄식하고는 방에서 뛰어나갔다. 〈나는 이날 하루 종일 정신이 없었소. 그리고 잠들기 위해서 탕약을 마셔야 했소⋯⋯〉라고 이야기를 마치면서 의사가 덧붙였다.

거기서 넬리는 마슬로보예프에게로 달려갔다. 그녀는 사전에 그들의 주소도 입수했고, 비록 어려움이 따르지 않은 것은 아니었지만 곧 그들의 집을 찾아내었다. 마슬로보예프는 집에 있었다. 알렉산드라 세묘노브나는 넬리가 자신을 거두어 달라고 부탁하자 두 손으로 그녀의 머리를 감싸 안았다. 넬리는, 그녀가 왜 그것을 원하는지, 무엇 때문에 내 집에 사는 것이 불편한지 등등 묻는 말에 대해선 대답을 하지 않고 의자 위에 엎어져 흐느끼기만 했다. 〈그녀는, 이러다 죽는 것은 아닐까 하는 생각이 들 정도로 몹시 심하게 흐느꼈어요〉 하고 알렉산드라 세묘노브나가 이야기해 주었다. 넬리는 자신을 하녀나 식모로라도 받아 줄 것을 부탁하며, 바닥 청소도 할 것이고 내의 빠는 일도 배우겠다고 말했다(그녀는 이 내의를 빠는 일에 어떤 특별한 희망을 걸었고, 무슨 이유에선지 이 일이 자기를 받아들일 가장 강한 유혹이 된다고 여겼던 것 같다). 알렉산드라 세묘노브나는 원인이 밝혀질 때까지 우선 그녀를 자신의 집에 거두고 나서 나에게 연락을 취하려 생각했다고 한다. 그러나 필립 필리삐치는 이 생각에 단호히 반대했고, 도망자를 곧 내게 데리고 갈 것을 명령했다. 알렉산드라 세묘노브나는 오는 길에 그녀를 껴안아 입을 맞추었는데, 그로 인해 넬리는 더욱 흐느끼기 시작했다. 그녀를 보면서 알렉산드라 세묘노브나도 울음을 터뜨렸다. 그렇게 그들 둘은 울면서 집까지 왔던 것이다.

「그래 왜, 왜 넬리. 너는 그의 집에서 살고 싶지 않은 거니, 그가 너를 모욕하기라도 했니, 그런 거니?」 알렉산드라 세묘노브나가 울면서 물었다.

「아니오, 그렇지 않아요.」

「그럼 왜?」

「그저, 그의 집에서 살고 싶지 않아요……. 살 수가 없어요……. 저는 그에게 늘 짓궂게 굴었어요……. 그래도 그는 친절했어요……. 하지만 당신 댁에서는 나쁘게 굴지 않을게요, 제가 일을 할게요.」그녀는 발작적으로 흐느끼며 말했다.

「왜 그에게 못되게 굴었니, 넬리?」

「그저…….」

알렉산드라 세묘노브나는 눈물을 훔치며 말을 맺었다. 「나는 이 〈그저〉라는 말만을 들었어요. 얼마나 불쌍하고 불행한 아이인가요! 그것이 소아병의 일종일까요? 당신은 어떻게 생각하세요, 이반 뻬뜨로비치?」

우리는 넬리에게 돌아왔다. 그녀는 침대에 누워 얼굴을 베개에 파묻고 울고 있었다. 나는 그녀 앞에 무릎을 꿇고 앉아 그녀의 양손을 잡고 입 맞추기 시작했다. 그녀는 내 손을 뿌리치며 더욱 심하게 흐느꼈다. 나는 무슨 말을 해야 할지 몰랐다. 바로 이 순간 이흐메네프 노인이 들어왔다.

「자네에게 볼일이 있어 왔네, 이반, 잘 있었나!」그는 우리 모두를 둘러봤고 내가 무릎을 꿇고 있는 것을 보자 놀란 얼굴을 했다. 노인은 최근에 계속 몸이 불편했다. 그는 창백했고 여위었다. 하지만 누군가의 앞에서 허세를 부리듯 자신의 병을 소홀히 다루었고, 안나 안드레예브나의 경고를 듣지 않았다. 그는 병상에 누워 있지도 않고 계속해서 자신의 일을 보러 다녔다.

「잠시 실례합니다.」알렉산드라 세묘노브나가 노인을 주의 깊게 바라보며 말했다. 「필립 필리삐치가 저에게 가능한 한 빨리 돌아오라고 했어요. 우리는 볼일이 많거든요. 하지만 오늘 저녁때, 어두워질 때쯤 다시 와서 두어 시간 있을게요.」

「저 사람은 누군가?」 노인이 분명 다른 생각을 하면서 나에게 물었다. 내가 그에게 설명해 주었다.

「흠! 특별한 볼일이 있어 자네에게 왔네, 이반……」

나는 그 일이 무슨 일인지 이미 알고 있었기에 그의 방문을 기다리고 있었다. 그는 다름 아니라 넬리를 자기에게 보내 줄 것을 부탁하려고 온 것이었다. 안나 안드레예브나가 마침내 이 고아 소녀를 맡기로 하는 데 동의한 것이었다. 이 일이 있기까지 우리는 비밀스러운 대화를 많이 나누었다. 그리고 나는 안나 안드레예브나를 설득했다. 역시 한 아버지로부터 버림받은 딸이 낳은 고아 소녀의 모습이 아마 우리 노인이 나따샤에 대한 생각을 바꾸도록 그의 마음을 움직일 수 있을 것이라고 말했다. 내가 그녀에게 내 계획을 매우 설득력 있게 설명해서, 이제는 그녀가 남편에게 고아를 받아들이자고 조를 정도였다. 노인은 곧 일에 착수했다. 그는 우선 자기 부인의 비위를 맞추고자 했고, 그리고 둘째로 그에게는 자기만의 특별한 의도가 있었던 것이다……. 하지만 이 모든 것에 대해 나는 뒤에 상세히 설명하겠다…….

나는 넬리가 그와의 첫 대면부터 노인을 좋아하지 않았다는 것을 말한 바 있다. 그 다음에 나는 그녀 앞에서 이흐메네프란 이름을 들먹이기만 해도 그녀의 얼굴에 일종의 증오가 떠오르는 것을 느꼈다. 노인은 바로 단도직입적으로 본론을 꺼냈다. 그는 곧장, 여전히 얼굴을 베개에 파묻은 채 누워 있는 넬리에게 다가가서 그녀의 손을 잡고 딸 대신에 그의 집으로 가서 함께 살지 않겠느냐고 물었다.

「나한테 딸이 하나 있었단다. 나는 그 애를 나 자신보다도 더 사랑했었어.」노인이 잠시 말을 멈추었다. 「그러나 그 애는 지금 내 곁에 없어. 죽었지. 너는 우리 집과…… 내 마음속에서 그 애의 자리를 대신해 주지 않겠니?」

열로 메마르고 충혈된 그의 눈에 눈물이 고였다.

「아니오, 그러고 싶지 않아요.」넬리가 머리를 들지도 않은 채 대답했다.

「왜 그렇지, 애야? 너에겐 아무도 없잖니? 이반은 너를 영원히 데리고 있을 수 없어. 하지만 우리 집에서는 네 집같이 느낄 수 있을 거야.」

「그러고 싶지 않아요, 왜냐하면 당신은 나쁜 분이니까요. 그래요, 나빠요, 나빠요.」그녀는 머리를 들고 노인의 맞은편에 일어나 앉으며 덧붙였다. 「저 자신도 나빠요, 모든 사람보다 더 나빠요. 하지만 당신은 저보다도 더 나빠요!」이 말을 하며 넬리의 얼굴은 창백해졌고, 눈은 빛났다. 그녀의 떨리는 입술도 창백해졌는데 어떤 강한 흥분으로 인해 일그러지기까지 했다. 노인은 어떻게 해야 좋을지 모른 채 그녀를 바라보았다.

「네, 저보다 나빠요. 왜냐하면 딸을 용서해 주려 하지 않기 때문이에요. 당신은 그녀를 완전히 잊고 싶어하세요, 그러고는 다른 아이를 맞으려고 하시죠. 하지만 자기 자식을 잊어버릴 수가 있을까요? 진정 당신이 저를 사랑하게 될까요? 당신은 저를 보시면서 항상 제가 타인이고 당신께는 당신 스스로 잊어버린 친자식이 있었음을 기억하실 거예요. 왜냐하면 당신은 잔인한 분이기 때문이에요. 그리고 저는 잔인한 사람

집에서는 살고 싶지 않아요. 원치 않아요, 결코!」 넬리는 흐느끼면서 잠깐 나를 바라보았다.

「모레가 부활절이에요. 모든 사람은 서로 껴안고 입을 맞추며 화해하고, 모든 죄를 용서받아요……. 저도 잘 알아요…… 오로지 당신 한 사람만이, 당신…… 오! 잔인한 분! 가세요!」

그녀는 하염없이 눈물을 흘렸다. 이 말은 그녀가 아마도 오랫동안 생각한 것 같았고, 노인이 그녀에게 같이 가자고 부탁할 경우를 대비해 미리 암기한 것 같았다. 노인은 어쩔 줄 몰라했고 얼굴이 창백해졌다. 고통스러운 느낌이 그의 얼굴에 떠올랐다.

「왜, 왜, 무엇 때문에 다들 나를 걱정하는 건가요? 저는 그러는 것을 원치 않아요, 싫어요!」 넬리가 갑자기 극도로 흥분하여 소리 질렀다. 「저는 구걸하러 가겠어요!」

「넬리, 무슨 말이냐? 넬리, 귀여운 아이야!」 나는 뜻하지 않게 소리를 질렀다. 하지만 나의 이 외침은 불에 기름을 부은 격이었다.

「네, 저는 거리에 나가 구걸하는 것이 더 나아요. 이곳에는 머무르지 않겠어요.」 그녀가 흐느끼며 외쳤다. 「제 어머니도 구걸하셨지만, 돌아가실 때 말씀하셨어요. 가난하게 살고 구걸하는 것이 더 낫다고요……. 구걸하는 것은 부끄럽지 않아요. 저는 한 사람에게만 구걸하지 않고 모든 사람에게 구걸할 거예요, 모든 사람은 한 사람이 아니지요. 한 사람에게서는 부끄럽지만 모든 사람에게는 부끄럽지 않다고 어느 거지 여인이 말했어요. 저는 아직 어려서 어디에서도 돈을 벌 수가 없어요. 저는 모든 사람에게 구걸하겠어요. 그리고 이곳에는 있고 싶지 않아요, 원치 않아요, 원치 않는다고요. 저는 나쁜 아이에요, 저는 다른 모든 사람들보다 나빠요. 보세요, 제가 얼마나 나쁜지!」

그러더니 넬리는 갑자기 전혀 예기치 않게 탁자에서 잔을 집어 들어 바닥에 동댕이쳤다.

「자, 지금 저 잔도 깼어요.」 그녀는 일종의 도전적인 의기양양함을 담고 나를 쳐다보았다. 「잔은 두 개밖에 없지만, 저는 다른 것도 깨버리겠어요……. 그리고 나면 무엇으로 차를 마시지요?」

그녀는 광란에 빠진 듯했다. 그리고 마치 이 광란을 즐기는 듯했고, 이 짓이 부끄럽고 좋지 않은 일이란 것을 의식하면서도 더 심한 광란의 상태로 스스로를 몰고 가려는 것만 같았다.

「저 애는 병이 있군, 바냐, 확실해.」 노인이 말했다. 「아니면…… 어떤 애인지 이해를 못하겠어. 잘 있게!」

그는 모자를 집어 들더니 내 손을 잡았다. 그는 매우 절망하고 있었다. 넬리가 그를 지독하게 모욕했던 것이다. 나는 몹시 화가 났다.

「그래, 너는 그가 딱하지도 않더냐, 넬리!」 우리 둘만 남게 되자 나는 소리쳤다. 「너는 부끄럽지도 않니, 부끄럽지 않아! 아니야, 너는 좋은 아이가 아냐, 너는 정말로 나빠!」 그리고 나는 모자도 쓰지 않고 노인의 뒤를 쫓아갔다. 나는 그를 문까지 바래다 주고 비록 두어 마디나마 그에게 위로의 말을 건네고 싶었다. 그러나 계단을 뛰어 내려가면서도 나의 질책 때문에 몹시 창백해진 넬리의 얼굴이 여전히 내 앞에 보이는 듯했다.

나는 이내 노인을 따라잡았다.

「가엾은 소녀가 모욕을 당했어, 그녀는 자신만의 고통을 가지고 있는 거야. 내 말을 믿게, 이반, 한데 나는 그녀에게 나의 아픔만을 늘어놓았어.」그는 씁쓸하게 웃으며 말했다. 「내가 그 애의 아픈 데를 건드렸어. 배부른 자는 배고픈 자를 이해하지 못한다고 말들을 하지. 거기에 나는 덧붙이고자 하네, 배고픈 자도 배고픈 자를 언제나 이해하는 것은 아니라고 말일세. 자, 그럼, 잘 있게!」

나는 무엇인가 다른 것에 대해 이야기를 시작하려 했으나, 노인은 단지 한 차례 손을 내저을 뿐이었다.

「나를 위로할 생각은 말게. 저 아이가 도망가지 않도록 주의하는 것이 나을 걸세. 그 애가 그럴 것처럼 보이더군.」그는 일종의 분노를 담아 이렇게 덧붙이고는, 지팡이로 인도를 두드리며 빠른 걸음으로 멀어져 갔다.

그는 자기가 옳은 예언을 했다는 것을 짐작조차 하지 못했을 것이다.

내가 집으로 돌아와 보니 놀랍게도 넬리의 모습이 그 어느 곳에서도 눈에 띄질 않았다. 그때의 내 가슴은 어땠던가! 나는 현관으로 뛰어나와 계단에서 그녀를 찾았다. 그녀를 부르고, 심지어 이웃집 문을 두드려 그녀에 대해 물어보았다. 나는 그녀가 다시 나갔다는 것을 믿을 수도 없었고 믿고 싶지도 않았다. 그런데 그녀가 어떻게 나간 걸까? 건물에 대문은 하나뿐이었다. 따라서 그녀는 내가 노인과 이야기하고 있을 때 우리 옆을 지나갔어야만 했다. 그러나 불행하게도 나는, 그녀가 계단 어디엔가 미리 몸을 숨기고서 내가 집으로 돌아가는 것을 기다렸다가 뛰어나갔다면, 그녀를 만나지 못했을 것이라는 생각이 들었다. 어쨌든 그녀는 멀리 가지 못했을 것이다.

나는 몹시 불안해져서, 만일의 경우를 대비해 아파트 문을 열어 놓은 채 다시 그녀를 찾아 나섰다.

맨 처음에 나는 마슬로보예프네에게로 갔다. 그들은 집에 없었다. 그도, 알렉산드라 세묘노브나도 없었다. 나는 그들에게 이 새로운 불행에 대해 알리고, 만일 넬리가 그들에게 오면 즉각 나에게 연락해 달라는 내용을 적은 메모를 남기고 노의사에게로 갔다. 그도 집에 없었다. 하녀는 넬리가 아까의 방문 이후에는 다시 오지 않았다고 말해 주었다. 어떻게 해야 한다지? 나는 부브노바에게로 갔다. 그리고 내가 아는 장의사 부인으로부터 들은 것은, 주인 여자가 무슨 일 때문인지 어제부터 경찰에 가 있고 넬리는 그때 이후로 나타나지 않았다는 말이었다. 나는 피곤하고 지쳐서 다시 마슬로보예프네에게로 갔지만 마찬가지였다. 아무도 와 있지 않았고 그들도 돌아오지 않았다. 내 메모는 탁자 위에 그대로 놓여 있었다. 나는 이제 어떻게 해야 한단 말인가?

무서운 두려움에 사로잡힌 채 나는 저녁 늦게야 집으로 돌아왔다. 나는 이날 저녁 나따샤에게 갔어야 했다. 그녀가 벌써 아침부터 나를 불렀던 것이다. 그러나 나는 이날 아무것도 먹지 않았다. 넬리에 대한 생각이 내 마음을 송두리째 흔들어 놓았다. 〈이게 뭐람?〉 나는 생각했다. 〈이것은 정말 그 아이가 가진 병의 불가사의한 결과인가? 이 애가 혹 돌았거나 돌고 있는 걸까? 하지만, 맙소사, 지금 어디 있단 말인가, 어디 가서 찾을 것인가?〉

내가 이렇게 되뇌었을 때, 갑자기 나는 나로부터 몇 걸음 떨어진 V다리 위에 서 있는 넬리를 보았다. 그녀는 가로등 옆에 서 있었으며 나를 보지는 못했다. 나는 그녀에게 달려 가고 싶었으나 멈추었다. 〈저기서 무엇을 하고 있는 걸까?〉 나는 놀라서 이렇게 생각하고, 그녀를 다시 놓치지 않으리란 것을 알았으므로 기다리며 그녀를 관찰하기로 마음먹었다. 10분 정도 흘렀다. 그녀는 행인들을 바라보며 여전히 서 있 었다. 마침내 잘 차려입은 노인 한 명이 지나갔다. 넬리는 그 에게 다가갔다. 그 사람은 멈추지도 않고 주머니에서 무언가 꺼내어 그녀에게 건네주었다. 그녀는 그에게 인사를 했다. 나는, 내가 이 순간 어떤 느낌이었는지 말로 표현할 길이 없 다. 내 마음은 고통스럽게 죄어들었다. 마치 내가 아끼고 사 랑하고 애지중지했던 귀중한 그 무엇이 이 순간 내 앞에서 창피를 당하고 멸시당하는 것만 같았다. 그리고 동시에 내 눈에서는 눈물이 흘러내렸다.

그렇다, 나는 그 순간 억제하기 어려운 분노를 느꼈지만, 눈물은 가엾은 넬리를 위한 것이었다. 그녀는 필요해서 구걸 한 것이 아니었다. 그녀는 버림받은 것도 아니었고, 누군가 에 의해 운명의 전횡에 내맡겨진 것도 아니었다. 그녀는 잔 인한 박해자로부터 도망친 것이 아니라 자신을 사랑하고 아 껴 주던 사람들로부터 뛰쳐나온 것이었다. 그녀는 자신의 행 위로 마치 누군가를 놀라게 하거나 경악시키기를 원하는 것 같았다. 그것은 그녀가 누군가의 면전에서 호언하는 것과 같 았다. 그러나 무엇인가 비밀스러운 것이 그녀의 영혼 속에서 성숙하고 있었다……. 그렇다, 노인이 옳았다. 그녀는 모욕을 당했고, 그녀의 상처는 아물 길이 없었다. 그리고 그녀는 고 의로 이 비밀스러운 행동을 통해, 우리 모두에 대한 불신을 통해, 자신의 상처를 자극하려 애쓰고 있었다. 그녀는 자신의 고통을, 이렇게 표현할 수 있다면, 이 고통의 이기주의를 즐기는 듯했다. 이것은 고통의 자극이었고, 그것을 즐기는 것을 나는 이해할 수 있었다. 이것은 모욕당하고 경멸당한 많은 사람들의, 운명에 의해 억눌리고 운명의 부당함을 인식한 뭇 사람들의 향락이었다. 하지만 넬리가 우리의 어떤 부당함에 대해 불평을 할 수 있었단 말인가? 그녀는 마치 자신의 기행과 조야한 행동으로 우리를 놀라게 하거나 경악시키고 싶어하는 듯했다. 그녀는 정말로 우리들 앞에서 뽐내려는 것 같았…….. 그러나 아니다! 그녀는 지금 혼자이고 우리들 중 아무도 그녀가 구걸하는 것을 보고 있지 않잖은가. 그녀는 정말로 이런 행위를 하는 가운데 혼자만의 만족을 찾고 있는 것일까? 무엇을 위해 그녀는 구걸이 필요한 것일까, 무엇을 위해 돈이 필요한 것일까?

그녀는 동냥을 한 후 다리에서 내려와 밝게 빛나는 한 가게의 창문으로 다가갔다. 여기서 그녀는 자기가 받은 돈을 세려고 했다. 나는 열 걸음쯤 떨어진 곳에 서 있었다. 그녀의 손에는 이미 제법 많은 돈이 들려 있었다. 아침부터 구걸한 것이 틀림없었다. 그녀는 그것을 손에 꼭 쥐고 거리를 가로질러 작은 구멍가게로 들어갔다. 나는 이내 활짝 열린 그 가게의 문으로 다가가서 그녀가 그곳에서 무엇을 하는지 보았다.

나는 그녀가 가게 탁자 위에 돈을 얹어 놓는 것과 그녀에게 찻잔이, 아주 소박한 찻잔, 즉 그녀가 좀 전에 나와 이흐메네프에게 자신이 얼마나 나쁜 사람인지 보여 주기 위해 깨뜨린 그 찻잔과 매우 흡사한 찻잔이 건네지는 것을 보았다. 이 잔은 아마 15꼬뻬이까 정도, 아마 더 싼 것인지도 모르겠다. 상인은 그것을 종이에 싸고 끈으로 묶어서 만족스러운 얼굴로 서둘러 가게를 나서는 넬리에게 건네주었다.

「넬리!」 그녀가 내게 가까워졌을 때 내가 이름을 불렀다. 「넬리!」

그녀는 움찔하고 나를 보았다. 찻잔은 손에서 미끄러져 인도 위에 떨어지면서 깨져 버렸다. 넬리의 얼굴은 창백해졌다. 그러나, 내가 모든 것을 보았고 또 다 알고 있다는 것을 확인하고는 갑자기 얼굴이 빨개졌다. 이 홍조 속에는 견딜 수 없이 고통스러운 부끄러움이 깃들어 있었다. 나는 그녀의 손을 잡고 집으로 데려왔다. 먼 길이 아니었다. 우리는 도중에 한마디 말도 하지 않았다. 집으로 오자마자 나는 소파에 주저앉았다. 넬리는 어쩔 줄 모르고 생각에 잠긴 채 내 앞에 서 있었다. 그녀의 얼굴은 아까처럼 창백했고, 눈길은 바닥에 떨구고 있었다. 그녀는 나를 바라보지 못했다.

「넬리, 너 구걸했니?」

「네!」 그녀는 조그마하게 말하고 머리를 더 떨구었다.

「너는 깨진 찻잔을 사려고 돈을 모으려 했던 거니?」

「네…….」

「내가 너를 원망하더냐, 정말 내가 이 찻잔 때문에 너에게 욕을 하더냐? 정말 모르겠니, 넬리, 얼마나 나쁜, 자기 만족적인 사악함이 너의 행동에 들어 있었는지? 이것이 좋은 행동이니? 정말로 너는 부끄럽지도 않디? 정말로…….」

「부끄러워요…….」 그녀는 들릴락 말락한 소리로 대답했다. 그리고 눈물 방울 하나가 그녀의 뺨을 타고 흘러내렸다.

「부끄럽지…….」 내가 그녀를 따라 되풀이했다. 「넬리, 귀여운 것, 내가 너에게 잘못한 것이 있으면 나를 용서하려무나, 그리고 우리 화해하자.」

나를 바라보는 그녀의 눈에서 눈물이 솟구쳤고, 그녀는 내 품에 달려들었다.

이 순간 알렉산드라 세묘노브나가 뛰어들어왔다.

「어머! 집에 있네요, 다시? 아, 넬리, 무슨 일이 있는 거니? 적어도 네가 집에 다시 왔으니 어쨌든 잘된 일이야…… 어디서 찾으셨나요, 이반 뻬뜨로비치?」

나는 그녀에게 더 묻지 말라는 뜻으로 눈을 깜빡였다. 그녀는 내 신호를 알아차렸다. 나는 여전히 슬피 울고 있던 넬리와 부드럽게 작별 인사를 하고, 친절한 알렉산드라 세묘노브나에게 내가 돌아올 때까지 그녀와 함께 있어 주기를 부탁하고 나서 나따샤에게로 달려갔다. 나는 늦었기 때문에 서둘렀다.

이날 저녁 우리의 운명이 결정되었다. 나는 나따샤와 할 이야기가 많았지만, 결국 넬리에 대한 이야기를 곁들여서 벌어졌던 일 모두를 상세하게 이야기했다. 내 이야기는 나따샤의 흥미를 무척 자극했고 심지어 그녀를 감동시켰다.

「여보세요, 바냐,」 그녀가 잠시 생각하고 나서 말했다. 「내 생각으로는 그 아이가 당신을 사랑하고 있는 것 같아요.」

「뭐라고…… 어떻게 그렇게?」 내가 놀라서 물었다.

「그래요, 이것은 사랑, 여성의 사랑의 시작이에요…….」

「무슨 소릴 하는 거요, 나따샤! 그녀는 아직 어린애예요!」

「곧 열네 살이 돼요. 그 고집은 당신이 그 애의 사랑을 이해하지 못하는 데서 연유한 거예요. 그리고 아마 그 애도 자신을 이해하지 못하는 것 같아요. 여러 가지 어린애다운 면을 갖고 있지만, 그러나 그 성냄은 진지하고 괴로운 것일 거예요. 중요한 것은 그 아이가 당신과 나의 관계를 질투한다는 거예요. 당신은 정말로 집에서도 오직 나만을 걱정하고 나에 대해서만 말하고 생각할 정도로 나를 사랑해요. 그래서 그 애에게 조금밖에 주의를 기울이지 않으세요. 그 애는 이 사실을 깨달았고 그것이 상처가 된 거예요. 그녀는 아마도 당신과 이야기를 하고 당신에게 자신의 마음을 열어 보일 필요를 느끼고 있을 거예요. 하지만 어떻게 시작해야 할지를 모르고 부끄러워하며, 스스로도 자신을 이해하지 못한 채 기회만 보고 있는 거예요. 그런데 당신은 그럴 기회를 좀 더 마련해 주는 대신에, 그 애한테서 떨어져 나와 제게로 달려오기만 하잖아요. 더구나 아플 때도 당신은 그 아이를 하루 종일 혼자 두었어요. 그녀는 그 때문에 울었던 거예요. 그녀는 당신이 없어 몹시 외로워하며, 무엇보다 당신이 이 사실을 인식하지 못하는 것이 그녀를 고통스럽게 만든 거예요. 당신은 지금도, 바로 이런 순간에도 나 때문에 그녀를 홀로 남겨 두었어요. 이 일로 인해 그녀는 내일 또 앓을 거예요. 그리고 당신은 어떻게 아이를 홀로 남겨 두고 올 수 있었지요? 빨리 그녀에게 가보세요……」

「나도 혼자 두지 않았을 거요, 하지만……」

「그래요, 제가 당신더러 와달라고 부탁했지요. 이제는 가보세요.」

「가겠소, 하지만 물론 나는 당신이 한 말을 믿지 않소.」

「그것은 다른 사람들의 경우와 비슷하지 않다는 것 때문이에요. 그러나 그 아이의 과거를 상기해 보고 모든 것을 잘 판단해 보세요, 믿게 될 거예요. 그 애는 우리들처럼 성장하지 않았어요.」

어쨌든 나는 늦게서야 집으로 돌아왔다. 알렉산드라 세묘노브나는 나에게 넬리가 그날 저녁처럼 한참 울다가 잠이 들었다고 말해 주었다. 「이제 갈게요, 이반 뻬뜨로비치, 필립 필리삐치가 그렇게 시켰어요. 그는 절 기다리고 있을 거예요, 가엾게도.」

나는 그녀에게 감사하다는 말을 하고 넬리의 머리맡에 앉았다. 나 자신도, 내가 그러한 순간에 그녀를 홀로 남겨 둘 수 있었다는 것이 괴로웠다. 오랫동안, 밤이 깊어질 때까지 나는 그녀의 머리맡에 앉아 생각에 잠겼다……. 이것은 운명적인 시간이었다.

하지만 이 두 주일 동안에 무슨 일이 일어났는지 이야기해야만 하겠다…….

5

나에게는 기억할 만한 저녁, 즉 B 레스토랑에서 공작과 함께 보낸 그날 저녁 이후, 나는 며칠을 끊임없이 나따샤에 대해 걱정하며 두려움 속에서 보냈다. 〈저주스러운 공작이 어떻게 나따샤를 위협할까, 어떻게 복수하기를 원하는 걸까?〉 나는 끊임없이 스스로에게 물음을 던지고 온갖 추측을 다 해 보았다. 나는 마침내 그의 위협이 헛말이 아니고 허풍도 아니며, 그녀가 알료샤와 함께 사는 한 공작이 실제로 그녀에게 여러 가지 유쾌하지 않은 일을 벌일 것이라는 결론에 도달했다. 나는 그가 쩨쩨하고 복수욕에 불타고 악하고 계산적인 사람이라고 생각했다. 그가 모욕을 잊어버리고 복수할 기회를 이용하지 않는다는 것은 생각하기 어려운 일이었다. 어쨌든 그는 이 모든 일에서 한 가지를 지적했고 그에 관해 상당히 분명하게 말했다. 그는 끈질기게 알료샤와 나따샤의 결별을 요구했고, 나에게는 멀지 않아 하게 될 이별에 대해 그녀를 대비시키기를, 말하자면 어떤 〈목가적인, 실러를 흉내 내는〉 장면이 연출되지 않도록 대비시키기를 기대했다. 물론 그는 무엇보다 알료샤가 자기에 대해 만족하고 계속해서 자기를 부드러운 아버지로 간주하도록 신경을 썼다. 왜냐하면 이것은 차후에 까쨔의 돈을 마음먹은 대로 처분할 수 있기 위한 필요한 조치였다. 따라서 나는 나따샤에게 조만간 닥칠 이별을 준비시키지 않으면 안 되었다. 그러나 나는 나따샤에게서 커다란 변화를 느꼈다. 그녀가 이전에 나에게 보여 주던 솔직함은 흔적도 남지 않았을 뿐만 아니라, 나를 불신하는 것 같았다. 나의 위로를 그녀는 고통으로 여겼다. 내 질문은 그녀의 기분을 점점 더 상하게 하여 결국엔 화나게 만들었다. 나는 그녀의 집에 앉아서 그녀를 쳐다보기만 한 적이 있었다. 그녀는 팔짱을 낀 채 음울하고 창백한 모습으로, 마치 자기 주위의 모든 것을, 즉 내가 있다는 것도 잊은 듯 방을 이리저리 오갔다. 그러다가 나와 우연히 눈길이 마주치면(심지어 그녀는 내 시선도 피했다), 그녀의 얼굴에 참기 어려운 분노의 표정이 떠올랐고, 그녀는 재빨리 시선을 돌렸다. 나는 그녀가 임박한 이별에 대해 아마 어떤 자신만의 계획을 세우고 있음을 느꼈다. 그것을 고통 없이, 슬픔 없이 생각할 수 있었을까? 나는 그녀가 이미 이별을 결정했다고 확신했다. 그러나 어쨌든 그녀의 음울한 낙담이 나를 괴롭히고 놀라게 만들었다. 게다가 나는 이따금 그녀와 대화하고 그녀를 위로하는 일조차 할 수가 없었다. 그래서 이 모든 것이 어떻게 결말이 날지 두려움을 안은 채 기다렸다.

나에 대한 그녀의 엄격하고도 곁을 주지 않는 모습에 관해 말하자면, 비록 그것 때문에 불안하고 고통스러웠지만 나는 나따샤의 마음을 믿었다. 나는 그녀가 매우 고통을 받고 있고 몹시 혼란을 느끼고 있음을 알았다. 온갖 외부로부터의 간섭은 그녀의 마음에 단지 분노와 악의만을 불러일으킬 뿐이었다. 이런 경우 가까운 친구들, 특히 우리의 비밀을 알고 있는 친구들의 간섭은 무엇보다도 가장 불쾌한 것이었다. 그러나 나는 또 마지막 순간에 나따샤가 다시 나에게 와서 나의 마음에서 위안을 찾으리라는 것을 아주 잘 알고 있었다.

물론 나는 공작과 나눈 대화에 대해 함구했다. 내 이야기는 그녀를 더 흥분시키고 혼란스럽게 했을 것이다. 나는 그녀에게 단지 지나는 말로 내가 백작 부인 댁에서 공작과 함께 있었고, 그가 소름끼치는 사기꾼임을 확신한다고만 말했다. 그러나 그녀는 다행히도 그에 대해서 더 이상 물어오지 않았다. 그 대신에 내가 까쨔와의 만남에 대해서 이야기하는 것을 귀기울여 들었다. 다 듣고 나서 그녀는 까쨔에 대해서도 역시 아무 말도 하지 않았지만, 그녀의 창백한 얼굴이 빨갛게 물들었고, 이날 거의 하루 종일 특별한 흥분에 싸여 있는 것 같았다. 나는 까쨔에 대해서 아무것도 숨기지 않았으며, 까쨔가 나에게 훌륭한 인상을 남겼다고 솔직하게 고백했다. 그래, 무엇 때문에 숨길 것인가? 내가 그랬다면, 그녀는 내가 숨기려고 했다는 것조차 알아차릴 것이고, 그 때문에 나에게 오히려 화를 냈을 것이다. 그래서 나는 일부러 가능한 한 자세하게 이야기를 하여 그녀의 질문을 사전에 봉쇄하려고 노력했다. 그녀의 입장에서 내게 캐묻는 것은 어려웠을 것이기에 더욱 그랬다. 무관심한 표정으로 자신의 연적의 완벽함에 대해서 듣는 것이 그녀에게 쉬운 일은 아니었을 것이다.

나는 그녀가 알료샤가 공작의 지시에 따라 백작 부인과 까짜가 시골에 가는 데 동행해야만 한다는 것을 아직 모르고 있다고 생각했고, 어떻게 하면 가능한 한 충격을 적게 주며 그녀에게 이 일을 알려 줄 수 있을지 고민했다. 하지만 내가 한두 마디 하자 나따샤가 내 말을 중단시키고는, 자신을 위로할 필요가 없으며 자신은 이 사실을 이미 닷새 전부터 알고 있다고 말했을 때 나의 놀라움은 이루 말할 수 없었다.

「맙소사!」 내가 외쳤다. 「누가 당신에게 그 이야기를 했단 말이오?」

「알료샤가요.」

「뭐라고? 그가 이미 말했단 말이오?」

「네, 저는 모든 마음의 준비를 다 했어요, 바냐.」 그녀는 이 이야기를 계속하지 말아 달라는 그런 표정으로 분명하고 조급하게 나에게 말했다.

알료샤는 상당히 자주 나따샤에게 왔지만, 언제나 잠깐만 머물렀다. 오직 한 차례 그녀에게서 몇 시간을 머물렀던 적이 있는데, 그때는 내가 같이 있지 않았다. 대개 그는 침울한 표정으로 들어섰고, 그녀를 머뭇거리며 부드럽게 바라보았다. 그러면 나따샤는 그를 매우 상냥하게 맞아들여서, 그는 이내 모든 것을 잊고 유쾌해지는 것이었다. 그는 나에게도 매우 자주, 거의 매일 들르기 시작했다. 사실 그는 내적으로 큰 고통을 겪고 있기는 했지만, 한순간도 슬픔을 안고 홀로 있을 수는 없었으므로 위로를 받고자 계속 나에게 달려왔다.

하지만 내가 그에게 무엇을 말할 수 있었겠는가? 그는 내

가 냉담하고 무심하며, 자기에 대해 악의를 가지고 있다고
비난했다. 그는 불평도 하고, 울기도 하고, 그러고는 까쨔에
게 가서 위로를 구했다.

　나따샤가 임박한 그들의 출발에 대해 알고 있다고 말한 바
로 그날(이것은 나와 공작이 대화를 나누고 난 후 대략 일주
일쯤 경과했을 때이다), 그는 낙담해서 나에게로 달려와 나
를 끌어안고 내 가슴에 기대어 어린아이처럼 흐느꼈다. 나는
침묵하고 그가 입을 열기를 기다렸다.

　「나는 보잘것없는 몹쓸 사람이오, 바냐.」 그는 나에게 말하
기 시작했다. 「나를 나 자신으로부터 구해 주시오. 나는 내가
보잘것없고 몹쓸 사람이라서 우는 것이 아니고, 나로 인해
나따샤가 불행해질 거라는 사실 때문에 우는 겁니다. 내가
정말로 그녀를 불행에 빠뜨리고 있어요……. 바냐, 내 친구
여, 나에게 말해 주시오, 나를 대신해 결정해 주시오. 내가 까
쨔와 나따샤 가운데 누구를 더 사랑해야 하는지를?」

　「나는 그것을 결정할 수 없소, 알료샤.」 나는 대답했다.
「당신이 나보다 더 잘 알아야만 하오…….」

　「아니오, 바냐, 그렇지 않아요. 내가 그런 물음을 던질 만
큼 어리석지는 않아요. 그러나 나 자신이 아무것도 모르겠다
는 것이 문제예요. 나는 자신에게 물어보았으나 대답을 얻을
수가 없어요. 그러나 당신은 옆에서 계속 보았기 때문에 아
마도 나보다 잘 알 거요……. 그러나 당신이 모르겠다면 당신
에겐 어떻게 보이는지나 말해 주시겠소?」

　「내게는 당신이 까쨔를 더 사랑하는 것 같소.」

　「당신에겐 그렇게 보이는군요! 아니오, 아니오, 결코 그렇
지 않아요! 당신의 추측은 완전히 틀렸소. 나는 나따샤를 한

없이 사랑하오. 무슨 일이 있어도, 나는 결코 그녀를 떠날 수 없소. 나는 이것을 까쨔에게 말했고, 그녀도 나에게 전적으로 동의했소. 왜 입을 다물고 있는 겁니까? 네! 나는 당신이 방금 미소 짓는 것을 보았어요. 오, 바냐, 당신은 내가 지금처럼 어려울 때 전혀 위로를 해주지 못하는군요……. 안녕!」

그는 조용히 우리 대화를 듣고 있던 넬리에게 놀랍고 괴상한 인상을 남긴 채 방에서 달려 나갔다. 그녀는 여전히 아파서 침대에 누워 약을 복용하고 있었다. 알료샤는 한번도 그녀에게 말을 걸지 않았고, 함께 있어도 그녀에게 거의 아무런 주의를 기울이지 않았다.

두 시간 뒤에 그가 다시 나타났는데, 나는 그의 유쾌한 얼굴을 보고 놀랐다. 그는 다시 내 목에 달려들어 나를 껴안았다.

「결정되었어요!」 그는 소리쳤다. 「모든 오해가 풀렸어요. 당신 집에서 나는 곧장 나따샤에게 갔어요. 나는 너무나 머리가 어지러웠어요. 나는 그녀 없인 살 수 없어요. 들어가자마자 나는 그녀 앞에 무릎을 꿇고 그녀의 발에 입을 맞추었어요. 나는 그렇게 해야 했고, 그러기를 원했어요. 그러지 않았으면 나는 슬픔에 빠져 죽었을지도 모릅니다. 그녀는 조용히 나를 끌어안고는 울기 시작했어요. 그리고 나는 그녀보다 까쨔를 더 사랑한다고 말했지요…….」

「그녀는 뭐라고 하던가요?」

「그녀는 아무 대답도 하지 않고 단지 나를 쓰다듬어 주며 위로했습니다, 그런 소리를 한 나를! 그녀는 남을 위로할 줄 알아요, 이반 뻬뜨로비치! 오, 나는 그녀 앞에서 나의 모든 슬픔을 쏟아 놓았어요, 모든 것을 그녀에게 털어놓았어요. 나는 까쨔를 매우 사랑한다고 솔직하게 말했죠. 그러나 내가

까쨔를 아무리 사랑하고, 또 다른 누구를 사랑하더라도, 나
는 바로 그녀, 나따샤 없이는 살아갈 수 없어 죽고 말 거라고
말했어요. 그래요, 바냐, 그녀 없인 하루도 못 살아요. 나는
이것을 느껴요, 그래요! 그래서 우리는 지체 없이 혼인식을
올리기로 결심했어요. 그런데 지금은 대제 기간이라 혼인식
을 거행할 수 없기 때문에, 즉 출발 전엔 이것을 할 수 없기
때문에, 내가 돌아오고 나서 6월 1일에 거행할 것입니다. 아
버지도 분명 허락하실 겁니다, 이 점에 관해서는 의심할 바
가 없어요. 까쨔에 관해서는, 할 수 없지요! 나는 나따샤 없
이는 살 수 없어요……. 우리는 식을 올리고 함께 까쨔에게로
갈 겁니다…….」

가엾은 나따샤! 이 아이를 위로하고, 간호인처럼 그의 옆
에 앉아 그의 고백을 듣고, 이 세상 물정 모르는 이기주의자
를 진정시키기 위해 조속한 결혼 계획을 생각해 내면서 나따
샤의 마음은 어땠을까. 알료샤는 며칠 동안은 정말로 평온했
다. 그가 나따샤에게 달려가곤 했던 것은, 도대체 자기의 약
한 마음으로는 고통을 이겨 내지 못했기 때문이었다. 그러나
어쨌든 이별의 시간이 가까워 오자, 그는 다시 불안감에 휩
싸여 나에게 달려와서는 눈물을 흘리며 자신의 슬픔을 호소
했다. 마지막 순간에 그는 한 달 반이 아니라 하루도 떨어져
있지 못할 만큼 나따샤에게 매달렸다. 그는 마지막 순간까
지, 나따샤와는 단지 한 달 반 동안만 떨어져 있는 것이며, 돌
아오면 즉시 결혼할 것이라고 전적으로 믿고 있었다. 나따샤
에 관해 말하자면, 그녀는 이제 그녀의 운명이 바뀌게 되고,
알료샤는 결코 돌아오지 않을 것이며, 그렇게 되고야 말 거
라는 것을 분명히 깨닫고 있었다.

그들에게 이별의 날이 조금씩 다가왔다. 나따샤는 병을 앓고 있었다. 그녀의 얼굴은 창백하고, 눈은 충혈되고, 입술은 메말라 있었다. 그녀는 이따금 혼잣말을 지껄이고 가끔씩 꿰뚫듯 나를 바라보았으나, 울지도 않았고 내 물음에 대답도 하지 않았으며, 뛰어 들어오는 알료샤의 우렁우렁한 목소리가 울릴 때마다 나뭇잎처럼 떨었다. 그녀는 노을처럼 얼굴이 붉어져서 그에게로 달려갔다. 그녀는 경련이 나도록 그를 꼭 껴안고 입을 맞추면서 웃었다……. 알료샤는 그녀를 주의 깊게 바라보며, 불안한 듯 그녀에게 아프지 않느냐고 물었다. 그러고 나선, 그가 오랫동안 떠나 있는 것도 아니며 돌아와서는 곧 결혼식을 올릴 것이라는 말로 그녀를 위로했다. 나따샤는 자신을 억제하고 눈물을 참느라 무던히 애를 쓰고 있었다. 그녀는 그가 보고 있는 앞에서는 절대로 울지 않았다.

한번은 그가, 자신이 없는 동안 그녀가 쓸 돈을 남겨 두어야만 하며, 그의 아버지가 그에게 여비로 많은 돈을 주기로 약속했기 때문에 그녀는 이 점에 대해 걱정할 필요가 없다고 말했다. 나따샤는 그 말을 듣고 얼굴이 어두워졌다. 우리 둘만이 남았을 때, 나는 그녀를 위해 만일의 경우를 대비해서 1백50루블을 가지고 있다고 밝혔다. 그녀는 그 돈이 어디서 난 것인지 묻지 않았다. 이것은 알료샤가 떠나기 이틀 전, 즉 나따샤와 까쨔가 최초이자 마지막으로 만난 그 전날 밤의 일이었다. 까쨔는 알료샤에게 들려 보낸 편지를 통해, 다음날 자신이 방문하는 것을 허락해 달라고 나따샤에게 부탁했다. 그녀는 나에게도 편지를 써서 자기들이 만나는 곳에 자리를 함께해 달라고 부탁했다.

나는 무슨 일이 생기더라도 열두 시에(까쨔가 지정한 시간) 나따샤에게 가 있기로 마음먹었다. 물론 나에게는 보살펴야 할 일들이 많았다. 넬리에 대해서는 말할 것도 없거니와, 최근에 나에게는 이흐메네프의 일도 처리해야 할 것이 많았던 것이다.

　이 번거로운 일들은 이미 일주일 전에 시작되었다. 안나 안드레예브나가 어느 날 아침, 한시도 지체할 수 없는 아주 중요한 일이 있으니 만사를 제쳐놓고 속히 그녀에게 와줄 것을 부탁하는 전갈을 보냈다. 내가 도착했을 때 집에는 그녀 혼자만이 있었다. 그녀는 흥분과 경악에 휩싸인 채 온통 열에 들떠 방을 왔다 갔다 하며 니꼴라이 세르게이치가 돌아오기를 초조하게 기다리고 있었다. 늘 그렇듯이, 나는 그녀에게 무슨 일이 일어났는지, 무슨 일로 그리 놀랐는지를 한참 동안 알아내지 못했다. 그러는 동안의 1분 1초가 소중하게 여겨졌다. 드디어 그녀는 나에게, 〈왜 자기들을 찾아오지 않고 고아들처럼 슬픔 속에 홀로 남겨 두는지, 내가 없는 동안에 무슨 일이 일어날지 누가 알겠느냐〉며 사건과 상관이 없는 잔소리를 성급하게 늘어놓고 나선, 니꼴라이 세르게이치가 지난 사흘 동안 〈이루 말할 수 없을 정도로〉 흥분에 싸여 있었다고 말했다.

　「그는 다른 사람 같았네.」 그녀는 말했다. 「열에 휩싸여 밤마다 나 몰래 성상 앞에 무릎을 꿇고 기도를 올리고, 심하게 잠꼬대를 하는가 하면, 깨어 있어도 반쯤은 바보 같았네. 어제 우리는 죽을 먹으려 했는데, 그는 자기 옆에 있는 숟가락도 찾지 못했고, 무엇을 물으면 엉뚱한 대답을 했다네. 그는 늘 출타하네. 〈볼일이 있어 나가오, 변호사를 만나야겠소〉 하고 말하더니, 드디어 오늘 아침에는 자기 방에 들어앉아 문을 잠가 버렸네. 〈소송 관계로 필요한 서류를 작성해야겠소〉하고 말하더군. 〈그래, 식기 옆에 있는 숟가락도 찾지 못하면서 무슨 서류를 쓰겠어요〉 하고 나 혼자 생각했지. 어쨌든 나는 열쇠 구멍으로 들여다보았네. 그는 책상 앞에 앉아 눈물을 흘리더군. 도대체 무슨 서류를 저렇게 쓴담 하고 나는 생각했지. 그가 우리 이호메네프까 때문에 슬퍼하는 걸까, 우리는 드디어 이호메네프까를 완전히 잃어버린 거로군! 내가 그렇게 생각하고 있는데, 그가 갑자기 책상에서 벌떡 일어나더니 펜으로 책상을 때리더군. 그의 얼굴이 붉어지고 눈이 빛나더니, 모자를 집어 들고 나에게로 나왔지. 그는 〈내 곧 돌아오겠소, 안나 안드레예브나〉 하고 말하고는 나갔지. 나는 곧 그의 책상으로 다가갔네. 그 위에는 많은 소송 관계 서류가 있었는데, 그는 내가 그것들을 건드리지도 못하게 했네. 나는 몇 번이나 〈한 번만이라도 서류를 만져 보게 해주시구려, 그래야 책상 위의 먼지를 닦죠〉 하고 부탁을 했네만 어림도 없었네. 그는 고래고래 소리를 지르며 손을 내저었지. 여기 뻬쩨르부르그에 와서 그는 성마른 싸움꾼이 되어 버렸어. 나는 책상으로 다가가 그가 방금 쓰던 것이 어떤 서류인지 찾았지. 왜냐하면 나는 그가 그것을 가지고 나가지 않았고, 일어나면서 다른 종이들 밑으로 밀어 넣는 것을 보았기 때문이었네. 자 여기 여보게, 이반 뻬뜨로비치, 내가 찾은 것일세, 보게나.」

그녀는 나에게 한 장의 편지를 내밀었다. 그것은 반 정도 채워져 있었는데, 여러 군데가 읽을 수 없을 만큼 많이 고쳐져 있었다.

가엾은 노인! 맨 처음 줄부터 그가 누구에게 그것을 보내려고 썼는지 알아낼 수 있었다. 그것은 나따샤에게, 그의 사랑하는 나따샤에게 보내는 편지였다. 그는 따뜻하고 부드럽게 시작했다. 그는 그녀에게 용서의 뜻을 비쳤고 자신에게 돌아오라고 요청하고 있었다. 사리에 맞지도 않고 일관성 없이 씌어졌으며, 여기저기 지우고 고친 편지 전체를 해독하는 것은 어려웠다. 그는 펜을 잡고 마음에서 우러나오는 말로 첫 줄을 시작했지만, 이 따뜻한 감정은 첫째 줄을 쓰고 나서 곧 다른 방향으로 전환된 것이 분명했다. 노인은 딸을 질책하기 시작했고, 분명한 문체로 그녀의 잘못을 지적하며 그녀의 고집을 분개하여 타이르고, 그녀가 아마 한번도 아버지와 어머니에게 무슨 일을 저질렀는지 생각해 보지 않았을 것이라며 그녀의 무정함을 비난했다. 그는 그녀의 오만함에 대해 벌과 저주로 위협하고, 즉각 얌전히 집으로 돌아오라는 요구와 함께 끝을 맺었다. 그리고 그때에야, 오직 그때에야, 아마도 〈가족의 품속에서〉 공손하고 모범적인 새로운 생활을 한 연후에야, 자기들은 그녀를 용서하기로 결정할 수 있을 것이라고 썼다. 그는 편지의 서두에 드러낸 감정을 몇 줄이 지나자 나약하고 부끄럽게 여겼고, 마침내 모욕당한 자존심에 괴로움을 느끼고 나서 분노와 위협으로 끝맺었음이 분명했다. 노부인은 팔짱을 낀 채 내 앞에 앉아서 내가 편지를 다 읽은 후 무슨 말을 할지 겁을 먹고 기다렸다.

　나는 내가 느낀 바를 솔직하게 모두 말했다. 즉 노인이 나따샤 없이 더 이상 살 수 없다는 것과 그들이 빨리 화해할 필요가 있음을 분명히 알고 있으며 그녀에게 말할 수 있다는 것을. 그러나 어쨌든 모든 것은 상황에 달려 있노라고 말했다. 그와 더불어 나는 내 추측을 이야기해 주었다. 즉 첫째 아마도 시원찮은 재판 결과가 그를 몹시 혼란케 하여 마음의 안정이 상실되었을 것이다. 말할 필요도 없이 재판에서 공작이 승리함으로써 그의 자존심이 심하게 손상당했고, 또 그런 결말은 그에게 커다란 분노를 자아냈을 것이라고 말했다. 그러한 순간에 영혼은 타인의 동정을 구하지 않을 수 없고, 그래서 그는 세상에서 누구보다도 사랑했던 사람을 더욱더 생각했으리라. 그 사실에 더해, 그는 아마도 알료샤가 그녀를 곧 떠날 거란 소식을 들었을 것이다(왜냐하면 그는 나따샤에 관한 일을 예의 주시하고 있었고 모두 알고 있었기 때문이다). 그는 그녀가 지금 어떤 상태인지를 이해할 수 있었을 테고, 그녀를 위로하는 것이 지금 얼마나 필요한 일인지 느꼈을 것이다. 그러나 그는 자신이 딸에 의해 모욕당하고 경멸당했다는 생각을 극복할 수 없었다. 그는, 어쨌든 그녀가 먼저 그에게 오지는 않을 것이고, 심지어 그녀가 부모에 대해 생각도 하지 않고 화해에 대한 필요성도 전혀 느끼지 않고 있을 거라고 생각했을 것이다. 그가 그렇게 생각하는 것은 당연하며, 그래서 그는 자기의 편지를 끝맺지 않았고, 아마도 이 모든 일 때문에 처음의 것보다 더 강하게 느껴질 새로운 모욕이 생겨나고, 그로 인해 어쩌면 화해가 더 먼 훗날로 연기될지도 모르겠다고 나는 결론지었다……

안주인은 내 말을 들으며 눈물을 흘렸다. 이윽고 내가 지금 나따샤에게 가야 하며 이미 늦었다고 말하자, 그녀는 갑자기 몸을 떨기 시작하더니 중요한 것을 잊었다고 말했다. 서류 밑에서 편지를 꺼낼 때 그녀는 무심코 그 위에 잉크를 쏟았다. 실제로 한쪽 구석이 완전히 잉크로 더럽혀졌고, 안

주인은 노인이 이 흔적 때문에 그가 없을 때 그녀가 서류를 뒤적였고 나따샤에게 보내는 편지를 읽었다는 것을 알아내게 될까 봐 몹시 두려워했다. 그녀의 공포는 지극히 당연했다. 그는 이미 우리가 그의 비밀을 알게 되었다는 이유만으로도 수치심과 분노를 느낀 나머지, 자신의 화를 더욱 오랫동안 끌고 가고 자존심 탓에 화해를 완강히 거부할 수도 있었다.

하지만 이것저것 상황을 재어 보고 나서 나는 걱정하지 말라고 안주인을 설득했다. 나는 그녀에게, 그가 편지를 쓰다가 몹시 흥분해서 일어난 탓에 다른 세세한 일들을 일일이 기억 못할지도 모른다, 그리고 그는 아마도 자신이 편지를 못쓰게 만들었으면서도 그것을 잊어버렸다고 생각할 것이라고 말했다. 그렇게 안나 안드레예브나를 위로하고 나서 우리는 조심스럽게 편지를 원래 있던 자리에 되돌려 놓았다. 나는 집을 나오려다 문득, 넬리에 대해 그녀와 진지하게 이야기할 필요가 있음을 떠올렸다. 나는 역시 자신의 아버지로부터 저주를 받은 어머니를 가진 가엾은, 버림받은 고아가 자신의 과거의 삶과 자기 어머니의 슬프고 비극적인 이야기로 노인을 감동시키고, 그에게 관대한 감정을 불러일으킬 수 있을지도 모른다는 생각이 들었다고 말해 주었다. 노인의 마음속에는 모든 것이 준비되었고, 모든 것이 성숙되어 있었다. 딸에 대한 그리움이 이미 그의 긍지와 모욕당한 자존심을 극복하기 시작했다. 단지 자극, 즉 마지막으로 적절한 동기가 결여된 상태인데, 넬리가 이 적절한 동기를 부여할 수 있을지도 모른다. 안주인은 내 말을 유심히 귀 기울여 들었다. 그녀의 얼굴 가득 기대와 흥분이 넘치고 생기가 돌았다. 그녀는 왜 진작 이 일을 이야기하지 않았느냐고 나를 질책했다. 그녀는 성급하게 넬리에 대해서 나에게 캐묻기 시작했으며, 자기가 이제 남편에게 고아 소녀를 받아들이자고 부탁하겠다는 약속을 하며 말을 마쳤다. 그녀는 이미 넬리를 진심으로 사랑하기 시작했다. 그녀는 넬리가 아픈 것을 안타까워하며 그녀에 대해 캐묻고, 넬리에게 잼 한 통을 가져다 주라고 강요하며 그것을 가지러 손수 저장 창고로 뛰어갔다. 그리고 내가 의사를 부를 돈이 없을 거라고 여겼는지 나에게 5루블을 주었다. 그리고 내가 그 돈을 받지 않자, 넬리에게 옷과 내의가 필요할 것이며, 따라서 그녀에게 도움이 될 수 있을 거라며 이내 자신의 트렁크를 뒤져 자신의 옷을 펼쳐 놓고 그 옷 가운데 고아 소녀에게 줄 수 있는 것들을 고르고 나서야 비로소 위안과 안정을 찾았다.

나는 나따샤에게로 갔다. 전에 말한 바 있듯 나선형으로 된 계단의 마지막 계단을 오르며, 나는 그녀의 집 문 앞에 웬 사람이 서 있는 것을 느꼈다. 그는 막 문을 두드리려 하다가 내가 올라오는 소리를 듣자 동작을 멈췄다. 아마도 몇 차례의 망설임 끝에 이윽고 그는 갑자기 마음을 고쳐먹고 계단을 다시 내려오기 시작했다. 나는 그를 마지막 층계참에서 만났다. 몹시 놀랍게도 그는 이흐메네프였다. 계단은 낮에도 매우 어두웠다. 그는 내가 가는 길을 터주기 위해 몸을 벽에 붙였는데, 나는 지금도 나를 주의 깊게 바라보던 그의 눈의 기이한 광채를 기억한다. 나는 그가 몹시 얼굴을 붉혔다고 느꼈다. 적어도 그는 굉장히 당황했고 심지어 어찌할 바를 몰라 했던 것 같다.

「아니, 바냐, 자네로구먼!」 그가 고르지 않은 목소리로 말

했다. 「나는 여기 어떤 사람한테 왔네……. 서기인데…… 소
송 관계로…… 얼마 전에 이사했네, 여기 어딘가로……. 그런
데 여기 살지 않나 봐. 내가 실수했어. 잘 가게.」

그러고 나서 그는 재빨리 계단을 내려갔다.

나는 당분간 이 만남에 대해 나따샤에게 말하지 않기로 결
심했다. 그러나 알료샤가 떠나고 그녀가 혼자 남게 될 때 곧
바로 그녀에게 말해 주기로 마음먹었다. 지금 그녀의 신경은
매우 헝클어져 있어서 설사 이 일이 의미하는 바를 완전히
납득하고 이해한다고 할지라도, 나중에 슬픔과 절망을 극복
했을 때처럼 이 사실을 받아들이고 느낄 수는 없을 것이다.
지금은 적절한 시간이 아니었다.

나는 이날 이흐메네프 네에게 갈 수도 있었다. 그리고 가
고 싶었다. 하지만 나는 가지 않았다. 노인이 나를 보기가 상
당히 괴로울 것이라 생각했기 때문이었다. 그는 심지어 내가
자신과 마주친 일로 인해 일부러 달려왔다고 생각할지도 몰
랐다. 나는 사흘째 되던 날 그들에게 갔다. 노인은 우울했으
나, 상당히 자연스럽게 나를 맞았고 내내 사무적인 얘기만
했다.

「저, 뭐냐, 자네 그날 그렇게 높이 누구에게 올라가던 길이
었나? 기억 나지, 우리가 만났던 거, 그때가 언제였지? 이틀
전이지 아마.」 그는 갑자기 꽤 태연하게 물어 왔다. 하지만
어쨌든지 내 시선만큼은 피하고 있었다.

「친구 한 명이 거기 삽니다.」 나도 역시 시선을 옆으로 향
하고 대답했다.

「아! 나는 내 서기 아스따피예프를 찾아가는 길이었네. 그
집이라고 일러 주던데…… 하지만 내가 실수를 했어……. 좋

아, 자네에게 소송 이야기를 들려주지. 재판부는 결정을 했네……」 그는 재판에 관해 이것저것 말했다.

그 일에 대해 말하기 시작할 때 그는 얼굴을 붉히기조차 했다.

나는 안주인을 즐겁게 해주기 위해 그날 안나 안드레예브나에게 모든 것을 이야기해 주었다. 그리고 지금 여느때와 다른 표정으로 그의 얼굴을 보지 말고, 한숨도 쉬지 말고, 암시도 하지 말 것을, 한마디로 그의 지난번 외출을 그녀가 알고 있는 것처럼 보이지 않도록 해달라고 부탁했다. 안주인은 처음에는 나의 말을 믿지 않을 만큼 놀라고 기뻐했다. 그녀는 나름대로 니꼴라이 세르게이치에게 이미 고아 소녀에 대해 암시를 했으나, 그는 전에 그가 아이를 받아들이자고 요청했을 때 그녀가 침묵만 지켰던 것에 대해 말했다고 들려주었다. 우리는 내일 어떤 서론이나 암시 없이 이 일에 대해 그녀가 그에게 단도직입적으로 요청하기로 결정했다.

그러나 그 다음날 우리 두 사람은 극도의 놀라움과 불안에 빠져 들었다. 사연인즉슨, 이흐메네프가 그의 소송 관계를 돌보는 관리를 아침에 만났다는 것이었다. 관리는 그에게, 공작이 이흐메네프까를 자기 소유 하에 두기로 했지만, 어떤 가정 사정으로 노인에게 보상금으로 1만 루블을 주기로 마음을 정하고 있다고 말했다는 것이다. 노인은 관리와 헤어지자 굉장히 흥분한 채로 곧장 내게 달려왔다. 그의 눈은 분노로 이글거렸다. 무슨 영문인지 그는 나를 집에서 계단으로 불러내어, 지체 없이 공작에게 달려가서 그에게 결투 신청을 전해 달라고 강력히 요구했다. 나는 오랫동안 아무 생각도 할 수 없을 만큼 몹시 놀랐다. 나는 그를 진정시키려 했으나, 노인은 심한 분노에 사로잡혀 있어서 거의 실신할 정도였다. 나는 물을 가지러 집 안으로 뛰어 들어갔다. 그러나 내가 돌아왔을 때 이흐메네프는 이미 계단에 있지 않았다.

다음날 나는 그에게 갔지만, 그는 집에 없었다. 그는 꼬박 사흘 동안 사라진 것이었다.

셋째 날 우리는 모든 것을 알게 되었다. 그는 우리 집에서 곧장 공작에게 갔지만, 그를 만나지는 못하고 그에게 메모만 남겨 두었다는 것이다. 메모에다 그는 관리에게서 공작의 뜻을 전해 들었으며, 그것을 그는 죽음보다 더한 모욕으로 간주하고, 공작을 보잘것없는 인간으로 여기며, 이러한 이유로 그에게 결투를 신청한다고 썼다. 그리고 그는 공작에게 결투를 회피하지 말 것을 경고하고, 그럴 경우 그를 공개적으로 욕보이겠다고 썼다는 것이다.

안나 안드레예브나는 그가 몹시 흥분하고 낙담해서 집으로 돌아와 누워 있다고 알려주었다. 그는 그녀에게 아주 부드럽게 대했으나 그녀의 질문에는 별로 대답을 하지 않았고, 몹시 초조하게 분명 무엇인가를 기다렸다는 것이다. 다음날 아침 시내 우편으로 편지가 왔는데, 그는 편지를 읽으며 소리를 지르고 자기 머리를 감쌌다고 한다. 안나 안드레예브나는 겁에 질려 정신이 나갈 지경이었고, 그는 이내 모자와 단장을 집어 들고 뛰어나갔다는 것이다.

편지는 공작으로부터 온 것이었다. 그는 냉정하고, 짧고, 공손한 용어로, 자기가 관리에게 들려준 말에 대해 어느 누구에게도 보고할 의무를 지고 있지 않다고 이흐메네프에게 통지했다. 비록 그는 이흐메네프가 진 소송건에 대해 유감스럽게 생각하고 있지만, 소송에 진 사람이 복수를 하려고 상대방에게 결투를 신청할 권리에 대해서는 정당성을 부여해 줄 수 없다고 썼다. 〈공개적인 명예 훼손〉으로 위협한 건에 관해서 공작은 이흐메네프에게 그 점에 대해서는 걱정하지 말라고 썼다. 왜냐하면 그 어떤 공개적인 명예 훼손도 없을 것이며, 더욱이 있을 수도 없기 때문이라는 것이었다. 그의 편지는 즉각 사직 당국에 제출될 것이고, 통지를 받은 경찰은 아마 질서와 평온 유지를 위해 필요한 조치를 취할 수 있을 것이라고 했다.

이흐메네프는 편지를 손에 쥐고 바로 공작에게로 달려갔다. 공작은 또 부재중이었다. 그러나 노인은 하인에게서 공작이 지금 아마도 N백작 댁에 있을 거란 사실을 알아내는 데 성공했다. 그는 오래 생각해 보지도 않고 백작의 집으로 달려갔다. 백작 댁 문지기는 그가 계단을 오르려 할 때 그를 붙들어 세웠다. 그러나 형언할 수 없을 정도로 흥분한 노인은 그를 지팡이로 때렸다. 그는 이내 다시 붙잡혀서 현관 앞으로 끌려 나와 경찰에게 넘겨졌고, 경찰은 그를 경찰서로 연행했다. 백작에게 그 사건이 보고되자, 이 자리에 있던 공작이 음탕한 노인인 백작에게 그 사람이 바로 이흐메네프, 즉 나딸리야 니꼴라예브나의 아버지라고 말했고(공작은 이러한 일로 그에게 이미 여러 차례 봉사해 왔다), 백작은 묘한 웃음을 지으며 분노를 연민으로 바꾸었다. 그는 이흐메네프의 방면을 지시했다. 그러나 그 방면은 이틀이 지나서야 처리되었고, 그와 동시에(아마도 공작의 지시에 따라) 공작이 손수 백작에게 그에게 자비를 베풀도록 요청했다는 것이 노인에게 통보되었다.

노인은 정신 나간 사람처럼 집으로 돌아와 침대에 몸을 던

지고는 한 시간 동안이나 꼼짝 않고 누워 있었다. 마침내 그
는 몸을 일으켜서 안나 안드레예브나에게 엄숙하게, 그는 딸
을 영원히 저주하며 그녀에게 자신의 아버지로서의 은총을
거부한다고 선언하여 안나 안드레예브나에게 놀라움을 안겨
주었다.

안나 안드레예브나는 자신이 극도로 놀랐음에도 불구하고
노인을 돌봐야만 했다. 그녀는 그를 하루 종일 정신없이 그
리고 거의 온밤을 보살폈고, 그의 머리를 식초로 식히고 얼
음으로 덮어 주었다. 그는 열이 나고 오한이 들었다. 나는 그
들과 밤 두 시가 넘을 때까지 함께 있었다. 그러나 다음날 아
침 이흐메네프는 일어났고, 바로 그날 그는 넬리를 최종적으
로 데려가기 위해서 나에게 왔던 것이다. 그러나 그와 넬리
사이에 있었던 일은 내가 이미 이야기한 바 있다. 이 장면은
그를 심히 동요시켰다. 집으로 돌아와 그는 다시 침대에 누
웠다. 이 모든 일은 까쨔와 나따샤가 만나기로 예정된 성(聖)
금요일, 즉 알료샤와 까쨔가 뻬쩨르부르그를 떠나기로 한 전
날 밤에 일어났다. 나는 이 만남의 자리에 함께했다. 그 만남
은 아침 일찍, 아직 노인이 내게 오기 전, 아직 넬리가 처음으
로 가출하기 전에 이루어졌다.

6

알료샤는 그 만남이 있기 한 시간 전에 나따샤에게 그것을
예고하려고 미리 왔다. 나는 까쨔를 태운 마차가 문 앞에 멈
춘 바로 그 순간 거기에 도착했다. 까쨔의 옆에는 오랜 간청

과 망설임 끝에 그녀와 동행하는 데 마침내 동의한 늙은 프랑스 여인이 앉아 있었다. 그녀는 더구나 알료샤와 함께라면 까쨔 홀로 나따샤에게 올라가는 것에도 동의했다. 까쨔는 마차에서 내리지도 않고 나를 가까이 불러 알료샤를 데려와 달라고 부탁했다. 내가 들어갔을 때 나따샤는 눈물을 흘리고 있었다. 알료샤도 그녀도 둘 다 울고 있었다. 까쨔가 이미 왔다는 이야기를 듣자, 그녀는 의자에서 일어나 눈물을 닦고는 설레는 마음을 안고 문을 향해 섰다. 그녀는 이날 아침 흰색으로만 옷을 입었다. 그녀의 짙은 금발은 매끄럽게 뒤로 빗겨져 있었고 두툼하게 매듭지어 묶여 있었다. 이 머리 모양을 나는 무척 좋아했다. 내가 그녀와 함께 남아 있는 것을 보고, 나따샤는 내게 손님을 마중하러 가달라고 청했다.

「지금까지는 나따샤를 방문할 수 없었어요.」계단을 오르며 까쨔가 내게 말했다. 「나는 감시를 받았어요. 마담 알베르를 나는 꼬박 2주일 간 설득했고, 결국 그녀가 동의했지요. 그런데 이반 뻬뜨로비치, 당신은 내게 한번도 들르지 않으셨어요! 나는 당신께 편지를 쓸 수가 없었어요. 그리고 그러고 싶지도 않았어요. 왜냐하면 편지로는 아무것도 명쾌하게 이야기할 수 없기 때문이죠. 하지만 제가 얼마나 당신을 만나고 싶었는지…… 맙소사, 지금 내 심장이 얼마나 두근거리는지…….」

「계단이 가파르죠.」내가 대답했다.

「그래요……. 계단도 그렇고……. 그런데, 당신은 어떻게 생각하세요. 나따샤가 제게 화를 내지 않을까요?」

「아니오, 무엇 때문에요?」

「그래요……. 물론, 왜 그러겠어요. 금방 보게 되겠죠. 어쩌자고 그런 걸 내가 물어보았담?」

나는 그녀의 팔을 잡아 부축했다. 그녀는 심지어 얼굴마저 창백해졌고, 보아하니 매우 두려워하는 것 같았다. 마지막 모퉁이에서 그녀는 숨을 돌리기 위해 잠시 멈췄다. 하지만 나를 바라보더니 꿋꿋하게 위로 올라갔다.

그녀는 한 번 더 문간에 멈추어서 나에게 속삭였다. 「나는 거침없이 들어가서 그녀에게 말하겠어요. 내가 아무런 부담 없이 올 수 있을 만큼 그녀를 믿었다고……. 그리고 또 말하겠어요. 나는 나따샤가 고결한 사람이란 것을 확신한다고. 그렇지 않아요?」 그러나 그녀는 죄지은 사람처럼 소심하게 안으로 들어가서, 그녀에게 이내 미소를 지어 보이는 나따샤를 주의 깊게 바라보았다. 그러더니 까쨔는 빠르게 그녀에게 다가가 그녀의 손을 잡고 자기의 포동포동한 입술을 그녀의 입술에 갖다 대었다. 그 다음 나따샤에게 한마디 말도 하지 않고 알료샤에게 돌아서서 진지하고 엄격하게, 자신들을 30분 동안만 따로 남겨 달라고 부탁했다.

「화내지 않겠죠, 알료샤.」 그녀는 덧붙였다. 「당신이 들어서는 안 될 매우 중요하고 심각한 많은 이야기를 나따샤와 나누어야 하기 때문이에요. 이해해 주시고 나가 주세요. 그리고 이반 뻬뜨로비치, 당신은 남아 주세요. 당신은 우리의 대화를 모두 들으셔야 해요.」

「앉읍시다.」 알료샤가 나가자 그녀가 나따샤에게 말했다. 「나는 당신과 마주보고 앉겠어요. 나는 우선 당신을 잘 보고 싶어요.」

그녀는 나따샤와 똑바로 마주앉아서 잠시 동안 꼼짝 않고 주의 깊게 그녀를 바라보았다. 나따샤는 그녀에게 무의식적으로 떠오르는 미소로 답했다.

「나는 이미 당신 사진을 보았어요.」까쨔가 말했다. 「알료샤가 내게 보여 주었지요.」

「어때요, 내가 사진과 닮았나요?」

「실물이 나아요.」까쨔는 분명하고 진지하게 대답했다. 「그래요, 나는 실물이 낫다고 생각했어요.」

「정말이에요? 나는 당신을 넋을 잃고 보고 있어요. 당신은 참으로 아름답군요!」

「무슨 말씀이세요! 그런 말씀 마세요! 저는요!」그녀는 이렇게 덧붙이며 떨리는 손으로 나따샤의 손을 잡았다. 그리고 둘은 다시 입을 다물고 서로를 자세히 바라보았다. 「저, 그런데, 나따샤.」까쨔가 침묵을 깼다. 「우리에게는 30분밖에 시간이 없어요. 마담 알베르가 겨우 승낙했어요, 그리고 우리는 할 이야기가 아주 많은데…… 나는 원컨대……, 나는 어쨌든지…… 좋아요. 당신에게 솔직하게 묻죠. 당신은 알료샤를 매우 사랑하죠?」

「네, 매우 사랑해요.」

「그런데 만일…… 만일 당신이 알료샤를 무척 사랑한다면…… 그럼…… 당신은 그의 행복도 사랑하셔야겠죠…….」그녀는 수줍게 속삭이는 목소리로 덧붙였다.

「네, 나는 그가 행복하기를 바래요…….」

「맞아요……. 그러나 이제 묻고 싶은 것은 내가 그를 행복하게 해줄 수 있을까 하는 거예요. 내가 당신에게서 그를 빼앗아 가려고 하면서요, 그렇게 말할 권리가 있을까요? 만일 당신이 그가 당신과 함께 있어서 행복할 것이라고 생각하신다면, 우리가 그렇게 결정한다면, 그러면…… 그러면…….」

「그것은 이미 결정된 거예요, 까쨔, 당신이 직접 보았듯이 모든 것이 결정났음을 잘 아시잖아요.」 나따샤는 조용히 대답하고 머리를 떨구었다. 그녀는 분명 대화를 계속하는 것이 괴로운 것 같았다.

까쨔는 누가 알료샤를 더 행복하게 해줄 수 있고, 그들 중 누가 양보해야 하는가를 주제로 오래 이야기하려고 준비한 듯했다. 그러나 나따샤가 대답을 하고 나자 그녀는, 이 모든 것이 이미 오래전에 결정되었고 그에 대해 덧붙일 말이 없음을 깨달았다. 그녀는 자신의 예쁜 입술을 반쯤 벌린 채 놀라움과 슬픔을 담고서 나따샤를 바라보았다. 그녀의 손은 여전히 나따샤의 손을 잡은 채였다.

「당신은 그를 매우 사랑하시나요?」 갑자기 나따샤가 물었다.

「네. 당신에게 물어보고 싶은 게 또 있어요, 그리고 그 때문에 왔지요. 당신이 왜 그를 사랑하는지 말해 주시겠어요?」

「모르겠어요.」 나따샤가 대답했다. 그리고 그녀의 대답에는 비애 어린 초조함이 배어 있는 듯했다.

「당신은 어떻게 생각하시나요, 그가 똑똑한가요?」 까쨔가 물었다.

「아니오, 나는 그를 그냥 단순히 사랑해요.」

「나도 그래요. 그가 딱해요.」

「내게도 그래요.」 나따샤가 대답했다.

「이제 어떻게 해야 할까요? 그리고 그가 어떻게 나를 위해 당신을 버릴 수 있는지 이해할 수가 없어요!」 까쨔가 외쳤다. 「바로 지금 당신을 보고 나니까요!」 나따샤는 대답을 하지 않고 바닥만 바라보았다. 까쨔는 잠시 침묵하더니 갑자기 의자에서 일어나 조용히 그녀를 껴안았다. 둘은 껴안고 울기 시작했다. 까쨔는 포옹한 상태를 풀지 않고 나따샤의 의자 팔걸이에 걸터앉았다. 그리고 그녀의 손에 입 맞추기 시작했다.

「내가 당신을 얼마나 사랑하는지 아신다면!」 그녀는 울면서 말했다. 「자매처럼 지내요, 늘 서로 편지를 씁시다……. 나는 당신을 영원히 사랑할 거예요……. 나는 당신을 영원히, 영원히 사랑하겠어요…….」

「그가 당신에게 6월 말에 우리가 결혼식을 올릴 예정이라고 말하던가요?」 나따샤가 물었다.

「말했어요. 그는 당신이 동의했다고 말했어요. 하지만 이 모든 것은 그를 위로하기 위해서 그저 그렇게 말하신 거죠, 그렇죠?」

「물론이죠.」

「나는 그렇게 이해했어요. 나는 앞으로도 그를 열심히 사랑하겠어요. 나따샤, 당신께 모든 일을 편지로 알려 드리죠. 아마 그는 이제 곧 나의 남편이 될 거예요. 그렇게 되어 가고 있어요. 모두들 그렇게 말하고 있어요. 나따샤, 당신은 이제…… 부모님에게로 돌아가실 건가요?」

나따샤는 대답하지 않았다. 그 대신에 말없이 그녀를 힘껏 껴안았다.

「행복하세요!」 그녀가 말했다.

「그리고…… 당신도…… 당신도 역시.」 까쨔가 말했다. 이 순간 문이 열리고 알료샤가 들어왔다. 그는 도저히 이 반 시간을 기다릴 수가 없었던 것이다. 그에게는 기다릴 힘도 없었다. 그는 서로 껴안은 채 울고 있는 두 사람을 보자, 힘없이 고통스러운 표정을 지으며 나따샤와 까쨔 앞에 무릎을 꿇었다.

「왜 우는 거죠?」 나따샤가 그에게 물었다. 「나와 헤어지는 것 때문에요? 오래 걸릴 건가요? 6월엔 올 거죠?」

「그리고 그때 당신들의 결혼식이 거행되겠네요.」 까쨔가 눈물을 흘리면서도 역시 알료샤를 위로하기 위해 서둘러 덧붙였다.

「하지만 나는 당신 곁을 하루도 떠날 수 없소, 나따샤. 나는 당신 없으면 죽어요…… 당신은 당신이 내게 얼마나 소중한 사람인지 몰라요! 특히 지금!」

「그럼, 이렇게 하도록 하죠.」 갑자기 생기를 띠고 나따샤가 말했다. 「백작 부인은 모스끄바에 얼마 동안 머무르실 건가요?」

「네, 한 일주일이오.」 까쨔가 끼어들었다.

「일주일이나! 그럼, 그게 제일 낫겠네요. 당신은 내일 그들과 모스끄바까지 동행하세요. 거기까지 하루밖에 걸리지 않죠. 그러고 나서 바로 이리로 오세요. 그들이 모스끄바를 떠날 때, 당신은 그들과 합류하러 모스끄바로 돌아가세요. 그러면 우리는 딱 한 달간만 이별을 하는 거예요.」

「아, 그래요, 그래요……. 그러면 나흘을 함께 보내실 수 있겠네요.」 까쨔가 기쁨에 겨워 탄성을 지르고, 의미심장한 시선을 나따샤와 교환했다.

이 새로운 계획을 전해 들은 알료샤의 흥분을 나는 말로 표현할 수가 없다. 갑자기 완전하게 위로를 받은 그의 얼굴이 기쁨으로 빛났다. 그는 나따샤를 포옹하고 까쨔의 손에 입을 맞추었고, 나까지도 껴안았다. 나따샤는 슬픈 미소를 띠고 나를 보았으나, 까쨔는 그것을 견딜 수 없었다. 그녀는 불타는 분노가 담긴 시선으로 나와 눈짓을 교환한 후, 나따샤를 포옹하고는 돌아가려고 의자에서 일어났다. 뜻밖에도 바로 이 순간 프랑스 인이 사람을 보내, 예정된 30분이 다 지났으니 만남을 빨리 끝내라고 요청했다.

나따샤가 일어났다. 두 사람은 손을 잡은 채 마주보고 섰다. 마치 그들은 마음속에 들어 있는 모든 것을 시선으로 교환하려는 듯했다.

「우리는 이제 다시 만나지 못할 거예요.」 까쨔가 말했다.

「그럴 거예요, 까쨔.」 나따샤가 대답했다.

「자, 그럼, 안녕히.」 두 사람은 서로 껴안았다.

「나를 저주하지 마세요.」 까쨔가 재빨리 속삭였다. 「그리고 나는…… 언제나…… 믿으세요……, 그는 행복할 거예요……. 가요, 알료샤, 배웅해 줘요!」 그녀는 재빨리 말하면서 그의 손을 잡았다.

「바냐!」 그들이 나가자, 흥분하고 기진맥진한 나따샤가 내게 말했다. 「당신도 그들 뒤를 따라가세요. 그리고…… 돌아오지 않으셔도 돼요. 저녁때, 여덟 시까지는 알료샤가 여기 있을 거예요. 그는 저녁 내내 머물 수는 없대요, 그는 갈 거예요. 나 혼자 집에 남게 될 거예요……. 아홉 시쯤에 와주세요. 부탁이에요!」

내가 아홉 시에(깨어진 찻잔 사건 후에) 넬리와 알렉산드라 세묘노브나를 남겨 두고 나따샤에게 갔을 때, 그녀는 이미 혼자 남아서 초조하게 나를 기다리고 있었다. 마브라가 우리에게 사모바르를 가져왔다. 나따샤는 나에게 차를 따라 주고 소파에 앉아서 나를 더 가까이 다가오게 했다.

「이제 모든 것이 끝났어요.」 그녀가 나를 응시하며 말했다. 「이제 우리의 사랑은 끝났어요. 반년 간의 삶! 나에게는 한평

511

생과 같았어요.」 나는 이 눈빛을 결코 잊지 못할 것이다. 그녀는 내 손을 꼭 잡으며 말했다. 그녀의 손은 뜨거웠다. 나는 그녀에게 좀 더 따뜻하게 입고 침대에 누우라고 권했다.

「조금만요, 바냐, 조금만, 내 소중한 친구. 조금만 더 이야기하고 지난날을 회상하게 해주세요……. 나는 지금 완전히 지쳤어요……. 내일 마지막으로 그를 보게 될 거예요, 열 시에…… 마지막으로!」

「나따샤, 당신은 열이 있소, 아마 곧 오한이 올 거요. 몸을 돌봐야지요…….」

「그것이 어떻다고요? 30분 동안 난 당신을 기다렸어요, 바냐, 그가 떠난 다음에. 그런데 내가 무엇을 생각했고 스스로에게 무슨 질문을 던진 것처럼 보이나요? 나는 내가 그를 사랑하는지 아닌지, 그리고 우리의 사랑이 어떤 것이었는지를 자신에게 물어보았어요. 내가 이제서야 이런 물음을 던진 것이 우습지요, 바냐?」

「흥분하지 말아요, 나따샤…….」

「들어 보세요, 바냐. 나는 보통 여인들이 남자들을 사랑하듯, 나와 동등한 사람으로 그를 사랑한 것이 아니었다는 결론을 내렸어요. 나는 그를 사랑했어요……, 하지만 거의 어머니와 같은 마음으로요. 나한테는 심지어 세상에는 두 사람이 서로를 동등한 사람으로 사랑하는 그런 사랑은 전혀 없다고 여겨져요. 당신은 어떻게 생각하세요?」

나는 불안한 마음으로 그녀를 보았고, 열병이 시작된 것은 아닐까 하고 겁이 났다. 무엇인가가 그녀를 끌고 가는 것만 같았다. 그녀는 무엇이든 말하고 싶은 어떤 특별한 욕구를 느끼는 것 같았다. 그녀가 말하는 어떤 것은 앞뒤가 맞지 않았고, 이따금 발음마저 불완전했다. 나는 무척 겁이 났다.

「그는 내 사람이었어요.」그녀는 계속했다.「거의 그와 처음 만났을 때부터 나는 그가 나의 사람이, 조속히 나의 사람이 되도록 하고픈, 그리고 그가 나를 제외하고는, 나 한 사람을 제외하고는 어느 누구에게도 눈길을 돌리지 않고, 또 다른 어느 누구도 알지 못하게 하고픈 억제할 수 없는 충동을 느꼈어요…… 까쨔가 아까 잘 말했어요. 나는 정말로 그를 사랑했어요. 어떤 이유에선지 그가 늘 내게 딱하게 여겨지는 것과 마찬가지로 그렇게요……. 나는 혼자 있을 때면 늘, 그가 한없이 그리고 영원히 행복하게 되기를 바라는 뜨거운 열망, 고통에 가까운 그런 열망을 가졌어요. 나는 그의 얼굴을 (당신은 그의 얼굴 표정을 아시지요, 바냐) 조용히 바라볼 수 없었어요. 어떤 사람에게서도 그런 표정을 찾을 수 없어요, 그리고 그가 웃으면 나에게는 냉기와 전율이 흘렀어요…… 정말로요!」

「나따샤, 들어 봐요…….」

「사람들은 그렇게 말했어요.」그녀가 내 말을 끊었다.「그리고 당신도 그가 성격이 나약하다고 말했지요, 그리고…… 그리고 어린아이 같은 정신력을 가졌다고. 그래요, 하지만 나는 무엇보다 그의 그런 점들을 사랑했던 거예요……. 이 말을 믿을 수 있겠어요? 말이 나온 김에, 나는 오직 그것만을 사랑했는지도 모르겠어요. 나는 그를 있는 그대로 사랑했어요, 그리고 만일 그가 어떤 점으로든 다른, 성격이 강하거나 더 똑똑한 사람이었다면, 그를 그렇게까지 사랑하지는 않았을 거예요. 들어 보세요, 바냐, 당신께 한 가지 고백할 것이 있어요. 3개월 전 그가 뭐더라, 민난가 하는 여인에게 갔었을 때

513

나와 다툰 적이 있었던 것을 기억하시죠……. 나는 그것을 알
아차리고 그의 행적을 찾아내었지요. 믿을 수 있겠어요? 나
는 무척 고통스러웠어요. 하지만 동시에 기분이 좋기도 했어
요……. 나도 모르겠어요, 왜 그랬는지…… 그 역시 한 사람의
성인으로서 다른 남자들처럼 예쁜 여자들을 찾아서, 그 역시
민나를 찾아갔다는 생각만 하면 벌써! 나는…… 그때 그 다툼
이 참으로 즐거웠어요. 그러고 나서 그를 용서하고…… 오, 사
랑스러운 친구여!」

　　그녀는 내 얼굴을 쳐다보며 기묘하게 웃었다. 그 다음에
그녀는 생각에 잠긴 듯, 지난 모든 일들을 상기해 내려는 것
같았다. 그녀는 오랫동안 입가에 미소를 머금고 앉아서 과거
를 회상했다.

　　「나는 그를 용서해 주는 것이 무척 좋았어요, 바냐,」 그녀
는 말을 계속했다. 「아시죠. 그가 나를 홀로 남겨 두었을 때,
나는 자주 방 안을 이리저리 오가며 괴로워하고 울기도 하면
서도, 어떤 때는 그가 내게 더 큰 잘못을 하면 할수록, 내게는
더 좋다고 생각하던 것을…… 네! 그리고 언제나 나는 그가
작은 아이였으면 하고 생각한 것을 아실 거예요. 내가 앉아
있으면, 그는 내 무릎을 베고 잠이 들었고, 나는 그의 머리를
조용히 쓰다듬으며 어루만져 주고…… 그가 내 옆에 없을 때
면, 언제나 그에 대해서 그렇게 상상을 했지요……. 들어 보
세요, 바냐.」 그녀가 갑자기 덧붙였다. 「까쨔는 참으로 매력
적인 여자예요!」

　　나에게는 그녀가 일부러 자신의 상처를 파헤치는 것처럼
보였다. 어떤 욕구를, 절망하고 괴로워하고픈 욕구를 느끼면
서 말이다……. 이런 일은 많은 것을 잃어버린 사람에게서 흔

히 나타나는 것이다!

「나는 까쨔가 그를 행복하게 해줄 수 있으리라고 생각해요.」그녀가 말을 계속했다. 「그녀는 마음이 굳고, 확신에 차서 말을 해요. 그리고 그에 대해서 진지하고 엄숙한 태도를 취해요. 언제나 그녀는 모든 사항들에 대해 어른처럼 고상하게 말해요. 그러나 그녀 자신도, 사실은 영락없는 어린아이예요! 사랑스러운, 사랑스러운 존재예요! 오! 그들이 행복하기를! 제발, 제발, 제발!」

눈물과 흐느낌이 갑자기 한꺼번에 그녀의 가슴속에서 터져 나왔다. 반 시간이나 그녀는 정신을 차리지 못했으며 좀처럼 진정을 하지 못했다.

천사 같은 나따샤! 자신의 고통에도 불구하고, 그녀는 그날 저녁 내가 걱정하고 있던 것에 대해 관심을 보였다. 나는 그녀가 어느 정도 진정된 것을 보고, 아니 정확하게 말해 그녀가 좀 피곤해진 것을 보고, 그녀의 시름을 잊게 해주려고 넬리에 대해 이야기했던 것이다……. 우리는 그날 밤늦게 헤어졌다. 나는 그녀가 잠들기를 기다렸다가 나따샤의 집을 떠나면서 마브라에게, 아픈 아가씨 곁에 밤새 붙어 있어 달라고 부탁했다.

「오, 빨리, 빨리!」집으로 돌아오며 나는 탄식했다. 「빨리 이 고통이 끝나기를! 어떻게든 빨리만 끝나 주기를!」

다음날 아침 열 시 정각에 나는 다시 그녀의 집으로 갔다. 내가 도착한 것과 동시에 알료샤가 작별 인사를 하기 위해 도착했다. 이 장면에 대해서는 말하지 않겠거니와 회상하고 싶지도 않다. 나따샤는 의연하게 대처하고 유쾌하고 담담하게 보이고자 마음먹은 듯했으나 그렇게 하지를 못했다. 그녀는 알료샤를 미칠 듯이 꼭 껴안았다. 그녀는 그와 몇 마디밖에 말을 나누지 않았으나 그를 오랫동안 주의 깊게, 마치 순교자처럼 정신 나간 사람 같은 시선으로 바라보았다. 그녀는 그의 한 마디 한 마디를 탐욕스럽게 들었지만, 그가 하는 말을 하나도 이해하지 못하는 듯했다. 나는 그가, 자신을 용서해 주기를, 이 사랑을 용서해 주기를, 그동안 자기가 그녀에게 가한 모욕을, 자신의 부정을, 자신의 까짜에 대한 사랑을, 그리고 이 떠남을 용서해 주기를 나따샤에게 부탁했던 것을 기억한다……. 그는 두서없이 이야기했다. 눈물이 그의 목소리를 삼켜 버렸다. 이따금 그는 그녀를 위로하려고도 했다. 그는 단지 한 달간만 여행을 가는 것이고 길어야 5주 동안이며, 여름에는 돌아올 것이고, 그때는 그들의 결혼식을 올릴 수 있을 테고, 그의 아버지는 승낙을 내릴 것이며, 결국 중요한 것은 그가 모레 모스끄바에서 돌아오면 그들은 나흘을 같이 보내게 될 것이므로 지금의 헤어짐은 단 하루만을 위한 것이라고 말했다……

이상한 일이다. 그는 자신이 진실을 말하고 있으며, 모레 틀림없이 모스끄바에서 돌아올 것이라고 확신하고 있었다……. 그럼 그는 왜 울며 괴로워했단 말인가?

드디어 시계가 열한 시를 쳤다. 나는 가까스로 그를 설득하여 돌려보냈다. 모스끄바 행 열차는 정각 열두 시에 출발한다. 이제 한 시간밖에 남지 않았던 것이다. 후에 나따샤는 그의 마지막 모습을 기억하지 못한다고 말했다. 나는 그녀가 그에게 성호를 그어 주고 입을 맞추고 나서, 손으로 얼굴을 감싼 채 방으로 뛰어 들어간 것을 기억한다. 나는 알료샤를 마차까지 바래다 주어야 했다. 그렇지 않으면 그는 즉각 돌아왔을 것이고, 결코 계단을 내려가지 않았을지도 모른다.

「내 모든 희망이 당신에게 달렸습니다.」 그가 아래로 내려가며 나에게 말했다. 「나의 친구, 바냐! 나는 당신에게 죄를 지었고 한번도 당신의 사랑에 보답하지 못했습니다. 그러나 끝까지 내게 형제가 되어 주세요. 그녀를 사랑해 줘요, 그녀를 홀로 남겨 두지 말아 주세요. 그리고 모든 것을 가능한 한 자세하게, 그리고 더 이상 작게 쓸 수 없을 만큼 자세히 편지에 써서 보내 주세요. 그래서 많은 내용이 그 안에 들어가도록. 모레 나는 여기 다시 올 겁니다. 틀림없이! 그러나 그 다음, 내가 떠나고 나면 그때 쓰세요!」

나는 그가 마차에 타는 것을 도와주었다.

「모레 다시!」 그가 벌써 달리고 있는 마차 안에서 외쳤다. 「꼭!」

멎을 듯한 가슴을 안고 나는 나따샤에게로 돌아갔다. 그녀는 팔짱을 낀 채 방 한가운데 서 있다가, 마치 내가 누군지를 알아보지 못하는 듯 이상하게 나를 바라보았다. 그녀의 머리는 어지럽게 헝클어져 있었고, 빛이 사라진 시선은 몹시 불안정했다. 마브라는 어쩔 줄 모르고 문 사이에 서서 두려움이 가득 찬 눈으로 그녀를 쳐다보았다.

그때 문득 나따샤의 눈이 빛났다.

「아! 당신이군요! 당신!」 그녀가 나를 보고 소리쳤다. 「이제 오로지 당신 혼자만이 남았군요. 당신은 그를 증오했어요! 당신은 내가 그를 사랑한다는 것 때문에 그를 결코 용서하지 못했어요…… 이제 당신이 다시 내게 오셨군요! 무엇 때문에? 다시 나를 위로하려고 왔군요. 나를 버리고 저주한 아버지에게 돌아가라고 나를 설득하러 오셨죠. 그것을 나는

이미 어제, 아니 이미 두 달 전부터 알았어요! 그러고 싶지
않아요, 그러고 싶지 않아요! 나 스스로도 그들을 저주해요!
가세요, 나는 당신을 보고 있을 수가 없어요! 가세요, 어서
가세요!」

나는 그녀가 극도로 흥분 상태에 빠져 있고, 나를 보기만
해도 미칠 듯한 분노가 솟구친다는 것을 알았다. 그리고 그
렇게 될 수밖에 없다는 것을 이해했다. 그래서 나는 나가 있
는 것이 차라리 낫겠다고 판단했다. 나는 계단의 맨 위에 앉
아서 기다렸다. 그리고 이따금 일어나서 문을 열고 마브라를
불러서 물어보았다. 마브라는 울고 있었다.

그렇게 한 시간 반이 흘렀다. 나는 내가 이 시간을 어떻게
견뎠는지 표현할 수도 없다. 내 가슴은 거의 멎을 듯했고 한
없는 고통으로 몹시 괴로웠다. 갑자기 문이 열리더니 나따샤
가 모자와 외투를 입고 계단으로 뛰어나왔다. 그녀는 마치
정신이 나간 사람 같았다. 그리고 그녀 자신이 후에 나에게,
이 일을 거의 기억하지 못하며 어디로 무슨 일로 가려 했는
지도 모른다고 말했다.

내가 자리에서 뛰어 일어나 어디로 몸을 감출 만한 겨를도
없이 그녀는 나를 즉시 발견했다. 그리고 깜짝 놀란 듯 내 앞
에서 꼼짝도 않고 걸음을 멈췄다. 〈나는 갑자기 깨달았어요.
난 정말 무분별하고 잔인하기도 하지. 어떻게 당신을, 나의
친구이고, 나의 형제이자, 나의 구원자인 당신을 내가 쫓아
낼 수 있을까요! 그리고 당신이 나로부터 모욕을 당하고 가
엾게도 우리 집 계단에 앉아서 떠나지도 못하고 내가 다시
부르기를 기다리는 것을 보았을 때, 맙소사! 만일 바냐 당신
이 그때 내 마음이 어땠는지 아셨더라면! 마치 무엇인가가

내 심장에 꽂히는 것 같았어요……〉라고 그녀는 나중에 나에게 말했다.

「바냐! 바냐!」 그녀가 내게 손을 뻗으며 외쳤다. 「당신이 왜 여기에!」 그리고 그녀는 내 품에 쓰러졌다.

나는 그녀를 안아서 방으로 옮겼다. 그녀는 정신을 잃은 것이었다! 〈어떻게 한담?〉 나는 생각했다. 〈분명 열병을 얻을 거야!〉

나는 의사를 부르러 가기로 마음먹었다. 병은 되도록 빨리 치료해야 했다. 빨리 갔다 올 수 있었다. 그 독일 노의사는 대개 두 시까지는 집에 있었다. 나는 마브라에게, 1분 1초도 나따샤 곁에서 떠나지 말고 그녀를 아무데로도 내보내지 말라고 부탁하고 의사에게로 향했다. 하늘이 도왔다. 만약 내가 조금만 늦게 왔어도 그 노의사를 만나지 못했을 것이다. 그는 이미 집을 나선 길이라, 우리는 길에서 만났다. 나는 그를 순간적으로 내 마차에 태워 그가 놀랄 겨를도 없이 벌써 나따샤에게로 향했다.

그렇다, 하늘이 나를 도운 것이었다! 내가 자리를 뜬 반 시간 동안에, 만일 내가 의사와 함께 시간에 맞추어 도착하지 못했더라면, 그녀를 죽음으로 몰아넣었을지도 모르는 그런 사건이 벌어졌던 것이다. 내가 떠난 지 채 15분도 못 되어 공작이 찾아왔던 것이다. 그는 방금 사람들을 역에 바래다 주고는 역에서 곧바로 나따샤에게 온 것이었다. 이 방문은 이미 오래전에 결정되고 생각된 것이었다. 나따샤 자신이 후에 나에게 이야기한 바이지만, 그 순간 그녀는 공작이 찾아온 것에 조금도 놀라지 않았다는 것이다. 〈내 머리가 혼란스러웠거든요〉 하고 그녀가 말했다.

그는 그녀의 맞은편에 앉아 부드러운, 연민을 담은 시선으로 그녀를 바라보고 있었다.

「사랑스러운 나따샤,」그가 한숨을 쉬며 말했다. 「나는 당신의 슬픔을 이해하오. 나는 이 순간이 당신에게 얼마나 어려울지를 알기 때문에, 당신을 찾아보는 것을 의무라고 여겼소. 가능하다면 슬픔을 잊으시오, 적어도 당신이 알료샤를 떠남으로 해서 그에게 행복을 가져다 주었다는 생각으로 말이오. 하지만 당신이 이 관대한 결정을 내렸기 때문에, 당신은 이것을 나보다 더 잘 알고 계실 거외다……」

〈나는 앉아서 그가 말하는 것을 들었어요,〉나따샤가 내게 이야기해 주었다. 〈하지만 처음에는 그가 말하는 것을 이해하지 못했어요. 나는 오로지 그를 뚫어지게 응시했다는 것만 기억할 뿐이에요. 그는 내 손을 잡고 자기 손으로 내 손을 꼭 쥐기 시작했어요. 그렇게 하는 것이 그에게는 아마도 꽤 유쾌했던가 봐요. 나는 그때까지도 너무 정신이 없어서 그의 손에서 내 손을 잡아 뺄 생각도 못했어요.〉

「당신은 이해했소,」그가 계속했다. 「당신이 알료샤의 아내가 되었더라면, 아마도 가까운 미래에 그에게서 당신에 대한 증오심을 불러일으켰으리라는 것을. 그리고 당신은 이것을 깨닫고 최종 결심을 할 만큼 고상한 자존심을 소유하고 있소……. 하지만 나는 당신을 칭찬하기 위해 온 것은 아니오. 나는 단지 당신에게, 당신이 결코 어디에서도 나보다 나은 친구를 찾지는 못할 것이란 점을 말하고 싶어서 온 것이오. 나는 당신에게 연민을 느끼고 당신을 가련하게 생각하고 있소. 나는 이 모든 일에 부득이 개입하게 되었소. 하지만 나는 나의 의무를 다했을 뿐이오. 당신의 아름다운 마음씨는 그것을 이해할 것이고 나의 마음과 화해해 줄 것이라 믿고 있소……. 내 마음은 당신의 마음보다 더 무거웠소, 믿어 주시오!」

「됐어요, 공작.」 나따샤가 말했다. 「나를 가만히 놓아두세요.」

「그럼요, 곧 가겠소.」 그가 대답했다. 「하지만 나는 당신을 친딸처럼 사랑하오, 당신을 방문하도록 허락해 주시오. 나를 당신의 아버지처럼 생각해 주시고 당신에게 도움이 될 수 있게 해주시오.」

「나는 아무것도 필요치 않아요, 가보세요.」 나따샤가 다시 그의 말을 끊었다.

「아오. 당신이 높은 기품을 지니고 있다는 것을…… 그러나 나는 진심으로, 마음에서 우러나 말하는 것이오. 이제 무엇을 할 작정입니까? 부모님과 화해할 건가요? 그건 좋은 일이오. 하지만 당신의 아버지는 부정하고 거만하며 포악하오. 용서하시오, 하지만 사실이 그렇소. 당신 집에서는 오직 비난과 새로운 고통만이 당신을 기다릴 거요……. 하지만, 어쨌든지 당신은 독립된 생활을 해야 하오. 그리고 나의 의무는, 나의 신성한 의무는 이제 당신을 염려하고 당신을 돕는 일이오. 알료샤가 내게 당신을 홀로 남겨 두지 말고 당신의 친구가 되어 주길 부탁했소. 그러나 나 이외에도 당신에게 깊이 반한 사람들이 있소. N백작을 당신께 소개하도록 허락해 주겠지요. 그는 고상한 마음씨의 소유자이고 우리 친척이오, 아니 그는 우리 가족 전체의 은인이라고 말할 수 있겠소. 그는 알료샤를 위해 많은 것을 해주었소. 알료샤는 그를 매우 존경하고 사랑하오. 그는 매우 힘있는 사람이고, 커다란 영

향력을 가지고 있소. 이미 노인이기에, 젊은 처녀인 당신이
그를 만나더라도 아무 상관이 없소. 내가 이미 그에게 당신
에 대해 이야기를 했소. 그는 당신에게 거처를 마련해 줄 수
있고, 당신이 원한다면 당신에게 좋은 장소를…… 자신의 친
척 부인 가운데 한 사람에게서지만, 제공해 줄 것이오. 나는
이미 오래전에 진실하고 솔직하게 우리에 관한 모든 일을 그
에게 말했소. 그는 자신의 선량하고 고결한 감정으로 인해,
자기 스스로 가능한 한 빨리 당신을 소개해 줄 것을 나에게
청할 정도요……. 이 사람은 모든 아름다운 것에 공감하는 그
런 사람이오. 내 말을 믿어 주시오, 그는 대범하고 훌륭한 노
인이며, 사람의 덕성을 평가할 줄 아는 위인이오. 그리고 얼
마 전에는 어떤 일로 당신 아버지에게 가장 고결한 태도를
보여 주었소.」

나따샤는 깊은 모욕감을 느끼고 자리에서 일어났다. 이제
야 그녀는 그를 이해한 것이었다.

「나가세요, 나가세요, 지금 당장!」 그녀가 외쳤다.

「하지만, 나의 친구여, 당신은 잊고 있소. 백작은 당신 아
버지에게도 도움이 될 수 있소…….」

「나의 아버지는 당신에게서 아무것도 받지 않을 거예요.
나가 주세요!」 나따샤가 다시금 소리 질렀다.

「맙소사, 당신은 참으로 성급하고 의심이 많군! 내가 무슨
일로 그런 소릴 들어야 한단 말인가.」 공작이 약간 불안하게
주위를 돌아보며 말했다. 「어떻든 당신은 내게 허락할 거요.」
그는 주머니에서 커다란 다발을 꺼내며 말을 계속했다. 「당
신은 내게 당신에 대한 나의 연민과 특히 내가 깨달을 수 있
도록 충고를 해준 N백작의 연민의 표시를 남겨 두도록 허락

해 주겠죠. 여기 1만 루블이 있소. 잠깐만, 친구!」 분노에 가득 차 나따샤가 자리에서 몸을 일으키는 것을 보며 그가 덧붙였다.「좀 참고 끝까지 들어 보시오. 당신은 당신의 아버지가 나와의 재판에서 진 것을 알 거요. 이 1만 루블은 일종의 보상이오…….」

「가세요.」 나따샤가 소리쳤다.「이 돈을 가지고 나가세요! 나는 당신 속을 꿰뚫어 보고 있어요……. 오, 저열하고, 저열하고, 저열한 사람 같으니!」

공작은 분노로 얼굴이 창백해져서 자리에서 일어났다. 아마도 그는 이곳 상황을 알아보고자 왔을 것이며, 그리고 모든 사람이 떠나 버린 뒤 가난한 나따샤에게 이 1만 루블이 그 힘을 발휘하리라 굳게 믿었을 것이다……. 야비하고 졸렬한 공작은 이미 그러한 일로 N백작, 그 음탕한 노인에게 여러 차례 아첨했던 터였다. 그러나 그는 나따샤를 증오했으며, 일이 바라는 대로 진행되지 않음을 보고 이내 어조를 바꾸어, 적어도 순순히 물러서지는 않겠다는 사악한 즐거움을 느끼면서 그녀를 모욕하려고 서둘렀다.

「당신이 그렇게 열 올리는 것, 그건 좋은 일이 아니오.」 그는 자신의 모욕이 곧 가져올 효과에 대한 성급한 즐거움 때문에 약간 떨리는 목소리로 말을 뱉었다.「좋지 않아요. 당신에게 보호와 도움을 제안했지만, 당신은 콧대만 높이 세웠소……. 그리고 당신은 나에게 고마워해야 한다는 것을 모르는군……. 이미 오래전에 나는 당신이 우려낸, 당신이 타락시킨 젊은 사람의 아버지로서 당신들을 형무소에 집어넣을 수도 있었소만 그렇게 하지 않았소…… 흐흐흐흐!」

그때 우리가 들어섰다. 이미 부엌에서 그의 목소리를 들고, 나는 의사를 잠시 멈춰 세운 후 공작의 마지막 말을 귀 기울여 들었다. 그 다음에 그의 혐오스러운 웃음소리와 나따샤의 필사적인 절규가 울려 퍼졌다. 〈오, 맙소사!〉 그 순간 나는 문을 열고 공작에게 돌진했다.

나는 그의 얼굴에 침을 뱉고 온 힘을 다해 그의 뺨을 내리갈겼다. 그는 나에게 덤벼들려고 하다가 우리가 두 사람인 것을 보자, 탁자 위에서 돈 다발을 움켜쥐고는 줄행랑을 쳤다. 그래, 그는 그렇게 한 것이다. 내가 직접 보았다. 나는 부엌의 탁자 위에 있던 방망이를 집어서 뛰어나가는 그의 꽁무니를 향해 던졌다……. 내가 다시 방으로 뛰어 들어왔을 때, 나는 의사가 나따샤를 꽉 붙잡고 있는 것을 보았다. 그녀는 마치 발작을 일으킨 듯 자신을 학대하고, 자신을 잡고 있는 의사의 손에서 벗어나려고 몸부림치고 있었다. 우리는 오랫동안 그녀를 진정시킬 수 없었다. 가까스로 우리는 그녀를 침대 위에 눕힐 수 있었지만, 그녀는 마치 열병에 걸린 것 같았다.

「선생님! 어떻습니까?」 나는 겁에 질려 사색이 되어 물었다.

「기다려 봐요.」 그가 대답했다. 「병세를 자세히 보고 그 다음에 판단해 볼 일이오……. 하지만 전체적으로 보아 상황이 좋지 않소. 열병이 생길 수도 있겠소……. 그렇기는 하나 어쨌든 조치를 취해 봅시다…….」

그러나 이미 내게는 다른 생각이 떠올랐다. 나는 의사에게 두세 시간 더 나따샤에게 머물러 줄 것과, 그녀에게서 1분도 떨어져 있지 않겠다는 약속을 해달라고 부탁했다. 나는 그의 약속을 듣고 집으로 달려갔다.

넬리는 우울하고 초조하게 한구석에 앉아서 이상한 눈초

리로 나를 바라보았다. 분명 나 자신도 기이했던 것 같다.

나는 그녀의 손을 잡고 일어나 소파에 앉은 뒤 내 무릎 위에 그녀를 앉히고 그녀에게 따뜻하게 입을 맞추었다. 그녀는 얼굴을 붉혔다.

「넬리, 나의 천사야!」 나는 말했다. 「네가 우리의 구원자가 되어 주지 않겠니? 우리 모두를 구해 주지 않겠니?」

그녀는 놀란 눈으로 나를 바라보았다.

「넬리! 지금 모든 희망이 너에게 걸려 있어! 한 아버지가 있다. 너도 그를 봐서 알거야. 그는 자신의 딸을 저주했고, 어제 그 딸 대신에 너를 받아들이고 싶어서 내게 부탁하러 왔었지. 지금 그녀는, 나따샤는(너도 그녀를 사랑한다고 말했었지), 그녀가 사랑했고 그 때문에 부모 곁을 떠나게 되었던 그 사람에게서 버림을 받았단다. 그는 어느 날 저녁때 여기 왔었는데, 기억할 거야, 나를 찾아왔다가 너만 만나고 돌아간 그 공작의 아들이야. 너는 그를 보고 도망을 쳤고 그 다음에 병이 났었지……. 그를 알겠지? 그는 나쁜 사람이야!」

「알아요.」 넬리가 대답하고는 몸서리를 치더니 창백해졌다.

「그래, 그는 나쁜 사람이야. 그는 자기 아들 알료샤가 그녀와 결혼하기를 원했기 때문에 그녀를 증오해. 오늘 알료샤가 떠났어. 그리고 한 시간이 못 되어 그가 나따샤의 집에 나타나 그녀를 모욕하고 형무소에 집어넣겠다고 위협했어, 그리고 그녀를 비웃었지. 내 말을 알아듣겠니, 넬리?」

그녀의 검은 눈이 빛났으나, 그녀는 이내 시선을 떨구었다.

「알아들어요.」 그녀는 들릴 듯 말 듯한 목소리로 속삭였다.

「지금 나따샤는 혼자야, 병이 났고. 나는 그녀를 우리 의사 선생님께 맡겨 놓고 너에게 달려온 거야. 잘 들어라, 넬리. 나따샤의 아버지께 가자, 너는 그를 좋아하지 않고, 그에게 가기를 원치 않지만, 지금 그에게 함께 가자꾸나. 우리가 가서, 나는 네가 이제 그들 집에서 딸 대신에, 나따샤 대신에 살고 싶어한다고 말하마. 노인은 지금 앓고 있어, 왜냐하면 나따샤를 저주했기 때문이야. 그리고 그가 며칠 전 알료샤의 아버지로부터 치명적으로 모욕을 당했기 때문이지. 그는 지금 딸에 대해 아무 말도 들으려고 하지 않아. 하지만 그는 그녀를 사랑해, 넬리, 그리고 그녀와 화해하기를 원해. 나는 그것을 알아, 나는 다 알아! 그건 진짜야! 듣고 있니, 넬리?」

「듣고 있어요.」 그녀는 다시 속삭이듯 대답했다. 나는 눈물범벅이 되어 그녀에게 말했다. 그녀는 소심하게 나를 바라보았다.

「내 말을 믿겠니?」

「믿어요.」

「그럼 내가 너를 데리고 가서 자리에 앉혀 주마. 그들은 너를 받아들이고 애정으로 대해 줄 것이며, 여러 가지를 물을 거야. 그럼 내가 나서서 너의 예전의 생활과, 너의 엄마와 할아버지에 대해 묻게끔 대화를 유도하겠다. 넬리, 그들에게 모든 것을, 네가 나에게 말했던 것처럼 전부 다 이야기하거라. 모든 것을, 모든 것을 이야기해, 솔직히 아무것도 숨기지 말고. 나쁜 사람이 너의 엄마를 버린 것을, 네 엄마가 부브노바 네 지하실에서 어떻게 돌아가셨는지를, 네가 엄마와 어떻게 거리를 돌아다니며 동냥했는지를, 돌아가시면서 엄마가 네게 말한 것을 그리고 너에게 부탁한 것을…… 네 할아버지에 대해서도 이야기하거라. 그가 왜 너의 엄마를 용서하려 하지 않았는지, 그리고 왜 네 엄마가 마지막 순간에 자기를 용서해 주러 와달라는 부탁을 하기 위해 그에게 너를 보냈는지, 그리고 그가 왜 오고자 하지 않았는지를……, 그리고 그녀가 어떻게 세상을 떠났는지를 이야기하거라. 모든 것을, 모든 것을 이야기하거라! 네가 이 모든 것을 다 이야기하면, 노인은 이 모든 것을 자신의 가슴으로 느낄 거야. 그도 나따샤가 오늘 알료샤로부터 버림받고 모욕을 당하고 능욕을 당한 채 홀로, 아무런 도움도 보호도 없이 적의 손아귀에 내맡겨진 채 남았다는 것을 알 거야. 그는 모든 것을 다 알고 있어……. 넬리! 나따샤를 구해 줘! 나와 함께 가주겠니?」

「네.」 그녀가 대답했다. 그녀는 힘들게 숨을 몰아쉬며 미심쩍은 눈초리로 오랫동안 나를 골똘히 바라보았다. 이 시선 속에는 일종의 질책 비슷한 것이 담겨 있었다. 나도 마음속에서 이것을 느꼈다.

하지만 나는 내 생각을 거둘 수 없었다. 나는 지나치게 그것을 믿었다. 나는 넬리의 손을 잡고 집을 나섰다. 이미 오후 두 시가 넘어 있었다. 검은 구름이 몰려왔다. 최근엔 날씨가 내내 기온이 높고 더웠다. 하지만 지금은 어디선가 멀리서, 초봄의 최초의 천둥 소리가 들려왔다. 바람이 먼지 이는 거리를 쓸며 지나갔다.

우리는 마차에 올라탔다. 가는 도중에 넬리는 내내 침묵을 지켰고, 이따금 기이하고 불가사의한 시선으로 나를 바라볼 뿐이었다. 그녀의 가슴은 심하게 요동 치고 있었다. 그리고 내가 흔들리는 마차에서 그녀를 잠시 부축해 주었을 때, 나는 그녀의 조그마한 심장이 마치 튀어나오기라도 하려는 듯, 내 손바닥 아래서 고동치는 것을 느꼈다.

7

길은 끝이 없는 듯했지만, 마침내 우리는 도착했다. 나는 조마조마한 심정으로 두 노인의 집에 들어섰다. 내가 이 집에서 어떤 모습으로 나오게 될는지 알 수 없었지만, 어떠한 일이 있더라도 노인에게 나따샤에 대한 용서와 화해를 구하고 나와야 한다는 사실만큼은 분명히 알고 있었다.

벌써 세 시가 지났고, 여느때와 마찬가지로 두 노인들만 방에 앉아 있었다. 니꼴라이 세르게이치는 기분이 몹시 상해 있었고 병색이 완연했으며, 머리에 수건을 동여맨 채 창백하고 기운 없는 모습으로 자신의 안락의자에 반쯤 드러누워 있었다. 안나 안드레예브나는 그의 곁에 앉아서 이따금 그의 관자놀이에 식초를 적셔 주고 있었다. 그리고 부단히 무언가를 알아내려는 듯 고통스러운 모습으로 그를 힐끔힐끔 보고 있었다. 이러한 그녀의 모습은 노인을 몹시 괴롭혔을 뿐만 아니라 화까지 돋우었다. 그는 굳게 입을 다물고 있었으며, 그녀는 감히 말을 꺼낼 엄두도 못 내고 있었다. 두 사람은 예기치 못한 우리의 방문에 놀랐다. 안나 안드레예브나는 넬리와 함께 온 나를 보자 흠칫 놀랐으며, 처음 얼마간은 마치 자기가 무슨 잘못이라도 범했음을 갑자기 느낀 사람처럼, 그렇게 우리를 쳐다보았다.

「당신들께 저의 넬리를 데리고 왔습니다.」 나는 들어서며 말했다. 「고심한 끝에 이 아이가 스스로 당신들께 오기를 원했습니다. 맡아 주시고 사랑해 주십시오…….」

노인은 의심스러운 눈초리로 나를 쳐다보았다. 그의 시선에서 나는 그가 모든 사실을, 즉 나따샤가 지금쯤 혼자 남겨져 있으며, 버림받고 이미 모욕까지 받았다는 것을 다 알아챘음을 읽을 수 있었다. 그는 우리가 방문한 배경을 몹시도 알고 싶은 미심쩍은 표정으로 나와 넬리를 쳐다보았다. 넬리는 내 손을 꼭 쥔 채 떨면서 줄곧 바닥만 바라보았고, 간간이 마치 붙잡힌 어린 짐승처럼 겁에 질린 눈으로 주위를 둘러볼 뿐이었다. 그러나 곧 안나 안드레예브나는 냉정을 되찾고 사태를 눈치 챘다. 그녀는 넬리에게 와락 달려들어 입 맞추고 머리를 쓰다듬으며 눈물을 흘리기까지 했다. 그리고 넬리의 손을 꼭 잡은 채, 자기 곁에 다정스레 앉혔다. 넬리는 호기심과 일종의 놀라움에 찬 눈길로 그녀를 흘끔흘끔 훔쳐보고 있있다.

그러나 넬리를 쓰다듬으며 곁에 바싹 당겨 앉힌 노부인은 더 이상 어찌할 바를 모른 채, 순박한 기대의 빛을 띠며 나를 바라보기 시작했다. 노인은 내가 왜 넬리를 데리고 왔는지 알아챈 듯 인상을 찌푸리고 있었다. 내가 그의 불만스러운 표정과 잔뜩 일그러진 이마에 마음을 쓰고 있다는 것을 눈치 챈 노인은 머리에 손을 갖다 대면서 끊어질 듯 내게 말했다.

「머리가…… 아프네……, 바냐.」

우리는 말을 잊은 채 마냥 앉아만 있었다. 나는 어떻게 말을 꺼내야 할지 생각했다. 방 안은 어스레한 어둠이 휘감고 있었다. 먹구름이 몰려오더니 이윽고 저 멀리서 또다시 천둥 소리가 들려왔다.

「올 봄엔 천둥이 꽤 이르군.」 노인이 말했다. 「내 기억엔, 37년도에 우리 고장에선 이보다 더 빨랐었지.」

안나 안드레예브나는 한숨을 내쉬었다.

「사모바르를 준비할까요?」 그녀가 겁먹은 듯한 음성으로 물었다. 그러나 아무도 대답을 하지 않자 그녀는 다시금 넬리를 쳐다보았다.

「귀여운 아가야, 이름이 뭐니?」그녀가 물었다.

넬리는 기어드는 목소리로 이름을 말하고는 전보다 더 고개를 숙였다. 노인은 넬리를 뚫어지게 쳐다보고 있었다.

「그러면 엘레나니?」할머니는 기운을 얻은 듯 다시 말을 이었다.

「네.」넬리가 대답하고 나서 또다시 잠시 침묵이 이어졌다.

「쁘라스꼬비야 안드레예브나 누나에게 엘레나라는 조카가 있었지.」니꼴라이 세르게이치가 말했다.「그 아이도 역시 넬리라고 불렸던 기억이 나.」

「가련하기도 하지, 너는 친척도, 아버지도, 어머니도 없니?」다시 안나 안드레예브나가 물었다.

「없어요.」넬리가 흠칫 놀라며 빠르게 말했다.

「그래, 들어서 알고 있단다. 한데 네 어머닌 돌아가신 지 오래됐니?」

「얼마 안 돼요.」

「불쌍하게도 고아로구나.」노부인은 말을 이으며 애처롭게 넬리를 바라보았다. 니꼴라이 세르게이치는 초조함을 감추지 못하고 탁자를 손가락으로 두드리고 있었다.

「네 어머닌 외국인이었니? 이반 뻬뜨로비치, 자네가 그렇게 말을 한 것 같은데?」노부인의 조심스러운 물음이 이어졌다.

넬리는 마치 도움을 구하기라도 하듯 검은 눈으로 재빨리 나를 쳐다보았다. 넬리는 어딘가 고르지 못한 괴로운 숨을 내쉬고 있었다.

「이 아이의 어머니는 말이죠, 안나 안드레예브나,」 내가 말을 시작했다. 「이 아이의 어머니는 영국 남자와 러시아 여인 사이에서 태어났는데, 말하자면 러시아 인이죠. 넬리는 외국에서 태어났습니다.」

「넬리의 어머니가 도대체 어떻게 남편과 외국으로 나가게 되었는가?」

순간 넬리의 얼굴이 붉어졌다. 노부인은 곧바로 자신이 실언했음을 깨달았고, 격노한 노인의 시선에 몸을 떨었다. 그는 엄한 눈초리로 그녀를 쏘아본 후 창문 쪽으로 얼굴을 돌려 버렸다.

「넬리의 어머니는 비열하고 나쁜 악한에게 속았어.」 그가 갑자기 안나 안드레예브나에게 몸을 돌리며 말했다. 「그녀는 그놈과 함께 아버지로부터 달아나서, 정부에게 아버지의 돈을 다 넘겨 버렸어. 그놈은 갖은 거짓말로 그녀에게서 돈을 사취했고, 외국으로 데리고 나가 돈을 몽땅 뺏고 나서 버렸던 거야. 어느 선량한 사람이 그녀를 저버리지 않고 죽을 때까지 그녀를 도와주었지. 그러다 그가 죽자 그녀는 2년 전 아버지에게로 다시 돌아왔어. 바냐, 자네가 말한 대로지?」 노인이 단속적으로 물었다.

넬리는 극도의 흥분에 휩싸여 벌떡 일어나더니 문 쪽으로 가려 했다.

「넬리, 이리로 오너라.」 마침내 넬리에게 손을 내밀며 노인이 말했다. 「여기에 앉거라, 내 곁에 와서 앉아, 여기에, 어서!」 그는 허리를 굽혀 넬리의 이마에 입을 맞춘 다음, 조용히 그 애의 머리를 쓰다듬기 시작했다. 넬리는 부들부들 떨고 있었지만…… 그러나 잘 참아 냈다. 안나 안드레예브나는

감동해서 니꼴라이 세르게이치가 마침내 고아를 귀여워하게
된 것에 대해 기쁨 어린 기대감을 안고 바라보고 있었다.

「넬리, 네 어머니를 파멸시킨 사람은 악독한 데다 잔인하
며 배은망덕한 놈이라는 걸 나는 알고 있단다. 그리고 네 어
머니가 자기의 아버지를 사랑했고 존경했다는 것도 알고 있
단다.」 노인은 넬리의 머리를 계속 쓰다듬으면서, 그리고 이
순간 우리에게 이 말을 던지지 않기 위해 인내하던 것을 단
념하고 흥분한 채 말했다. 엷은 홍조가 그의 창백한 두 뺨을
물들였다. 그는 우리를 쳐다보지 않으려고 애쓰고 있었다.

「할아버지가 엄마를 사랑하셨던 것보다 엄마가 할아버지
를 더 사랑했어요.」 넬리 역시 아무와도 시선을 마주치지 않
으려고 애쓰며, 겁먹은 듯 그러나 분명하게 말했다.

「그걸 네가 어떻게 아니?」 노인이 흡사 어린애처럼 참지
못하고 격하게 물었다. 노인 자신도 부족한 인내심에 일종의
수치심을 느끼는 듯했다.

「전 알아요.」 넬리는 분명하게 잘라 말했다. 「할아버진 엄
마를 받아들이지 않았고, 그리고…… 쫓아 버렸어요…….」

나는 니꼴라이 세르게이치가 무엇인가 말하고자 한다는 것
을, 반박하고자 한다는 것을, 이를테면 딸을 받아들이지 않은
것이 당연했다는 말을 하고 싶어한다는 것을 알아챘다. 그러
나 그는 우리를 흘끗 보더니 입을 다물어 버리고 말았다.

「할아버지가 너와 엄마를 받아들이지 않았을 때 어디서 어
떻게 살았니?」 안나 안드레예브나가 물었다. 그녀에게 갑자
기 이 문제로 대화를 계속하고자 하는 의지와 고집이 발동했
던 것이다.

「우리는 도착해서 오랫동안 할아버지를 찾아다녔어요.」 넬

리가 대답했다. 「하지만 도저히 찾아낼 방법이 없었어요. 그때 엄마는 할아버지가 이전에 굉장히 부자였으며, 공장도 지으려 했다는 말씀을 하셨어요. 그런데 엄마와 함께 떠난 사람이 할아버지 돈을 엄마에게서 다 빼앗아 가고 돌려주지 않아서, 지금 할아버지는 아주 가난하댔어요. 엄마가 직접 그렇게 말해 주었어요.」

「흠…….」 노인이 대꾸했다.

「그리고 종종 이런 얘기를 했어요.」 넬리는 차츰 활기를 띠며 마치 니꼴라이 세르게이치에게 반발하기라도 하려는 듯 말을 이었지만, 시선은 안나 안드레예브나를 향하고 있었다. 「할아버지는 엄마에게 매우 화가 나 계시고, 엄마는 할아버지한테 정말 모든 면에서 죄인이며, 지금 엄마에겐 이 세상에 할아버지 외엔 아무도 없다고 말했어요. 제게 이야기할 땐 항상 우셨죠……. 〈할아버진 날 용서하지 않으실 거다.〉 우리가 여기에 올 때 엄마는 말했어요. 〈하지만, 아마도 너를 보시게 되면 사랑하시게 될 거고, 그러면 너 때문에라도 나를 용서해 주실지도 모르지.〉 엄마는 저를 아주 사랑하셨고, 이런 이야기를 할 때면 항상 입을 맞추어 주셨지만, 할아버지에게 가기를 무척 두려워했어요. 엄마는 저에게 할아버지를 위해 기도를 올리는 것을 가르쳐 주었고, 직접 할아버지를 위해 기도했어요. 그리고 또 이전에 할아버지와 어떻게 살았는지, 할아버지가 누구보다도 엄마를 사랑하셨다는 이야기를 해주셨어요. 엄마는 할아버지께 피아노를 연주해 드렸고, 저녁마다 책을 읽어 드렸고, 그러면 할아버지는 엄마에게 키스를 해주시거나 많은 선물을 주셨대요……. 항상 선물을 하셨대요. 그래서 한번은 엄마의 명명일에 두 분이 다투셨대요. 할아버지는 엄마가 어떤 선물을 받게 될지 모르고 있다고 생각하셨는데, 엄마는 그 선물이 무엇인지 알고 있었기 때문이었죠. 엄마는 귀고리를 갖고 싶어했는데, 할아버지는 귀고리가 아니라 브로치를 선물할 거라며 엄마를 일부러 속이셨대요. 귀고리를 가져온 할아버지는 엄마가 브로치가 아니라 귀고리라는 것을 미리 짐작하고 있었다는 것을 알고는 화를 내셨고, 반나절이나 엄마와 말씀을 하지 않으셨는데, 그 다음 할아버지는 엄마에게 가서 입을 맞추고는 사과하셨대요……」

넬리는 이야기에 열중했고, 창백하게 병색이 도는 두 뺨에 홍조를 띠기까지 했다.

넬리의 엄마는 지하 구석방에 앉아 어린 딸(그녀에게 남은 유일한 위안)을 껴안고 입 맞추며, 자신의 행복했던 지난날들을 넬리에게 이야기해 주었던 것이 분명했다. 하지만 그녀의 이런 이야기들이 앓고 있는 아이의 병적일 만큼 민감하고, 일찍 성숙한 심성에 얼마나 큰 반향을 일으켰는지는 헤아리지 못했을 것이다.

그러나 열중해 말하던 넬리가 마치 갑자기 정신이 든 듯 의심하는 눈으로 주위를 둘러보고는 입을 다물어 버렸다. 노인은 이맛살을 찌푸리고는 다시금 탁자를 손가락으로 두드리기 시작했다. 안나 안드레예브나의 두 눈엔 눈물이 맺혔고, 그녀는 손수건으로 조용히 눈물을 닦았다.

「엄마는 매우 아픈 상태에서 여기로 오셨어요.」 넬리가 나직한 목소리로 덧붙였다. 「엄마는 가슴이 몹시 좋지 못했어요. 우리는 오랫동안 할아버지를 찾아다녔지만 찾을 수가 없었죠. 엄마와 나는 지하의 구석방 한 칸을 얻었어요.」

「아픈 사람이 지하 구석에!」 안나 안드레예브나가 소리쳤다.

「네…… 구석이에요.」 넬리가 대답했다. 「엄마는 가난했어요. 엄마는 제게 말하곤 했죠.」 기운을 차리며 넬리가 말을 이었다. 「가난한 것은 죄가 아니란다. 부자이면서 모욕을 일삼는 것이 죄란다……. 엄마는 하느님에게서 벌을 받은 거야.」

「그럼 두 사람은 바실리예프스끼 섬에다 방을 얻었니? 저기 부브노바의 집 말이야, 그렇지?」 노인은 자신의 질문이 별 의미가 없다는 것을 보이려 하면서 나를 향해 물었다. 그냥 아무 말 없이 앉아 있는 것이 어색하다는 듯 물음을 던졌다.

「아니에요, 거기가 아니고 처음엔 메샨스까야[90]에 있었어요.」 넬리가 대답했다. 「그곳은 매우 어둡고 습기가 많았죠.」 그녀는 잠시 입을 다물었다가 말을 이었다. 「그리고 엄마의 건강은 몹시 나빠지기 시작했지만, 그때까지만 해도 걸어 다닐 순 있었어요. 저는 엄마의 내의를 세탁해 드렸는데, 엄만 우시기만 하셨어요. 그곳에는 할머니 한 분이 살고 있었는데, 대위의 부인이었죠. 또 퇴역 관리 한 사람도 살았는데, 매일같이 술에 취해 와서는 밤새도록 고함을 지르고 소란을 피웠어요. 저는 그 사람을 아주 무서워했어요. 엄마는 저를 엄마의 침대로 불러 꼭 안아 주셨지만, 엄마 자신도 온몸을 떨고 있었어요. 그 관리는 소리를 지르고 욕지거리를 해댔지요. 한번은 그가 대위 부인을 때리려고 했어요. 그 대위 부인은 나이 많은 할머니였고, 지팡이를 짚고 다녔죠. 엄마는 그 할머니가 너무도 가련하여 두둔하며 나섰어요, 그러자 관리

---

90 도스또예프스끼 자신이 『상처받는 사람들』을 쓴 직후 『시대』에 기고하던 때 살던 뻬쩨르부르그 중심가의 거리.

가 엄마를 때렸고, 저는 그 관리를……」

넬리는 여기에서 말을 멈췄다. 지난 기억이 넬리를 격한 흥분에 휩싸이게 한 것이다. 넬리의 두 눈은 번뜩이기 시작했다.

「맙소사!」 안나 안드레예브나가 주로 자신을 향해 이야기하고 있는 넬리에게서 눈길 한번 떼지 않으며 완전히 몰입되어 있다가 소리쳤다.

「그때 엄마는 밖으로 나갔어요.」 넬리는 계속했다. 「저를 데리고 가셨죠. 그때는 낮이었어요. 우리는 저녁때가 다 되도록 거리를 따라 걸었어요. 엄마는 내 손을 꼭 쥔 채 울면서 계속 걸었어요. 저는 무척 지쳤죠. 우리는 이날 아무것도 먹질 못했거든요. 엄마는 줄곧 혼잣말만 하며, 저에게는 내내 이렇게 말했어요. 〈가난하게 살거라, 넬리야. 그리고 내가 죽으면 누구 말도, 아무 말도 듣지 말아라. 아무에게도 가지 말아라. 혼자서 가난하게 살고 그리고 일을 해라. 일자리가 없으면 구걸을 할지언정, 그들에게는 절대 가지 말아라.〉 땅거미가 질 무렵, 우리는 널찍한 거리를 건너고 있었는데 갑자기 엄마가 외쳤어요. 〈아조르까! 아조르까!〉 그러자 갑자기 털이 빠진 커다란 개 한 마리가 엄마한테 달려와 큰 소리로 짖고는 엄마에게 파고들었어요. 엄마는 깜짝 놀라서 얼굴이 갑자기 창백해지며 외마디 소리를 지르더니, 지팡이를 짚은 채 땅만 보며 걷고 있던 키 큰 노인 앞에 무릎을 꿇었어요. 키 큰 노인은 할아버지였으며, 여위고 허름한 옷을 걸치고 있었어요. 이렇게 하여 저는 처음으로 할아버지를 만나게 된 거예요. 할아버지도 몹시 놀라 얼굴이 온통 창백해지셨어요. 그리고 엄마가 엎드려 할아버지의 두 다리를 감싸 안고 있는 것을 보고는 엄마를 뿌리치며 밀쳐 냈어요. 그런 다음 지팡이로 바닥을 세게 두드리고는 우리를 두고 빠른 걸음으로 가버렸어요. 아조르까는 여전히 남아서 계속 짖으며 엄마를 핥다가 할아버지에게 달려가서 할아버지 옷의 앞깃을 물고는 뒤로 당겼지만, 할아버지는 오히려 개를 지팡이로 때렸어요. 아조르까는 또다시 우리에게 달려오려 했지만 할아버지가 큰 소리로 부르자 할아버지 뒤를 쫓아가며 여전히 짖어 댔어요. 엄마가 마치 죽은 사람처럼 누워 있자 주위에 사람들이 몰려들었고 경찰도 도착했어요. 저는 연방 고함을 지르며 엄마를 일으키려고 했어요. 엄마는 간신히 일어나 주위를 둘러보고는, 내 뒤를 따라왔어요. 저는 엄마를 집까지 모셔 갔지요. 사람들은 오랫동안 우리들을 바라보며 연신 고개를 저어 댔어요…….」

넬리는 숨을 돌리기 위해 잠시 말을 멈췄다. 그녀는 몹시 창백해져 있었지만 두 눈엔 단호함이 서려 있었다. 마침내 그녀는 모든 것을 다 말해 버리기로 결심한 것이 분명했다. 이 순간 넬리에게서는 일종의 도전적인 무언가가 느껴질 정도였다.

「그래 뭐.」 니꼴라이 세르게이치가 고르지 못한 목소리로, 무언가 성이 나고 매정한 어조로 말했다.「그래 말이지, 네 어머니가 자기 아버지를 모욕했으니, 그가 네 어머니를 거절한 거지…….」

「엄마도 그렇게 말했었죠.」 넬리가 날카롭게 말꼬리를 잡아챘다.「엄마는 우리가 집으로 걸어오는 동안 줄곧 말했어요. 그분이 너의 할아버지시란다. 넬리. 나는 할아버지에게 죄를 지었다. 그래서 할아버진 나를 저주하셨고, 그 일로 인

해 지금 신이 나를 벌하고 계신 거란다. 그날 밤새도록, 그리
고 그 다음 며칠 동안 그 말씀을 계속했어요. 마치 실성한 사
람처럼 말이죠…….」

노인은 입을 다물었다.

「그런 다음에 어떻게 거처를 다른 곳으로 옮기게 되었니?」
나지막이 흐느끼던 안나 안드레예브나가 물었다.

「엄마는 이날 밤부터 앓기 시작했어요. 대위 부인이 부브노
바의 집에 새 거처를 구해 주었죠. 3일째 되던 날 우리는 이사
를 했어요. 대위 부인도 우리와 같이 갔어요. 이사를 하자마
자 엄마는 완전히 병석에 눕게 되었고, 3주 동안 그렇게 아파
누워 있었어요. 나는 엄마를 간호했고요. 우리는 돈이 다 떨
어졌는데, 대위 부인과 이반 알렉산드리치가 도와주었어요.」

「주인인 장의사입니다.」 내가 설명을 덧붙였다.

「엄마가 자리에서 일어나 걸을 수 있게 되자, 저에게 아조
르까 이야기를 해주셨어요.」

넬리는 말을 멈췄다. 노인은 이야기가 아조르까로 넘어가
자 반가워하는 눈치였다.

「아조르까에 관해서 네게 무슨 이야기를 해주던?」 노인이
물었다. 그는 고개를 아래로 향하고 더욱 얼굴을 감추려는
듯, 자신의 안락의자에서 몸을 더 앞으로 숙였다.

「엄마는 줄곧 할아버지에 관해서 말씀하셨어요.」 넬리가
대답했다. 「아플 때에도, 그리고 열이 올라 헛소리를 할 때에
도 내내 할아버지에 대한 말씀만 했어요. 건강을 회복하자,
이전에 어떻게 살았는지 다시 이야기하기 시작했는데…… 그
때 아조르까 이야기도 해주었어요. 언젠가 교외의 어느 강가
에서 아이들이 아조르까를 물에 빠뜨리려고 목에 줄을 묶어

끌고 가기에 그 아이들에게 돈을 주고 아조르까를 샀대요. 할아버지는 아조르까를 보고는 웃음을 터뜨리셨대요. 그러자 아조르까가 도망을 가버려서 엄마는 울음을 터뜨렸고, 할아버지는 깜짝 놀란 나머지 아조르까를 데려오는 사람에게 1백 루블을 준다고 말씀하셨대요. 사흘째 되던 날 누군가 아조르까를 끌고 왔기에 할아버지는 1백 루블을 내주셨고, 그때부터 아조르까를 사랑하게 되었답니다. 엄마는 아조르까를 얼마나 좋아하셨던지 침대에까지 데리고 들어갈 정도였대요. 엄마는 저에게, 아조르까가 이전에 광대들과 거리를 돌아다녀서 재롱도 부릴 줄 알았고, 원숭이를 태워 다니기도 했고, 소총도 다룰 줄 알았고, 그 외에도 많은 것을 할 줄 알았다고 이야기해 주었어요⋯⋯. 엄마가 할아버지를 떠나자, 할아버지는 아조르까를 곁에 두고 늘 아조르까와 함께 다니셨대요. 그래서 엄마는 그날 거리에서 아조르까를 보자 곧바로 거기에 할아버지가 계시다고 짐작하셨던 거죠⋯⋯.」

노인은 아조르까에 대해 그런 이야기를 들으리라고는 기대하지 않았는지 점점 더 미간을 찌푸렸다. 그는 이제 더 이상 아무것도 묻지 않았다.

「그러면 너희 두 사람은 그 후로 할아버지를 보지 못 했니?」 안나 안드레예브나가 물었다.

「아니에요, 엄마가 건강을 회복했을 때 저는 다시 할아버지를 만나게 되었어요. 제가 빵을 사러 가게에 다녀올 때였죠. 갑자기 아조르까를 데리고 있는 사람을 보게 되었는데, 가만히 보니 할아버지였어요. 전 옆으로 비켜 벽에 바짝 붙어 섰어요. 할아버지가 저를 보시는데, 아주 오랫동안 바라보시는데, 몹시도 무서워서 저는 소름이 끼칠 정도였어요.

저는 곧 옆을 지나갔어요. 아조르까는 저를 기억해 내고 곁에서 저를 따라 달리며 제 손을 핥았어요. 제가 다급히 집으로 돌아가며 뒤를 돌아보니 할아버지는 가게로 들어가시는 거예요. 아마 가게에서 이것저것 물어보시리라 생각하니 더욱 겁이 났어요. 집에 도착한 저는 엄마가 또 아플까 봐 아무 말씀도 드리지 않았어요. 다음날에는 머리가 아프다는 핑계를 대고 가게에도 가지 않았어요. 사흘째 되는 날 가게에 갔었는데, 아무도 만나지 않았지만 얼마나 무서웠는지 막 뛰어서 돌아왔어요. 그리고 그 다음날, 제가 밖으로 나가 모퉁이를 막 돌아서자마자 할아버지와 아조르까하고 마주쳤어요. 저는 마구 달려가서 다른 거리로 돌아 반대편 쪽에서 가게에 가려고 했어요. 그런데 거기서 또 할아버지와 만났고 너무나 놀란 나머지 그 자리에서 걸음을 멈춘 채 움직일 수가 없었어요. 할아버지는 제 앞에 서서, 또다시 오랫동안 저를 바라보셨어요. 그런 다음 제 머리를 쓰다듬고는 제 손을 잡아 데리고 가셨어요. 아조르까는 우리 뒤를 따라오며 꼬리를 살랑거렸어요. 그때 저는 비로소 할아버지께서 똑바로 걸으시지 못하고 줄곧 지팡이에 의지한 채, 양손을 눈에 띄게 떠시는 것을 보게 되었죠. 할아버지는 거리 구석에서 당밀 과자와 사과를 파는 행상에게 저를 데려갔어요. 할아버지는 제게 수탉 모양과 물고기 모양의 당밀과자, 그리고 캔디 한 알과 사과를 사주셨어요. 그리고 가죽 주머니에서 돈을 끄집어내시는데 양손이 너무 떨렸어요. 그래서 5꼬뻬이까를 떨어뜨리셨고, 제가 집어 드렸지요. 할아버지는 그 5꼬뻬이까를 제게 주셨어요. 그리고 당밀 과자를 쥐어 준 뒤 제 머리를 쓰다듬어 주셨지만, 또다시 아무런 말씀도 하지 않으시고 저를 그대로 두고 집으로 가셨어요.

저는 엄마에게 돌아와 할아버지와 만난 이야기를 다 했어요. 처음에 너무 무서워 숨어 버린 사실까지도요. 엄마는 처음에는 저를 믿으려 하지 않았어요. 그러다가 굉장히 기뻐하면서 저녁 내내 이것저것 물어보고 키스하며 우셨어요. 모든 것을 다 이야기하자, 엄마는 할아버지가 일부러 제게 오셨다면, 분명 저를 사랑하게 된 것이니 더 이상 할아버지를 무서워하지 말라고 당부하셨어요. 그리고 할아버지께 응석도 부리고 이야기도 하라고 말씀하셨죠. 다음날 오전부터 엄마는 저를 여러 차례 내보내셨어요. 제가 할아버지는 항상 저녁때가 되어서야 오신다고 말했는데도요. 엄마는 약간의 거리를 두고 제 뒤를 따라와 골목에 몸을 숨겼죠. 그 다음날도 그랬지만 할아버지는 오시지 않았어요. 이 며칠 동안 계속해서 비가 내렸고, 엄마는 줄곧 저와 함께 집을 나선 탓에 심하게 감기에 걸려서 다시 자리에 눕고 말았어요.

할아버진 일주일이 지난 뒤 오셨는데, 또다시 제게 물고기 모양의 당밀 과자와 사과를 사주시고는 역시 아무 말씀도 하지 않으셨어요. 할아버지는 다시 저를 놓아두고 그냥 가셨어요. 저는 할아버지가 어디에 사시는지 알아내서 엄마에게 말씀드리리라 미리 생각해 두었기 때문에, 가만히 할아버지의 뒤를 밟았어요. 저는 할아버지께서 저를 보지 못하시도록 길반대편에서 멀찌감치 떨어져 걸었어요. 할아버지는 멀리 떨어진 곳에 사셨어요. 나중에 살다가 돌아가신 지금의 그곳이 아니라, 고로호바야 가[91]에 있는 큰 건물의 4층에 사셨지요.

91 이 길은 메샨스까야 거리로 통한다. 그 당시에는 장인들, 관리들, 상인들이 모여 살던 곳으로서, 그 당시치고는 대규모의 셋집들이 들어차 있었다.

저는 모든 것을 다 알아내고 늦게서야 집에 돌아왔죠. 엄마는 제가 어디를 갔는지 몰랐기 때문에 무척 걱정하셨대요. 제가 이야기를 마치자 엄마는 매우 기뻐하셨고, 다음날 바로 할아버지한테 가려고 하셨죠. 하지만 정작 다음날이 되자 생각에 잠기더니 가기를 두려워하셨어요. 그렇게 사흘 동안이나 두려워하셔서 결국 다녀오지 못했죠. 그런 이후에 저를 불러 말했어요. 넬리야, 나는 지금 아파서 갈 수가 없구나. 네 할아버지께 편지를 썼으니 가서 전해 드리럼. 그리고 넬리야, 할아버지가 어떻게 편지를 읽으시는지, 무슨 말씀을 하시는지, 또 어떻게 하시는지 잘 보거라, 그리고 무릎을 꿇거라, 그리고 할아버지께 입을 맞추고 네 엄마를 용서하도록 빌으렴…… 그리고 엄마는 몹시 울었어요. 그리고 줄곧 제게 입을 맞추어 주셨고, 잘 갔다 오라며 성호를 긋고, 하느님께 기도했어요. 그리고 저도 성상 앞에서 엄마와 함께 무릎을 꿇게 했지요. 엄마는 몹시 아팠지만, 그럼에도 저를 대문까지 배웅해 주셨어요. 뒤돌아보니, 엄마는 여전히 제자리에 서서 제가 가는 모습을 바라보고 있었어요…….

저는 할아버지 집에 도착해 문을 열었어요. 그런데 그 문은 잠겨 있지 않았어요. 할아버지는 식탁에 앉아 감자를 곁들여 빵을 드시고 계셨고, 아조르까는 맞은편에 앉아 할아버지가 식사하시는 것을 바라보며 꼬리를 살랑대고 있었어요. 할아버지의 집도 역시 창문이 낮고 어두웠고, 탁자와 의자가 각각 하나씩 있었을 뿐이었어요. 할아버지는 혼자 살고 계셨지요. 제가 들어서자 할아버지는 몹시 놀라며 얼굴이 새하얗게 질리고 몸을 떨기 시작했어요. 저도 역시 놀라서 아무 말도 하지 않은 채, 탁자로 다가가 편지를 꺼내 놓았어요. 편지라는 걸 아신 할아버지는 벌떡 일어나 지팡이를 집어 저에게 휘두를 정도로 화를 내셨죠. 하지만 때리진 않고 절 단지 현관으로 데려가서는 밀어낼 뿐이었어요. 제가 첫 번째 계단을 내려서기도 전에 할아버지는 문을 다시 열어 뜯지도 않은 편지를 제게 집어던지셨어요. 나는 집으로 돌아와 이 이야기를 엄마에게 했어요. 그러자 엄마는 또다시 자리에 눕고 말았어요……」

8

이 순간 제법 큰 천둥이 울렸고, 빗줄기는 굵어져 유리창을 때리기 시작했다. 방 안이 갑자기 어두워졌다. 노부인은 놀란 듯 성호를 그었다. 우리 모두는 순간 이야기를 멈추었다.

「곧 멎을 거야.」 창문을 내다보며 노인이 말했다. 그런 다음 일어나더니 방 안을 왔다 갔다 했다. 넬리는 곁눈질로 노인의 동작을 살피고 있었다. 넬리는 병적일 정도의 심한 흥분 상태에 있었다. 나는 넬리의 그런 모습을 보고 있었지만, 넬리는 왠지 나를 보려고 하지 않았다.

「그래, 그 다음은 어떻게 되었니?」 다시 자신의 안락의자에 앉으며 노인이 물었다.

넬리는 머뭇거리며 주위를 둘러보았다.

「그렇게 해서 더 이상 네 할아버지를 보지 못하게 되었니?」

「아니오, 보았는데요……」

「옳지, 그래! 이야기해 보거라, 귀여운 아이야, 어서.」 안나 안드레예브나가 말을 가로챘다.

「전 3주 동안이나 할아버지를 못 만났어요.」넬리가 다시 말을 시작했다. 「겨울이 오기까지요. 겨울이 오고, 눈도 내리기 시작했어요. 이전의 그 장소에서 할아버지를 다시 만났을 때 저는 아주 기뻤어요……. 왜냐하면 할아버지가 더 이상 오시지 않는다고 엄마가 우울해 했거든요. 전 할아버지를 보자 일부러 거리의 반대편으로 내달렸어요. 바로 제가 할아버지로부터 내빼는 것처럼 보이려 했던 거죠. 돌아보니까 할아버진 처음에는 빠른 걸음으로 내 뒤를 쫓다가, 나중엔 나를 잡으려고 뛰기 시작했어요. 그리고 〈넬리, 넬리!〉 하고 큰 소리로 부르기 시작하셨죠. 아조르까도 그 뒤를 따라 달려왔어요. 저는 그가 불쌍하다는 생각이 들어서 멈추었어요. 할아버지는 다가오셔서 제 손을 잡고 걷기 시작하셨어요. 제가 울고 있는 것을 보신 할아버지께서는 걸음을 멈추고 저를 자세히 들여다보시고는, 허리를 굽혀 입을 맞추어 주셨어요. 그때 제 구두가 다 해진 것을 보시고는 물으셨지요. 다른 게 없냐고요. 그래서 저는 재빨리 엄마는 돈이 한푼도 없으며, 주인이 우릴 동정하여 먹을 것을 준다고 말했죠. 할아버지는 아무 말씀도 없이 저를 시장으로 데려가 구두를 사주시고는 그 자리에서 신으라고 하셨어요. 그런 다음 고로호바야 가에 있는 집으로 데려갔는데, 그전에 상점에 들러 삐로그[92]와 캔디 두 개를 사셨어요. 집에 도착하자 할아버지는 저를 보고 삐로그를 먹으라고 말씀하시고는 제가 먹는 모습을 가만히 보고 계셨어요. 그 다음에는 캔디를 주셨어요. 아조르까가 두 앞발을 탁자 위에 올려놓고는 삐로그를 달래기에 주었더

92 고기를 다져 넣어 만두처럼 빚은 러시아 고유의 음식.

니 할아버지는 웃으셨어요. 그러더니 저를 할아버지 옆에 앉히고 머리를 쓰다듬어 주시며 무엇을 배웠는지, 무엇을 알고 있는지 물으셨어요. 제가 대답하자 할아버지는 가능하다면 매일 세 시에 오너라, 내가 직접 가르쳐 주마고 말씀하셨어요. 그리고 할아버지가 돌아보라고 할 때까지 뒤돌아 서서 창문을 보고 있으라고 하셨지요. 저는 뒤돌아 섰지만 살며시 고개를 돌려 할아버지가 베개의 솔기를 뜯어 밑부분에서 4루블을 끄집어내시는 것을 보았어요. 그리고 꺼낸 돈을 가지고 와서 제게 말씀하셨죠. 〈이건 너한테만 주는 것이다.〉 저는 받으려고 하다가 잠시 생각을 하고 말했어요. 〈제게만 주시는 거라면 받지 않겠어요.〉 할아버지는 갑자기 화를 내시고는 말씀하셨어요. 〈그럼, 네 마음대로 하거라, 가거라.〉 제가 나올 때 할아버지는 키스조차 해주지 않으셨어요.

저는 집에 돌아와 엄마에게 전부 말씀드렸어요. 엄마의 병세는 점점 더 악화되었어요. 장의사에게 의대생 한 명이 찾아왔었는데, 그가 엄마를 치료하고 약을 복용하게 했지요.

저는 할아버지에게 자주 갔어요. 엄마가 그렇게 하라고 하셨죠. 할아버진 신약 성서와 지리책을 사다가 가르쳐 주기 시작했어요. 이따금 이 세상에 어떤 나라들이 있으며, 어떤 사람들이 살고 있고, 어떤 바다가 있으며, 이전에 어떤 일이 있었고, 그리스도가 어떻게 우리 전부를 용서하셨는지 말씀해 주셨어요. 제가 직접 여쭈어 보면 아주 기뻐하셨어요. 그래서 저는 자주 여쭈어 보기 시작했고, 그러면 이야기를 해주셨지요. 하느님에 관해서는 많은 말씀을 해주셨어요. 어떤 때 우리는 공부하지 않고 아조르까와 놀기도 했어요. 아조르까는 나를 잘 따르기 시작했죠. 제가 막대기를 뛰어넘도록 가르쳤더니 할아버지는 웃으셨고, 제 머리를 줄곧 쓰다듬어 주셨어요. 하지만 할아버지는 여간해선 웃지 않으셨어요. 하루는 아주 많은 이야기를 하시다가 별안간 입을 다물고는 두 눈을 뜬 채로 마치 잠드신 것처럼 앉아 계셨어요. 땅거미가 질 때까지 그렇게 앉아만 계셨어요. 그러다가 어두워지면 무서운 모습으로 변하고, 아주 늙어 보였지요……. 또 어떤 날에는 제가 찾아가면, 의자에 앉은 채 생각에 잠겨 아무 소리도 못 들으시는 거예요. 아조르까는 그 옆에 엎드려 있고요. 나는 기다리고 기다리다 헛기침도 해보지만, 할아버지는 여전히 돌아보지 않으셨죠. 그러면 하는 수 없이 집을 나왔죠. 집에서는 엄마가 항상 저를 기다리고 계셨죠. 엄마는 누워 계셨지만, 저는 모든 것을 다 이야기했어요, 밤이 깊도록. 저는 끊임없이 말하고, 엄마는 할아버지에 대한 이야기를 다 들으셨어요. 할아버지께서 오늘 무엇을 했고, 무슨 이야기를 들려주었으며, 무슨 문제를 내주셨는지 말이죠. 제가 아조르까에게 막대기를 뛰어넘게 해서 할아버지가 웃으셨다고 말하자, 엄마는 갑자기 웃음을 터뜨리며 오랫동안 기뻐하셨어요. 그러고는 그 이야기를 한 번 더 하게 하고는 기도하기 시작했어요. 저는 줄곧, 엄마는 이토록 할아버지를 사랑하시는데 할아버지는 엄마를 사랑하지 않으시는구나 하고 생각했어요. 그래서 할아버지한테 갔을 때, 엄마가 얼마나 할아버지를 사랑하고 있는지 일부러 말씀드리기 시작했어요. 할아버지는 아무 말씀도 하지 않고 화난 표정을 지으며 내내 듣기만 하셨어요. 그래서 저는, 엄마는 할아버지를 그렇게 사랑하고 늘 할아버지에 대해서만 물어보는데, 왜 할아버지는 한번도 엄마에 대해 묻지 않으시냐고 여쭤 보았죠. 할아버지는 화가 나서 저를 문 밖으로 쫓아냈어요. 저는 잠시 동안 문 밖에 서 있었지요. 그러자 할아버지가 갑자기 문을 열고는 다시 저를 불러들였는데, 여전히 화가 나 있었고 아무 말씀도 하지 않으셨어요. 그런 일이 있고 난 뒤 우리가 신의 율법을 읽게 되었을 때, 저는 다시 한번 여쭤 봤죠. 예수 그리스도는 서로 사랑하고 모욕을 용서하라고 하셨는데, 왜 할아버지는 엄마를 용서하지 않으시냐고요. 그러자 할아버지는 자리를 박차고 일어나, 엄마가 그렇게 하라고 가르친 것이지 하며 고함을 지르고는 저를 또 한번 밖으로 쫓아내면서 다시는 찾아오지 말라고 말씀하셨어요. 저도 이제는 다시 오지 않겠다고 말하고는 나와 버렸어요…… 할아버지는 다음날 그 집에서 이사를 가버리셨어요…….」

「비가 곧 그칠 거라고 그랬지, 자, 그쳤잖아. 이젠 해가 났네…… 자 보라구, 바냐.」 창문 쪽으로 몸을 돌리며 니꼴라이 세르게이치가 말했다.

안나 안드레예브나는 어찌할 바를 몰라 잠시 노인을 쳐다보았다. 그리고 지금까지 온순함과 놀라움만이 가득 차 있던 노부인의 두 눈에서 갑자기 분노의 빛이 번뜩이기 시작했다. 그녀는 아무 말 없이 넬리의 손을 잡아 자신의 무릎 위에 얹었다.

「착한 아가야, 내게 얘기해 주렴.」 그녀가 말했다. 「내가 너의 이야기를 들어주마. 잔인한 마음을 가진 사람은 내버려두고…….」

그녀는 말을 끝맺지 못하고 이내 울음을 터뜨렸다. 넬리는 놀라 어찌할 바를 모르겠다는 듯한 눈초리로 물어보듯 나를 바라보았다. 노인은 나를 잠시 쳐다보며 어깨를 한번 으쓱해 보이고는 다시 몸을 돌려 버렸다.

「계속하거라, 넬리.」 내가 말했다.

「저는 사흘 동안 할아버지한테 가지 않았어요.」 넬리가 다시 시작했다. 「그즈음 엄마의 병세는 더욱 나빠졌어요. 우린 돈이 다 떨어져 약을 살 돈조차 없었어요. 거기다 우리는 먹을 것도 없었어요. 주인집도 먹을 것이 전혀 없었기 때문이었죠. 그래서 그들도 자기들에게 얹혀산다고 우릴 비난하기 시작했죠. 그렇게 사흘째 되던 날 아침, 저는 자리에서 일어나 옷을 입기 시작했어요. 엄마가 어딜 가느냐고 물으셨어요. 할아버지한테 돈을 얻으러 간다고 하니까 엄마는 좋아했어요. 왜냐하면 전 이미 할아버지가 저를 어떻게 쫓아냈는지 엄마에게 모두 이야기했으며, 엄마가 밤새도록 울며 설득했지만 다시는 할아버지에게 가지 않겠노라고 말씀드렸거든요. 전 도착해서야 할아버지께서 이사하신 것을 알았어요. 그래서 이사하신 집을 찾으러 나섰죠. 제가 이사한 집에 들어서자마자, 할아버지는 벌떡 일어나 제게 달려와서는 발을 마구 구르셨어요. 저는 주저하지 않고, 엄마가 몹시 아프고 약 살 돈 50꼬뻬이까가 필요하며, 먹을 것도 전혀 없다고 말했어요. 할아버지는 고함을 지르며 저를 계단으로 밀어내더니 열쇠로 문을 잠가 버리셨어요. 할아버지가 밀어낼 때, 저는 돈을 줄 때까지 가지 않고 계단에 앉아 있겠다고 말했어요. 저는 정말로 계단에 앉아 있었어요. 조금 있다가 할아버지가 문을 열었는데, 제가 앉아 있는 것을 보고는 다시 문을 잠그셨어요. 그리고 시간이 꽤 흐른 뒤에 다시 문을 열었는데, 저를 보고는 또다시 문을 걸어 잠그셨어요. 그 뒤로도 수차례 문을 열고 내다보셨어요. 마침내 아조르까를 데리고 나와서 문을 잠그고는 내 곁을 지나가셨는데, 제겐 한마디도 하지 않으셨죠. 그래서 저도 한마디도 하지 않고 그렇게 앉아 있었어요. 어두워질 때까지 앉아 있었죠.」

「가련해라.」 안나 안드레예브나가 소리쳤다. 「얼마나 추웠을까, 그것도 계단에서!」

「외투를 입고 있었어요.」 넬리가 대답했다.

「외투가 다 무슨 소용이니…… 가여운 아이, 험한 일을 그렇게 많이 당하다니! 네 할아버지는 그래 어떻게 하셨니?」

넬리의 입술이 파르르 떨리기 시작했다. 하지만 그녀는 안간힘을 다해 자신을 추스렀다.

「이미 완전히 어두워져서야 할아버진 돌아오셨어요. 들어오다 저와 부딪치고는 〈거기 누구냐〉고 소리치셨죠. 〈저예요〉 하고 말하더군요. 아마도 할아버지는 제가 이미 오래전에 떠났을 거라고 생각하셨던 거죠. 제가 아직도 거기에 있는 걸 아시곤 매우 놀라서 제 앞에 오랫동안 우두커니 서 계셨죠. 그러다 갑자기 계단을 지팡이로 쾅쾅 내려치고는 뛰어가 문을 열어젖히셨어요. 1분쯤 지나 전부 5꼬뻬이까로만 된 구리 동전을 가져와서 제가 있는 그 계단에 집어던졌어요. 〈자, 여기 있다, 가져가거라, 이게 내가 가진 전부다. 그리고 네 엄마한테 가서 말해라, 내가 저주한다고.〉 그러고는 문을 쾅 닫아 버렸어요. 동전들이 계단을 타고 굴러 떨어졌죠. 저는 어둠 속에서 그것들을 줍기 시작했어요. 아마도 할아버지는 당신이 동전을 흐트러뜨려 놓았고, 그 탓에 제가 어둠 속에서 동전을 줍기가 힘들 것이라고 짐작하신 듯, 문을 열고서 양초를 가져다 주었어요. 저는 촛불 덕택에 재빨리 동전을 다 주울 수 있었어요. 할아버지도 함께 주웠어요. 그러고는 전부 해서 70꼬뻬이까는 될 거라고 말씀하시고는 들어가 버리셨어요. 저는 집에 돌아와 엄마에게 돈을 드리며 모두 다 얘기했어요. 엄마의 병세는 더욱 악화되었고, 저도 밤새 도록 끙끙 앓았어요. 다음날에도 열이 몹시 높았지만 저는 오직 한 가지 생각에만 빠져 있었죠. 할아버지한테 몹시 화가 났거든요. 그래서 엄마가 잠들자 거리로 나가 할아버지 집으로 걸어갔지만 채 못미처 다리 위에서 멈추었어요. 그때 그 사람이 지나갔어요⋯⋯.」

「아르히뽀프입니다.」 내가 말했다. 「제가 말씀드렸죠, 니 꼴라이 세르게이치. 상인과 함께 부브노바 집에 갔었고 거기 서 흠씬 두들겨 맞았던 사람 말입니다. 넬리는 그때 그 친구 를 처음 보게 된 것입니다⋯⋯. 계속해, 넬리.」

「저는 그 사람을 붙들고 은화 1루블을 달라고 했죠. 그는 나를 빤히 보더니 〈은화 1루블?〉 하고 묻더군요. 저는 〈그래 요〉 하고 말했어요. 그러자 그는 웃음을 터뜨리며, 〈그럼 나 와 같이 가자〉 하고 말했어요. 함께 가야 할지 어떨지 몰라 서 있는데, 갑자기 금테 안경을 쓴 노인이 다가왔어요. 노인 은 제가 은화 1루블을 요구하는 것을 멀리서 들었던 거예요. 그는 허리를 숙이면서 저에게 왜, 그 금액이 꼭 필요한지를 물었어요. 저는 노인에게, 엄마가 편찮으셔서 약을 사는 데 그만한 돈이 필요하다고 말했지요. 노인은 우리가 어디에 살 고 있는지 묻고 주소를 적은 뒤, 나에게 1루블 지폐 한 장을 주었어요. 그 사람은 안경 낀 노인을 보더니 더 이상 자기와 같이 가자고 하지 않고 혼자 가버렸어요. 나는 상점으로 가 서 1루블을 구리 동전으로 바꿨어요. 30꼬뻬이까는 종이에 싸서 엄마 몫으로 떼어 놓고, 70꼬뻬이까는 종이에 싸지 않고 일부러 양손에 쥔 채 할아버지한테로 갔어요. 할아버지 집에 도착하자 문을 열고 문지방에 서서, 손을 치켜들고 할아버지에게 돈을 힘껏 내던졌어요. 동전이 마룻바닥 위에 마구 굴렀어요.

〈자 여기, 당신 돈 가져가세요!〉 내가 말했어요. 〈당신 돈은 엄마에게 필요 없어요, 당신이 엄마를 저주했으니까요.〉 저는 문을 꽝 닫고서 재빨리 뛰쳐나왔어요.」

그녀의 두 눈이 번쩍 빛났다. 그리고 도전적인 자세로 노인을 쳐다보았다.

「암 그렇게 해야지.」 안나 안드레예브나가 니꼴라이 세르게이치는 쳐다보지도 않고 넬리를 꼭 껴안으며 말했다. 「그런 사람에게는 그렇게 했어야지, 네 할아버지는 악독하고 잔인한…….」

「흠!」 그 순간 니꼴라이 세르게이치가 반응을 보였다.

「그래서 어떻게 됐니, 어떻게?」 초조하게 안나 안드레예브나가 물었다.

「저는 더 이상 할아버지에게 가지 않았고, 할아버지도 제게 오지 않게 되었어요.」 넬리가 대답했다.

「그러면 엄마랑 단둘만 남았단 말이니? 오, 가여워라, 두 사람 정말 불쌍하구나!」

「엄마는 건강이 더욱 나빠졌고, 자리에서 일어나는 것조차 힘들어했어요.」 넬리는 이야기를 계속했지만, 목소리는 떨림으로 인해 자주 끊어졌다. 「우리에게는 있는 돈이라곤 다 떨어졌고, 저는 대위 부인과 함께 다니기 시작했어요. 대위 부인은 집집마다 돌아다니거나 길거리에서 맘씨 좋은 사람들을 붙잡고 구걸하며 먹고 살고 있었지요. 그녀는 자기는 거지가 아니며 증명서를 가지고 있는데, 거기에는 관등과 그녀가 가난하다는 내용이 적혀 있다고 말했어요. 그녀는 사람들에게 이 증명서를 내보였고, 그걸 보고 사람들은 그녀에게 돈을 주었어요. 그녀는 모든 사람들에게 구걸하는 것이 부끄러운 일이 아니라고 제게 말했어요. 저는 그녀와 함께 다녔어요. 사람들이 적선한 돈으로 우리는 먹고 살았습니다. 이웃 사람들이 엄마를 거지라고 비난하기 시작했고, 그래서 엄마는 이 모든 것을 알게 되었죠. 부브노바는 엄마에게 찾아와, 저를 구걸하러 내보내느니 차라리 자기에게 보내는 것이 더 낫다고 말했어요. 부브노바는 전에도 엄마에게 돈을 가져왔더랬어요. 그러나 엄마가 그녀의 돈을 받지 않자 부브노바는 도대체 왜 그렇게 거만하냐고 말했고, 그 다음에는 먹을 것을 보내 오기도 했어요. 이제 부브노바가 저에 대해 그렇게 말하자, 엄마는 놀라서 눈물을 터뜨리고 소릴 질러 댔어요. 부브노바는 술이 취해 온갖 욕설을 엄마에게 퍼붓기 시작했고, 그러잖아도 네 딸은 거지이며 대위 부인과 같이 돌아다니지 않느냐고 말하고는, 그날 밤 대위 부인을 집에서 내쫓아 버렸어요. 엄마는 이 모든 사실을 알고 나자 하염없이 울기 시작했어요. 그러다가 갑자기 침대에서 벌떡 일어나 옷을 입고는, 제 손을 잡고 밖으로 데리고 나갔어요. 이반 알렉산드리치가 엄마를 붙잡으려 했으나 들으려고 하지 않았죠. 우리는 그렇게 집을 나섰습니다. 엄마는 간신히 걸을 수 있었으므로, 연신 도로에 주저앉곤 했지요. 전 엄마를 계속 부축했어요. 엄마는 할아버지에게 가는 것이며, 그곳까지 엄마를 데려다 달라고 끊임없이 말했어요. 그러나 이미 밤이었어요. 우리는 문득 큰 거리로 나섰어요. 어느 집 앞에 사륜 마차들이 멈춰 서더니, 많은 사람들이 쏟아져 나왔죠. 창문에는 온통 불이 켜져 있었고, 음악 소리가 들려왔어요. 엄마는 걸음을 멈추고 저를 힘껏 붙들더니 말씀하셨어요. 〈넬리야, 가난하게 살아라, 평생을 가난하게 살거라. 누가 부르든지, 또 찾아오든지 그들에게는 가지 말아라. 네가 그곳에 가면 부자로 살고 좋은 옷도 입을 수 있겠지만, 난 그런 것을 바라지 않는다. 그들은 잔인하고 악독하단다. 내 당부야. 가난한 채로 살고, 일을 하고, 구걸을 하거라. 그리고 누가 너를 데리러 오면 《당신들한테 안 가요》 하고 말하거라!〉 엄마가 편찮으실 때 늘 제게 했던 말이에요. 저는 평생 엄마의 당부를 지킬 거예요.」 상기된 얼굴에 흥분으로 떨면서 넬리가 덧붙였다. 「평생 더부살이하며 열심히 일할 거예요. 제가 당신들에게 온 것도 일하기 위해 온 것이지, 딸이 되고 싶어서 온 것은 아니에요……」

「됐다. 됐어, 애야, 됐어!」 넬리를 힘껏 껴안으며 노부인이 큰 소리로 말했다. 「그 말을 했을 때 네 엄마는 병을 앓고 있었잖니.」

「미쳤었던 게지.」 노인이 신랄하게 말했다.

「미쳤으면 어때요!」 노인을 날카롭게 쳐다보며 넬리가 되받았다. 「미쳤으면 어때요, 하지만 엄마가 그렇게 하라고 했고, 전 평생 그렇게 할 거예요. 엄마는 제게 그 말을 하실 때 심지어 기절까지 하셨어요.」

「맙소사!」 안나 안드레예브나가 소리쳤다. 「아픈 사람이, 길거리에서…… 그것도 겨울에?」

「사람들은 우리를 경찰서로 데려가려 했으나, 한 신사분이 나서서, 저에게 집이 어디냐고 묻고는 10루블을 주었어요.

그리고 자기 마차로 엄마를 집까지 태워다 주라고 지시했죠. 이 일이 있고 난 뒤 엄마는 더 이상 일어나지 못했고, 결국 3주 후에 돌아가셨어요……」

「그럼 할아버진? 결국 용서하지 않으신 게냐?」 안나 안드레예브나가 목소리를 높였다.

「용서하지 않으셨어요!」 넬리는 고통 속에서 자신을 추스리며 대답했다. 「돌아가시기 일주일 전에 엄마는 절 불러 말했어요. 〈넬리, 마지막으로 한 번만 더 할아버지한테 다녀오너라. 오셔서 나를 용서해 주시도록 간청해 다오. 나는 며칠 후면 죽게 되어 이 세상에 너 하나만을 남겨 두게 된다고 말씀드려 다오. 그리고 또 말씀드려라, 나는 죽는 것이 괴롭다고……〉 그래서 저는 다시 갔죠. 문을 두드리자 할아버지가 문을 열고 절 보시더니 재빨리 문을 다시 닫으려고 했어요. 그러나 전 양손으로 문을 붙잡고 소리쳤어요. 〈엄마가 죽어가요, 할아버지를 부르고 있어요, 가세요!〉 그러나 할아버지는 기어이 나를 밀어내고는 문을 닫아 버렸어요. 저는 엄마에게 돌아와 나란히 누워, 엄마를 껴안고는 아무 말도 하지 않았지요……. 엄마도 저를 껴안고는 아무 말도 묻지 않았어요……」

그때 니꼴라이 세르게이치가 힘겹게 한 손으로 탁자를 짚으며 일어섰다. 그리고 무언가 이상하고 어두운 눈빛으로 우리 모두를 둘러보면서, 마치 기운이 하나도 없는 듯 안락의자에 다시 풀썩 주저앉았다. 안나 안드레예브나는 이제 그는 보지도 않고 흐느끼면서 넬리를 부둥켜안았다…….

「마지막 날, 엄마가 돌아가신 날, 저녁 무렵, 엄마는 저를 불러 제 손을 잡고 말했어요. 〈난 오늘 죽는단다, 넬리.〉 그리고 뭔가를 더 말하려고 했지만, 이미 더는 말할 수가 없었어요. 엄마 얼굴을 들여다봤을 때, 엄마는 제가 안 보이는 것 같았어요. 단지 양손으로 제 손을 꼭 쥐고만 있었죠. 저는 가만히 손을 빼낸 후, 집을 빠져나와 정신없이 뛰어서 할아버지에게로 달려갔어요. 할아버지는 절 보자 의자에서 벌떡 일어나 바라보셨어요. 얼마나 놀랐던지 완전히 창백해져서 온몸을 부들부들 떠시는 거예요. 저는 할아버지 손을 움켜쥐고 단 한마디, 〈지금 돌아가시려고 해요〉라고 말했을 뿐이에요. 그러자 할아버지는 갑자기 당황해서 지팡이를 들고 제 뒤를 따라 달렸어요. 추운 날이었는데 모자 쓰는 것도 잊어버렸죠. 저는 모자를 집어 할아버지에게 씌워 드렸어요. 그리고 우리는 함께 밖으로 뛰어나왔어요. 엄마가 지금 죽어 가고 있으니 마차를 잡자고 할아버지를 재촉했어요. 그러나 할아버지에겐 7꼬뻬이까밖에 없었어요. 할아버지는 마차를 세워서 흥정해 보았지만, 마부들은 하나같이 비아냥거릴 뿐이었고, 아조르까조차 보고 웃어 대는 것 같았어요. 아조르까도 우리와 함께 뛰었고, 우린 계속해서 달리고 또 달렸어요. 할아버지는 가쁜 숨을 내쉬면서도 내내 서둘러 달렸죠. 그러다가 할아버지가 갑자기 넘어져 모자가 벗겨졌어요. 저는 할아버지를 일으켜 드리고 모자를 다시 씌워 드렸죠. 그리고 할아버지 손을 잡고 뛰었어요. 우리는 밤이 다 되어서야 겨우 집에 도착했어요……. 그러나 엄마는 이미 돌아가신 후였어요. 엄마를 본 할아버지는 양손을 탁 치고 부들부들 몸을 떨기 시작하면서 엄마 앞에 서서 아무 말씀도 못하셨어요. 저는 돌아가신 엄마 옆으로 가서 할아버지를 향해 소리 지르기 시작했죠. 〈잔인하고 악독한 사람, 자, 보세요! 보시라고요!〉

그러자 할아버지는 고함을 꽥 지르고는 마치 죽은 사람처럼 바닥에 쓰러졌어요……」

넬리는 발딱 일어나 안나 안드레예브나의 품에서 빠져나와 창백하고 겁에 질린, 피곤하고 극도로 놀란 얼굴을 하고 우리들 가운데에 섰다. 안나 안드레예브나는 넬리에게 와락 달려들어 또다시 품에 안고는, 마치 어떤 격정에 휩싸인 듯 큰 소리로 외쳤다.

「이제부터는 내가, 내가 너의 엄마가 되어 줄게. 넬리, 넌 내 아이다! 자, 넬리, 잔인하고 악독한 그런 사람들은 다 버리자꾸나! 인간들을 마음껏 조롱하라고 내버려 두자꾸나. 신이, 신께서 그들을 굽어보신다……. 가자, 넬리야, 여기서 나가자, 가자!」

나는 이전에도, 그리고 그 이후에도 이 정도로 흥분한 그녀를 결코 본 적이 없다. 게다가 나는 그녀가 이렇게 흥분할 수 있으리라고는 생각조차 하지 못했다. 니꼴라이 세르게이치는 안락의자에서 몸을 곧추세운 뒤, 약간 몸을 일으켜 토막토막 끊어지는 목소리로 물었다.

「어디를 가는 거요, 안나 안드레예브나?」

「그 애한테 가요, 딸에게, 나따샤에게!」 그녀는 이렇게 소리치며 넬리를 문 쪽으로 끌어당겼다.

「거기 서, 서라고, 기다리라고!」

「기다릴 것도 없어요, 잔인하고 악독한 양반 같으니! 나는 오래도록 기다렸어요. 그리고 그 애도 오래 기다렸어요, 그러나 이제 이별이에요……」

이렇게 대답한 뒤 노부인은 몸을 돌려 남편을 흘끗 보고는 그만 놀라서 그 자리에 선 채 꼼짝할 수 없었다. 니꼴라이 세르게이치가 그녀 앞에 서서 힘없이 떨리는 손으로 황급히 외투를 걸쳐 입으려 하고 있었던 것이다.

「아니, 당신…… 당신도 나와 함께!」 그녀는 기도하듯 두 손을 모으고 외치면서, 이런 행복이 도저히 믿기지 않는다는 듯 의심스러운 눈초리로 그를 바라보았다.

마침내 노인의 가슴에서 이런 말이 터져 나왔다. 「나따샤, 나의 나따샤, 어디 있니! 어디 있니! 나의 딸 어디에 있니!」 그는 내가 건네준 지팡이를 잡고는 문 쪽으로 급히 발길을 옮겼다. 「나의 나따샤를 돌려다오! 그 애는 어디에 있단 말이냐!」

「용서하셨어! 용서하셨다고요!」 안나 안드레예브나가 소리쳤다.

그러나 노인은 문지방까지도 가지 못했다. 문이 확 열리더니 마치 열병에 걸린 듯 번뜩이는 눈빛의 창백한 나따샤가 방으로 뛰어 들어온 것이었다. 그녀의 옷은 구겨지고 흠뻑 비에 젖어 있었다. 머리 위에 덮어쓴 수건은 목덜미 쪽으로 비껴져 있었고, 헝클어진 무성한 머리카락에서는 굵은 빗방울이 반짝이고 있었다. 그녀는 방으로 뛰어들어와 아버지를 보자마자 두 팔을 내밀며 외마디 비명과 함께 아버지 앞에 무릎을 꿇었다.

9

그러나 그는 이미 그녀를 껴안고 있었다!

그는 그녀를 마치 어린아이처럼 들어올린 뒤 자신의 안락의자에 데려가 앉히고, 자신은 그녀 앞에 무릎을 꿇었다. 그는 그녀의 두 손과 양발에 입을 맞추었다. 그는 그녀가 다시금 그와 함께 있다는 사실과, 다시 그녀를 바라보고 목소리를 들을 수 있다는 것이 아직 믿기지 않는 듯, 서둘러 그녀에게 입을 맞추고 또 황급히 그녀를 쳐다보는 것이었다. 그녀를, 다름 아닌 자기 딸을, 자신의 나따샤를! 안나 안드레예브나는 흐느끼며 딸의 머리를 가슴에 꼭 껴안았다. 그녀는 말 한마디할 기운도 없어 그렇게 포옹한 채로 거의 정신이 나가 있었다.

「나의 벗! 내 생명! 나의 기쁨!」 노인은 창백하고 여위기는 했지만 아름다운 그녀의 얼굴과 눈물이 반짝이는 두 눈동자를 황홀하게 바라보며, 마치 연인처럼 나따샤의 두 손을 잡고 두서없이 부르짖었다. 「나의 기쁨, 내 아기!」 그는 되풀이하더니 또다시 입을 다물고서 경건한 황홀감에 휩싸여 그녀를 바라보았다. 「이 아이가 야위었다고 누가 말했단 말인가!」 그는 여전히 그녀 앞에 무릎을 꿇고 앉아 우리를 쳐다보며, 마치 어린아이 같은 미소를 띠며 황급히 말했다. 「그래, 야위고 창백하지. 그러나 좀 봐, 얼마나 어여쁜지! 이전보다 더 예뻐졌어, 암, 예뻐졌고말고!」 그는 이렇게 덧붙였지만, 마음이 두 쪽으로 쪼개지는 듯한 통증, 기쁨 어린 통증으로 인해 무의식적으로 말을 멈추었다.

「일어나세요, 아빠! 제발 일어나 주세요.」 나따샤가 말했다. 「저도 아빠께 입 맞추어 드리고 싶어요……」

「오, 착하기도 하지! 여보 안누쉬까, 이 애가 한 훌륭한 말을 좀 들어 봐요.」 그러고는 그녀를 와락 껴안았다.

「아니야, 나따샤, 내가 온 가슴으로 너의 용서를 느낄 때까지 난 너의 발 아래 엎드려 있어야 해. 나는 지금 결코, 결코 너의 용서를 구할 가치조차 없기 때문이야! 나는 너를 거부

558

했고 저주했단다. 듣고 있니, 나따샤. 나는 널 저주하고 있었어. 내가 그렇게 할 수 있었다니! 그런데 나따샤, 넌 내가 널 저주했다고 믿을 수도 있었겠지만! 그런데 정말로 그렇게 믿었지, 그렇게 믿어 버렸지! 믿을 필요가 전혀 없었는데도! 믿지만 않았어도, 그냥 믿지만 않았더라도! 잔인한 마음이여! 왜 내게 오지 않았니? 내가 너를 어떻게 맞아들일 건지 넌 알잖니? 오, 나따샤, 내가 너를 얼마나 사랑했는지 기억하잖니? 그래, 너와 떨어져 지낸 시간에도 줄곧 나는 전보다도 몇 배나, 아니 천 배나 더 너를 사랑하고 있었단다. 나는 온갖 정열을 다하여 너를 사랑했단다! 열정에 가득 찬 내 영혼을 꺼내 볼 수만 있다면, 내 심장을 꺼내 너의 발 아래 늘어놓을 수만 있다면! 오 나의 기쁨이여!」

「그래요, 제 입술에 입 맞추어 주세요. 아버지는 잔인한 분이에요, 엄마가 하시는 것처럼 제 얼굴에 입 맞추어 주세요!」병약하고 가느다란, 그리고 기쁨의 눈물로 가득 찬 목소리로 나따샤가 외쳤다.

「그리고 두 눈에도! 두 눈에도 키스를 해야지! 전에는 어떻게 했는지 기억 나니.」딸과의 길고 달콤한 포옹 뒤에 노인이 되풀이했다. 「오, 꿨단다. 넌 밤마다 내게 찾아왔지. 나는 너를 생각하고 눈물을 흘렸단다. 어느 날인가는 아주 어릴 적 모습으로 내게 왔었지. 기억 나니, 네가 겨우 열 살 되던 해 피아노를 갓 배우기 시작했을 때처럼, 꿈속에서 짤막한 원피스에 멋진 구두를 신고 왔었단다. 그 예쁜 손도 보였지 ……. 여보, 안누쉬까, 그때 이 아이 손이 참 예뻤지? 내게 다가와 무릎 위에 앉아서 나를 껴안았지……. 넌, 넌 말이야, 나쁜 아이란다! 너는 내가 너를 저주한다고 해서 너를 받아들이지 않을 거라는 생각을 어떻게 할 수가 있니! 한데 나는 말이야……. 나따샤, 좀 들어 봐. 난 말이지, 네게 자주 갔었단다. 네 엄마도 몰랐고, 아무도 몰랐지. 너의 창문 아래 서 있기도 하고, 또 때로는 마냥 기다리기도 했지. 어떤 날에는 반나절이나 네 집 앞 인도에 서서 기다리기도 했단다! 먼발치에서나마 너를 보려고, 행여 네가 나오지나 않을까 해서 말이야! 밤이면 너의 창문에 자주 촛불이 켜 있었지. 너의 촛불이나마 보려고, 그리고 창문에 비친 너의 그림자만이라도 보려고, 잘 자라며 축복해 주려고, 밤마다 내가 얼마나 자주 네게 갔는지 모른다, 나따샤. 그런데 넌 내게 잘 자라고 축복해 주었니? 내 생각을 해주었니? 그 창문 아래 내가 있다는 사실이 네 마음으로 느껴지지 않았니? 겨울날 늦은 밤이면 계단을 올라 어두운 현관에 서서 혹 너의 목소리가 들리지나 않을까, 네가 웃지는 않을까 귀 기울였던 적이 몇 번인지 모른다. 그래 내가 저주했다고? 그날 저녁에도 널 용서하려고 네게 갔었지. 그러나 문 앞에서 몸을 돌리고 말았단다……. 오, 나따샤!」

그는 일어나서 그녀를 안락의자에서 일으켜 품에 꼬옥 안았다.

「이 애가 이제 다시 여기 있어, 내 품안에!」 그가 소리쳤다. 「오, 신이여 모든 것에 감사드립니다, 모든 것에, 당신의 분노에도, 당신의 은총에도! 그리고 천둥이 지나고 지금 우리를 비추는 당신의 이 태양에도! 이 모든 순간에도 감사합니다! 오! 우리 비록 멸시당하고 모욕받았다 할지라도, 또다시 함께하게 되었도다! 오만하고 교만한, 우리를 멸시하고 모욕한 그자들, 어디 잔치를 벌일 테면 벌이라지! 그래, 맘껏 우리에게 돌을 던져 보라지! 나따샤, 두려워 말거라……. 우리 손잡고 가자꾸나, 가서 내가 그놈들에게 말해 주마. 이 애는 귀하고 사랑스러운 내 딸이라고, 그리고 너희들이 모욕하고 멸시했던 죄 없는 내 딸을 난, 나는 사랑하고 있으며 영원히 축복할 거라고!」

「바냐! 바냐!」 아버지의 품에 안긴 채, 나따샤가 나에게 손을 내밀며 가녀린 목소리로 불렀다.

오! 바로 이런 순간에 그녀가 나를 떠올리고, 그리고 나를 불렀다는 사실을 나는 결코 잊지 못하리라!

「그런데 넬리는 어디 있지?」 노인이 좌우를 둘러보며 물었다.

「정말, 이 애가 어디 있나?」 노부인이 외쳤다. 「귀여운 아이야! 우리가 그 아이를 그냥 내버려 두다니!」

그러나 넬리는 방 안에 없었다. 아무도 모르게 침실로 숨어 들었던 것이다. 모두 그곳으로 갔다. 넬리는 문 뒤 구석에 서 있었고, 겁에 질린 듯 우리로부터 몸을 숨겼던 것이다.

「넬리, 무슨 일이니, 애야!」 노인은 외치며 넬리를 안으려 했다. 그러나 그녀는 왠지 오랫동안 노인을 쳐다볼 뿐이었다…….

「엄마, 엄마 어딨어요?」 그녀가 인사불성에 빠진 듯 말했다. 「엄마, 우리 엄마는 어디에 계세요?」 그녀는 떨리는 두 손을 우리에게 뻗으며 다시 한번 말했다. 그러다 갑자기 무섭고도 소름이 오싹 끼치는 비명 소리가 넬리의 가슴에서 터져 나왔다. 경련이 얼굴에 번졌고, 넬리는 무서운 발작을 일으키며 바닥에 쓰러졌다…….

마지막 회상

6월 중순이다. 날은 무덥고 숨이 막힐 지경이다. 도심에 남아 있기가 불가능할 정도다. 먼지, 석회 가루, 재개발, 잔뜩 달구어진 포석(鋪石), 연무로 인해 더러워진 공기……. 그러다가 오! 기쁨이여! 어디선가 천둥이 울렸다. 하늘이 조금씩 어두워졌다. 한 줄기 바람이 일어 도심의 자욱한 먼지를 몰아낸다. 굵은 빗방울이 후두둑 땅으로 떨어졌고, 뒤이어 갑자기 하늘이 활짝 열린 듯 빗물은 강물이 되어 도시 위로 쏟아져 내렸다. 30분쯤 지나 다시금 태양이 빛나자, 나는 조그만 내 방의 창문을 활짝 열어 피로에 지친 가슴 가득히 신선한 공기를 들이마셨다. 나는 너무나 기뻐서 펜과 모든 일들, 출판업자가 맡긴 일까지도 모두 내팽개쳐 버리고 내 친구들이 있는 바실리예프스끼 섬으로 당장이라도 달려가고 싶었다. 그러나 나는 이 강렬한 유혹에도 불구하고 자신을 간신히 억누르며 맹렬하게 원고지에 달려들었다. 어떻게 해서든지 끝을 내야만 했다! 출판업자가 그렇게 요구를 했고, 그대로 되지 않으면 돈을 주지 않을 것이다. 그곳에서는 나를 애타게 기다리고들 있는데. 하지만 저녁이면 나는 자유로울 것이다. 바람처럼 완전히 자유롭게 된다. 인쇄지 세 장 반[93]을 썼던 지난 이틀 밤과 이틀 낮의 수고(手稿)를 오늘 저녁이 보상해 줄 것이다.

마침내 일이 끝났다. 나는 펜을 던지고 일어섰다. 등과 가슴이 아려 오고 머릿속은 몽롱하다. 나는 내 신경이 이 순간 극도로 혼란해져 있다는 것을 알고 있다. 나의 노의사가 내게 해준 〈아니야, 아무리 건강한 사람이라도 그러한 긴장을 이겨 낼 순 없소, 그건 불가능하오!〉라는 마지막 말이 들려오는 듯하다. 그러나 아직은 가능하다! 머리가 어지러웠다. 나는 간신히 두 발을 딛고 서 있었다. 그러나 내 가슴은 기쁨으로, 무한한 기쁨으로 가득 찼다. 내 소설은 완성되었다. 비록 내가 출판업자에게[94] 현재 많은 빚을 지고 있긴 하지만, 그도 자기 두 손에 들어온 것을 보게 되면 다만 얼마라도, 50루블 정도라도 줄 것이다. 나는 오랫동안 그렇게 큰돈을 만져 보지 못했다. 자유, 그리고 돈! 나는 모자를 집어 들고 원고를 옆구리에 끼고서, 우리의 소중한 알렉산드르 뻬뜨로비치가 외출하기 전에 만나야 하므로 쏜살같이 달려갔다.

집에 갔더니 그는 막 나가려고 하고 있었다. 문학적인 것은 아니지만, 그 자신도 벌이가 좋은 투자 한 건을 막 끝낸 참이었다. 그는 서재에서 두 시간을 줄곧 같이 앉아 있던 거무스레한 어떤 유대 인을 마침내 쫓아내고는, 상냥하게 나에게 손을 내밀며 부드럽고 다정한 목소리로 나의 건강을 물어 왔다. 그는 아주 선량한 사람으로, 빈말이 아니라 나는 그에게 많은 은혜를 입고 있다. 문학계에서 그가 평생 동안 단지 출

---

93 한 장에 16페이지 분량을 인쇄하여 접은 것.

94 도스또예프스끼의 A. A. 끄라예프스끼에 대한 관계를 염두에 둔 것이다.

판인에 불과했다는 것이 뭐 잘못된 일이겠는가? 그는 문학을 위해 출판업자가 필요하다고 판단했다. 그것도 아주 적절한 시기에 판단을 내렸으니, 물론 출판업자로서이기는 하지만, 이것은 그에게 명예요, 또 영광인 것이다.

소설이 완성되었다는 사실과, 그렇게 해서 다음 호의 주요 란을 메울 수 있게 되었음을 안 그는 기분좋은 미소를 지었다. 그리고 내용이야 어떻든 내가 그것을 끝낼 수 있었다는 것에 놀라워하면서, 그 사실을 놓고 참으로 유쾌한 익살을 부렸다. 그런 다음 내게 약속한 50루블을 지불하기 위해 철제 상자 쪽으로 걸어가기 전에, 우리와 견해를 달리하는 두꺼운 잡지를 내게 내밀며 비평란의 몇 줄을 가리켜 보였다. 그 속에는 최근에 나온 나의 소설에 관해서도 두어 마디 씌어 있었다.

들여다보니 〈통신원〉이란 논문이었다. 욕하는 것도 아니고 그렇다고 칭찬하는 글도 아니어서 나는 대단히 만족했다. 그렇긴 하지만 〈통신원〉은 나의 글에서 전반적으로 〈땀 냄새가 난다〉고 말하고 있었다. 즉 내가 땀이 나도록 온 힘을 기울여 글을 쓰며, 정교하게 그 글을 다듬고 마무리 손질을 가하기 때문에 싫증이 날 정도라는 것이었다.

출판업자와 나는 웃음을 터뜨렸다. 나는 그에게 지난번 소설은 이틀 밤 만에 썼고, 이번에는 이틀 낮과 밤 동안 인쇄지 세 장 반을 썼다는 사실을 말해 주었다. 「내가 쓸데없이 굼뜨고, 내 작업이 지나치게 느리다고 질책한 〈통신원〉이 이 사실을 알았더라면!」

「하지만 당신도 잘못했군요, 이반 뻬뜨로비치. 왜 밤마다 일을 해야 할 만큼 평소에 늑장을 부리시는 겁니까?」

알렉산드르 뻬뜨로비치는 선량한 사람이지만, 그에게는 특이한 단점이 있다. 그 단점이란, 그 스스로도 생각하듯, 자기를 속속들이 이해하고 있는 그 사람들 앞에서 자신의 문학적 견해를 호언장담하는 것이다. 하지만 나는 문학에 관하여 그와 토론하고 싶지 않아서 돈을 받자마자 모자를 집어 들었다. 알렉산드르 뻬뜨로비치는 자신의 별장이 있는 섬[95]으로 가는 길인데, 내가 바실리예프스끼 섬에 간다는 말을 듣고는 친절하게도 자기 마차로 나를 데려다 주겠다고 제의했다.

「마차를 새로 마련했지요, 못 보셨어요? 아주 훌륭하답니다.」

우리는 입구 쪽으로 갔다. 마차는 정말로 훌륭했다. 알렉산드르 뻬뜨로비치는 이 마차를 처음 소유하고서 대단한 자부심과 만족감을 느껴, 어느 정도까지는 자신의 지인들을 마차에 태우고 싶은 심적 욕구를 느끼는 것 같았다.

마차 안에서 알렉산드르 뻬뜨로비치는 또다시 현대 문학에 관한 견해를 여러 차례 토로하였다. 그는 나와 있을 때면 갈팡질팡하지 않고 대단히 차분하게, 그가 요즘 믿고 있거나 그 견해를 존중하는 일단의 문학가들로부터 들은 갖가지 생경한 의견들을 늘어놓았다. 그럴 때면 이따금 놀라지 않을 수 없는 사실들을 그가 숭배하고 있음을 알게 되는 경우도 있었다. 또한 남의 생각을 잘못 전하거나, 아니면 적절하지 않은 대목에 끼워 넣어 무슨 말인지 모르게 되는 경우도 있었다. 나는 앉아서 잠자코 그 이야기들을 들으며 인간 욕망의 변덕과 그 다

95 바실리예프스끼 섬의 북쪽에 있는 섬들을 이렇게 부른다. 뻬쩨르부르그 사람들은 여름에 바실리예프스끼 섬의 녹림 한가운데 위치한 목제 가옥에서 피서한다.

양함에 놀라움을 금치 못했다. 나는 속으로 생각했다. 〈그래, 이런 게 바로 인간이야. 아무리 돈을 많이 벌어도 말이야. 아니지, 거기에다 그에겐 명예, 문학적 명예, 훌륭한 출판업자, 훌륭한 비평가라는 명예가 또 필요한 거지!〉

그는 사흘 전에 나에게 들은 문학에 관한 한 가지 의견을 자세히 말하려고 애를 쓰고 있었다. 사흘 전에는 그 의견에 반대하여 나와 논쟁을 했지만, 지금은 마치 그것을 자기의 의견인 양 사칭하고 있는 것이다. 그러나 알렉산드르 뻬뜨로비치의 건망증은 시도 때도 없이 나타나며, 이러한 악의 없는 그의 결점은 그를 알고 있는 사람들 사이에선 유명했다. 자기 마차에 앉아 웅변을 토하며, 그가 지금 얼마나 기뻐하는지, 얼마나 자신의 운명에 만족하고 얼마나 너그러운 태도를 갖고 있는가! 그는 문학 이야기를 현학적으로 하고 있으며, 게다가 부드럽고 고상한 그의 저음은 학문적인 느낌마저 자아내고 있었다. 조금씩조금씩 그는 자유주의자인 척하더니, 이윽고 소박한 회의론에 빠져 들었다. 즉 우리 문학계뿐만 아니라 다른 어떤 문학계에서도 양심과 겸손함을 갖춘 작가는 결코 있을 수 없고, 오로지 〈서로의 뺨을 갈기는〉 일만이 가능하며, 특히 예약 구독 신청을 받을 때는 더욱 그러하다는 것이다. 나는 알렉산드르 뻬뜨로비치가 양심적이고 성의 있는 문학가를 그 양심과 성의 때문에 바보로 보거나, 아니면 적어도 좀 모자란다고 여기는 경향이 있다고 속으로 생각했다. 물론 이런 생각은 알렉산드르 뻬뜨로비치의 남다른 단순함에서 나오는 것이다.

그러나 나는 이미 그의 말을 듣지 않고 있었다. 바실리예프스끼 섬에서 그가 내려 주자 나는 친한 사람들에게로 달려갔다. 드디어 13번가에 있는 그들의 보금자리가 보였다. 나를 보자 안나 안드레예브나는 손가락으로 위협하는 시늉을 하고, 양손을 내게 흔들면서 소리 내지 말라며 쉿 소리를 냈다.

「넬리가 지금 막 잠들었네, 불쌍해 죽겠어!」 그녀가 내게 재빨리 속삭였다. 「제발 깨우지 말게! 그 애는, 내 제비 새끼, 너무 허약해 있어. 우리는 그 애가 매우 걱정되네. 아직은 괜찮다고 의사가 말은 하지만, 그에게, 그런 자네의 의사 선생한테 무슨 뾰족한 수가 있겠나! 이반 뻬뜨로비치, 어떻게 그럴 수가 있나? 우린 자네를 기다리고 있었네, 점심때까지도 기다리고 있었네……. 이틀 동안이나 한번도 오질 않다니!」

「하지만 제가 그저께, 이틀 동안 올 수 없다고 분명히 말씀 드리지 않았습니까.」 나는 안나 안드레예브나에게 속삭였다. 「끝내야 할 일이 있었습니다…….」

「그렇지만 오늘 점심에는 꼭 온다고 약속했잖은가! 왜 안 왔는가? 넬리가 일부러 침대에서 일어났다네, 내 귀여운 천사, 편안한 소파에 앉혀서 식탁으로 데려갔는데 〈당신들과 함께 바냐를 기다릴래요〉 하지 않겠는가. 그런데도 자네는 오질 않은 거야. 곧 있으면 여섯 시인데! 어딜 그렇게 돌아다녔는가? 나쁜 사람 같으니! 자네가 그 애를 너무 실망시켜서 어떻게 달래야 할지도 모를 지경이었네……. 다행스럽게도, 그 착한 것이 잠이 들었기에 망정이지. 게다가 니꼴라이 세르게이치는 시내에 나갔고, 차 마실 때쯤에나 돌아오려나. 이반 뻬뜨로비치, 바깥양반에게 일자리가 생겼네. 뻬름[96]으로 간다고 생각하면 가슴이 덜컥 내려앉지만…….」

---

96 뻬쩨르부르그 동쪽으로 2천 킬로미터 떨어진 러시아의 동부 도시. 우랄 산맥과 인접해 있으며, 당시 인구 6천 명 가량의 작은 도시였다.

「나따샤는 어디 있나요?」

「그 아이는 지금 뜰에 있네! 가보게나……. 그 애도 뭔가……
어딘가 좀 이상해. 도무지 알 수가 없어……. 아, 이반 뻬뜨로
비치, 내 마음이 참으로 무겁네! 그 애는 기분도 좋고 만족스
럽다고 말하지만 왠지 믿기지가 않네……. 어서 갔다 오게, 바
냐, 그리고 나중에 그 애한테 무슨 일이 있는지 살며시 얘기
해 주게……. 알았는가?」

나는 이미 안나 안드레예브나의 말을 듣지 않고 곧장 뜰로
뛰어갔다. 뜰은 집에 딸린 것이었다. 뜰의 크기는 길이와 너
비가 대략 25걸음 정도 되었으며, 녹색으로 뒤덮여 있었다.
뜰에는 높이 솟아 가지를 뻗은 세 그루의 고목과 어린 자작
나무 몇 그루, 라일락, 덩굴나무가 있었고, 한 켠에는 산딸기
넝쿨, 조그만 두 이랑엔 딸기가 자라고 있었으며 그리고 또
구불구불 좁다란 길 두 개가 가로세로로 나 있었다. 노인은
이 뜰에 매우 흡족해 했으며, 곧 이 뜰에서 버섯도 자라날 거
라고 말했다. 그러나 무엇보다 중요한 것은 넬리가 이 뜰을
좋아한다는 점이었고, 그래서 넬리는 자주 안락의자에 앉혀
서 뜰로 운반되어 나왔다. 지금 넬리는 온 집안의 우상이 되
었다. 나따샤는 거기 있었다. 그녀는 나를 기쁘게 맞으며 손
을 내밀었다. 그녀가 얼마나 여위고 창백해졌는지! 그녀도
이제 겨우 병에서 회복된 상태였다.

「다 끝나셨나요, 바냐?」 그녀가 물었다.

「완전히, 다! 그래서 이 저녁 내내 완전히 자유요.」

「그래요, 다행이군요! 서두르셨군요? 망치지는 않으셨나요?」

「어쩔 도리가 없었소! 한데, 그건 아무것도 아니오. 그런 긴
장된 작업을 할 때는 특히 온 신경이 바짝 흥분돼요. 그럴 때

면 집중력은 더욱 강해지고, 느낌은 생생하고 더 깊어진다오. 거기에다 글도 마음먹은 대로 떠오르고, 그래서 긴장해서 작업할 때 더 좋은 것이 나오게 되오. 모든 게 다 잘되었지…….」

「아! 바냐, 바냐!」

나는 최근 들어 나따샤가 나의 문학적 성공과 내 명예에 굉장한 열의를 보이기 시작했음을 눈치 채고 있었다. 그녀는 지난 1년 동안에 출판된 나의 모든 작품을 읽고 또 읽었으며, 향후 나의 작품 구상에 대하여 끊임없이 물어 왔다. 또 나에 대해 씌어진 모든 비평에 관심을 기울이며 간혹 어떤 비평에는 화를 내기도 했고, 내가 문학계에서 높은 위치를 차지하게 되기를 진심으로 바라고 있었다. 그녀의 이런 바람이 얼마나 강하고 집요하던지 가끔 나는 그녀의 행동에 놀라기까지 했다.

「바냐, 당신은 필력을 다 소진해 버리고 말 거예요.」 그녀가 나에게 말했다. 「자신을 너무 쥐어짜서 필력이 다 없어져 버릴 거라고요. 그뿐만 아니라 건강까지도 해치게 될지 몰라요. 2년에 중편 하나씩만 쓰는 S라는 작가를 보세요. 그리고 N은 10년 동안 소설을 단 한 편만 썼잖아요. 그 대신 그들은 얼마나 다듬고 꼼꼼하게 완성하는데요! 한 군데도 소홀한 곳이 없어요.」

「그렇소, 그 사람들이야 생활 걱정도 없고, 마감 기간과는 상관없이 글을 쓰니까. 하지만 나는 우편 마차를 끄는 여윈 말과 같으니 어쩌겠소! 뭐, 다 이런 건 쓸데없는 것이오! 그 얘기는 그만 하고, 새로운 소식은 없소?」

「많아요. 첫째, 그 사람에게서 편지가 왔어요.」

「또?」

「네, 또요.」 그녀는 알료샤로부터 온 편지를 나에게 건네주었다. 이것은 헤어진 후 보내 온 세 번째 편지였다. 첫 번째 편지는 그가 아직 모스끄바에 있을 때 쓴 것이며, 마치 일종의 발작 상태에서 쓴 것 같았다. 그는 여러 사정이 있어 헤어질 때 계획했던 대로 모스끄바에서 뻬쩨르부르그로 도저히 돌아갈 수 없다고 알려 왔다. 두 번째 편지에는 그가 하루 속히 나따샤와 결혼하기 위하여 며칠 내로 돌아올 것이며, 이미 결정을 한 일이기 때문에 어떠한 힘으로도 이를 막을 수는 없다는 내용이 황급한 필체로 적혀 있었다. 그가 실의에 빠져 있고 온갖 압력이 그를 완전히 짓누르고 있으며, 그리고 이런 자신의 말을 스스로 믿고 있지 않고 있음을 이 두 편지의 어조에서 분명히 알 수 있었다. 그리고 까쨔는 자기의 신이며 그녀만이 자신을 위로하고, 또 지탱해 준다고 쓰고 있었다. 나는 이번 그의 세 번째 편지를 조바심을 가지고 뜯었다.

그 편지는 두 장으로 되어 있었는데 띄엄띄엄 쓰여 있었고, 무질서하고 성급히 쓴 탓에 읽기가 힘들었으며, 눈물과 잉크로 얼룩져 있었다. 편지는 그가 나따샤를 단념했으니 그녀도 자신을 잊어 달라는 말로 시작되고 있었다. 그는 자기네 두 사람의 결합이 불가능하다는 것, 곧 자신들에게 적의를 품고 있는 반대 세력이 너무 강하다는 것, 그리고 결국 그럴 수밖에 없다는 것을 입증하려고 무던히 애쓰고 있었다. 그 외에 두 사람은 서로 어울리지 않으며 결국 그들의 결합은 두 사람에게 불행을 가져다 주고 말 것이라는 것이었다. 하지만 그는 갑자기 자신의 이러한 태도를 견지하지 못하고 돌연 자신의 판단과 논지를 버리고, 편지의 전반부를 찢어 버리지도 않은 채 솔직하게, 자기는 나따샤에 대해 죄인이고 타락한 인간이며, 시골에 도착한 아버지의 바람에 맞서 싸울 힘이 없다고 고백했다. 그는 자신의 이 고통을 표현할 기력조차 없다고 쓰면서도, 또 한편으로는 갑자기 자신에게는 나따샤를 행복하게 해줄 자신이 충분히 있으며, 두 사람은 완벽하게 어울리는 한 쌍이라는 것을 입증하기 시작했다. 그러면서 적의를 드러내며 완강하게 아버지의 논거들을 반박했다. 그리고 그들의 결혼식이 이루어졌을 경우, 그와 나따샤 두 사람에게 있었을 생애의 더할 나위 없는 행복의 그림을 절망에 빠져 표현하고는, 자신의 경박함을 저주하는 글과 함께 영원한 이별을 고하고 있었다! 이 편지는 고통 속에서 씌어졌고, 그가 제정신이 아닌 상태에서 쓴 게 분명했다. 나는 눈물이 났다……. 나따샤가 까쨔로부터 온 또 다른 편지를 내게 건네주었다. 이 편지는 알료샤의 편지와 한 봉투에 들어 있었지만 따로 봉해져 있었다. 까쨔는 상당히 짧게 몇 줄만 써서, 알료샤가 정말로 매우 상심해 있으며, 많이 울고, 절망에 빠진 듯하며, 더구나 몸이 조금 아프기도 하지만 자기가 함께 있으니까 그는 행복하게 될 거라고 알리고 있었다. 그 외에 그녀는 나따샤에게, 알료샤가 너무 빨리 슬픔을 잊는다든가 그의 슬픔이 진지한 것이 아니라고는 생각하지 말아 달라고 부탁하고 있었다. 까쨔가 덧붙였다. 〈그는 당신을 결코 잊지 않을 겁니다. 아니 결코 잊을 수 없을 겁니다. 왜냐하면 그는 그런 마음씨를 가진 사람이 아니기 때문이죠. 그는 당신을 무한히 사랑하고 있으며, 언제까지나 사랑할 겁니다. 만약에 언제라도 당신을 사랑하지 않게 된다면, 가령 언제라도 당신을 회상하면서 아픔을 느끼지 않는다면, 나 자신이

그 순간부터 그를 사랑하지 않을 겁니다⋯⋯.〉

　　나는 나따샤에게 두 통의 편지를 돌려주었다. 우리는 눈길을 교환했지만 서로에게 아무런 말도 하지 않았다. 앞선 두 통의 편지 때도 그랬다. 마치 서로 약속이라도 한 듯, 대체로 우리는 과거에 관해 이야기하기를 회피하고 있었다. 그녀는 사실 참을 수 없을 만큼 괴로워하고 있었다. 나는 그것을 알고 있었다. 하지만 그녀는 내 앞에서조차 속을 털어놓으려 하지 않았다. 그녀는 부모님의 집으로 돌아온 날부터 3주일이나 고열로 인해 자리에 누워 있다가 이제야 조금 회복된 것이었다. 노인이 일자리를 얻게 되어 우리가 곧 이별하게 된다는 사실을 그녀도 분명 알고 있었지만, 우리는 곧 닥칠 변화에 대해서도 많은 말을 하지 않았다. 그렇지만 그녀는 나에게 매우 상냥하고 살갑게 대했고, 이 기간 동안 나와 관계된 모든 일에 관심을 기울였다. 게다가 그녀는 내가 자기의 요구에 따라 들려준 나에 관한 모든 이야기에 대해 집요하고 고집스럽게 물어 와서 처음에는 나도 괴로웠다. 마치 그녀는 지난 일에 대해 내게 보상이라도 해주려는 듯했다. 하지만 이런 부담감은 곧 사라졌다. 나는 그녀가 이와는 전혀 다른 바람을 갖고 있다는 사실을 깨닫게 된 것이다. 그녀는 그냥 나를, 그렇게 나를 한없이 사랑했던 것이다. 그녀는 나 없이는 살 수가 없었고, 나와 관계된 모든 일에 신경 쓰지 않을 수 없었던 것이다. 그래서 나는 나따샤가 나를 사랑하는 만큼 그렇게 자기 오빠를 사랑하는 누이동생은 없을 거라고 생각했다. 나는 임박한 우리의 이별이 나따샤의 마음을 무겁게 하고 있으며, 그래서 그녀가 고민하고 있다는 것을 아주 잘 알고 있었다. 그녀도 내가 그녀 없이는 살 수 없다는 것을 알고 있었다. 하지만 우리는 다른 가까운 장래의 일들에 대해서는 자세히 얘기를 나누면서도, 이것에 관해서만은 더 이상 아무 말도 하지 않았다…….

나는 니꼴라이 세르게이치에 관해서 물었다.

「내 생각엔, 아마 곧 돌아오실 거예요. 차 마시는 시간에 맞춰 오신다고 하셨거든요.」 나따샤가 대답했다.

「일자리 때문에 바쁘신 건가?」

「그래요, 아마 일자리는 틀림없이 날 거예요. 나가셔야 할 특별한 일이 있으셨던 것은 아닐 거예요.」 그녀는 근심스러운 듯 덧붙였다. 「내일 가실 수도 있었죠.」

「그럼 왜 가신 거요?」

「왜냐하면, 내가 편지를 받았기 때문에……, 나로 인해 얼마나 가슴 아파하시는지.」 나따샤는 잠시 말이 없다가 덧붙였다. 「그래서, 바냐, 난 정말 힘들어요. 아마 아빠는 꿈속에서도 오직 나 하나만을 보실 거예요. 뿐만 아니라 내게 무슨 일이 있는지, 내가 어떻게 살아가고 있으며, 지금 내가 무슨 생각을 하고 있는지, 그 외에 다른 생각은 하시지도 않는다고 난 확신하고 있어요. 내가 조금만 수심에 잠겨도 아빠는 바로 느끼세요. 그런 아빠의 모습이 너무 애처로워요. 아빠가 이따금 어색하게 자신을 추스리려고 애쓰며, 또 나로 인해 걱정하지 않는다는 표정을 일부러 지어 보이려고 한다는 것을 나도 잘 알고 있어요. 짐짓 쾌활한 태도를 취해 보이며, 스스로 웃고 또 우리를 웃기려고 애쓰신다는 것도 알고 있어요. 그럴 때면 엄마는 어쩔 줄을 모르고, 아빠의 웃음을 믿지 않은 채 긴 한숨을 내쉬죠……. 얼마나 엄마가 어색해 하는지…… 참 솔직한 성품이에요!」 그녀가 웃으며 계속했다. 「그래서 오늘 내가 편지를 받자마자 나와 눈길을 마주치지 않으시려고 이 내 피하신 거예요……. 바냐, 나는 나 자신보다, 이 세상 그 누구보다 아빠를 더 사랑해요.」 그녀가 고개를 숙이고 내 손을 잡으며 덧붙였다. 「당신보다도 더…….」

그녀가 다시 말을 꺼내기까지 우리는 뜰을 두 번이나 돌았다.

「오늘 마슬로보예프가 왔었어요. 그리고 어제도.」 그녀가 말했다.

「그랬군. 요즘 자주 찾아오는군.」

「그가 여기 왜 오는지 아세요? 무엇 때문에 그런지는 모르겠지만, 엄마는 그 사람을 단단히 믿고 있어요. 어떤 일이라도 훌륭히 처리할 수 있을 만큼 그 사람이 모든 것을(글쎄 법률 같은 것 말이죠) 잘 알고 있다고 엄마는 생각하시죠. 엄마가 어떤 생각을 남 몰래 하고 계신지 아세요? 엄마는 내가 공작 부인이 되지 못한 것이 매우 가슴 아프고 애석하신 거예요. 이 생각 때문에 엄마는 편치 못하신 거고, 아마 그래서 마슬로보예프에게 모든 것을 다 얘기하신 것 같아요. 엄마는 아빠와 이런 말씀을 나누기는 두려우시고, 〈마슬로보예프가 뭔가 해줄 수 있지 않을까, 어떻게 합법적인 방법으로 안 될까〉 하고 생각하시는 거예요. 마슬로보예프도 그런 엄마에게 별로 반대하는 것 같지 않고, 엄마는 그에게 포도주를 대접하셨어요.」 미소를 띠며 나따샤가 말했다.

「그 장난꾸러기는 그렇게 하고도 남지. 그런데 그걸 어떻게 알았소?」

「엄마가 무심코 내게 흘리셨어요……. 여러 가지 암시를 통해서…….」

577

「넬리는 좀 어떻소?」 내가 물었다.

「당신 정말 놀랍군요, 바냐. 지금까지 그 아이에 대해 묻지도 않았다니!」 나따샤가 질책 어린 어투로 말했다.

넬리는 이 집안 모든 사람들의 우상이었다. 나따샤는 그녀를 매우 사랑하게 되었고, 넬리도 마침내 그녀를 진정으로 대하게 되었다. 불쌍한 아이! 그녀는 자기에게 그토록 많은 사랑을 쏟는 사람들과 만날 날이 오리라고는 기대하지도 않았다. 나는 원한에 사무친 넬리의 가슴이 풀리고, 그녀의 마음이 우리 모두에게 열리는 것을 기쁘게 지켜보았다. 그녀는 지금 자신을 따뜻하게 감싸고 있는 사랑, 지난 시절 내내 자신의 내부에서 자라났던 불신과 원한과 아집과는 정반대되는 그것에 대해 일종의 병적인 열정을 가지고 화답하였다. 그러나 그렇게 되기까지 넬리는 오랫동안 고집을 부렸고, 마음속에 맺힌 화해의 눈물을 일부러 우리에게 감춰 왔지만, 마침내 우리에게 온 마음을 열게 된 것이었다. 그녀는 나따샤를 너무도 사랑하게 되었고, 그리고 노인도 사랑하게 되었다. 내가 오랫동안 들르지 않으면 병이 악화될 정도로 나 또한 그녀에게는 아주 절실한 그런 존재가 되었다. 요전에 저만치 밀어 두었던 일을 마침내 끝내기 위해 이틀 동안 헤어져야만 한다고 말했을 때도 나는 그녀를 설득하고 또 설득해야만 했다……. 물론 이리저리 말을 돌려 가면서. 왜냐하면 넬리는 솔직하게 숨김없이 자기의 감정을 드러내는 것을 여전히 너무도 부끄러워하고 있었기 때문이었다.

그녀는 우리 모두에게 커다란 걱정거리였다. 넬리가 영원히 니꼴라이 세르게이치의 가정에 남는다는 것은 암묵적으로 결정되었지만, 뻬름으로 떠나야 할 시간은 다가오는데 넬리의 상태는 점점 더 악화되고만 있었다. 내가 넬리를 데리고 노부부의 집에 도착했던, 그러니까 나따샤와 노인 사이의 화해가 있던 바로 그날부터 넬리는 아프기 시작했다. 그런데 내가 도대체 무슨 소리를 하고 있는 걸까? 그녀는 늘 몸이 불편하지 않았던가. 병세는 이전부터 점점 더 악화되고 있었지만, 이제는 굉장히 빠른 속도로 나빠지기 시작했다. 나는 그녀의 병명을 모르고, 정확히 단정할 수도 없었다. 발작이 전보다 조금 더 자주 일어난 것만은 사실이었다. 하지만 문제는 일종의 쇠약과 기력 감퇴, 계속되는 고열과 긴장 상태였다. 이러한 것들이 그녀로 하여금 최근에는 침대에서 일어나지도 못하게 만들고 말았다. 그런데 이상한 것은, 병이 깊어질수록 넬리는 더 부드러워지고 상냥해지며, 더욱더 우리에게 마음을 여는 것이었다. 사흘 전 내가 침대 곁을 지나가는데 넬리가 내 손을 잡고는 나를 자기에게 끌어당겼다. 방 안에는 아무도 없었다. 그녀의 얼굴은 온통 불덩이 같았고(그녀는 굉장히 여위어 있었다), 두 눈은 불꽃처럼 번뜩이고 있었다. 그녀는 경련을 일으킬 듯한 열정으로 내 쪽으로 몸을 향했다. 내가 몸을 숙이자 거뭇하고 앙상한 두 팔로 내 목을 꼭 껴안고는 힘껏 입을 맞추었다. 그러고는 곧장 나따샤를 불러 달라고 부탁했다. 나는 나따샤를 불렀다. 넬리는 나따샤가 자기 침대 곁에 앉아서 자기를 찬찬히 바라보기를 원했다…….

「두 분을 함께 보고 싶어요.」 그녀가 말했다. 「어제 꿈에서도 두 분을 보았고, 오늘 밤에도 보게 될 거예요……. 당신들 두 분은 내 꿈에 자주 나타나요……. 매일 밤…….」

틀림없이 그녀는 무언가를 말하고 싶어했다. 어떤 감정이 그녀의 가슴을 압박하고 있었다. 하지만 그녀는 스스로도 자기의 감정을 이해하지 못했으며, 어떻게 표현해야 할지도 모르고 있었다…….

그녀가 나를 제외하고 제일 사랑한 사람은 니꼴라이 세르게이치였다. 니꼴라이 세르게이치도 그녀를 나따샤를 사랑하는 것만큼이나 사랑했다는 점을 말해 두어야겠다. 노인은 넬리를 웃기고 또 즐겁게 하는 데 놀라운 재능을 가지고 있었다. 노인이 넬리 곁으로 오기만 해도 바로 웃음이 터지고 농담이 시작되었던 적이 종종 있었다. 병든 소녀는 어린애처럼 마냥 쾌활했고, 노인에게 어리광을 부렸으며 놀리기도 했다. 그리고 자기 꿈들을 이야기하기도 하고, 또 늘 무언가를 생각해 냈으며, 노인도 그것을 이야기해 달라고 그녀에게 졸라댔다. 노인은 자신의 〈어린 딸 넬리〉를 보면서 날이 갈수록 환희에 빠질 정도로 기뻐했고, 또 만족해 했다.

「우리가 겪은 고통에 대한 보상으로 신이 그 애를 우리 모두에게 보내 주신 게야.」 한번은 여느때처럼 넬리에게 잘 자라며 성호를 그어 준 뒤 방을 나가면서 노인이 내게 말했다.

매일 저녁마다 우리가 다 함께 모일 때면(마슬로보예프 역시 거의 매일 저녁 찾아왔다) 이흐메네프 가(家) 사람들에게 정이 흠뻑 든 노의사도 가끔 왔다. 그럴 때면 넬리도 소파에 앉혀져 우리가 앉아 있는 원탁으로 이끌려 나왔다. 문이 발코니 쪽으로 열려 있어서 석양을 받은 푸른 뜰이 한눈에 들어왔다. 뜰에서는 상쾌한 푸르름과 갓 피기 시작한 라일락 향기가 풍겨 왔다. 넬리는 자기 소파에 앉아서 정겹게 우리 모두를 쳐다보며 우리가 하는 이야기를 귀 기울여 듣기도 했다. 때때로 넬리는 활기를 되찾아 슬그머니 어떤 이야기를 시작하기도 했다……. 그럴 때면 우리 모두는 으레 조바심을 내며 넬리의 얘기를 들었다. 왜냐하면 넬리의 회상 중에는 건드려서는 안 될 부분이 있었기 때문이었다. 나도 나따샤도, 그리고 이흐메네프 부부도 바로 그날, 넬리가 부들부들 떨며 고통에 휩싸인 채 우리에게 자기의 모든 과거를 말하도록 두고 보고만 있던 것이 잘못되었음을 인식하고 있었던 것이다. 의사는 특히 이러한 것을 회상하지 못하도록 했기 때문에, 우리는 대화 내용을 바꾸려고 항상 노력했다. 그럴 때면 넬리는 그런 우리의 안간힘을 눈치 못 챈 척하려고 의사나 니꼴라이 세르게이치와 애써 농담을 주고받기 시작하는 것이었다…….

그러나 그녀의 병세는 점점 더 나빠지기만 했다. 넬리는 극도로 민감해졌고, 그녀의 심장은 불규칙하게 뛰었다. 의사는 나에게 그녀가 아주 빨리 죽을지도 모르겠다고 말했다.

나는 이흐메네프 부부가 걱정할까 봐 이 사실을 말하지 않았다. 니꼴라이 세르게이치는 자신들이 떠나기 전까지는 넬리가 건강을 회복하리라 굳게 믿고 있었다.

「아, 아빠가 돌아오셨군요.」 그의 목소리를 듣고서 나따샤가 말했다. 「갑시다, 바냐.」

니꼴라이 세르게이치는 문지방을 채 넘어서기도 전에 여느때처럼 큰 소리로 말하기 시작했다. 안나 안드레예브나는 그에게 두 손을 흔들어 주의를 주었다. 노인은 즉시 입을 다물었다. 그는 나와 나따샤를 보자 서둘러 속삭이듯 다녀온 결과를 이야기하기 시작했다. 그는 자신이 바라던 자리를 확실히 보장받았고 그것에 매우 만족해 했다.

「2주가 지나면 떠날 수 있다는군.」 양손을 비비면서 노인

이 말했다. 그러고는 근심 어린 눈빛으로 나따샤를 곁눈질해
보았다. 그러나 나따샤가 그 눈빛에 미소로 응대하며 그를
포옹하자 그의 의심은 순식간에 사라져 버렸다.

「가자고, 가, 모두들, 같이 가세!」 기뻐하며 그가 말을 꺼
냈다. 「단지, 바냐, 자네와 헤어지는 것이 가슴 아프네⋯⋯.
(나는 그가 단 한번도 내게 함께 가자고 권하지 않은 것을 알
고 있다. 그의 성격에 비추어 보건대, 만약 그가 나따샤에 대
한 나의 사랑을 모르는 그런 상황이었다면 틀림없이 함께 가
자고 했을 것이다.)」

「하지만 어떻게 하겠는가, 여보게, 어떻게 하겠는가! 난 마
음이 아프네, 바냐. 하지만 환경의 변화는 우리 모두를 소생
시킬 거야⋯⋯. 환경이 바뀌는 것, 그것은 바로 모든 것의 변
화를 의미하지!」 그는 딸을 한 번 더 쳐다본 뒤 덧붙였다.

그는 반드시 그렇게 되리라고 믿고 있었고, 또 자신의 이
러한 믿음에 대하여 기뻐했다.

「그럼 넬리는요?」 안나 안드레예브나가 말했다. 「넬리? 내
제비 새끼, 조금 아프기는 하지만 뭐, 그때까지는 아마 건강
을 되찾을 수 있을 거야. 이제 더 좋아졌잖아. 자네 생각은 어
떤가, 바냐?」 그는 마치 놀란 듯 말하고 나서, 내가 반드시
그의 이런 의심을 해결해야만 한다는 듯이 불안한 눈빛으로
나를 쳐다보았다.

「그 애는 어떻소? 잘 잤나? 별일 없었지? 지금쯤 깨지 않
았을까? 안나 안드레예브나, 우리 빨리 테라스에 작은 탁자
를 옮겨 놓읍시다. 사모바르도 내오고, 모두들 오면 다 함께
앉읍시다. 넬리도 데려오고⋯⋯ 멋있을 거야. 정말 그 앤 아직
안 깨어났소? 내가 가보리다. 그냥 쳐다보기만 하겠소⋯⋯.

깨우진 않을 테니 걱정 마시오!」 다시 안나 안드레예브나가 손을 내젓는 것을 보며 그가 덧붙였다.

그러나 넬리는 이미 깨어 있었다. 15분 뒤 우리는 평소 때처럼 저녁 사모바르 탁자에 둘러앉았다.

넬리는 소파에 앉은 채 밖으로 옮겨졌다. 의사도 왔고, 마슬로보예프도 나타났다. 마슬로보예프는 넬리를 위해 커다란 라일락 꽃다발을 가져왔다. 하지만 그는 어쩐 일인지 근심에 차 있었고, 무엇엔가 분개한 듯했다.

요즘 마슬로보예프는 거의 매일같이 이곳에 찾아왔다. 내가 이미 말했다시피 모두들, 특히 안나 안드레예브나가 그를 몹시도 아꼈지만, 우리는 알렉산드라 세묘노브나에 관한 소문은 단 한마디도 입 밖에 낸 적이 없었다. 마슬로보예프 자신도 그녀에 대해 전혀 언급하지 않았다. 안나 안드레예브나는 나로부터 알렉산드라 세묘노브나가 아직 그의 법적인 부인이 되지 못했다는 사실을 듣고는, 그녀를 손님으로 맞이해서도, 그리고 집 안에서 그녀에 관해 이야기해서도 안 된다고 속으로 단단히 결심하고 있었다. 그 결심은 그대로 지켜졌으며, 바로 이런 모습에서 안나 안드레예브나의 성격이 매우 잘 드러났다. 만약 그녀에게 나따샤가 없었고, 또 무엇보다도 과거에 일어났던 일들이 일어나지 않았다면 아마도 그녀는 이렇게까지 까다롭게 처신하지는 않았을 것이다.

이날 밤 넬리는 왠지 다른 때와 달리 우울했으며, 어떤 걱정에라도 잠겨 있는 듯했다. 마치 악몽을 꾸고, 그것을 되새기고 있는 듯했다. 그러다가 마슬로보예프의 선물을 받고서 매우 기뻐했으며, 병에 꽂아서 자기 앞에 놓아 둔 꽃을 만족스러운 눈빛으로 바라보고 있었다.

「꽃을 아주 좋아하는구나, 넬리?」 노인이 말했다. 「기다리거라!」 그가 신이 나서 덧붙였다. 「바로 내일 …… 그래, 네가뭔가 직접 보게 될 거다!」

「좋아해요.」 넬리가 대답했다. 「우리가 꽃을 가지고 엄마를마중했던 일이 기억 나요. 우리가 아직 거기(거기란 외국을말한다)에 있었을 때, 엄마가 언젠가 꼭 한 달을 몹시 아팠던적이 있어요. 나와 하인리히는 엄마가 한 달 동안 아파서 나오지 못했던 침실에서 일어나 처음 나오게 되는 그날에 방마다 전부 꽃으로 꾸미자고 약속했었죠. 우리는 약속한 대로 했어요. 엄마는 그 전날 저녁때 내일 아침엔 반드시 우리와 함께 아침 식사하러 나오겠다고 말했어요. 우리는 아주 일찍 일어났지요. 하인이 꽃을 많이 가져와서 우리는 방 전체를 푸른잎들과 화환으로 장식했어요. 담쟁이도 있었고요, 그리고 아주 널따란 잎사귀도 많이 있었는데, 뭐라고 불렀는지 잘 모르겠어요. 그리고 어디든지 척척 감기는 잎들도 있었고, 커다란하얀 꽃과, 또 내가 제일 좋아하는 수선화도 있었지요. 굉장히 멋진 장미도 있었고요, 그리고 또 다른 꽃들이 아주 많이많이 있었답니다. 우리는 이 꽃들로 화환을 만들어 걸어 두거나, 아니면 항아리에 꽂아 여기저기 놓아두었어요. 한 그루나무처럼 굉장히 큰 꽃들은 커다란 나무통에 담았지요. 우리는 이 꽃들을 방 구석들과 엄마 소파 곁에 놓아두었어요. 침실에서 나온 엄마는 놀라워 했고 매우 기뻐했어요. 하인도 매우 기뻐했고…… 지금도 기억이 생생해요…….」

이날 저녁 넬리는 웬일인지 유달리 허약했고, 신경도 몹시예민해져 있었다. 의사는 걱정스럽게 그녀를 바라보았다. 하지만 넬리는 무척 이야기를 하고 싶어했다. 그래서 오랫동안, 완전히 어두워질 때까지 그곳에서의 지난 생활을 우리에게 들려주었다. 우리는 그녀의 말을 끊지 않았다. 그곳에서 그녀는 엄마와 하인리히와 함께 여러 곳을 돌아다녔는데, 이제 그때의 추억들이 또렷하게 그녀의 기억 속에서 되살아난 것이었다. 그녀는 흥분해서 여행 중에 본 푸른 하늘, 눈과 얼음으로 덮인 높은 산들, 산속 폭포에 대해 이야기했다. 그리고 이탈리아의 호수와 계곡, 꽃과 나무들, 마을 주민들, 그리고 그들의 의복과 거무스름한 얼굴과 까만 눈동자에 관해서, 그리고 그 사람들과의 다양한 만남과 그들이 겪은 갖가지 일들을 이야기했다. 또 대도시와 큰 궁전, 느닷없이 갖가지 불빛들로 장식되는 높고 둥근 지붕을 가진 교회, 그리고 푸른 하늘과 푸른 바다가 있는 더운 남쪽 도시에 관해서 이야기했다……. 넬리는 이제껏 한번도 이처럼 자세하게 자신의 추억을 말한 적이 없었다. 우리는 주의를 집중해서 그녀의 이야기를 들었다. 지금까지 우리 모두는 그녀의 다른 추억들만을 들었을 뿐이었다. 그것은 짓누르고 마비시키는 분위기와 더러운 공기로 가득 차 있는, 그리고 언제나 진흙으로 더럽혀진 으리으리한 궁전들이 들어선 음울하고 침침한 도시의 이야기였다. 거기에는 햇살도 흐릿하고 둔하며, 그녀와 엄마가 부단히 참고 견뎌 내야 했던 악독하고, 반쯤은 미친 사람들이 있었다. 그러자 두 사람이 축축하고 음울한 저녁, 더러운 지하 방의 초라한 침대에서 서로 부둥켜안은 채 지난 과거와 죽은 하인리히, 그리고 이국 땅에서의 좋았던 추억을 떠올리는 모습이 내 머릿속에 떠올랐다……. 또 나에게는 부브노바가 매질과 짐승 같은 잔인함으로 넬리를 겪어 그릇된 일을 강제로 시키려 했던 그때에 엄마 없이 홀로 남아 이 모든 것을 회상하고 있었을 그녀의 모습도 떠올랐다…….

그러나 마침내 넬리의 상태가 너무 나빠져 넬리를 다시 방으로 옮겼다. 노인은 매우 놀랐으며, 넬리에게 그렇게 많은 말을 시킨 것에 대해 사람들에게 화를 냈다. 넬리에게 인사불성에 가까운 일종의 발작 증세가 나타났다. 이런 발작은 벌써 몇 차례나 있었다. 그녀는 발작이 멈추고 나면 나를 보게 해달라고 집요하게 요구했다. 나에게만 이야기하고픈 뭔가가 있었던 것이다. 넬리가 너무도 간절히 원했기 때문에, 이번에는 의사 스스로 넬리의 소망을 들어주어야 한다고 주장했다. 그래서 모두들 방에서 나가고 나만 남았다.

「있잖아요, 바냐.」 우리 둘만 남게 되자 넬리가 말했다. 「내가 그들과 함께 갈 거라고 그들이 생각하고 있다는 것을 난 알고 있어요. 하지만 나는 그렇게 할 수가 없기 때문에 가지 않을 거예요. 당분간 당신 곁에 있겠어요. 바로 이 얘기를 당신께 하고 싶었어요.」

나는 넬리를 설득하기 시작했다. 이흐메네프 집안 사람들은 그녀를 모두 온 마음으로 사랑하고 친딸처럼 생각하고 있기 때문에, 만일 그녀가 그 집을 떠나게 되면 모두들 슬퍼할 것이며, 그와는 반대로 그녀가 내 곁에 있게 되면 살기가 무척 힘들 것이며, 비록 내가 무척 사랑하고는 있지만 어떻게 할 수가 없기 때문에 우리가 헤어져야만 한다고 말했다.

「아니오, 안 돼요!」 넬리가 고집스레 대답했다. 「왜냐하면 나는 꿈속에서 엄마를 자주 보는데, 엄마가 그들과 가지 말고 여기에 남으라고 그러시기 때문이에요. 엄마는 내가 할아버지를 혼자 남겨 두었기 때문에 매우 큰 죄를 지었다고 말했어요. 그리고 이 얘기를 할 때면 엄마는 마냥 울어요. 바냐,

나는 여기 남아서 할아버지 시중을 들겠어요.」

「하지만 네 할아버지는 이미 돌아가셨잖니, 넬리.」 나는 그녀의 이야기를 다 듣고 놀라서 말했다.

넬리는 잠시 생각을 하더니, 그 다음 뚫어지게 나를 쳐다보았다.

「한 번만 더 이야기해 줘요, 바냐.」 넬리가 말했다. 「할아버지가 어떻게 돌아가셨는지. 다 말해 주세요, 하나도 빠뜨리지 말고.」

나는 그녀의 요구에 무척 놀랐지만, 할아버지가 운명하던 순간의 이야기를 아주 상세히 들려주었다. 나는 그녀의 의식이 흐려져 있거나, 아니면 적어도 발작이 일어난 뒤 아직 머리가 완전히 맑아지지 않았다고 생각했다.

넬리는 주의 깊게 내 이야기를 끝까지 다 들었다. 내가 이야기하는 동안 병들고 고열에 들떠 번뜩이는 그녀의 검은 두 눈동자가 한순간도 쉬지 않고 끈질기게 나를 주시했던 것이 지금도 기억 난다. 방 안은 이미 어두워져 있었다.

「아니에요, 바냐, 할아버진 죽지 않았어요!」 그녀는 이야기를 다 듣고 나서 잠시 생각을 하더니 단호히 이렇게 말했다. 「엄마는 내게 자주 할아버지 이야기를 하셔요. 그리고 어제 내가 엄마에게 〈할아버지는 죽었단 말이에요〉라고 하자 몹시 괴로워하며 울음을 터뜨렸어요. 그러고는 실제로 그런 것이 아니고, 사람들이 일부러 내게 그렇게 말한 것이며, 할아버지는 지금도 구걸을 하고 있다고 말했어요. 〈우리가 전에 구걸했던 것처럼〉하고 엄마가 말했어요. 〈우리가 할아버지를 처음 만났던 그 장소를 늘 돌아다니신단다……. 내가 할아버지 앞에 쓰러지자, 아조르까가 나를 알아보았었지…….〉」

「그건 꿈이야, 넬리, 아플 때 꾸는 꿈이란다. 넌 지금 앓고 있기 때문이야.」내가 그녀에게 말했다.

「나도 줄곧 이것은 꿈일 뿐이라고 생각했어요.」넬리가 말했다.「그래서 아무에게도 말하지 않았어요. 오직 당신에게만 모두 다 털어놓고 싶었어요. 오늘 당신이 오시기 전에 잠깐 잠이 들었는데, 그때 꿈속에서 할아버지를 보게 됐어요. 할아버지는 당신 방에 앉아서 나를 기다리고 계셨어요. 할아버지는 무서운 얼굴을 하고 몹시 여위어 계셨는데, 이틀 동안을 아무것도 먹질 못했고, 아조르까도 마찬가지라고 말씀하시며, 나에게 몹시 화를 내고 나무라셨어요. 또 코담배도 다 떨어졌는데, 담배 없이는 살 수 없다고도 말씀하셨어요. 할아버지는 정말 전에도 한 차례 그런 말씀을 하셨어요, 바로 엄마가 돌아가시고 제가 할아버지를 찾아갔을 때였지요. 그때 할아버지는 완전히 병들어 거의 아무 말도 알아듣지 못하셨죠. 그래서 오늘 할아버지로부터 그 말씀을 들은 다음, 밖에 나가 다리 위에 서서 구걸을 하자, 많은 사람들에게 구걸을 해서 할아버지께 빵과 삶은 감자, 그리고 담배도 사드리자고 생각했지요. 그러자 마치 내가 진짜로 다리 위에 서서 구걸을 하고 있고, 할아버지께서 주변을 서성이다가 잠시 주저하시며 내게 다가와 내가 얼마를 모았는지 보고는 가져가시는 것처럼 보였어요. 그러면서 이건 빵값이니 이젠 담뱃값을 모으라고 말씀하시는 거예요. 내가 돈을 다시 모으면 할아버지는 또 다가와 내 돈을 빼앗아 가시는 거예요. 나는 그렇게 하지 않아도 모두 드리겠어요, 하나도 감추지 않겠어요 하고 말씀드렸죠. 〈아니야, 넌 내것을 훔치고 있어. 부브노바도 네가 도둑이라고 말했어. 그래서 난 너를 절대로 데려가지 않을 거다. 5

꼬뻬이까짜리 하나를 또 어떻게 했니?〉 하고 말씀하시잖아요. 나는 할아버지가 믿어 주지 않아서 울음을 터뜨렸어요. 하지만 할아버지는 내 말은 듣지도 않고 〈넌 5꼬뻬이까짜리 하나를 훔쳤어!〉 하고 계속 고함을 지르시는 거예요. 그리고 나를 때리기 시작했어요. 다리 위 그곳에서, 아주 아프게 때렸어요. 그리고 나는 엉엉 울었어요……. 그래서, 바냐, 나는 할아버지가 반드시 살아 계시고, 어딘가를 혼자 걸어 다니며 내가 오기만을 기다리고 계신다고 생각하게 된 거예요…….」

나는 다시금 넬리가 생각을 바꾸도록 설득하기 시작했다. 그리고 간신히 마음을 돌린 것 같았다. 요즘 넬리는 할아버지를 꿈에서 볼까 봐 잠들기가 무섭다고 대답했다. 마침내 그녀는 나를 꼭 껴안았다…….

「어쨌든 나는 당신을 떠날 수가 없어요, 바냐!」 그녀가 내 얼굴에 자기의 조그만 얼굴을 밀착시키며 말했다. 「설령 할아버지가 안 계시더라도 나는 당신과 언제까지나 헤어지지 않을 거예요.」

집안 사람들 모두 넬리의 발작에 놀라 있었다. 나는 슬며시 의사에게 넬리의 환상을 전한 뒤, 진지하게 그녀의 병세를 물어보았다.

「아직 분명한 것은 없소.」 주저하며 그가 대답했다. 「여전히 추측도 해보고, 여러 가지 생각을 하며 관찰하고는 있지만, 그러나 …… 갈피를 못 잡겠소. 대체적으로 보아 완쾌는 불가능하오. 그녀는 죽을 겁니다. 당신이 부탁해서 그들에게 말하진 않았지만, 참 안됐어요. 내일 입회 진찰을 제의하겠소. 입회 진찰 뒤에 병세가 다른 방향으로 전환될지도 혹시 모르죠. 그러나 이 소녀에게 나는 참으로 애틋함을 느낍니

다, 꼭 내 딸처럼…… 귀여운, 귀여운 아가씬데! 그토록 명랑
한 마음씨를 갖고 있는데!」

니꼴라이 세르게이치는 특별한 홍분에 휩싸여 있었다.

「바냐, 내가 생각해 낸 건데 말일세.」 그가 말했다. 「그 애
가 꽃을 무척 좋아하잖아. 알고 있지? 내일 그 애가 잠에서
깨어나면 꽃 장식으로 맞아 주세. 그 애가 하인리히와 함께
자기 엄마를 위해서 했던 것처럼 말이야. 오늘 그 애가 이야
기한 것처럼 말일세……. 몹시 홍분해서 그 이야기를 하지 않
던가…….」

「그런데 홍분을 하면,」 내가 대답했다. 「그 홍분이라는 것
이 지금 그녀한테 해로워서…….」

「그렇지, 하지만 즐거운 홍분이라면 얘기가 다르지! 여보
게, 내 경험을 믿으라고. 즐거운 홍분은 괜찮다니까. 즐거운
홍분은 병을 낫게 할 수도 있고, 건강에도 좋지…….」

한마디로, 노인은 자기가 궁리해 낸 생각에 어쩔 줄 모를
만큼 이미 푹 빠져 있었다. 그를 제지하기란 불가능했다. 내
가 의사에게 조언을 구했으나, 의사가 미처 생각을 가다듬기
도 전에 노인은 벌써 모자를 집어 들고서 생각을 실행에 옮
기기 위해 서둘러 걸음을 떼놓았다.

「마침 말이지,」 그가 나가며 내게 말했다. 「여기서 그리 멀
지 않은 곳에 온실이 하나 있거든, 훌륭한 온실이야. 원예사
들이 꽃을 팔고 있는데 많이 구할 수가 있어, 그것도 굉장히
싸게 말이야! 얼마나 싼지 놀랄 지경이라고! 자넨 이 이야기
를 안나 안드레예브나에게 알아듣도록 잘 설명해 주게나. 안
그러면 그녀가 이 일로 돈 쓴 것에 대해 화를 낼 테니까 말이
야……. 그건 그렇고, 또 한 가지…… 그렇지! 여보게, 한 가지

만 더, 자네 어딜 가려고 그러나? 일도 끝냈겠다, 부담도 없지 않은가, 그렇게 집으로 서둘러 갈 게 뭐 있나? 우리 집에 묵게나, 저 위 작은 방에서 말이야. 전에 그랬던 것처럼 말이야! 자네 침구도 침대도 모두 예전 그대로네. 손도 대지 않았어. 프랑스 임금님처럼 잠드는 거야. 응? 자, 좀 남아 있게나. 내일은 좀 더 일찍 일어나서, 우리 모두 여덟 시까지 온 방을 꾸미자고. 나따샤도 도와줄 거야. 그 애가 자네나 나보다 솜씨가 더 낫거든……. 어때, 찬성하는가? 여기 머무는 거지?」

나는 자고 가기로 결정했다. 노인은 모든 준비를 마쳤다. 의사와 마슬로보예프는 인사를 하고 떠났다. 이흐메네프 집안은 일찍, 열한 시면 잠자리에 들었다. 마슬로보예프는 돌아갈 때, 잠시 생각에 잠겼다가 내게 뭔가를 말하려 했으나 다음 기회로 미뤘다. 내가 노부부에게 인사를 하고 내 방으로 올라가자, 놀랍게도 마슬로보예프가 나를 기다리고 있었다. 그는 조그만 탁자 앞에 앉아 무슨 책인가를 뒤적거리고 있었다.

「가다가 되돌아왔네, 바냐, 지금 얘기하는 것이 좋을 것 같아서 말일세. 좀 앉게나. 여보게, 정말 바보 같은 일이지만 말이야, 화가 치밀 만큼…….」

「그래, 무슨 일인가?」

「자네의 그 비열한 공작이 바로 2주 전에 날 정말 화나게 만들었어. 얼마나 화가 나는지 지금도 울화통이 터지네.」

「아니, 대체 무슨 일인데? 자네 아직도 공작하고 관계를 맺고 있는가?」

「그래, 자네는 지금 마치 무슨 일이라도 벌어진 것처럼 〈아니, 대체 무슨 일인데〉라고 하는군. 여보게, 바냐, 자네도 우리 알렉산드라 세묘노브나하고 똑같구먼. 도저히 견뎌 낼 재간이 없는 그 여편네하고 똑같아……. 나는 여편네란 존재를 견딜 수가 없어! 까마귀가 까악 하고 한번만 울어도 금세 〈뭐예요, 무슨 일이에요?〉 하거든.」

「그렇다고 화낼 것 없네.」

「나는 화내는 게 아니야. 만사를 평범한 시각으로 보아야지, 과장하지 않고 말이야…… 암 그래야지.」

그는 여전히 나에게 화가 나 있는 듯 잠시 동안 말이 없었다. 나는 그의 침묵을 깨뜨리지 않았다.

「여보게, 친구,」 그가 다시 말을 꺼냈다. 「나는 꼬리를 잡았어……. 실제론 잡은 것도 아니지, 아직 아무런 꼬리도 없으니까. 단지 그런 생각이 들었을 뿐이야…… 몇 가지 생각을 엮어 결론을 내린 것인데, 넬리는…… 아마…… 그래, 한마디로 말해서 공작의 법적인 딸이야.」

「뭐라고!」

「거 봐, 또 금세 〈뭐라고!〉 하며 언성을 높이잖아. 이런 인간들하고는 도대체 아무 말도 할 수가 없다니까!」 그가 거칠게 손사래를 치며 소리쳤다. 「내가 무슨 단정적인 말이라도 자네에게 했단 말인가? 경솔하게시리. 그 애가 법적으로 인정된 공작의 딸이라고 내가 자네한테 말했나? 그랬나, 안 그랬나?」

「여보게,」 나는 몹시 흥분해서 그의 말을 가로챘다. 「제발, 소리치치 말고 분명하고 명확하게 좀 설명해 주게. 그러면 내가 자네를 이해할 걸세. 자네도 생각 좀 해보게, 이 일이 얼마나 중대하고 또 어떤 결과가 초래될지…….」

「그 결과라니, 도대체 근거가 뭔가? 어디 증거라도 있나?

일이라는 것은 그렇게 되는 것이 아니야. 내가 지금 자네에게 비밀을 이야기하고 있는 것이네만, 내가 왜 이 이야기를 자네에게 하는지는 나중에 설명해 주겠네. 그렇게 할 필요가 있었다는 이야기야. 잠자코 들어 봐. 그리고 이 모든 것이 비밀이라는 것을 명심하게…….

　자, 일은 이렇게 되었던 거야. 올 겨울 아직 스미트가 죽기 전인데, 공작은 바르샤바에서 돌아오자마자 바로 이 일에 착수했어. 실제로 이 일이 시작된 것은 훨씬 이전인 작년이었지. 그때 그는 한 가지 일을 수소문하고 있었고, 이제 또 다른 일을 수소문하기 시작했어. 중요한 점은 그가 단서를 놓쳐 버렸다는 사실이야. 그는 13년 전 파리에서 스미트의 딸과 헤어졌는데, 그녀를 버렸으면서도 이 13년 간 그는 줄곧 그녀를 변함없이 감시하고 있었다네. 그는 그녀가 오늘 이야기에 나온 하인과 함께 살고 있다는 것을 알고 있었고, 그녀에게 넬리라는 아이가 있다는 것도, 그녀가 병을 앓고 있다는 것도 알고 있었지. 한마디로 말해서 모든 것을 다 알고 있었던 거야. 그러다가 갑자기 그가 단서를 놓쳐 버린 거지. 하인이 죽은 지 얼마 되지 않아 스미트의 딸이 뻬쩨르부르그로 떠난 때였던 것 같아. 물론 그는 그녀가 다른 이름을 사용하여 러시아로 돌아온다 해도 뻬쩨르부르그에서 금세 그녀를 찾아냈을 테지. 문제는 말이야, 외국에 있는 그의 정보원들이 거짓 정보로 그를 혼란케 했다는 거야. 그들은 그녀가 독일 남부의 어느 외딴 소도시에 살고 있다고 그를 믿게 만들었어. 물론 정보원 자신들도 일을 태만히 해서 어떤 여자를 스미트의 딸로 오인했던 거지. 그렇게 1년 혹은 그 이상이 흘렀어. 1년이 지나자 공작은 의심을 품기 시작했지. 그는 몇 가지 사실로 미루어 그 여자가 스미트의 딸이 아니라는 생각을 하게 된 거야. 자, 이제 문제는 진짜 스미트의 딸이 어디로 갔느냐는 거야. 혹시 뻬쩨르부르그에 있지는 않을까라는 생각이 그의 머릿속에 떠올랐어(비록 아무런 근거도 없지만 말이야). 아직 외국에서 조사가 진행되고 있었는데도 그는 이곳에서 또 다른 조사에 착수하려 했던 거지. 그런데 아마도 공식적인 경로를 사용하기가 싫어서였는지, 여하튼 그래서 나와 안면을 튼 것 같아. 사람들이 그에게 나를 추천한 거야, 이러저러한 일에 종사하고 있으며, 그런 일이 그의 장기라는 등등…….

그래서 그가 나에게 사건을 설명하게 된 거라고. 그런데 막연하게만, 망할 녀석, 막연하고 모호하게 설명을 하는 거야. 실수도 많았고, 했던 얘기를 몇 번이나 또 하고, 같은 사실들을 동시에 서로 다른 양태로 전하고……. 하지만 아무리 교활하더라도 모든 단서를 다 숨길 수는 없는 일이지. 물론 나는 처음에 비굴하게도 굴고 어수룩하게 굴기도 했지. 한마디로 노예처럼 굴었어. 내가 항상 지키는 철칙과 자연의 법칙에(왜냐하면 이것은 자연의 법칙이기 때문이야) 의거하여 생각해 보았지. 첫째, 그가 말한 것이 진정 그가 찾고자 하는 것인가? 둘째, 그가 필요하다고 말한 것 뒤에 또 다른 숨겨진 말 하지 않은 무엇이 있지는 않은가? 왜냐하면, 후자의 경우, 여보게, 자네의 시적인 두뇌로도 이해할 수 있겠지만, 그가 나를 속인 것이 되거든. 말하자면 하나가 1루블짜리 정보고 다른 것은 그 네 배나 되는데, 내가 4루블짜리 정보를 1루블에 넘긴다면 결국 나는 바보가 될 게 아닌가 말이야. 나는 주의 깊게 파고들어 가 추리하기 시작했다네. 그러자 조금씩 단서가 잡히기 시작하더군. 단서 하나는 공작한테서 직접 알아냈고, 다른 단서 하나는 전혀 관계없는 다른 사람에게서 얻었고, 세 번째 단서는 내 머리로 직접 알아냈어. 자네는 아마 내가 어째서 그렇게 행동하기로 생각했는지 궁금하겠지? 내 대답해 주지. 공작이 무엇인가에 지나치게 마음을 쓰고 있고, 몹시 겁을 집어먹고 있다는 그 점만으로도 그랬지. 하지만 실제로 그가 두려워하는 것이 뭐란 말인가? 하고 생각해 보았네. 사랑하는 사람을 그의 아버지로부터 훔쳐냈고, 그녀는 임신을 했다. 그리고 그는 그녀를 버렸다. 자, 이게 무엇이 놀라운 일인가? 애교 있고 유쾌한 장난일 뿐 그 이상 아무것도 아니질 않는가? 공작 같은 사람이 그런 것을 겁낼 리가 없지! 그런데 그는 겁을 먹고 있었다고…… 그래서 내가 의심을 품게 된 거야. 여보게, 나는 아주 흥미로운 단서 몇 개를 우연히 얻게 됐어, 그것도 그녀의 하인을 통해서. 물론, 그는 죽었지만 그의 사촌 가운데 한 사람(지금은 이곳 뻬쩨르부르그에서 빵 가게 주인의 아내가 되어 있어)이 있는데, 이 여자는 이전에 그에게 홀딱 반해 여지껏 15년이나 그를 사모하고 있다네. 빵 굽는 뚱뚱보 남편과 우연히 낳은 여덟 명의 아이가 있는데도 불구하고 말이지. 나는 온갖 책략을 다 동원한 끝에 이 사촌 누이에게서 아주 중요한 사실을 알아내는 데 성공했다네. 하인은 독일 풍습대로 그녀에게 일기와 편지를 써 보냈는데, 죽기 전에 모든 서류를 그녀에게 부쳤던 거야. 여자는 멍청해서 편지에 담긴 중요한 의미를 깨닫지 못하고, 단지 달과 나의 사랑하는 아우구스틴과 빌란트[97]에 대해 씌어 있는 부분

---

97 크리스토프 마르틴 빌란트(1733~1813). 독일 계몽주의 시대의 작가.

만 이해했던 것 같아. 하지만 나는 필요한 정보를 얻어 냈고, 이 편지들을 통해 새로운 단서를 발견해 냈지. 예를 들어 스미트에 대해서, 그리고 딸이 그에게서 훔쳐 간 재산과 그 재산을 자기 손아귀에 움켜쥔 공작에 관해서도 알게 되었지. 마침내 편지 속에 감춰진 갖가지 감탄과 암시와 비유를 헤집고 진상이 그 모습을 드러낸 거야. 바냐, 자네는 이해하겠지! 긍정적인 것은 하나도 없었어. 바보 같은 하인은 일부러 이 사실을 감추고 암시만 했지만, 이 모든 암시를 모두 종합해 보니까 천상의 화음이 내게 들리는 거야. 공작이 스미트의 딸과 결혼을 한 것이었어! 어디서 어떻게 결혼을 했는지, 정확히 언제인지, 외국인지 아니면 여긴지, 서류는 어디 있는지, 완전히 오리무중이야. 그래서, 바냐, 나는 화가 치밀어 머리를 쥐어뜯고는 끈질기게 찾고 또 찾았지. 밤낮을 가리지 않고 찾으러 다녔어. 마침내 나는 스미트를 찾아냈지만 그는 갑자기 죽어 버렸지 뭔가. 난 살아 있는 모습은 보지도 못하고 말았네. 그런데 우연한 기회에 나는 뭔가 짚이는 데가 있는 여자가 바실리예프스끼 섬에서 죽었다는 사실을 알게 됐다네. 탐색을 하고 단서를 잡게 된 거지. 그래서 바실리예프스끼 섬으로 달려갔던 거야. 기억 나지, 우리가 바로 그때 만났던 거야. 그때 많은 것을 얻어 냈어. 한마디로 말해 넬리도 여러 가지로 내게 도움이 되었다네……」

「여보게,」 내가 그의 말을 가로막았다. 「자네 정말 넬리가…… 그렇다고 생각하는가?」

「뭐 말인가?」

「그 애가 공작의 딸이란 사실 말이야.」

「그럼, 자네는 그 애가 공작의 딸이라는 사실을 이미 알고 있었다는 말이군.」 그가 일종의 독기가 섞인 비난 어린 시선으로 나를 쳐다보며 대답했다. 「그런데 왜 그런 한가한 질문을 하는가, 자네 그렇게 단순한 사람인가? 중요한 것은, 그녀가 단순히 공작의 딸이라는 것이 아니라 공작의 법적인 딸이라는 사실을 그 애가 알고 있다는 점이야, 알아듣겠나?」

「그럴 리가 없어!」 나는 소리쳤다.

「나 자신도 처음엔 〈그럴 리가 없다〉고 생각했지. 심지어 지금도 가끔은 〈그럴 리가 없다〉고 혼자 말하곤 해! 하지만 문제는 그럴 수도 있다는 점이며, 거의 십중팔구는 그렇다는 것이야.」

「아냐, 마슬로보예프, 그건 그렇지 않아, 자네가 너무 몰두한 탓이야.」 내가 소리쳤다. 「그녀는 그 사실을 모를 뿐만 아니라, 실제로 그녀는 공작의 법적인 딸이 아니야. 어머니가 수중에 그런 증명서를 갖고 있다면, 왜 여기 뻬쩨르부르그에서와 같은 그런 지독한 운명을 참았겠는가? 그뿐만 아니라 어떻게 자기 아이를 그런 고아 신세로 남겨 놓았겠나? 이제 됐네! 그건 있을 수 없는 일이야.」

「나도 그 점을 생각하고 있었어. 그 점은 지금까지도 의혹으로 남아 있다네. 하지만 역시 문제는 스미트의 딸이야. 그 여자는 이 세상에서 가장 얼빠지고 미치광이 같은 여자라는 것이지. 그 여자는 정말로 특이했어. 자네가 모든 상황을 잘 파악해 보게. 바로 이것이 낭만주의야, 이 모든 이야기는 가장 기이하고 정말로 광기에 찬, 별세계의 바보 같은 이야기야. 이것 한 가지만 생각해 보게나. 애시당초 그 여자는 이 지상의 천국이니 천사니 하는 것들만을 꿈꾸어 왔어. 그러다가 앞뒤도 가리지 않고 사랑에 빠져서는 그걸 완전히 믿어 버린 거지. 확언하건대, 그 여자는 그가 시큰둥해지고 자기를 버렸다는 것 때문에 미친 것이 아니고, 남자에게 속았으며 그가 그녀를 속이고 버릴 수 있었다는 점 때문에 미쳐 버린 거야. 즉 그녀의 천사가 추악하게 변해서, 자기에게 침을 뱉고 멸시했기 때문이지. 그 여자의 낭만적이고 어리석은 마음은 이런 변절 자체를 견뎌 내지 못했던 거야. 게다가 모욕감이, 이해하겠나, 그 어마어마한 모욕감을! 부들부들 떨면서, 그리고 무엇보다도 자존심 때문에 그녀는 한없는 모욕에 사로잡혀 그로부터 멀어졌던 것이네. 그녀는 모든 관계를 단절하고, 모든 서류도 다 찢어 버렸어. 돈에 침을 뱉었어, 게다가 그 돈이 자기 것이 아니고 아버지의 돈이라는 것도 잊고서 마치 더러움이나 먼지를 털듯 돈을 내던졌어. 자기를 속인 사람을 넓은 아량으로 짓눌러 버리고, 그를 도둑놈이라고 생각하며 평생 동안 멸시할 권리를 갖기 위해서 돈을 거부했던 거야. 그리고 그녀는 아마도 그의 아내로 불리는 것을 치욕으로 여긴다고 말했을 거야. 우리 나라에선 이혼이 인정되지 않지만, 사실상[98] 그들은 헤어진 것이므로, 그녀가 어떻게 그에게 도움을 청할 수 있었겠는가! 그 미친 여자가 죽을 때 넬리에게 말한 것을 기억해 보게. 그들에게 가지 마라, 일을 하거라, 그러다 죽거라. 누가 부른다고 할지라도 그들에게는 절대 가지 말아라(즉 그녀는 아직 그가 그녀의 딸을 부를 것이다, 그래서 부르는 사람을 무시해 버림으로써 또 한 차례 복수할 기회를 갖게 될 것이다라고 생각한 것인데, 한마디로 빵 대신 증오로 가득 찬 꿈을 먹고 살았던 거야). 나는 넬리

---

98 원문에는 라틴 어 de facto로 쓰여 있다.

에게서 많은 것을 캐냈네. 요즘도 이따금 캐내고 있지. 그 애 엄마가 폐결핵을 앓고 있었지, 이 병은 유달리 분노와 각종 흥분을 유발하지. 그런데 말일세, 부브노바 집에 사는 어느 아낙에게서 넬리의 엄마가 공작에게 편지를 썼다는 것을 알아냈어. 그래 공작에게, 바로 그 공작에게 쓴……」

「편지를 썼다고! 그래, 편지는 도착했나?」 나는 초조해서 소리쳤다.

「그래, 바로 그게 문제야. 편지가 도착했는지 그걸 모르겠어. 한때 스미트의 딸은 이 아낙과 가깝게 지냈지(기억하는가, 부브노바 집에 있던, 얼굴에 온통 분을 바른 여자 말이야? 지금은 형무소에 있지). 편지를 그 아낙 편에 보내려 생각하고 다 썼다가 건네주지 않고 도로 집어넣었어. 이 일은 그녀가 죽기 3주 전의 일이었어……. 이 사실은 중요해. 가령 한번 편지를 보내려 했다면, 비록 도로 집어넣었더라도, 다음에 언젠가는 다시 보낼 수 있는 것이니까. 그래서 그 여자가 편지를 보냈는지 아니면 보내지 않았는지는 모르겠지만, 보내지 않았다고 추정할 수 있는 근거가 하나 있어. 왜냐하면 공작이 그녀가 뻬쩨르부르그에 있다는 것을, 정확히 어딘지를 확실히 안 것은 아마 이미 그녀가 죽고 난 다음이었던 것 같기 때문이지. 틀림없이 기뻐했을 거야!」

「그래, 나도 기억해. 공작을 기쁘게 한 어떤 편지에 관해서 알료샤가 이야기한 적이 있지. 하지만 그건 얼마 전 일이야. 두 달도 채 안 된 일이지. 그건 그렇고, 그 다음엔, 그 다음에 자네와 공작은 어떻게 됐나?」

「나하고 공작하고 어떻게 됐냐니? 잘 듣게, 심증은 확실하지만 결정적인 증거는 하나도 없어. 내가 아무리 기를 써봐

도 하나도 없어. 막다른 길에 다다른 거야! 외국에서 조사를
해야 하는데 외국 어딘지 알 수가 있나. 나는 물론 싸움이 임
박했다는 사실을 깨달았지. 그리고 나는 실제 아는 것보다
더 많이 알고 있는 척함으로써 넌지시 암시를 던져 그를 놀
라게 할 수밖에 없다는 것을 깨달았다네……」

「그래, 어떻게 됐나?」

「속아 넘어가야 말이지. 하지만 겁을 내기는 했지, 지금까
지도 두려워할 정도로 겁을 먹었지. 우리는 몇 번을 마주쳤
지만, 그가 어찌나 너스레를 떨던지! 한번은 우호적으로 내
게 직접 모든 것을 털어놓으려 한 적이 있었어. 내가 모든 것
을 다 알고 있다고 그가 생각했던 때였지. 청산유수로, 감정
을 넣어 가며 다 털어놓았지만, 물론 뻔뻔하게 거짓말을 한
거지. 그래서 나는 그가 어느 정도로 나를 두려워하고 있는
가를 짐작하게 된 거야. 한때는 그 앞에서 아주 멍청이처럼
굴기도 하고, 일부러 드러나도록 잔꾀 부리는 것도 보여 주
었어. 서투른 위협을 하기도 하고, 즉 그건 일부러 서투른 체
한 거지. 일부러 무례하게 굴기도 했고, 협박을 가하기도 했
지. 이게 다 나를 멍청이로 생각하게 만들어 무심코 지껄이
도록 하기 위한 것이었지. 그런데 알아챈 거야, 더러운 놈!
언젠가 한번은 내가 취한 척했는데 역시 쓸모가 없었어. 교
활한 놈! 이보게, 바냐, 자네 이해할 수 있겠나? 나는 우선
그가 어느 정도로 나를 두려워하고 있는지 알아야만 하고,
둘째 실제 알고 있는 것보다 더 많이 알고 있는 듯한 모습을
그에게 보여 주어야 했거든……」

「그래서 결국 어떻게 됐나?」

「아무 성과도 없었어. 증거와 사실들이 필요한데, 내게는

그것들이 없었거든. 하지만 그는 내가 어떻게든 소동을 일으킬 수 있다는 점 하나만은 깨달았지. 물론 그는 하나의 추문이라도 두려워하지. 그런 것을 그가 더욱 두려워하는 이유는 이곳에서 연줄을 맺기 시작했거든. 그가 결혼하려는 것을 자네도 알지?」

「아니……」

「내년이야! 약혼녀는 이미 작년에 찾아냈지. 그때 고작 열네 살이었으니까, 지금은 열다섯 살일 텐데. 아직도 에이프런을 두르고 다닐걸, 정말 불쌍해. 하지만 부모들은 얼마나 기뻐하는지 몰라! 그러니 그에게 아내가 죽어 주는 것이 얼마나 절실했는지 이제 이해가 되는가? 장군의 딸이요, 돈 덩어리 딸이지, 엄청난 돈이라고! 이보게 바냐, 우린 절대로 그렇게는 결혼하지 마세…… 평생토록 내가 나를 용서하지 못할 것이 하나 있는데……」 탁자를 주먹으로 세게 내려친 뒤 마슬로보예프가 소리쳤다.

「그것은 말이야, 그 자식이 나를 속였다는 사실이야, 2주 전에 말이지…… 더러운 놈!」

「어떻게 된 건가?」

「일은 이렇게 된 걸세. 내가 아무런 결정적인 단서를 가지고 있지 못하다는 것을 그가 눈치 챘다는 사실을 나는 알게 되었어. 그래서 일을 미루면 미룰수록 더 빨리 그가 나의 약점을 알게 될 거라는 감을 잡았지. 그래서 2천 루블을 받는 데 동의해 버린 거야.」

「자네가 2천 루블을 받았단 말인가!」

「은화로 받았네, 바냐. 마지못해 받았다네. 그만한 일이 2천 루블밖에 안 된다니, 그게 말이나 되는가! 굴욕을 삼키며 받았어. 마치 모욕당한 사람처럼 그의 앞에 서 있었지. 그가 〈마슬로보예프, 내가 당신에게 이전의 수고에 대해 아직 사례를 하지 못했군요. (그는 이전의 수고에 대해 약정에 따라 1백50루블을 벌써 지불했지.) 그런데 나는 이제부터 멀리 가오, 여기 2천 루블이 있으니 받아 주시오. 이것으로 우리의 일은 이제 전부 끝났기를 바라오〉 하는 거야. 그러기에 나도 그에게 대답했지, 〈완전히 끝났습니다, 공작〉. 그리고 그놈의 낯짝조차 감히 쳐다보지도 못했어. 그놈의 낯짝에 〈그래, 많이 챙겼나? 그건 멍청한 놈에게 단지 선심을 쓴 것뿐이라고!〉 하고 씌어 있는 것 같았거든. 그래서 어떻게 밖으로 나왔는지도 기억이 나질 않아!」

「그건 비열한 짓이야, 마슬로보예프!」 내가 소리쳤다. 「자네는 넬리에게 못할 짓을 했네.」

「그건 그냥 비열한 게 아니야. 그건 말이지 형무소에 갈 일이고, 비열한 짓이야……. 그것은…… 그것은 …… 뭐라고 할 말이 없군!」

「맙소사! 적어도 그가 넬리의 생활 정도는 보장해 주어야 하지 않는가!」

「당연히 그렇게 해야지. 그런데 무엇으로 강요한단 말인가? 협박해? 십중팔구 놀라지 않을걸. 내가 돈을 받지 않았나. 내 협박이 은화 2천 루블밖에 안 된다는 것을 그놈 앞에서 내 스스로 인정한 꼴이고, 내 자신을 그 정도의 가격으로 평가해 버렸는데! 이제 무엇으로 그를 협박한단 말인가?」

「그렇다면 넬리의 일은 정말 그렇게 허사로 끝나는 건가?」 나는 거의 필사적인 목소리로 외쳤다.

「그렇게는 안 되지!」 마슬로보예프도 열을 내며 소리쳤고,

심지어 온몸을 부르르 떨기까지 했다. 「안 되고말고, 그놈이 그렇게 하도록 내가 가만 놔두지 않을 거야! 나는 다시 새로운 활동에 들어갈 거네, 바냐. 난 이미 결심했어! 내가 2천 루블을 받은 게 뭐 어쨌단 말인가? 아무래도 상관없어. 그것은 내가 당한 모욕의 대가로 받은 것이니까 말야. 그것은 그놈이 나를 기만했고, 나를 비웃은 대가야. 나를 기만한 데다가 비웃기까지 했다고! 그래선 안 되지, 누구라도 나를 조롱하는 것을 그냥 놓아둘 순 없지……. 바냐, 이제 난 넬리로부터 다시 시작할 거야. 몇 가지 관찰한 바에 따르면, 이 일을 풀 수 있는 모든 실마리는 그 애가 가지고 있다고 확신하네. 그 애는 그 모든 것을 알고 있어, 모든 것을……. 엄마가 직접 그 애에게 이야기해 주었지. 고열에 들떠서, 그리고 슬퍼하며 이야기했을 거야. 누구에게도 하소연할 수 없었는데, 넬리가 곁에 있으니까 그 애한테 얘기를 했을 거야. 혹 어떤 증서라도 얻게 될지 모르지.」 그는 양손을 비비며 달콤한 환희에 젖어 덧붙였다. 「바냐, 이제 이해하겠나, 내가 왜 여기를 들락거리는지? 첫째는 자네에 대한 나의 우정일세, 그건 당연한 것이고. 두 번째로 중요한 것은 넬리를 관찰하는 것일세. 세 번째는 말이야, 여보게 바냐, 좋든 싫든 자네는 날 도와주어야 하네. 왜냐하면 넬리에게 영향력을 가진 건 자네니까 말이야!」

「반드시 그렇게 하지, 자네한테 맹세하네.」 내가 외쳤다. 「그리고, 마슬로보예프, 무엇보다도 자네가 넬리를 위해서 힘써 줄 것을 바라네. 가련하고 모욕당한 고아를 위해서 말이야, 단지 자신만의 이익을 위하지 말고…….」

「내가 누구의 이익을 위해서 노력하든 그것이 자네와 무슨 상관이 있단 말인가, 세상 물정도 모르나? 목적을 달성하는 것, 바로 이것이 핵심이라고! 물론 고아를 위해서 주로 힘써야겠지. 인간애가 명령하는 것이니까. 하지만 바뉴샤, 자네, 만약 내가 나 자신을 챙긴다고 하더라도 나를 완전히 비난하지는 말게. 나는 가난한 사람이야, 그놈이 가난한 사람들을 감히 등쳐 먹게 할 수는 없지. 그는 내 것을 빼앗았고, 거기다 속이기까지 했어, 비열한 놈. 그런데도 내가 자네 말대로 그런 사기꾼을 그냥 내버려 두어야 한다는 말인가? 천만의 말씀!」

그러나 다음날로 예정된 우리의 꽃 잔치는 성공하지 못했다. 넬리의 상태가 더 나빠져서 이미 방에서 나올 수 없게 되었던 것이다.

그리고 그녀는 이젠 더 이상 그 방에서 나오지 못했다.

그녀는 2주일 후에 죽었다. 이 고통의 2주일 동안 그녀는 한번도 제정신으로 돌아오지 못했으며, 자신의 기이한 환상으로부터 벗어나지도 못했다. 그녀의 정신은 이미 흐려졌던 것 같다. 그녀는 마지막 순간까지도, 할아버지가 자신을 불러 그에게 오지 않는다고 화를 내며 지팡이로 툭툭 치고, 마음 좋은 사람들에게 빵과 담배를 구걸해 오라고 시킨다고 확신하고 있었다. 그녀는 잠자는 동안에도 자주 울기 시작했고, 깨어나서는 어머니를 보았다고 말했다.

단지 가끔 정신이 완전히 돌아오곤 했는데, 언젠가 우리 둘만이 집에 남아 있었던 적이 있었다. 그녀는 내게 손을 뻗쳐 자신의 여위고, 열이 나서 뜨거워진 손으로 내 손을 잡았다.

「바냐,」 그녀가 내게 말했다. 「제가 죽으면, 나따샤와 결혼하세요!」

그것은 이미 그녀의 오랜 생각인 것 같았다. 나는 말없이 그녀에게 미소를 지어 보였다. 내 미소를 보고는 그녀도 미소를 짓고, 장난기 어린 표정을 지으며 여윈 손가락으로 나를 위협하는 시늉을 했지만, 이내 내게 입을 맞추기 시작했다.

　그녀가 죽기 사흘 전, 더할 수 없이 좋은 어느 여름날 저녁에, 그녀는 자기 침실의 커튼을 걷어 올리고 창문을 열어 달라고 부탁했다. 창문은 정원으로 나 있었다. 그녀는 오랫동안 짙은 녹음과 지는 태양을 바라보더니, 갑자기 다른 사람들에게 우리 둘만 남겨 달라고 부탁했다.

　「바냐.」그녀는 거의 들릴락 말락 한 목소리로 말했다. 그녀는 이미 극도로 쇠약해져 있었던 것이다. 「저는 곧 죽을 거예요, 아주 빨리. 그래서 저를 잊지 말아 달라고 말하고 싶어요. 기념으로 이것을 드리겠어요. (그리고 그녀는 그녀의 가슴에 십자가와 함께 걸려 있던 커다란 부적 주머니를 보여 주었다.) 이것은 엄마가 돌아가시면서 남기신 거예요. 제가 죽으면 이것을 거두셔서 그 속에 무엇이 씌어 있는지 읽어 보세요. 저는 오늘 모든 분들에게, 이 부적 주머니를 오로지 당신만 갖도록 해달라고 말하겠어요. 당신은 그 속에 씌어 있는 것을 다 읽고 난 후 그에게로 가서, 제가 죽었다고 그리고 그를 용서하지 않았다고 말씀해 주세요. 또 말씀해 주세요, 제가 얼마 전에 신약 성서를 읽었다고. 그 속에, 우리 모두는 우리의 적을 용서해야 한다고 씌어 있었다고요. 그래요, 저는 그렇게 읽었어요. 하지만 어쨌든지 그를 용서하지 않았다고 말씀해 주세요. 왜냐하면 엄마가 돌아가시기 전, 아직 말씀을 하실 수 있었을 때 하신 마지막 말씀이 〈나는 그를 저주한다〉는 것이었어요. 그래서 저도 그를 저주해요. 저로 인해서가 아니라, 엄마를 위해서 하는 것이죠……. 그에게 엄마가 어떻게 돌아가셨는지, 그리고 저 홀로 부브노바 집에 어떻게 남겨졌는지, 당신이 부브노바 집에서 어떻게 저를 데려왔는지, 모두모두 말씀해 주세요. 그리고 제가 그에게 가기보다는 차라리 부브노바 집에 머무르고 싶어했다고 말씀해 주세요…….」

이 말을 하면서 넬리의 얼굴은 몹시 창백해졌고, 눈만이 불꽃처럼 빛났다. 심장도 몹시 고동쳐 그녀는 베개 위에 쓰러진 채 2분 가량 한 마디도 하지 못했다.

「그들을 불러 주세요, 바냐.」 그녀가 이윽고 힘없는 목소리로 말했다. 「그들과 마지막 인사를 나누고 싶어요. 안녕히 계세요, 바냐!」

그녀는 마지막으로 나를 꼭 껴안았다. 온 집안 사람들이 들어왔다. 노인은 그녀가 죽는다는 것을 이해할 수가 없었다. 도무지 그런 생각을 할 수가 없었던 것이다. 그는 마지막 순간까지도 우리 모두와 다투며, 그녀가 분명 건강을 회복할 것이라고 단언하고 있었다. 그는 근심으로 인해 수척해졌고, 하루 종일, 심지어 밤에도 넬리의 침대 머리맡에 앉아 있었다……. 마지막 몇 밤을 그는 문자 그대로 한숨도 자지 않았다. 그는 넬리의 가장 작은 바람이라도 미리 알아내고자 애썼다. 그리고 그녀의 방에서 나와 우리에게 오면 서럽게 울었다. 하지만 잠깐 뒤엔 다시 기대를 품으며, 그녀가 다시 건강해질 거라고 고집을 부리는 것이었다. 그는 그녀의 방 가득히 꽃을 갖다 두었다. 한번은 아주 아름다운 희고 붉은 장미 꽃다발을 사왔다. 그는 자기의 사랑스러운 넬리치까를 위해 이것을 사려고 먼 길을 다녀왔다……. 이 모든 것으로 인해 그는 넬리를 매우 감동시켰다. 그녀는 그러한 헌신적인

사랑에 자신도 온 마음으로 보답하지 않을 수가 없었다. 그
날 저녁, 그녀가 우리에게 작별 인사를 하던 날 저녁, 노인은
도대체 그녀와 영원히 작별하려고 하지 않았다. 넬리는 그에
게 미소를 지어 보이며 저녁 내내 즐거워 보이려고 노력했
고, 그와 농담을 주고받으며 심지어 웃기까지 했다……. 우리
모두는 희망을 품고 그녀의 방에서 나왔다. 하지만 다음날
그녀는 이미 한마디도 하지 못했고, 그리고 이틀 후 그녀는
죽었다.

나는 노인이 어떻게 그녀의 작은 관을 꽃으로 장식했으며,
얼마나 망연자실하게 그녀의 깡마른 죽은 얼굴을, 그녀의 죽
은 미소를, 가슴 위에 포개져 놓인 손을 보았는지를 기억한
다. 그는 그녀를 마치 친자식처럼 애도했다. 나따샤, 나, 우리
모두 그를 위로했으나 아무 소용이 없었고, 그는 장례를 끝
내고 심하게 앓았다.

안나 안드레예브나가 몸소 그녀의 목에서 벗겨 낸 부적 주
머니를 내게 넘겨주었다. 이 부적 주머니에는 넬리 어머니가
공작에게 쓴 편지가 들어 있었다. 나는 그 편지를 넬리가 죽
던 날 읽어 보았다. 그녀는 공작에 대해 저주를 늘어놓고 그
를 용서할 수 없다고 썼다. 그리고 그녀는 자신의 만년의 삶
을, 넬리가 처하게 될 모든 끔찍한 운명을 자세히 적고, 적어
도 아이를 위해 무엇인가 해달라고 간절히 원하고 있었다.
그녀는 이렇게 썼다. 〈그 애는 당신 애예요. 이 애는 당신의
딸이에요. 그리고 당신 자신이 잘 아시잖아요, 그 애가 당신
의 진짜 딸이란 것을. 나는 그 애에게, 내가 죽으면 당신에게
가서 당신 손에 이 편지를 드리라고 말해 두었어요. 만일 당
신이 넬리를 물리치지 않는다면, 아마 나는 저승에서 당신을

용서할 거예요. 그리고 심판의 날에 신의 보좌 앞에 서서 당신의 죄업을 용서해 주시라고 빌겠어요. 넬리는 내 편지의 내용을 알아요. 나는 그 애에게 이것을 읽어 주었고 또 모든 것을 설명해 주었거든요. 그 애는 모든 것을, 모든 것을 다 알고 있어요…….〉

그러나 넬리는 어머니의 유언을 이행하지 않았다. 그녀는 모든 것을 알았지만, 공작에게 결코 가지 않았고 화해하지 않은 채 죽은 것이다.

넬리의 장례를 끝내고 돌아와서, 나와 나따샤는 정원으로 나갔다. 그날은 덥고, 태양이 찬란히 빛나는 날이었다. 일주일만 있으면 그들은 떠나야 했다. 나따샤는 오래도록, 기이한 시선으로 나를 바라보았다.

「바냐,」 그녀가 말했다. 「바냐, 이것은 한바탕의 꿈이었어요!」

「뭐가 꿈이라고?」 내가 물었다.

「모든 게, 모든 게,」 그녀가 대답했다. 「이 1년 동안에 일어났던 모든 일이. 바냐, 왜 내가 당신의 행복을 깨뜨렸을까요?」

그리고 나는 그녀의 눈 속에서 읽었다.

〈우리는 함께 영원히 행복할 수 있었을 텐데!〉

틈새로 본 러시아의 세태와 모순

    도스또예프스끼는 1860년 봄에 『상처받은 사람들』을 (원제는 『멸시당하고 모욕당한 사람들』) 집필하기 시작하여, 이듬해 7월에 끝냈다. 이 소설은 도스또예프스끼 형제가 출판하던 잡지 『시대』에 1861년 1월부터 7월에 걸쳐 연재되었다. 소설은 각 장별로 순차적으로 실렸는데, 4월호에 4장의 처음 두 절까지 연재된 후 작가가 병에 걸리는 탓에 연재가 늦춰져 7월에야 비로소 최종분이 출판되었다. 도스또예프스끼는 이 작품을 시작하면서 이 작품의 성공이 그의 문학적 경력에 커다란 영향을 미칠 것으로 생각한 것으로 보인다(A. I. 슈베르트에게 보낸 편지). 그는 집필에 대략 3개월 정도가 소요될 것으로 계산하였다. 하지만 집필이 분명 순조롭게 진행되지는 않았는데, 아마도 흔히 그랬듯, 이 작품도 첫 단계에서 계획상의 수정을 여러모로 겪었기 때문일 것이다. 그가 같은 해 10월에 A. P. 밀류꼬프에게 보낸 편지는 바로 그 작업이 뜻대로 진행되지 않음을 고백하는 내용을 담고 있다. 게다가 위에서 말했듯, 작가가 병까지 얻었던 것이다. 결국 에필로그의 연재와 더불어 작품이 끝났다고 보면, 집필에는 처음 계산보다 상당히 지연돼 1년 이상의 시일이 소요되었음을 알 수 있다.

이 작품은 연재가 끝난 후 1861년 가을에 단행본으로 출판되었다. 이 단행본은 〈실패한 소설가의 수기로부터〉라는 부제와 자신의 형 미하일 미하일로비치에게 바친 헌사가 삭제된 채 출판되었다. 이 단행본과 잡지에 연재된 연재본을 비교하면, 양적인 면에서 커다란 차이가 나는 것을 알 수 있다. 잡지에 게재될 때 제2부는 7개의 장으로 구성되어 있었으나, 단행본에서는 11개 장으로 늘어났고, 제3부는 12개 장을 포괄하고 있었는데 9개 장으로 줄어들었다. 전체 길이의 조정과 더불어 도스또예프스끼는 문체상으로도 많은 수정을 가했는데, 이는 도스또예프스끼가 자신의 소설들의 형식에 특별한 주의를 기울였음을 엿보게 해준다. 수정을 통해 주인공의 일련의 장황한 독백이 단축되었고, 멜로드라마적 요소들이 삭제되었으며 — 삭제되었다고는 하나 소설이 주는 감상적인 멜로드라마의 인상이 제거되지는 않았다 — 감정적 언어의 사용이 절제되었다. 1879년에 문체상의 수정이 다시금 가해졌지만, 이것은 1861년의 개작만큼 의미 있는 것은 아니었다. 이러한 개작에도 불구하고 주제 배분상의 불균형이 전과 다름없이 크게 눈에 띄는데, 작가 자신도 초판본 발행 3년 뒤에 작성한 「주(註)」에서 이를 인정하고 있다.

도스또예프스끼가 이 작품을 구상한 때는 세미빨라찐스끄 시기인데, 뜨베리에서도 이 작품에 대해 깊이 생각했을 것이다(도스또예프스끼는 1854년 2월 중순 유형지 옴스끄에서 풀려나 3월부터 세미빨라찐스끄에 위치한 제7시베리아 통신대대에서 사병으로 복무했다. 1857년 봄에 시민권이 복권되었고, 1858년에 병을 핑계로 전역을 신청한 것이 받아들여져

군문을 나왔다. 수도에서 사는 것은 금지되었지만 중앙 러시아로 돌아오는 것은 그에게 허락되었으므로, 그는 뜨베리를 거주지로 정하고, 그 해 8월부터 이듬해 11월까지 그곳에서 살다가 수도나 모스끄바에서 사는 것이 허락되어 수도로 돌아왔다). 그는 1857년 11월 3일 형에게 보낸 편지 속에서 작품 구상에 대해 밝히고 있다. 그 속에서 그는 구상은 했지만 여러 가지 이유로 인해 현실화하지는 않은 여러 소설들의 계획에 대해서도 언급하고 있다. 그는 다음과 같이 쓰고 있다.

『가난한 사람들』(생각은 『가난한 사람들』보다 더 낫습니다) 같은 뻬쩨르부르그의 세태에 관한 소설을 쓸 것입니다.

이 작품은 러시아 사회 생활과 문학이 한창 발달하던 시기에 씌어졌다. 1860~1861년은 러시아가 대격변기를 맞이한 시기였다. 크림 전쟁에서 패한 러시아는 서구의 열강과 비교하여 러시아 사회 전반이 낙후된 데서 그 패배가 비롯되었음을 분명히 인식하지 않을 수 없었다. 그리고 사회 발전을 가로막는 가장 큰 요소로 농노제가 지목되었다. 사실 이전에 농노제를 폐지하기 위한 정부의 연구가 없었던 바는 아니다. 그러나 이는 언제나 비밀 위원회에서 다루어졌을 뿐 공개적으로 논의되지는 않았다. 전쟁의 패배는 러시아가 안고 있는 문제들을 더 이상 비밀리에 다루는 것을 허락하지 않았다. 이 농노 해방이 크림 전쟁이 있은 지 5년 후인 1861년에 선포되었다는 사실에 비추어 보면, 이 기간 동안 개혁에 대한 기대가 사회에 널리 퍼져 있었으리라고 짐작하기란 어렵지 않다. 이즈음 문학은 문학 나름대로 발전의 길을 걷고 있었다. 뚜르게네프, 곤차로프 등 문학가들의 소설들은 그 자체로 커다란 역사적 사건이었다. 바로 이러한 시점에 『상처받은 사람들』이 쓰여진 것이다. 그러나 이 소설이 개혁적 이념을 작품의 저변에 깔고 있거나, 노골적으로 개혁의 당위성을 전파하기 위해 쓰여진 것은 아니다. 하지만 위에 인용한 것처럼 뻬쩨르부르그의 세태, 즉 하층민들의 괴로운 삶과 무관심하고 이기적인 상층부의 모습, 이 해결되지 못하는 비극적인 모순과 갈등을 그리고 있는데, 우리는 이를 통해 당시 러시아 사회가 안고 있던 문제점의 한 부분을 엿볼 수 있는 것이다.

이 작품은 사회적으로 낮은 계층에 속하는 사람들의 도시 밑바닥 생활을 다룬 외젠 쉬[1]나 찰스 디킨스의 신문 소설의 영향 아래 쓰여졌다. 또한 많은 모티브들과 주인공들의 모습은 작가의 이전 작품들에 바탕을 두고 있다. 그 중에서도 『가난한 사람들』과 『백야』와 유사한데, 구원자로서의 이반 뻬뜨로비치, 부브노바의 집, 이반 뻬뜨로비치 — 나따샤 — 알료샤 간의 삼각 관계의 심리 묘사 등이 각각 위 두 작품의 주인공이나 심리 묘사 등과 유사하다. 작품의 무대로서의 뻬쩨르부르그의 분위기와 배경 또한 그러하다. 아울러 넬리와 발꼬프스끼 공작의 인물 유형은 『네또츠카 네즈바노바』의 인물 유형으로부터 발전한 것이다.

이 작품에서 작가는 전에는 사용하지 않던 자전적 요소들을 도입하고 있다. 작가의 자전적 요소의 도입은 19세기 전

---

1 외젠 쉬Eugne Sue(1804~1859). 프랑스 작가, 본명은 Marie Joseph Sue, 나브랑 전쟁에 해군 군의관으로 종군하였다가 퇴역 후 『파리의 비밀』, 『방랑하는 유대 인』을 발표하여 성공을 거두었다.

반 러시아 문학에서 드물게 볼 수 있는 현상은 아니었다. 그 예를 우리는 똘스또이의 『유년 시대』, 악사꼬프의 『가족 이야기』 등의 작품에서 볼 수 있다. 이 작품의 중심 인물이지만 성공하지 못한(〈실패한〉이 아닌) 작가 이반 뻬뜨로비치는 작가의 개인적인 경험이 어우러진 두 시기를 총합하고 있다. 첫째, 문학 활동에 관한 사실들로서, 이것들은 작가의 젊은 시절 문학 활동에 대한 회상에서 취한 것인데, 도스또예프스끼는 이를 아무런 은폐의 장치도 사용하지 않고 거의 직접적으로 도입하고 있다. 이반 뻬뜨로비치는 자신의 문학 경력의 시작을 의미하는 소설이 출판되었고, 벨린스끼가 자신의 원고를 읽고 기뻐했음을 말하는데(작품 속의 비평가 B), 자기가 말하는 작품이 『가난한 사람들』을 의미한다는 것에 대해 아무런 의심의 여지를 남기지 않았으며, 그를 착취한 출판업자 A. A. 끄라예프스끼를 연상케 하는 대목에서 그런 점이 분명하게 드러난다. 그러나 이런 것들은 물론 실제의 연대를 따라 진행되지는 않는다. 이반 뻬뜨로비치의 1년의 삶 속에는 1840년대와 1850년대의 많은 문학적, 사회적, 정치적 상황이 함께 어우러져 있으며, 이 모든 것이 훨씬 압축되어 그려져 있다. 둘째, 이반 뻬뜨로비치와 나따샤와의 관계에 대한 이야기와 그의 나따샤를 향한 헌신적인 사랑은 작가와 그의 미래의 아내 마리야 드미뜨리예브나와의 관계가 각색되어 묘사된 것이다.

이 작품은 두 개의 개별적인 주제가 각각의 축을 따라 나란히 전개된다. 첫째 주제는 이흐메네프 일가에 얽힌 이야기이며, 둘째 주제는 스미트 일가의 비극적인, 본질적으로는 넬리의 삶에 관한 이야기이다. 이 두 이야기는 끊임없이 교차되어 나오고 있기는 하지만, 각각은 서로 엄연히 분리되어 있다. 앞에서 이야기했듯이 작가는 이 두 이야기를 균등하게 다루고 있지 않다. 양가의 이야기는 발꼬프스끼 공작과 각각 관련을 맺고 있는데, 발꼬프스끼 공작은 스미트의 딸, 즉 넬리의 어머니를 기만하여 그녀 아버지의 전재산을 가로챈 다음 그녀를 버렸고, 자신의 혈육인 넬리를 찾지도 않는다. 그의 아들인 알료샤는 이흐메네프 노인의 딸 나따샤로 하여금 집을 떠나게 만들지만, 종내에는 다른 여인을 좇아 그녀를 버린다.

두 주제의 성격은 상이하다. 스미트 가의 주제는 아주 진지할 뿐더러 비극적이다. 스미트는 연인을 따라 집을 나간 딸을 저주하고 그녀를 용서치 않는다. 모든 재산을 사기당한 그들 부녀는 사회에서 극도로 소외된 가운데 극심한 궁핍 속에서 삶을 마감한다. 그리고 그들의 혈육인 넬리도, 비록 이반 뻬뜨로비치를 만난 후 따뜻한 인간애를 접하고 자신을 사랑해 주는 사람들 가운데서 외롭지 않게 죽음을 맞이하지만, 그전까지는 사회적으로 극도로 소외된 삶을 살아왔다. 이흐메네프도 자신의 딸을 저주하지만 마음속으로는 이미 딸을 용서한다. 그는 단지 자존심 때문에 드러내 놓고 딸을 용서하지 못할 뿐이다. 그는 넬리에게서 스미트의 불행한 딸인 그녀의 어머니 이야기를 들은 연후에야 비로소 고집을 꺾고 나따샤를 용서하고 화해한다. 이흐메네프 가족의 이야기, 즉 알료샤와 나따샤의 사랑은 다분히 멜로드라마적이다. 그러하기에 이 주제 노선은 감상적 멜로드라마 주제 노선이라고 불리는데, 적절치 못한 표현은 아니다.

이 두 이야기는 서술 상태에서도 차이가 난다. 이흐메네프 가족의 이야기는 상당히 침착하게 서술되고 있다. 이 이야기에서는 모든 것이 제시되고, 모든 행동에 현실적 모티브가 주어져서 그 전개가 다분히 평면적이다. 이 주제에 도입되는 사건들은 자연스럽지 못하다는 느낌을 준다. 그에 반해 스미트 가의 주제는 전혀 다른 방식으로 전개된다. 즉 신비한 예감이 주제 전개에 주요한 역할을 하며, 사건은 어떤 숙명성을 띠고 전개된다. 이 주제는 비밀스럽고 공포를 자아내는 분위기에 싸여 있으며, 결말은 파국적이다. 작품의 서두, 곧이어 나오는 이반 뻬뜨로비치와 스미트 노인의 만남, 그와 넬리와의 첫 만남을 서술하기에 앞서 화자가 고백하는 원인 모를 두려움, 넬리의 기묘한 모습에 대한 묘사, 발꼬프스끼의 방문으로 넬리가 느끼는 공포의 감정 등이 이러한 분위기 창조의 예를 잘 보여 주는 대목이라 할 수 있다.

작품은 1인칭 서술 형식을 취하고 있다. 이는 도스또예프스끼가 1840년대에 선호하던 방식이다. 여기에서의 서술 특성은 이전의 것들보다는 약간 더 복잡함을 띠고 있다. 이반 뻬뜨로비치는 자신의 수기에서 두 가지 행동을 취하고 있다. 그는 한편으로 현재의 사건 진행에 참여하는 참여자인 동시에, 과거와 관련된 사건들을 회상하고 있다. 그가 현재 벌어지고 있는 일처럼 회상하고 독자들에게 들려주는 사건의 진행은, 사건의 진행상 제일 마지막 단계를 토대로 하여 그가 가하는 해설과 평에 의해 끊임없이 훼방된다. 그러한 방식으로 훼손된 서술의 흐름은 사건의 건수를 증대시키고 그 사건들의 의미를 증대시키는 서술을 동반한다. 이 소설에서 벌어지는 사건은 1년을 그 기간으로 하고 있다. 이반 뻬뜨로비치에게 행위하며 이야기하는 이중의 역할이 주어진 것은, 그가 직업 작가이고 자신과 주위의 사람들에게 일어나는 일들을 기록하는 것이 자연스러운 행위라는 사실에 의해 유도된다. 실제 사건들을 경험하면서 이반 뻬뜨로비치는 무의식적으로 그것들을 문학 작품의 재료로서 본다. 타인의 삶과 운명에 개입하면서 이반 뻬뜨로비치는 박애주의자와 인본주의자의 모습을 띤다. 양 주제 노선상에서 이반 뻬뜨로비치의 행위는 순수한 이타주의, 모든 핍박받는 사람들에 대한 형제애, 선, 사랑으로 정의될 수 있다. 하지만 그의 이러한 모습에서 뚜렷한 개성을 찾아낼 수는 없다. 도스또예프스끼는 이반 뻬뜨로비치를 문학가로 설정함으로써 넬리를 중심으로 한 이야기의 축과 나따샤를 중심으로 한 이야기 축을 자연스럽게 진행시켜 나가지만, 한편으로 이반 뻬뜨로비치의 문학과 삶은 서로를 방해한다. 나따샤와 넬리의 행복에 대해 마음을 씀으로써, 그는 자기의 문학적 성가(成家)를 회복시켜 주리라고 기대하는 대작의 창작 작업에 주의를 기울이지 못하고, 돈을 벌기 위해 편집 작업을 하여야만 하는 것이다.

이 작품은 문학적으로 높은 성과를 거둔 작품은 아니다. 작품에 너무나 많은 우연성이 존재하고 있고, 작품의 진행을 위해 불필요하다고 여겨지는 요소들이 많이 드러나기 때문이다. 예를 들자면, 나따샤가 알료샤와 동거하기 위해 부모 슬하를 떠나는 것은 이해하기 힘든 설정이다. 부모 곁을 떠날 때 나따샤는 이미 알료샤가 다른 여인을 사랑한다는 것을 알고 있다. 또한 그녀는 알료샤의 어린아이 같은 성격을 잘 파악하고 있다. 쉽게 어딘가에 빠졌다가는 또 그 일에 쉽게 싫증을 내는 그의 성격은 나따샤에게도 그대로 적용되는 것이기에, 나따샤가 알료샤의 사랑을 다시 획득하기란 이미 쉽지 않은 일이라는 것을 그녀 자신도 능히 짐작할 수 있었을 것이다. 더욱이 그녀는 뻬쩨르부르그로 이주하고 나서 이반 뻬뜨로비치와의 재회를 누구보다 반겼고, 그의 성공을 축하하며, 그와 미래를 설계하기까지 했으면서도 그를 떠나 알료샤에게로 향하는데, 작가는 이 사랑의 변절에 대해 적절한 설명을 가하지 않고 이미 벌어진 일로 치부하고 있다. 이로 인해 작품에서는 인과 관계의 취약성이 드러나고 있다. 그뿐만 아니라 알료샤의 아버지 발꼬프스끼 공작이 자기 아버지를 거의 파탄에 이르도록 만든 것을 알고, 알료샤가 이미 다른 여인을 사랑하는 것을 알면서도 아버지를 떠나는 나따샤의 모습은 독자들에게 설득력 있게 다가오지 않는다. 또한 이반 뻬뜨로비치가 집에서 나가고 넬리 홀로 남아 있을 때 발꼬프스끼 공작이 방문한 대목은 작품의 진행과 커다란 상관이 없는 장면으로 볼 수 있다. 우리는 여기서 넬리가 자신의 아버지를 알고 있다는 것을(그녀는 〈그가 와 있어요〉 하고 부르짖는다), 그리고 그녀가 아버지에게 대단한 공포를 느끼고 있다는 것을 알게 되는데, 이반 뻬뜨로비치는 여기서 의외로 단순한 관찰자의 입장만을 취한다.

이 작품에서 가장 의미 있는 것은 몇몇 흥미로운 인물 유형을 창조하였다는 점일 것이다. 이 인물 유형들은 향후 도스또예프스끼의 발전에서 어떤 방향타 기능을 하고 있다. 이 점에서 이 작품은 도스또예프스끼의 발전의 새로운 단계를 보여 주고 있다. 넬리, 발꼬프스끼 공작, 알료샤, 이흐메네프 노인의 유형을 그리면서 도스또예프스끼가 보여 준 심리 묘사는 향후 이러한 방향의 발전을 위해 커다란 의미를 지닌다는 것이다. 그들의 심리에는 모순되는 특징들이 결합되어 있다. 넬리는 사람들의 관심을 갈망하면서도 사람들에 대해 냉정하다. 알료샤는 순진하고 단순한 어린아이인 동시에 나약한 에고이스트이다. 그는 세상에 대해 비판적 이해를 할 수 있는 능력이 결핍되어 있으며, 다른 사람들의 영향에 쉽게 빠지고 마는 인간적 결함을 지니고 있다. 그는 어떤 것에도 책임을 느끼지 않으며, 모든 것을 자신의 입장에서만 생각하는 순진하고 나약한 사람인 것이다. 이흐메네프는 아내와 딸을 뜨겁게 사랑하면서도 그들에 대해 박정하다. 상처받은 자존심이 그로 하여금 엉뚱하게도 가장 가까운 사람들에게 마음의 문을 굳게 닫도록 만들어 버린 결과이다.

이 작품에서 모든 비극의 씨앗을 심어 놓은 발꼬쁘스끼 공작은 1860~1870년대에 이르러 심리적으로 더 복잡하고 완전한 인간 형상으로 발전한다. 이후의 작품에 나타나는 인간형상은 주제의 전개와 긴밀히 연결되어 있지만, 발꼬쁘스끼는 아직은 그에 이르지 못하고 있다. 그러나 어쨌든 그는 도스또예프스끼가 이후의 여러 작품에서 창조할 이론가의 첫번째 형상이다. 발꼬쁘스끼는 이반 뻬뜨로비치와 만찬을 하면서, 물론 자신만을 위한 만찬이었지만, 자신의 삶의 철학을 펼친다. 그러나 그의 삶의 철학은 이 작품의 전개에 크게 유용한 것은 아니다. 그가 심어 놓은 불행의 씨앗은 이 작품이 전개되기 이전의 것이다. 넬리 어머니와의 사기적 성격의 사랑도 그렇고, 이흐메네프 네와의 갈등도 그렇다.

넬리야말로 이 작품에서 창조된 인물 가운데 가장 커다란 의미를 가진 인물이다. (본 해설에서는 소설의 특징만을 언급하는 데 중점을 두어 자세한 분석은 피하였다. 넬리에 대해서는 같이 게재한 나지로프Nazirov의 글이 큰 도움을 줄 것이다.) 넬리는 외젠 쉬와 찰스 디킨스가 창조한 주인공의 변형이다. 도스또예프스끼 작품의 주인공들의 심리적 특성은 이 두 작가의 주인공들에게서 나타나는 심리적 특성에 바탕하고 있는데, 이는 이미 많은 연구가들에 의해 지적되어 온 것이다.

넬리는 증오로 뭉친 존재이다. 증오는 심지어 그녀 존재의 의미이다. 그녀는 자신과 어머니가 겪어야 했던 고통으로 말미암아 자신의 모든 힘을 아버지를 증오하는 데 집중한다. 그러나 우리는 그녀의 증오가 사회 전반으로 확장됨을 본다. 그녀는 사람들을 믿지 않으며, 세상의 모든 것을 무엇으로든 갚아야 한다고 믿는데, 그녀가 갚으려고 하는 도구가 바로 증오이다. 그녀의 이 증오는 오만의 토대가 된다(이 오만에 대해 이미 이반 뻬뜨로비치가 혼잣말한 것을 우리는 기억한다). 그리고 이 증오를 자신의 의무로 삼는다. 이것은 심지어 그녀의 도덕적 권리이다.

넬리의 증오는 자기 파괴적이다. 그녀는 자신의 증오를 증폭시키기 위해 자신을 끊임없이 학대한다. 여기서 도스또예프스끼는 인간의 심리에 대한 자신의 통찰을 내보인다.

그녀는 자신의 행위로 마치 누군가를 놀라게 하거나 경악시키기를 원하는 것 같았다. 그것은 그녀가 누군가의 면전에서 호언하는 것과 같았다. 그러나 무엇인가 비밀스러운 것이 그녀의 영혼 속에서 성숙하고 있었다……. 그렇다, 노인이 옳았다. 그녀는 모욕을 당했고, 그녀의 상처는 아물 길이 없었다. 그리고 그녀는 고의로 이 비밀스러운 행동을 통해, 우리 모두에 대한 불신을 통해, 자신의 상처를 자극하려 애쓰고 있었다. 그녀는 자신의 고통을, 이렇게 표현할 수 있다면, 이 고통의 이기주의를 즐기는 듯했다. 이것은 고통의 자극이었고, 그것을 즐기는 것을 나는 이해할 수 있었다. 이것은 모욕당하고 경멸당한 많은 사람들의, 운명에 의해 억눌리고 운명의 부당함을 인식한 뭇사람들의 향락이었다.(pp. 481~482)

이 작품에는 19세기 중엽 뻬쩨르부르그의 모습이 풍부하게 펼쳐져 있다. 사건의 전환이 있을 때 그것들은 도시 내의 실제 어떤 구역과 접목되며, 이 구역들은 거의 정밀하게 서술되고 있다. 보즈네셴스끼 대로, 셰스찌라보츠나야 가(街), 리쩨이나야, 폰딴까, 작고 초라한 목조 가옥들이 늘어서 있는 바실리예프스끼 섬 6번가 등. 이렇게 소설의 전체 분위기는 뻬쩨르부르그의 공기로 가득 차 있다. 우리는 이처럼 일정 장소의 공기로 작품의 전체 분위기를 창조, 유지하는 스타일이 『죄와 벌』에서 더욱 발전하는 것을 볼 수 있다.

도스또예프스끼가 이 작품을 계획할 때 여성의 사랑할 권리라는 문제를 제기하려는 생각이 있었던 것 같다. 그러나 이러한 여성의 권리는 권리로서 마땅히 존중되어야 하겠으나, 현실화시키기는 어렵다는 것이 작가의 입장인 것 같다.

이 작품은 부호들의 에고이즘에 대항하는 이흐메네프의 노력에도 불구하고, 이반 뻬뜨로비치의 선성(善性)과 헌신에도 불구하고, 주인공들의 행복에 대한 기대가 깨지면서 끝난다. 그들은 도덕적으로 자기들을 멸시하고 모욕한 사람들보다 우위에 섰지만, 현실적으로 그러한 사람들을 벌할 수 있는 힘은 지니지 못했던 것이다.

이 작품은 잡지에 연재되던 도중에 이미 많은 비평의 대상이 되었다. 하지만 작품에 대한 전체적 평가는 잡지 연재가 끝났을 때 나왔다. 이 당시 도스또예프스끼 형제의 잡지는 1861년의 사회 정치 및 문학 논쟁에 참가하여 대지주주의를 지지하였다. 대지주주의의 일반적 입장에 찬동하는 잡지들에 실린 비평은 이 소설의 예술적 가치를 인정하고 있다. 반면에 진보적이고 자유적인 진영에 속한 비평가들은 사건 진행 구성의 인위성 및 부자연스러움을 지적하였다. 그러나 그들은 부자연스러움을 지적하면서도 독자들을 작품 속으로 끌어당기는 작가의 힘을 높이 평가하고 있다. 또한 도스또예프스끼가 보여 주는 인간 심리에 대한 예리한 통찰력 등을 지적하고 있다. 당시의 평가 가운데 가장 깊이 있는 평가는 도부롤류보프로부터 나왔다. 그는 작품을 전반적으로 분석하면서, 무엇보다 도스또예프스끼가 자신과 자신의 시대 문학을 위해 새로운 주인공들의 심리, 등장 인물들의 행동에 대해 이념적 동기를 부여하고 있음을 평가하고 있다. 그러나 이러한 동기 부여가 아직 충분한 설득력을 가지지는 못하고 있다고 지적했다.

윤우섭

『상처받은 사람들』에 나타난 비극의 근원[1]

R. G. 나지로프 / 윤우섭 옮김

『상처받은 사람들』은 도스또예프스끼가 시베리아에서 돌아온 후 쓴 두 번째 소설이며, 대작으로는 첫 번째 작품이다. 그가 이 작품을 구상한 것은, 형 미하일에게 쓴 그의 편지들을 통해 판단하건대 세미빨라찐스끄 시기이지만, 분명히 뜨베리에서도 이 소설에 대해 깊이 생각했을 것이다. 이 소설은 1861년 『시대』를 통해 발표되었다. 그 후 도스또예프스끼가 스스로 말하기를, 이 소설은 서두르지 않고 천천히 썼다고 했다. 아마도 도스또예프스끼가 흔히 그랬던 것처럼, 이 작품도 집필 첫 단계에서 계획이 여러모로 바뀌었을 것이다.

결국 그는 어떤 계획을 품고 최종 집필에 착수했을까? 『상처받은 사람들』을 아주 개괄적으로 살펴볼 때, 자존심 강한 아버지와 방탕한 딸이라는 두 인물의 역사가 대비를 이루고 있음을 쉽게 알 수 있다. 소설의 구성은 비교, 대조에 바탕을 두고 있으며 〈교만에 대한 겸손의 우월성 보여 주기〉라는 도덕적 과제를 직접적으로 다루고 있다. 이 소설에서 또 하나의 중요한 역할을 하는 것은, 1860년대 초기의 어려운 문제

1 이 평론은 『인문학보 *Filologicheskie Nauki*』, No.4(32) 1965, pp. 27~39에서 번역한 것이다.

였던 〈여성의 사랑할 권리〉이다. 도스또예프스끼는 이 권리를 인정함과 동시에, 실질적으로는 어려운 일임을 나타내 보이고 있다. 그는 그 후에도 여성 해방 문제에 대해서 비슷한 태도를 취했다(1861년 까뜨꼬프에 반대하는 입장에서 『시대』에 게재한 그의 글을 보라). 전체적으로 이 소설의 구상은 교훈적인 성격을 띠며 약간의 모방을 발견할 수 있는 과오를 범했다. 그러나 다행히도 도스또예프스끼는 자신의 구상을 고수하지 않고 집필 중에 그것을 과감하게 파괴해 버렸고, 그 덕분에 『상처받은 사람들』은 실패를 면하게 되었다.

이 소설에는 불균형이 눈에 띄는데, 작가 자신도 3년 후에 작성한 유명한 「주Primechanie」에서 이를 인정하고 있다. 작품의 전체 내용은 균등치 못한 두 부분으로 나뉘어 있다. 이호메네프 가족 이야기와 나따샤의 이야기가 큰 부분을, 스미트 가족의 이야기, 본질적으로는 넬리의 삶에 관한 이야기가 작은 부분을 차지하고 있다. 이러한 구분은 두 개의 개별적인 주제 노선과 일치한다. 비록 이호메네프 가(家)의 이야기가 스미트의 이야기, 넬리와 그녀 어머니의 이야기와 끊임없이 교체되어 나오긴 하지만, 두 주제 노선은 서로 연관성이 적다. 이호메네프 가의 주제 노선에는 도스또예프스끼의 이전 서술 방식 — 선명한 감상주의 색채를 띤 산 교육장과 같은 사회 심리 소설 방식 — 이 사용되고 있다. 그것을 감상적 주제 노선이라 부르겠다. 그에 비해 스미트 가의 주제 노선은 새로운 방식으로 서술된다. 신비한 예감, 비밀스럽고 공포를 느끼게 하는 분위기, 숙명적인 사건 전개, 그리고 파국적 결말 등은 제2의 주제 노선을 비극적 노선으로 특징짓게 한다.

소설 『상처받은 사람들』은 미학적 비평을 할 가치가 없는 것이라는 도브롤류보프의 유명한 말은, 이 소설의 감상적 주제 노선에 적용시켜 볼 때 매우 옳은 말이다. 그리고 이 노선 상에 등장하는 인물 유형들에(특히 고상한 척했던 이반 뻬뜨로비치의 위선과 나따샤 이흐메네프의 냉정한 합리주의) 대해 그가 내린 고전적인 평가는 여전히 그 의미를 유지한다. 그러나 위에 인용한 말을 비극적 노선에까지 확대 적용해서는 안 되며, 이 점에서도 우리는 넬리의 인물 유형을 높이 평가한 도브롤류보프에 동의한다. 우리는 넬리의 유형은 소설의 경계를 넘어서는 특별한 의미를 지니고 있다는 견해를 갖고 있다.

본 논문에서는 주로 『상처받은 사람들』의 비극적 노선과 넬리의 유형을 다루고자 한다.

1

무엇보다도 먼저 비극적 주제 노선은 감상적 노선에 비해 모든 것이 강렬하다는 것을 지적할 필요가 있다. 넬리의 어머니는 정부와 함께 달아났을 뿐만 아니라 아버지를 파산에 이르도록 한다. 스미트 노인은 이흐메네프와는 달리 격노한 상황에서도 흔들리지 않는다. 그의 딸은 가난으로 죽지만, 나따샤는 용서받고 아버지의 품으로 돌아온다. 제2의 주제 노선의 모든 사건들은 훨씬 진지하고 비극적이다. 더불어 지적하고자 하는 바는, 제2노선의 주인공들 ── 스미트, 그의 딸과 손녀 ── 은 모두 힘겨운 도덕적 고뇌 속에서 죽는다는 것이다.

비극적 주제 노선은 특별히 이야기의 어조에서도 구별된
다. 『상처받은 사람들』은 다음의 말로 시작된다.

> 지난해 3월 22일 저녁, 나에게 이상한 일이 일어났다.(p. 11)

그 뒤에 화자 이반 뻬뜨로비치와 수수께끼의 노인 사이의
숙명적인 만남에 관한 묘사가 이어지고 있다.

> 뮐러 제과점에 이르렀을 때, 갑자기 나는 붙박이듯 그
> 자리에 멈춰 섰고, 마치 내게 금방이라도 무엇인가 범상치
> 않은 일이 일어나리란 것을 예감하면서 길 건너편을 바라
> 보았다. 그리고 바로 이때 나는 노인과 그의 개를 보았다.
> 나의 심장은 그 어떤 불쾌한 느낌으로 인해 오그라들었는
> 데, 나는 이 느낌이 어떤 것인지 밝히지 못했음을 아주 잘
> 기억한다.
> 나는 신비주의자가 아니다. 해서 나는 예감이나 점을 거
> 의 믿지 않는다.(pp. 12∼13)

이 〈거의〉라는 말의 거짓스러운 순진성은 근사하기까지 하
다. 화자는 무심코 말하고 있으며, 편안하게 내뱉은 말은 다
만 도스또예프스끼가 의도했던 대로 불안을 짙게 만들고 있
다. 그리하여 노인과의 우연한 만남에 특별하고 내밀한 의미
를 부여하는 효과를 낳고 있다.

스미트의 개는 특별한 역할을 한다. 화자는 첫눈에 이런
생각을 하게 된다.

그 개는 어쩐지 보통 개가 아니며, 그 개에게는 환상적이고 마력적인 무엇인가가 있고, 그 개는 아마도 개의 모습으로 나타난 메피스토펠레스이며, 그의 운명은 그 어떤 보이지 않는 비밀스러운 고리에 의해 주인의 운명과 결합되어 있다는 생각이 들었던 것이다.(p. 14~15)

여기서 도스또예프스끼는, 스미트의 개를 파우스트가 산보할 때 뒤따라 다니던, 사람들이 익히 알고 있는 그 검은 푸들과 비교함으로써, 그가 차용한 부분의 출전을 직접 밝히고 있다. 하지만 늙은 아조르까의 신비한 역할은 우리가 뒤에 가서 알게 되는 것처럼, 완전히 다른 것이다. 개는 노인을 삶과 이어 주는 최종적인 연결자이다. 스미트의 삶의 의미는 죽은 딸의 개에 집중되어 있었다. 그는 가장 가까운 존재에게 주기를 거부했던 사랑을 무의식적으로 개에게 옮겨 놓았던 것이다.

두 죽음의 이야기는 굳어진 언어의 메타포를 각색한 것을 은폐된 모습으로, 암시의 형태로 담고 있다. 아조르까가 죽은 후 예례미야 스미트도 죽게 되는데, 그는 건축 중인 집의 담장 밑에서 죽는다. 이 은유의 의미는 매우 잔인하다. 바로 개 같은 늙음, 개 같은 죽음이기 때문이다. 여기서 개는 운명이다. 추위에 얼어 버린 작은 개가 제2의 골랴드낀[2]의 등장을 가리킨다는 것, 꼬리를 아래로 말고 있는 개가 스비드리가일로프[3]를 죽음으로 안내한다는 것을 상기해 보자. 스미트의 죽음의 이야기 속에 등장하는 개의 유형은 이러한 상징적

2 『분신』에 등장하는 주인공.
3 『죄와 벌』에 등장하는 인물.

인 의미를 얻는다.

도스또예프스끼는 한 사건을 다룰 때 그 사건의 믿기지 않
는 특이한 성격을 강조한다.

> 나에게는 이 모든 일이 꿈속에서 일어난 일처럼 여겨졌
> 다.(p. 25)

이 어조는 이흐메네프 가족과 화자 자신의 삶에 대한 세밀
하고 침착한 이야기 서술과 극히 대조를 이룬다. 이 소설의
비극적 노선은 〈비밀 체계〉처럼 구성되어 있다. 감상적 노선
에는 비밀이 없을 뿐만 아니라, 주인공들의 전력(前歷)이 주
어지고 성격이 묘사되며, 모든 행동에는 현실적인 모티브가
미리 제공된다. 의외의 요소를(이흐메네프 집에서 있었던 메
달과 저주의 에피소드, 발꼬프스끼 공작의 나따샤 네 집 방
문) 감상적 노선에 도입하려는 작가의 모든 노력에도 불구하
고 이러한 주제의 급변에는 인위성이 엿보인다.

도스또예프스끼는 10장, 넬리가 도착하기 전의 장면에서
도 예감이 가져다 주는 음울한 압박감을 신중히 조성하고 있
다. 화자는 황혼이 짙어 감에 따라 〈신비한 공포〉에 빠져 든
다고 고백하고 있다. 계속해서 원인 모를 두려움 — 이 시대
에 만연된 노이로제 — 에 대해 너무나 정확하고 심리적으
로 신빙성 있게 묘사하고 있다.

> ……문득 이 순간, 내가 몸을 돌리면 분명코 스미트를
> 보게 될 것이란 생각이 들었던 것이 기억 난다…… 나는
> 재빨리 몸을 돌렸다, 그런데 아니? 문이 정말로 조용히,

소리도 없이, 내가 방금 상상한 것처럼 열리고 있었다. 나는 소리를 질렀다. 마치 문이 저절로 열린 것처럼 오랫동안 아무도 나타나지 않았다. 갑자기 문턱에 이상한 존재가 나타났다…… 등줄기에 식은땀이 흘렀다. 그러나 몹시 놀랍게도 나는 그 주인공이 어린아이, 그것도 소녀임을 알았다. 그리고 설사 스미트 자신이 나타났다 하더라도, 아마 모르는 아이가 그런 시간에 예기치 않게 내 방에 나타난 것만큼 나를 놀라게 하는 못했을 것이다.(pp. 94~95)

왜 여자 거지애가 〈이상한 존재〉로 보이는 걸까? 왜 살아 있는 아이가, 비록 누더기를 걸치고 있다지만, 죽은 노인보다도 더 무서운 것일까? 왜 산 사람이 환영보다 더 무서운 것일까? 화자가 느낀 비합리적이고 납득하기 어려운 공포는 소녀의 외모가 특이하다는 인상을 주지만, 그것은 어른을 그처럼 놀라게 하기에는 부족하다. 이런 과장된 공포는 독자들에게 넬리가 숙명의 흔적을 안고 있다는 느낌이 들게 하려는 데 목적이 있다. 소설 『백치』에서 미쉬낀 공작은 꿈에 나스따시야를 보면서 죽음의 공포를 느끼는데, 이 느낌은 예언적인 의미를 가진 것이다. 『상처받은 사람들』의 위에 인용한 장면에서도 그처럼 넬리의 첫 등장에서부터 거의 직관적인 느낌인, 운명의 출현이란 느낌이 생겨난다.

소설에는 넬리에 대한 묘사가 두 번 나온다. 하찮은 누더기 옷과 건강이 좋지 않아 창백하고 여윈 모습에도 불구하고 그녀는 〈매우 아름답다〉. 그러나 의심과 자만심을 나타내는 일반적인 표현인, 수수께끼 같으면서도 결연한 눈초리를 가진 반짝거리는 검은 눈을 특별히 지적하고자 한다. 이런 특징들은 도스또예프스끼의 여타 인물 묘사에도 나타난다. 여위고 창백한 얼굴, 반짝거리는 짙은 눈, 열정적이고도 거만한 듯한 인물로 묘사된 『백치』의 나스따시야 필리뽀브나를 보라. 창백한 얼굴과 반짝거리는 검은 눈은 위의 두 경우 모두 불행을 초래하며, 숙명적인 하나의 이념에의 열정적인 몰입을 상징한다. 이념에의 몰입은 비극적 운명의 첫 조건이다. 이와는 반대로 나따샤 이흐메네프는 〈맑고 푸른 눈〉(p. 133)을, 알료샤 발꼬프스끼의 〈눈은 크고 파란색이며, 부드러운 동시에 사려 깊은 빛을 띠고 있었다.〉(p. 80) 그리고 까쨔에 대해서도 〈매우 푸른 눈〉(p. 172)이라고 묘사하고 있다. 『백치』에서는 이런 도식화된 독특한 인물 묘사가 고수되고 있다. 로고진은 짙은, 아니 거의 새까만 머리칼과 타는 듯한 회색 눈이지만, 미쉬낀 공작은 금발이고 눈은 〈커다랗고 푸르며 주의 깊게 바라보는 눈〉이다. 인물 묘사, 특히 눈의 색깔은 도스또예프스끼에게 조건 표지(條件標識)의 의미를 갖는다. 푸른 눈은 마음의 투명성을, 검은 눈은 숙명적 열정을 상징한다.

넬리에 대한 묘사는 이후에 매우 조건적이지만, 역시 놀랄 만한 과장이 추가된다.

그러나 특히 내 주의를 끈 것은 그 아이의 이상한 심장 고동 소리였다. 마침내 심장은 동맥류에서 보듯 두세 걸음 떨어져서도 들을 수 있을 만큼 더욱더 세차게 고동쳤다.(p. 197)

이 부분은 『상처받은 사람들』의 초반부가 실렸던 『시대』 1861년 1월호에 게재된 에드거 앨런 포의 세 편의 단편 중

하나인 「심장은 폭로자」를 상기시킨다. 포의 단편에서 살인자는 마루 밑에 매장한 피살자의 심장 고동 소리를 〈듣게 된다〉. 도스또예프스끼는 〈광기 어린 에드거〉의 이 끔찍한 착상을 유지했으나, 가상의 심장 소리는 실제의 소리로 바꾸었다. 이것은 그럴싸함을 느끼게 하는 세밀한 부분이다. 도스또예프스끼는 D. 미할로프스끼가 번역한 포의 세 편의 단편 소설을 이미 1860년에 읽었으며 자신의 서문을 통해 그 단편들의 잡지 게재를 예고했다.

널리 알려진 바와 같이, 넬리의 유형은 외젠 쉬와 찰스 디킨스의 영향 아래 창조되었다. 도스또예프스끼는 자신의 만평 「시와 산문에 나타난 뻬쩨르부르그의 꿈」에서 〈뻬쩨르부르그의 비밀을 쓰기 위해〉 외젠 쉬로 화하고 싶다는 바람을 피력했었다.[4] 그는 이 바람을 『상처받은 사람들』에서 어느 정도 실현시켰다. 그로스만[5]의 견해에 따르면, 넬리의 유형은 외젠 쉬의 유명한 소설 『파리의 비밀』에 나오는 플레르 드 마리의 유형과 아주 비슷하다. 도스또예프스끼의 어린 여주인공이 디킨스의 『유물 상점』에 나오는 넬리와 유사하다는 것은 더 더욱 논쟁의 여지가 없는 사실로서, 이러한 관계는 많은 연구가들에 의해 여러 차례 지적되었다. 하지만 플레르 드 마리도, 어린 넬리도 이미 도스또예프스끼가 유형 생활을 하기 전에 썼던 작품들 속에서 나타났던 〈사려 깊은 아이들〉의 전형으로 간주될 수는 없다(이와 같은 표현은 『상처받은

4 『시대』, 1861, 제1권.
5 그로스만 L. P. Grosman(1888~1965). 러시아의 문예학 연구가. 뿌쉬낀, 도스또예프스끼 등과 같은 작가의 작품 연구, 전기(傳記) 연구로 유명하다.

사람들』에서 처음으로 보게 된다). 넬리는 생각하는 아이이며, 삶의 잔혹한 경험들 속에서 일찍 성숙한 인격체이다.

우리에게 훨씬 더 중요한 또 다른 사실이 하나 있다. 넬리의 유형은 『네또츠까 네즈바노바』에서 어느 정도 준비되었던 것이라는 사실이다. 1861년의 소설은 많은 점에서 도스또예프스끼의 젊은 시절의 작품에 바탕을 두고 있다. 나따샤 — 바냐 — 알료샤의 삼각 관계는 『백야』의 심리 상황을 매우 첨예하게 되풀이하고 있지만, 『백야』에서의 생동감과 직접적인 느낌은 없다. 화자 이반 뻬뜨로비치의 유형은 『여주인』의 오르디노프와 『백야』의 공상가 유형과 동일하다. 넬리는 〈생각하는 아이〉, 특히 네또츠까 네즈바노바가 발전된 전형이다. 뾰뜨르 알렉산드로비치 발꼬프스끼 공작은 『네또츠까 네즈바노바』에 나오는 뾰뜨르 알렉산드로비치를 계승하고 있는데, 발꼬프스끼는 알렉산드로비치의 사악한 위선과 마음속에 무언가 감추는 너털웃음을 소유하고 있다. 그러나 『상처받은 사람들』이 앞서 언급했던 도스또예프스끼의 모든 작품들과 엄격히 구분되는 이유는, 작가의 원숙한 소설들에서만 나타나는 특징인 비극의 근원이 이 작품 속에 있다는 점 때문이다. 그리고 이 비극의 근원을 지닌 인물이 넬리이다.

네또츠까 네즈바노바도 역시 일찍이 공포, 고독, 뻬쩨르부르그 거리의 배회, 그리고 어머니의 죽음 등을 경험했다. 또한 그녀는 일찍이 삶에 대해 깊이 생각해 보았고, 사람들을 관찰하고 섬세하게 이해하기 시작했다. 야만스러움, 거만함, 정의에의 열망, 이 모든 것들을 우리는 네또츠까에게서 보게 된다. 그렇기는 하지만 네또츠까와 넬리 사이에는 지나칠 수 없는 커다란 차이가 존재한다. 우리는 넬리에게서 낯익은 특

성들을 보지만, 그것들은 무섭게 변해 버렸다. 네또츠까에게
는 행복에 대한 꿈이 있다. 그녀의 이야기는 커다란 삶에 들
어서는 전야(前夜)에 중단된다. 네또츠까의 유형은 삶을 지
향하고 있다. 넬리의 유형에는 비극적 운명의 흔적이 드리워
져 있다. 그녀의 유형은 죽음을 지향하고 있다. 이 두 〈이복
(異腹)〉 유형 사이의 거리는 1849년의 도스또예프스끼와
1861년의 도스또예프스끼 사이의 거리와 정확히 일치한다.
『상처받은 사람들』의 넬리는 유배 생활을 거쳐 온 네또츠까
네즈바노바와 같다.

　시베리아에서 도스또예프스끼는 유토피아적 환상과 아울
러 박애주의자들에 대한 믿음을 상실해 버렸다. 『네또츠까
네즈바노바』에는 얼마나 많은 인도주의자들이 등장하고 있
는가! 예피모프가 출세길을 달리기 시작했던 오케스트라의
소유주인 지주, 바이올리니스트 B, 네또츠까를 맡아 기른 착
한 H공작, 마담 레오따르, 공작 영애 까쨔, 비운의 미녀 알렉
산드라 미하일로브나 등. 네또츠까는 이런 사람들 속에서 파
멸할 수가 없다. 그러나 『상처받은 사람들』에서는 다른 세상
이 펼쳐진다. 아이들의 고통, 기만, 배신, 반항……. 물론 여
기에도 박애주의자들이 있다. 하지만 그들 자신이 박해받고
있으며 무력함의 눈물만 나눌 수 있을 뿐이다. 알료사가 베
푼 선행은 나따샤에게는 파탄을 초래하는 몰개성으로 바뀌
어 버리고, 마슬로보예프의 선의는 돈의 힘 앞에서 버텨 내
지 못한다. 세상의 환상은 변해 버렸고 비극이 등장했다. 아
직은 그 비극과 나란하게 『가난한 사람들』의 감상적 휴머니
즘이 유지되고 있지만, 도스또예프스끼는 이미 새로운 여주
인공 넬리를 내세우고 있다. 사회는 전반적으로 그녀에게 적

대적이며, 그녀는 자신이 이 세상에서 혼자라고 느낀다.

즉 뻬쩨르부르그의 빈민굴 생활이 넬리의 남다른 성격을 만들어 낸 것이다. 바실리예프스끼 섬의 똑같은 모양의 집들, 질척한 보즈네센스끼 대로, 더러운 지하실, 초라한 침상, 이것이 이 작고 애처로운 환영, 이 검은 아리엘[6]이 나온 고향이다. 넬리는 고통에 중독되었고, 무서운 삶은 그녀의 유년 시절을 앗아 갔다. 이러한 증거가 보여 주는 객관적 의미가 역사에 주의를 돌리게 한다. 마르크스에 따르면 〈여성과 아동의 노동이라는 말은 기계를 자본주의적으로 사용하게 됨으로써 생겨난 최초의 단어였다〉. 어린이의 (노동력) 착취는, 우리가 카를 마르크스, 찰스 디킨스, 빅토르 위고, 또는 도스또예프스끼를 취하든 아니 하든 19세기의 자본주의가 비판받아야 할 첫째 항목들 중 하나이다. 그러나 아이들이 겪는 고통들은 도스또예프스끼를 너무나 큰 힘으로 움직여서, 그는 이반 까라마조프의 무신론적 반란의 근거를 그 고통들에 둘 정도였다. 네또츠까 네즈바노바의 유형에서 심리상의 요점은 꿈이고, 사회에 대한 항의는 없다. 넬리는 반항으로 살아간다. 이미 이 유형을 창조할 때 도스또예프스끼는 자본주의 사회가 인간에 대해 품고 있는 적의를 인식하고 있었다.

이 점에 대해서는 그 스스로 증명하고 있다. 제2부의 11장은 위대하고 심오한 일반화로 끝을 맺고 있는데, 거기서 우리는 다음과 같은 표현을 본다.

6 중세 전설에 나오는 공기의 요정.

이것은 우울한 이야기이다. 아주 빈번히, 눈에 띄지 않게, 거의 비밀스럽게 뻬쩨르부르그의 무거운 하늘 아래서, 거대한 도시의 어둡고 감추어진 골목길에서, 어지럽게 소용돌이치는 삶, 둔중한 이기주의, 서로 충돌하는 이해 관계, 음울한 방종, 비밀스러운 범죄의 한가운데서, 이 모든 무의미하고 비정상적인 삶으로 가득 찬 끔찍한 지옥 한가운데서 벌어지는 음울하고 괴로운 이야기 중의 하나인 것이다……(p. 290~291)

　　이 글은 지난날의 사회주의자, 지난날의 푸리에 신봉자가 쓴 것이라는 느낌이 든다. 지금까지도 그 정확성에 있어 놀랄 만한 자본주의 대도시의 특징 묘사가 여기에 제시되어 있다. 즉 부르주아 시대의 대도시는 넬리의 정신적인 아버지로서 그녀의 절망과 증오를 내포하고 있다. 그러므로 도스또예프스끼가 『죽음의 집의 기록』에서 유형지의 목욕탕을 지옥에 비교했던 것처럼, 대도시를 지옥과 비교하고 있는 것은 우연이 아니다. 왜냐하면 도스또예프스끼에게는 유배 생활이 했던 기능을, 넬리에게서는 도시가 하기 때문이다.

　　넬리의 삶의 의미는 증오이며, 또한 증오할 권리를 유지하는 것이다. 이것은 무엇을 의미하는가? 어머니에 의해서 밝혀지는 출생의 비밀과 그녀가 인내해야 했던 고통으로 말미암아, 넬리의 모든 영적인 힘은 그녀의 아버지 발꼬쁘스끼 공작에 대한 증오에 집중되었다. 넬리는 이 증오를 자신의 윤리적인 의무로 삼고 있으며, 그녀는 어머니의 고통에 대한 대가로서, 그리고 자신의 고통에 대한 대가로서 공작을 증오할 수밖에 없다. 그러나 한 사람에 대한 이러한 개인적인 증오가 사회 전반으로 확장되고 있다. 넬리는 사람들을 믿지 않는다. 그녀는 오래전부터 세상의 모든 것을 돈으로든, 또는 멸시로든 갚아야 할 필요가 있음을 알고 있다. 그래서 바로 멸시 자체가 오만의 바탕이 된다. 만일 악한 사람들이 득의양양한 반면 선한 사람들이 죄없이 고통받는다면, 고통이야말로 덕행의 명예로운 훈장인 것이다. 어린 시절 그녀가 생각하기에 고통은 덕행과 동일시되는 것이었다. 그러나 넬리의 고통은 겸손이 아니라 반항을 키우는 악의에 찬 고통이다. 그래서 스스로 약해지지 않기 위해, 그리고 자신의 의무를 이행할, 즉 증오할 힘을 잃지 않기 위해 넬리는 행복을 포기했다. 도스또예프스끼는 윤리적인 의무라는 생각에서 비롯된 원칙적인 행복의 포기를 넬리라는 유형을 통해 일관되게 그리고 있다. 행복은 어딘가 어울리지 않으며 깨끗한 양심과는 서로 양립할 수 없다. 이것이 어린 여폭도의 윤리이다. 증오할 권리를 유지하기 위해 멸시와 굶주림과 추위를 견디어 내야 하며 항상 가난해야 한다.

혹시 어린아이 속에 일종의 〈천성적으로 타고난 악의 근원〉이 분기(奮起)하고 있는 것일까? 도스또예프스끼는 그렇게 생각하지 않는다. 그는 넬리를 선천적으로 선하다고 여기고 있다.

또는 저 가엾은 애가 아무도 못 믿게 될 만큼 그렇게 심한 고통을 겪어 온 걸까(p. 249)

가엾은 것! 모든 인간에 대한 혐오와 닫혀 버린 마음에도 불구하고, 그녀의 선량하고 부드러운 마음이 밖으로 드러난 것이었다.(p. 251)

작가는 바로 이런 식으로 환경이 미치는 결정적인 영향에 대한 생각을 끌어가고 있다.

이반 뻬뜨로비치에 의해 구출된 넬리는 부브노바의 소굴로 돌아가기를 원한다.

「그녀에게, 부브노바에게로. 그녀는 늘 내가 그녀에게 많은 돈을 빚졌다고, 그녀가 자기 돈으로 엄마를 장사 지내 주었다고 말했어요…….. 나는 그녀가 엄마를 욕하는 것을 원치 않아요. 그 집에서 일하겠어요. 그리고 다 갚아 주겠어요…….. 그리고 스스로 그녀 곁을 떠나겠어요. 지금 거기로 다시 갈래요.」

「진정해라, 엘레나, 그녀에겐 절대 안 돼.」 내가 말했다. 「그녀는 너를 들볶을 거야, 너를 파멸시킬 거야…….」

「파멸시키라지요, 들볶으라지요.」 엘레나가 격렬히 외쳤다. 「제가 처음도 아닌걸요. 저보다 나은 다른 아이들도 고통받고 있어요. 거리의 걸인 한 사람이 그렇게 말했어요. 저는 원래 가난하니 가난한 채로 있겠어요. 평생을 가난하게 살 거예요. 어머니께서 돌아가시면서 그렇게 하라고 하셨어요. 저는 일할 거예요…….. 저는 이 옷을 입고 싶지 않아요…….」(p. 254)

그리고 계속해서 도스또예프스끼의 묘사 방식에서 아주 특징적인 새 옷을 찢는 장면이 이어진다. 이반 뻬뜨로비치가 무엇 때문에 그 좋은 옷을(부브노바가 고객 중 한 사람에게 팔려고 예쁘게 입힌 것이었다) 온통 더럽혔느냐고 넬리를 나무란다. 대답 대신 넬리는 옷을 잡아 찢는다.

그러고 나서 그녀는 조용히 자신의 완강하고 반짝이는 시선을 들어 나를 바라보았다.(p. 257)

옷을 찢는 것은 일종의 상징적인 제스처이면서, 동시에 아동기에 보이는 변덕의 정도를 뛰어넘는 것이다. 넬리는 도덕률에 반대되는 것이면 무엇이든지 거절한다. 부브노바가 입혀 준 좋은 옷을 입고 있는 것이 치욕적인 것처럼, 악과 타협한 대가로 얻게 되는 편안함 또한 수치스러운 것이다. 그녀는 증오 속에서 즐거움을 찾는다.

그들이 욕을 하겠죠, 그럼 저는 일부러 입을 다물 거예요. 그들이 저를 때리면 저는 계속 침묵할 거예요, 그래요, 침묵하죠. 때리라 그래요, 저는 절대로 울지 않을 거예요. 그들은 제가 울지 않으면 몹시 화가 나겠죠.(p. 281)

여기서 자발적인 고통 선택의 사상은 도스또예프스끼에게 아주 중요한 것인데, 아동 심리의 어떤 특징을 나타내 주고 있다. 넬리가 이반 뻬뜨로비치와의 대화에서 이흐메네프 노인이 딸을 용서하지 않은 데 대해 열렬히 비난할 때, 그녀는 나따샤의 운명에 대한 해답을 넌지시 암시하고 있다.

그녀에게 그로부터 영원히 떠나라고 하고 차라리 거지가 되라 하세요. 그가 자기 딸이 구걸하며 고통스러워하는 걸 보라고요.(p. 281)

소설 속에 등장하는 온순한 주인공들과는 달리 넬리에게

고통은 겸손의 원천이 아니라, 증오심을 살찌우는 양식이다. 분노가 폭발하여 이반 뻬뜨로비치의 찻잔을 깨뜨리고 나서, 그녀는 집에서 몰래 뛰쳐나와 새 찻잔을 사기 위해 행인들에게 구걸을 한다. 화자는 이러고 있는 그녀를 발견하게 된다.

그것은 그녀가 누군가의 면전에서 호언하는 것과 같았다. 그러나 무엇인가 비밀스러운 것이 그녀의 영혼 속에서 성숙하고 있었다……. 그렇다, 노인이 옳았다. 그녀는 모욕을 당했고, 그녀의 상처는 아물 길이 없었다. 그리고 그녀는 고의로 이 비밀스러운 행동을 통해, 우리 모두에 대한 불신을 통해, 자신의 상처를 자극하려 애쓰고 있었다. 그녀는 자신의 고통을, 이렇게 표현할 수 있다면, 이 고통의 이기주의를 즐기는 듯했다. 이것은 고통의 자극이었고, 그것을 즐기는 것을 나는 이해할 수 있었다. 이것은 모욕당하고 경멸당한 많은 사람들의, 운명에 의해 억눌리고 운명의 부당함을 인식한 뭇 사람들의 향락이었다.(pp. 481~482)

따라서, 넬리에게 있어서 삶의 의미는 증오로 귀결된다. 그리고 증오할 도덕적 권리를 유지하기 위해서 그녀는 고통을 겪어야만 한다. 의식적이고, 자발적이며, 시위적인 고통, 이것은 그녀의 즐거움이며, 그녀의 정신적인 평안을 위한 필수적인 조건이다. 넬리는 값비싼 보물인 양, 가슴속에 숨겨진 어머니의 마지막 편지를 쥐고 있는 손인 양, 자신의 비극을 스스로 지고 있다.

감상적 주제 노선은 나따샤와 아버지의 화해와 그의 탁월한 연설로 끝을 맺는다.

오! 우리 비록 멸시당하고 모욕받았다 할지라도, 또다시 함께하게 되었도다! 오만하고 교만한, 우리를 멸시하고 모욕한 그자들, 어디 잔치를 벌일 테면 벌이라지! 그래, 맘껏 우리에게 돌을 던져 보라지! 나따샤, 두려워 말거라……. 우리 손잡고 가자꾸나, 가서 내가 그놈들에게 말해 주마. 이 애는 귀하고 사랑스러운 내 딸이라고, 그리고 너희들이 모욕하고 멸시했던 죄 없는 내 딸을 난, 나는 사랑하고 있으며 영원히 축복할 거라고!(pp. 560~561)

이 극적이긴 하지만 흥분된 외침은, 도스또예프스끼의 의도에 따르면 〈오만하고 불손한 자들〉이 만들어 낸 인간에 대한 냉소적 모욕에 대한 대답이다. 그러나 도스또예프스끼 편에서 볼 때 감정이 배제된 채 창작 과정이 흘러갔던 것은 아니다. 도덕적인 우위를 차지하는 것은 약한 자들을 위로하는 것인데, 위대한 작가는 이에 만족하고 있을 수 ― 만약 그러기를 원했다 하더라도 ― 없었다. 그의 개인적인 아픔과 증오는 토로되지 못한 채 남았다. 그렇기 때문에 밝은 느낌을 주는 화해의 장면에 이어서 넬리의 간질병 발작이 묘사되고 있다. 도스또예프스끼의 주관적 고통, 그의 소설이 주는 감격이 합리적인 생각에 의해 다 상실되는 것은 아니다. 진짜 결말은 화해가 아니라 이 소설의 에필로그에 나오는 넬리의 죽음이다.

넬리는 죽어야만 한다. 아무래도 스미트의 가족에게는 오래전부터 저주가 내렸었던 듯하다. 어린아이를 위해 조그맣게 예외를 둔 게 있는데, 그것은 넬리가 사랑과 꽃 속에 파묻혀 죽는다는 것이다. 그리고 지난날 옴스끄의 유형수였던 사람의 마음속에 있는 아픔과 증오의 힘이 그렇듯 커서 그는, 마치 아이의 죽음이라는 고요한 음악에 놀란 듯, 고통 요법의 날카로운 음(音)들이 만들어 내는 미약한 화음을 깨뜨리고 있는 것이다. 죽어 가는 넬리는 비몽사몽간에 어머니와 할아버지를 본다. 노인은 자기를 위해 넬리에게 빵과 담배를 구걸하게 하고, 그녀가 5꼬뻬이까 동전 하나를 숨겼다고 욕설을 퍼부으며 때린다.

> 그래서, 바냐, 나는 할아버지가 반드시 살아 계시고, 어딘가를 혼자 걸어 다니며 내가 오기만을 기다리고 계신다고 생각하게 된 거예요…….(p. 589)

바로 죽음 직전까지 넬리는 할아버지가 자기를 부르고 있다고, 화를 내며 지팡이로 두들기고 있다고 확신한다. 의무에 대한 인식과 발꼬프스끼 공작에 대한 증오가 뒤섞인 광기의 아름다운 빛이 그녀의 최후를 비추고 있다.

영원한 거지 상태의 내세에 대한 생각은 스비드리가일로프의 검게 그을린 목욕탕보다도 사실상 더 무섭다. 이승의 지옥 생활이 저승에서 계속되고, 그 속에 영혼의 불멸이 있다는 것은 끔찍한 상상이며, 이흐메네프의 호산나에 정반대되는 것이다. 창조주에 대한 찬미 대신에 거대한 절망이 있게 되는 것이다. 비록 넬리는 복음서를 읽어서 그리스도가 원수들을 용서하라고 유언했던 것을 알고 있지만, 그녀는 자기 아버지를 용서하지 않으며 죽기 전에 그를 저주한다.

> 왜냐하면 엄마가 돌아가시기 전, 아직 말씀을 하실 수

있었을 때 하신 마지막 말씀이 〈나는 그를 저주한다〉는 것
이었어요. 그래서 저도 그를 저주해요, 저로 인해서가 아
니라, 엄마를 위해서 하는 것이죠……. (pp. 605∼606)

인간 멸시에 대한 이 소설의 두 번째 답변은 그러하다.

따라서, 소설 『상처받은 사람들』은 고통받는 인간의 윤리
적 의무에 관한 질문에 상반되는 두 가지 답변을 내용으로
하고 있다. 넬리의 반항은 작가의 비난을 불러일으키지 않을
뿐만 아니라 그녀 삶의 독특한 하이라이트가 되기도 한다.
끝까지 화해하지 않는 그녀 앞에서 겸손의 미는 퇴색되어 꺼
져 간다. 즉 이 소설은 비극적인 결말로 끝이 난다. 최초의 작
품 구상은 도스또예프스끼의 깊이 있는 성향에 의해 파기되
어 버렸고, 합리적인 안(案)이 창작적 관조와 조우했으며, 집
필 도중에 예술적 해결책이 도덕적 설계도를 깨뜨리고 채택
되었다.

2

넬리의 적대자는 외적인 주제 설계도에 따르면, 범죄자인
그녀의 아버지 발꼬프스끼 공작이다. 그는 작품에서 사람들
을 멸시하고 모욕하는 악의 화신이다. 이 〈외견상의 특성〉에
도 불구하고 발꼬프스끼 공작은 소설 전체에 걸쳐 하는 역할
이 없다고 감히 단언하고자 한다.

우선, 일반적으로 받아들여지는 공작에 대한 견해 — 이
소설의 근본적인 갈등의 씨앗을 뿌린 인물이라고 보는 견해

— 는 잘못된 것이다. 감상적 노선에서 근본적인 갈등은 오만한 두 성품 — 이흐메네프 가의 아버지와 딸 — 간의 싸움이다. 발꼬프스끼 공작은 이 싸움에 참여하지 않는다. 대체적으로 그가 이 소설 속에서 수행하는 유일한 역할은 나따샤를 방문하고, 아들의 결혼에 거짓 동의하는 것이다. 알료샤를 권태롭고 지루하게 만들려는 교활한 음모는 결코 필수 불가결하지는 않다. 사실 나따샤는 부모 곁을 떠나는 순간, 이미 알료샤가 다른 여인을 사랑한다는 것을 알고 있다. 나따샤의 드라마는 이미 정해져 있었다. 도스또예프스끼는 무엇 때문에 공작의 음모라는 주제를 남발했을까? 분명 주제에 〈제동〉을 걸기 위한 것이지만, 중요한 것은 바로 이 인물의 특징을 묘사하기 위함이다. 공작의 유형은 그 자체가 목적인 바, 그 유형 자체가 작가에게 흥미로운 것이다.

스미트 가의 비극에서 발꼬프스끼 공작이 하는 역할은 훨씬 더 중요하다. 그러나 이 가족을 허물어 버린 파국은 먼 과거에 일어났다. 이 경우에도, 이흐메네프 가의 이야기에서와 마찬가지로, 발꼬프스끼 공작은 소설에 묘사된 사건들이 시작되기 전에 등장하고 있다. 공작은 넬리와는 단 한 번 만나는데, 이 만남은 주제의 진행에는 아무런 의미를 갖지 않는 것으로서, 없어도 됐을 것이다.

넬리의 자기 파괴적인 반항은 누구에게 대항하는 것인가? 부브노바, 이흐메네프 노인, 심지어 이반 뻬뜨로비치와 선량한 노(老)의사, 그리고 착하든 악하든 아무 상관 없이 세상 모든 사람들에 대한 반란이다. 넬리는 신을 믿긴 하지만, 신의 질서에는 동의할 수 없다. 사회의 불공평이 넬리의 반항을 낳았으며, 범죄자인 아버지는 단지 증오의 첫째 대상일 뿐이다. 그녀를 괴롭힌 것은 아버지가 아니라 삶이다. 아버지의 죄는 제한적이다. 이흐메네프 가족의 드라마에도, 그리고 훨씬 더 중요한 아이와 세상과의 갈등에도 발꼬프스끼 공작은 참여하지 않는다.

공작의 유형이 주제면에서 필요한 것일까? 분명히, 그렇지 않다. 발꼬프스끼 공작은 소설의 무대 뒤에 머물러 있든지, 아니면 저 멀리 과거 속에나 가 있을 수 있었으나, 그의 능동적 참여와 연결된 갈등들은 주제의 전사(前史)를 이룬다. 주제를 위해 필요한 것들 중 가장 중요한 것은 범죄자가 수동적으로 존재해 있는 것이다. 도스또예프스끼에게 프랑스 전통의 깊은 곳(예를 들면 외젠 쉬의 소설)에서 탄생한 이러한 유형은 독립적인 의미와 더불어 또 다른 두 가지의 의미, 즉 사회 정치적 선언의 의미와 심리 탐구의 의미를 가지는 것이었다. 『상처받은 사람들』을 창작하던 시기에 도스또예프스끼는 러시아 문학의 혁명적 상황 및 압도적인 민주적 경향의 영향 아래에 있었다. 이로부터 얼마 전에 나제쥬다 흐보쉰스까야가 자신의 소설 중 한 작품에서 〈존귀한 무뢰한〉이란 표현을 유포시켰다. 도스또예프스끼는 바로 이런 〈존귀한 무뢰한〉을 그리려고 시도한 것이었다. 그러나 이와 동시에 그는 자신이 품고 있는 큰 문제점, 의지의 자유 문제를 제기하기 위해 멜로드라마 풍의 진부하고 필연적인 악인을 이용하였고, 전횡적이고 스스로 사회에 대항하며 그 어느 것에도 구속받지 않는 인간의 첫 유형을 창조하려고 시도했다. 발꼬프스끼 공작의 성격 창조로 예정한 사고로부터 자의적인 작품 구상이 이루어졌다.

그러한 작품 구상 시 작가가 문학적 유형들로부터 출발하는 것은 당연한 것이다. 악인 귀족의 유형은 감상적 소설, 소시민극, 만평 소설 등에서는 예사로운 것이었다. 그러나 도스또예프스끼는 스스로에게 보다 고차적인 과제를 제시해 놓았다. 그는 이런 사회적 유형의 심리를 재창조하려고 했던 것이다. 그 어느 곳에서도 18세기 프랑스 문학에서만큼 몰락 귀족에 대해 생생하게 표현된 것을 찾아볼 수 없다. 도스또예프스끼도 이것을 알고 18세기 프랑스 문학을 높이 평가했다(빠르니와 끄레비온의 시, 루베 드 꾸브레, 디드로, 쇼데를로 드 라클로, 드 사드 후작의 소설). 발꼬프스끼 공작 유형의 모델로 삼았던 인물은 어느 프랑스 애정 소설의 주인공인데, 도스또예프스끼가 색욕을 등장 인물 심리의 요체로 삼은 것은 우연이 아니었다. 발꼬프스끼 공작의 직접적인 모델은 큰 명성을 얻었던 라클로의 서간체 소설 『위험한 관계』에 나오는 드 바르몽 자작이다. 드 바르몽 자작은 단순한 방탕아가 아니라, 음란에 관한 한 특출한 재인(才人)이다. 그는 때로는 세상 경험이 없는 젊은이들의 친절한 선생인 것처럼, 때로는 열렬한 연인인 것처럼 행동하며, 온 세상을 우롱하는 것을 낙으로 여긴다. 그러나 정부인 드 메르뙤유 후작 부인에게 보낸 편지에서, 자작은 파렴치하게 자신을 드러내고 자신의 모험담을 자세히 써 내려간다. 후작 부인도 자작에게 그의 편지와 다를 바 없는 노골적인 답장을 함으로써 그들 둘은 인간에게 조소를 보낸다.

　『상처받은 사람들』의 여러 상황들 중의 한 가지는 라클로의 소설에서 따온 것이다. 발꼬프스끼 공작은 B레스토랑에 이반 뻬뜨로비치와 같이 앉아서 샴페인을 마시며 자신이 살아온 이야기를, 특히 그 중에서도, 실제로는 음탕한 여자인데도 〈엄청난 정절〉을 실천하는 것으로 알려져 있던 한 귀족 부인 —— 드 사드 후작도 이 음탕한 귀족 부인에게서 작품 창작에 필요한 것을 얻었을 것이다 —— 과의 흥미를 끄는 이야기를 하고 있다.

　　이 향락에서 가장 자극적이고 가장 놀랄 만한 것은, 그것의 은밀함과 세상을 속이는 대담함이었소. 백작 부인이 사교계에서 고상하고, 위엄 있고, 훼손할 수 없는 것으로 설교했던 모든 것에 조롱을 던지는 이 방식, 그리고 드디어는 내적인, 악마 같은 웃음, 결코 침범해서는 안 될 모든 것을 발치로 끌어내리는 방법, 그리고 이 모든 것이 한정 없이 극단에 이르도록, 불타는 상상력으로도 생각해 내지 못할 지점까지 뻗어 나갔소.(pp. 433~434)

　　이 냉소주의는 정절의 가면을 쓰고 있었고, 발꼬프스끼 공작과 백작 부인과의 은밀한 관계는 드 바르몽 자작과 드 메르뙤유 후작 부인의 성격과의 관계를 재현하고 있는 것이다.
　　발꼬프스끼 공작은 이반 뻬뜨로비치에게 다음과 같이 털어놓는다.

　　나는 영향력 있는 위치, 관등, 호텔, 판돈이 큰 카드 놀이를 좋아하오(나는 굉장히 카드 놀이를 좋아하오). 그러나 무엇보다도, 그 무엇보다도 여인들을 가장 좋아하오……. 여자란 여자는 모두. 나는 심지어 비밀스럽고 은밀한 쾌락을, 약간 기이하고 독특한, 기분 전환을 위해서는 약간 더러움을 지닌 쾌락도 좋아하오…….(p. 436)

이반 뻬뜨로비치의 말에 따르면, 공작이 가진 이 야수성은 바스띠유 감옥 함락 전야의 프랑스 귀족 계급의 쾌락주의를 상기시킨다. 그러나 도스또예프스끼는 결코 단순한 모방가가 아니었다. 그는 언제나 빌려 온 재료를 창조적으로 가공해 낸다. 따라서 발꼬프스끼 공작 유형에서도 귀족 계급의 쾌락주의가 한없는 자기 긍정, 악의에 찬 현세 부정, 도전, 도발의 특성과 서로 묘하게 뒤얽힌다. 악의에 찬 도전과 사람들에 대한 악마적인 경멸은 발꼬프스끼 공작 고유의 것이다. 그의 식당에서의 참회와 관련해서 이반 뻬뜨로비치는 다음과 같이 말하고 있다.

당신은 내 앞에서 당신의 역겨운 가면을 더할 수 없이 솔직하고 예기치 않게 벗고, 그런 도덕적인 냉소주의에 찬 자신을 보여 주었습니다. 그럼으로써 당신은, 나란 사람은 누구라도 내 앞에서 부끄러워할 필요조차 없는 그런 사람이라는 것을 분명히 보여 주고자 했습니다……(pp. 431~432)

라스꼴리니꼬프 앞의 스비드리가일로프, 찌혼 앞의 스따브로긴, 그리고 「보보끄」에서 서로 마주 대하고 있는 죽은 사람들과 마찬가지로 공작도 이반 뻬뜨로비치 앞에서 자신을 드러낸다. 도덕 규범의 노골적 유린은 도발적인 제스처이며 사회에 대한 증오의 발로이다. 이것은 이미 드 바르몽 자작의 위선과는 거리가 먼 것이며, 도스또예프스끼의 이후 소설들에서 보게 될 전횡의 심리를 예고한다.

보잘것없어 보이는 세세한 것이 각 유형의 기원을 밝히는 데 도움을 준다. 이반 뻬뜨로비치는 다음과 같은 말을 한다.

그는 나에게 일종의 파충류 같은, 일종의 거대한 거미 같은 인상을 주었고, 나는 소름끼치도록 그것을 밟아 죽이고 싶었다.(p. 421)

도스또예프스끼는 거의 이와 똑같은 말을 실존했던 전혀 다른 인물에 대해 거의 같은 시기에 사용하였다.

나는 때때로 사람만큼 크고 거대한 거미를 눈앞에서 보고 있는 듯한 느낌을 받았다.

이 말은 『죽음의 집의 기록』에 나오는 것으로, 어린아이들을 잘라 죽이기를 좋아했던 가학성 변태 성욕자인 유형수 가진의 특징을 묘사한 것이다. 즉 가진 같은 존재들과 관련하여 작가는 인간의 내면에 천성적인 악의 근원이 존재하고 있음에 대해, 그리고 전횡이 아무런 제한을 받지 않고 극단적으로 드러나는 것에 대해 처음으로 깊이 생각했다. 도스또예프스끼는 〈세상의 강한 자들에〉 대한 자신의 단호한 태도를 표현하려고 애쓰면서, 사디스트의 비인간적일 정도로 비뚤어진 심리를 프랑스 귀족에서 빌려 온 유형에게로 옮겨 놓았다. 이 의도는 대담한 것이었다. 그러나 그 전이는 성공을 거두지 못했다. 발꼬프스끼 공작의 환상적인 심리 속에서 작가는 사실적인 종합을 이뤄 내지 못했으며, 공작의 성격이 갖는 엄청난 모순은 그 유형을 실패의 운명에 빠뜨리고 말았다.

발꼬프스끼 공작의 유형은 완성을 거두지 못했음을 강조하고자 한다. 도스또예프스끼의 후반기 소설들을 보면 극도로 오만한 인물들은 모두 다 자살이나 광기로 끝을 맺는다 (스비드리가일로프, 스따브로긴, 로고진, 이반 까라마조프, 스메르쟈꼬프 등). 한없는 오만함이 지닌 자기 파괴력이 바로 그런 식으로 나타난다. 인생의 쾌락을 누리며 자만으로 가득 찬 발꼬프스끼 공작의 유형에는 그런 것이 전혀 없다. 이 유형은 정적이다. 이것은 이 유형이 주제와는 단절되어 있음을 또다시 증명하는 것이다.

사회에 대한 한 개인의 반란이라는 문제는 넬리의 유형에서 비극적인 해답을 발견하였다. 오만함, 사회에 대한 증오, 도전 그리고 몇몇 전제(專制)적인 특징들이 넬리의 성격을 이룬다. 그녀의 반란은 자기 파괴라는 특수한 형태로 나타난다. 도스또예프스끼는 이것을 〈고통의 이기주의〉라고 불렀다. 처음부터 끝까지 넬리가 화자에게 전율과 탄복을 불러일으키는 것 ── 나스따시야 필리쁘브나가 미쉬낀 공작에게 그랬던 것처럼 ── 은 남다른 것이다. 넬리와 그녀의 아버지와의 대립은 순전히 형식적이다. 발꼬프스끼 공작은 증오(도브롤류보프의 말로는, 〈최고조의 증오〉)를 초래하지 않는다. 왜냐하면 도스또예프스끼 자신이 스스로 이런 감정을 발견하지 못했기 때문이다. 발꼬프스끼 유형에 부과된 사회적인 과제는 개인의 도덕 문제에 대한 작가적 관심과 모순된다. 넬리와 공작이 갖는 내적인 상호 연관성은, 보는 바와 같이, 소설이 끝날 때까지 도스또예프스끼에게서 의미를 부여받지 못했다. 이 두 유형 사이에는 명백한 내적 동계성(同系性)이 존재하는데, 1861년에는 도스또예프스끼가 아직 이를 인식하지 못하나 『죄와 벌』에 가서 라스꼴리니꼬프와 스비드리가일로프 유형으로 의식적으로 선명하게 그려진다.

따라서, 소설 『상처받은 사람들』의 발꼬프스끼 공작 유형
은 아직 미완성 상태에 있다. 이 유형은 도스또예프스끼에
의해서 모험적인 주제를 다룬 서유럽 사회 소설의 형식과 함
께 도입되었으나, 이 형식을 재가공하는 과정에서 본래의 주
제 기능을 상실하고 비극의 〈밧전 너머〉에 머물러 있게 되었
다. 도스또예프스끼가 발꼬프스끼의 유형을 세세하게 다듬
어 왔음은 그가 그 시대의 가장 증오해야 할 인물, 즉 부르주
아적 습성에 길들여진 귀족이나 새로운 구조 속의 착취적 신
사, 곧 부르주아의 사회적으로 첨예한 성격을 창조하려 노력
했다는 점, 동시에 환상적인 심리 상태의 설계를 시도하면서
그의 관심을 끄는 윤리 문제의 영역에서 실험 정신을 발휘했
다는 점을 통해 설명된다. 이와 관련하여 『백치』의 또쯔끼와
『까라마조프 씨네 형제들』에서 그루쎈까를 유혹하는 폴란드
인은 이들 소설에서 주제의 발전이라는 측면에서는 아무런
역할을 하지 않는다는 것을 떠올려 보는 것도 적절하다 하겠
다. 이것은 매우 중요한 사실이다.

서유럽의 〈만평 소설〉에는 고통받는 아이의 유형도, 명예
를 훼손하는 문서의 비밀도, 악인 귀족도 주된 소재가 되었
다. 사회 비평은 정확한 대상을 가지고 있었다. 고통의 원인
을 제공하는 자는 잔혹한 부자들이고, 그들에 대항하는 사람
은 선량한 주인공들 — 어떤 때는 착한 부자들, 어떤 때는 인
도적이고 고결한 성품의 〈참된〉 귀족들 — 이다. 사회악의
원인과 사회 생활에 대한 그와 같은 진부한 이해와 해석은
조잡해서 도스또예프스끼를 만족시킬 수 없었다.

그는 사회악을 단순히 상류 계급의 악습으로 설명하는 데
반대하여 이 사회악을 거대한 범세계적인 역사 현상으로 보

는 자기만의 인식을 발전시켜 나갔다. 놀라우리만치 만연해 있는 세상의 악은 소설 속에서 속임을 당하고, 오래전부터 결정지어진 이 땅의 숙명이란 성격을 띠기 시작한다. 이것은 마르크스가 인간 능력의 〈소외〉라고 불렀던 바로 그 현상이다. 후에 그는 그 유명한 〈물신 숭배〉 헌장을 작성하여 위의 개념을 약간 축소된 형태로 구체화했다. 마르크스의 유명한 이 저작물을 인용할 필요는 없을 것 같다. 다만, 과학적 공산주의의 창시자가 물신 숭배에 관해 어떤 용어로 말하고 있는지를 지적하고자 한다. 가치는 각각의 노동 생산물을 〈신기한 공용 상형 문자〉로 바꾸어 버리며, 가격 변동은 상품 생산자들에게 〈신비한 공포〉를 불어넣어 주며, 가격의 법칙은 〈어찌할 도리 없는 숙명〉처럼 그들 위에 군림한다는 것이다. 도스또예프스끼에게 물신 숭배의 비밀을 독자들 앞에 펼쳐 보여 주기를 요구하기란 어려운 일이다. 하지만 도스또예프스끼의 가장 큰 공로는 이 새로운 숙명이 그 당시의 세계 위에 군림했다는 것에 대해 놀랄 만한 힘을 기울여 묘사하고 나서, 삶에 대한 믿음을 잃지 않고 인간 내면에 존재하는 화해의 어려움을 찬양했다는 데 있다.

우리는 마지막 장에 나오는 이흐메네프의 인도주의적인 선언이 창조주의 지혜를 찬미하는 내용을 담고 있고, 인간이 운명 앞에서 겸허할 것을 호소하는 역할을 하고 있음을 결코 잊을 수 없다. 그러나 넬리의 유형이 그 자체의 힘과 예술적 설득력의 측면에서 『상처받은 사람들』의 다른 모든 유형들을 능가한다는 것은 다시 한번 강조할 필요가 있다. 그 후로 도스또예프스끼는 두 번 다시 그런 어린아이의 유형을 만들어 내지 못했다. 모두가 잘 아는 유형인 『까라마조프 씨네 형제들』의 일류세치까도, 「스따브로긴의 참회」에 나오는 모욕당한 소녀도 충만함과 힘에 있어 넬리의 유형과는 비교될 수 없다.

『상처받은 사람들』의 비극적 노선에서는 악이 사물의 본질 속에 감금되어 있는 것처럼 보인다. 이것은 영원 이전부터 계속되어 온 이 세상의 본성이며, 〈이미 결정되어 있는 조화〉의 한 부분이다. 악은 밖으로부터 사람들의 영혼 속으로 침투하여 인간의 선한 본성을 왜곡시킨다.

넬리의 형편이 바로 그렇다. 어린아이는 창조주의 놀라운 지혜를 이해할 능력이 없다. 넬리는 신이 내린 고통에 대해 신에게 감사하는 대신, 신의 힘을 찬탈하고, 감히 신과 동등하고자 한다. 그녀는 조롱, 굶주림, 구타 등을 부정하기 위한 구실로 바꾸기 위해 자신이 겪은 불행과 멸시를 두 배, 세 배로 배가시키고, 나아가 영원한 것으로 만들려고 몸부림친다. 반항은 지금 그녀 자신에게서부터 시작되고 있다. 그녀는 자기 내부에서 아물지 않는 모욕을 고의적으로 자극한다. 악은 그녀의 영혼의 일부가 되었으며, 냉혹함, 즉 가차 없는 인간에의 불신, 히스테리적인 파괴욕 및 자기 파괴욕으로 변했다. 외부의 악이 그녀의 영혼 속에 들어가서 그녀의 본성적인 선과 싸우기 시작한다. 그녀 개인의 비극적 갈등은 이런 식으로 탄생되는 것이다.

넬리의 반항은 무엇보다도 먼저, 17세기 러시아의 분리파 신도들의 분신 자살과 같이 그녀 자신을 향하고 있다. 이반 뻬뜨로비치에 대해 어린 시절 겪는 첫사랑을 겪고서, 천성적으로 착한 넬리는 가혹한 고통 속에서 자신을 증오와 파괴로 향하게 하는 자신만의 도덕률을 만들어 냈다. 작가는 웃을

찢고 찻잔을 깨뜨리는 것 같은 그녀의 동작을 묘사하고 있다. 이러한 것들은 그녀가 제기하는 항의의 파괴성을 강조하는 것이다. 그러나 고독한 어린아이의 마음속 깊숙이 스며든 세계악은 무엇보다도 먼저 넬리 자신을 파괴한다. 어린 여주인공은 자신의 도덕이 제시하는 지나치게 큰 요구인, 영원한 반항이 안겨다 주는 과도한 중압감을 심리적으로 지탱할 수 없어 파멸하고 만다. 이 반란은 자살적 행동이다. 더욱이 『상처받은 사람들』에는 한 개인의 비극과 자본주의 성장기의 소부르주아의 파멸과 같은 사회적 비극 사이의 인과 관계가 일목요연하게 드러나 있다. 『상처받은 사람들』이 도스또예프스끼 소설의 내면에 있는 비극의 근원을 이해하기 위해 중요한 의의를 가지는 이유가 바로 여기에 있다.

세상에 대한, 신에 대한, 그리고 숙명적인 악의 필요성에 대한 외로운 주인공의 반란은 패배를 맛보게 된다. 이것은 필연적이다. 그러나 도스또예프스끼는 의도적이든 우연이든 이 반란의 영웅적 정신을 찬양하고 있으며, 그의 생각은 항상 운명에 대한 인간의 영원한 불복종으로 동요하고 있다.

인간과 운명의 〈거대한 대립〉에서, 만일 이 표현이 가능하다고 한다면, 중간 단계들이 도스또예프스끼를 틀림없이 방해했다는 것은 자명하다. 이것은 작가의 대하 소설 속에서 루진이나 또쯔끼 같은, 사회악을 직접적으로 지니고 있는 인물들이 불쌍하면서도 별로 중요하지 않은 역할을 하고 있다는 사실을 설명해 준다. 또한, 넬리의 비극의 직접적인 원인 제공자인 발꼬프스끼 공작은 별로 설득력이 없어 보인다는 것도 설명해 준다. 솔직히, 도스또예프스끼는 자신이 이뤄놓은 예술적 발견에 아직 아무런 의미를 부여하지 않았다.

고통의 과장, 우주의 반대편 끝에서 고통을 불러일으키는 힘의 과장이 강력한 긴장, 즉 번개만큼의 강력한 힘을 발생시키는 일종의 뇌우의 전계(電界)를 만들어 낸다. 음탕하고 사악한 무뢰한이 그토록 맹렬한 반항을 실제로 불러일으킬 수 있을까? 도스또예프스끼는 이 〈중간 단계〉가 다만 뇌우의 생생한 광경을 보는 것을 방해할 뿐이라는 것을 아직 알지 못하고 있었다.

이와 같이, 도스또예프스끼는 만평 소설의 예술적 양식을 변형시킴으로써, 괴로움을 당하는 아이의 테마를 세상을 향한 비극적 반항의 테마로 바꾸었다. 결과적으로, 행동을 위한 명예를 훼손시키는 문서(여기서는 넬리 어머니의 편지)는 필요 없는 것이고, 전통적인 악역은 주제상으로 무의미한 것이며, 구원자인 고결한 주인공은 상황을 변화시킬 만한 힘이 전혀 없다. 진정한 비극을 위해서는 이 모든 유형과 테마들은 과도한 것으로 판명된다. 도스또예프스끼의 새 소설의 비극적 사실주의는 인고의 과정을 거쳐 세계 문학이 이전에 겪었던 경험으로부터 태어났고, 이 위대한 작가는 과도기의 황혼 속에서 길을 더듬으며 경험적으로 그것을 찾아 나아갔다. 그러므로 『상처받은 사람들』의 비극적 노선은 허약한 유형, 테마, 세부 묘사들이 하나하나 쌓아 올려진 것이다.

하지만 도스또예프스끼가 개인 비극의 최초의 변형을 창출해 낸 것은 『상처받은 사람들』에서였다. 넬리의 반란 속에는 나스따시야 필리뽀브나의 반란의 씨앗이 감추어져 있다. 누더기를 걸치고 있는 어린 여주인공으로부터 저 먼 정상(이반 까라마조프)으로 선이 쭉 뻗어 나간다. 따라서 비록 이 소설 자체는 본인으로 하여금 공정하게 말한다면 천재적인 작가가 남긴 실패작의 하나로 치부하게 하는 것이긴 하지만, 그럼에도 불구하고 『상처받은 사람들』은 그의 비극적 사실주의의 탄생에 있어 아주 중요하면서도 가끔은 부당하게 잊혀지는 방향 표지인 셈이다.

도스또예프스끼 연보

1790년 아버지 미하일 안드레예비치 도스또예프스끼, 우니아뜨교 사제의 아들이며 뽀돌리야의 귀족 가문의 자손으로 태어남. 모스끄바의 내외과(內外科) 아카데미에 들어가 1812년 조국 전쟁 때 부상자들을 돌봄. 1819년에 마리야 네차예프와 결혼.

1820년 첫아들 미하일 태어남. 아버지 미하일 도스또예프스끼는 군대에서 제대한 후 모스끄바에 있는 자선 병원의 주치의 자리를 얻음.

1821년 출생 10월 30일(현재의 그레고리우스력(曆)으로는 11월 11일) 부모가 살고 있던 모스끄바의 마린스끼 자선 병원의 부속 건물에서 둘째 아들 표도르 미하일로비치 도스또예프스끼 태어남. 11월 4일 마린스끼 병원 근처, 상뜨뻬쩨르부르그 뻬뜨로빠블로프스끼 성당에서 어린 표도르에게 세례를 줌. 표도르란 이름은 그의 대부이자 외조부인 표도르 네차예프(1769~1832)에게서 물려받은 것으로 보임.

1822년 1세 12월 5일 여동생 바르바라 태어남.

1825년 4세 3월 15일 남동생 안드레이 태어남.

1829년 8세 7월 22일 쌍둥이 여동생이 태어나나 그중 동생인 베라만 살아남음.

1831년 10세 여름 아버지 미하일 도스또예프스끼가 뚤라 지방의 다로보예 영지를 사들임. 8월 농부 마레이 사건 발생(『작가 일기』 1876년

2월 호에 이 사건을 소재로 한 단편 「농부 마레이」 발표). 12월 13일 남동생 니꼴라이 태어남.

1832년 [11세] 4월 어머니 마리야 표도로브나, 세 아들을 데리고 다로보예 영지로 감. 6월 도스또예프스끼 부부, 다로보예 옆에 있는 주민 1백여 명의 체레모쉬냐 마을을 사들임. 9월 도스또예프스끼, 어머니와 형제들과 모스끄바로 돌아옴.

1833년 [12세] 1월, 형 미하일과 드라슈소프가 운영하는 사설 학교에서 반(半)기숙사 생활. 4월 4일 부활절 주간에 소유지가 화재로 잿더미가 됨. 도스또예프스끼 부부, 여름 내내 피해 복구.

1834년 [13세] 여름 다로보예에서 지내면서 월터 스콧의 작품 탐독. 10월 도스또예프스끼와 형 미하일, 체르마끄가 경영하는 중등 과정의 기숙 학교에 들어감.

1835년 [14세] 7월 25일 여동생 알렉산드라 태어남.

1837년 [16세] 1월 29일 단테스 남작과의 결투로 뿌쉬낀 사망. 이 소식에 온 러시아가 충격에 휩싸임. 2월 27일 도스또예프스끼의 어머니 마리야 사망. 봄 도스또예프스끼, 갑작스런 후두염과 목소리 상실로 고생함. 이 병은 그를 평생 따라다님. 5월 아버지와 형 미하일 그리고 표도르 도스또예프스끼, 수도 뻬쩨르부르그로 일주일간 마차 여행(모스끄바와 뻬쩨르부르그 두 도시 간의 철도는 1851년에 개통됨). 두 형제는 뻬쩨르부르그로 가서 중앙 공병 학교의 입학을 목표로 K. F. 꼬스또마로프가 경영하던 기숙 학교에 들어감. 아버지와 두 형제들 작별 이후 더 이상 만나지 못함. 7월 1일 도스또예프스끼의 아버지, 건강상의 이유로 퇴역한 후 아직 어린 두 딸과 시골로 들어감. 9월 두 형제가 공병 학교에 응시하나 표도르 혼자 합격(형 미하일은 신체검사 결과 불합격).

1838년 [17세] 1월 16일 공병 학교에 입학. 6월 뻬쩨르부르그 근처에서 야영 생활. 돈이 떨어져서 아버지에게 서신으로 줄기차게 돈을 요구함.

1839년 [18세] 6월 6일 도스또예프스끼의 아버지, 다로보예 농노들에게 살해당함.

1840년 [19세] 11월 29일 하사관으로 임명됨. 군생활을 지겨워함. 호프만, 실러, 빅토르 위고, 셰익스피어, 라신, 괴테의 책을 읽음.

1841년 [20세] 8월 소위보로 진급됨. 미완성으로 남아 있는 두 편의 희곡, 「마리 스튜어트Marie Stuart」와 「보리스 고두노프Boris Godunov」를 씀. 알렉산드리야 극장을 자주 드나들며 발레와 음악회를 감상함.

1842년 [21세] 8월 육군 소위가 됨.

1843년 [22세] 8월 공병 학교를 졸업하고 공병국 제도실에서 근무. 9월 친구 리젠깜프 박사가 살고 있는 아파트에 자리 잡음. 박사의 환자들과 알게 됨. 돈이 떨어져 P. 까레삔에게 돈을 요구. 12월 발자크의 소설 『외제니 그랑데*Eugénie Grandet*』(1834년판) 번역. 형 미하일에게 공병 학교 친구들과 더불어 번역 작업을 할 것을 제의.

1844년 [23세] 2월 재정 상태가 극도로 안 좋아짐. 유산 관리인으로부터 일시금을 받고, 토지와 농노에 대한 상속권을 방기함. 8월 제대 신청. 10월 19일 제대함. 『가난한 사람들*Bednye liudi*』 집필 시작.

1845년 [24세] 1월 『가난한 사람들』 처음부터 다시 쓰기 시작. 3월 소설 『가난한 사람들』 끝냄. 4월 세 번째로 전체 수정. 5월 원고를 친구 그리고로비치Grigorovich에게 읽어 줌. 그리고로비치가 이 글을 가지고 네끄라소프Nekrasov에게 뛰어감. 네끄라소프, 열광하여 그다음 날로 유명 평론가 벨린스끼에게 보임. 작품이 성공을 거둠. 여름 레벨에 있는 형의 집에서 기거하며 두 번째 중편소설 『분신*Dvoinik*』에 착수함. 11월 하룻밤 만에 「아홉 통의 편지로 된 소설Roman v deviati pis'makh」을 씀. 벨린스끼와 뚜르게네프가 도스또예프스끼의 절도 없는 생활을 비난함. 12월 벨린스끼의 집에서 열린 문학 모임에서 『분신』을 낭독함.

1846년 [25세] 1월 24일 『뻬쩨르부르그 선집*Peterburgskii sbornik*』에

『가난한 사람들』을 발표. 2월 두 번째 작품인 『분신』을 『조국 수기 *Otechestvennye zapiski*』에 발표. 봄 뻬뜨라셰프스끼를 알게 됨. 여름 레벨에 있는 형 집에서 「쁘로하르친 씨Gospodin Prokharchin」 집필. 10월 5일 게르쩬을 알게 됨. 『여주인*Khoziaika*』과 『네또츠까 네즈바노바*Netochka Nezvanova*』 쓰기 시작. 가벼운 간질 증세. 10월 「쁘로하르친 씨」를 잡지 『조국 수기』에 발표.

1847년 26세 1월 소설 「아홉 통의 편지로 된 소설」을 잡지 『동시대인 *Sovremennik*』에 발표. 1~3월 벨린스끼와 절연. 6월 「뻬쩨르부르그 연대기Peterburgskaia letonisi」를 신문 「상뜨뻬쩨르부르그 통보Sankt-Peterburgskie vedomosti」에 발표함. 7월 7일 센나야 광장에서 갑작스러운 첫 번째 간질 발작. 7월 15일 뻬쩨르부르그 근교에서 도스또예프스끼의 절친한 친구이자 시인인 B. 마이꼬프가 뇌졸중으로 인해 익사함. 가을 『가난한 사람들』이 단행본으로 나옴. 10~12월 『여주인』을 『조국 수기』지에 발표함.

1848년 27세 5월 28일 비사리온 벨린스끼 사망. 가을 뻬뜨라셰프스끼와 스뻬쉬네프와 화해하고 그들의 사회주의 이론에 흥미를 느낌. 12월 뻬뜨라셰프스끼의 집에서 푸리에주의와 공산주의에 관한 강연을 들음. • 『조국 수기』에 발표한 작품들 : 「남의 아내Chuzhaia zhena」(1월) 「약한 마음 Slavoe serdtse」(2월), 「뽈준꼬프」, 『닳고 닳은 사람 이야기』(1장 「퇴역 군인」, 2장 「정직한 도둑」, 후에 1장은 완전히 삭제하고 제목도 「정직한 도둑Chestnyi vor」으로 바꿈), 「크리스마스 트리와 결혼식 Iolka i svad' ba」, 「백야Belye nochi」(12월), 「질투하는 남편」 (「질투하는 남편」을 12월 『조국 수기』에 발표하였으나, 1월에 발표한 「남의 아내」와 합쳐 「남의 아내와 침대 밑 남편」으로 개작함).

1849년 28세 연초에 뻬뜨라셰프스끼 친구들 집에서 금요일마다 열리는 문학 모임에 참석. 1~2월 『조국 수기』에 『네또츠까 네즈바노바』 일부 발표(4월 체포로 인해 작업이 중단됨). 4월 7일 푸리에의 탄생일 기념으로 〈뻬뜨라셰프스끼 모임〉에서 점심 식사. 4월 15일 뻬뜨라셰프스끼 집에서 열린 한 모임에서 도스또예프스끼는, 〈절대 왕정의 입장을 신봉했다는 이유로 고골을 비난하는 내용을 담은〉벨린스끼의 편지를 두 번째로 읽음. 4월 23일 고발에 의해 새벽 5시에 체포당함. 9월 30일 재판 시작. 11월 13일 벨린스끼의 〈사악한〉 편지를 퍼뜨린 죄목으로 사형을 선고받음. 12월 22일 세묘노프스끼 광장에서 사형수들의 형을 집행하기 직전, 황제의 특사로 형 집행이 중단되고 강제 노동형으로 감형됨.

1850년 ²⁹세   1월 11일 또볼스끄에 도착하여 이곳에서 여러 명의 12월 당원(제까브리스뜨) 아내들의 방문을 받음. 그중 폰비진의 아내는 그에게 10루블짜리 지폐가 표지에 숨겨진 복음서를 몰래 건네줌. 1월 23일 옴스끄에 도착하여 4년을 지냄. 이 기간 동안 가족에게 편지 쓰기를 금지당한 채 혹독하고 비참한 수용소 생활을 견뎌 냄.

1854년 ³³세   2월 중순 출옥. 2월 22일 감옥 생활을 묘사한 편지를 형에게 보냄. 3월 2일 시베리아 전선 세미팔라친스끄에 주둔 중인 제7대대에 배치됨. 봄에 세무관 이사예프와 알게 됨. 이사예프 부인에게 반함. 이 기간에 뚜르게네프, 똘스또이, 곤차로프, 칸트, 헤겔 등의 서적을 탐독함. 11월 21일 세미팔라친스끄에 검찰관으로 임명된 브란겔 남작과 가까운 친구가 됨.

1855년 ³⁴세   2월 18일 니꼴라이 1세 사망. 8월 4일 세무관 이사예프 사망. 12월 브란겔, 세미팔라친스끄를 떠남.
• 이해에 『죽음의 집의 기록 *Zapiski iz miortvogo doma*』을 쓰기 시작.

1856년 ³⁵세   브란겔, 상뜨 뻬쩨르부르그에서 도스또예프스끼의 사면을 위해 활동을 함. 11월 26일 마리야 드미뜨리예브나 이사예프가 오랜 망설임 끝에 도스또예프스끼의 청혼을 승낙함.

1857년 ³⁶세   2월 6일 마리야 드미뜨리예브나 이사예프와 결혼. 4월 17일 이전의 권리(세습 귀족 신분)를 되찾음. 8월 감옥에서 구상하고 집필에 들어갔던 「꼬마 영웅 *Malenkii geroi*」이 『조국 수기』에 M이라는 익명으로 실림. 12월 간질 증세로 인해 군 복무를 계속할 수 없다는 진단을 받음.

1858년 37세 봄 까뜨꼬프에게 편지를 보내 『러시아 통보*Russkii vestnik*』지에 중편소설 게재를 요청함. 까뜨꼬프 받아들임. 6월 19일 형 미하일이 정치와 문학 잡지 『시대*Vremia*』지의 출판 허가를 요청함. 9월 30일 미하일, 잡지 출판 허가받음. 10월 31일 돈 떨어짐. 두 편의 중편과 장편 한 편을 씀.

1859년 38세 3월 18일 하사관으로 제대함. 3월 『아저씨의 꿈 *Diadiushkin son*』이 『러시아 말*Russkoe slovo*』지에 실림. 4월 11일 소설 『스쩨빤치꼬보 마을 사람들*Selo stepantikovo*』을 까뜨꼬프에게 보냄. 7월 2일 세미팔라친스끄를 떠나 뜨베리로 감. 8월 19일 뜨베리 도착. 8월 28일 형 미하일이 도착하여 며칠간 동생과 함께 지냄. 도스또예프스끼, 상뜨 뻬쩨르부르그에서 거주할 허가를 얻기 위해 교섭. 뜨베리에 싫증을 냄. 10월 6일 네끄라소프, 『동시대인』지에서 『스쩨빤치꼬보 마을 사람들』 출판에 동의함. 도스또예프스끼는 『죽음의 집의 기록』 집필 구상. 11월 상뜨뻬쩨르부르그 거주를 허가받음. 그러나 평생 비밀경찰의 감시를 받게 됨. 12월 상뜨뻬쩨르부르그에 도착(10년 만의 귀환). 며칠 후 스뜨라호프Strakhov와 알게 되고 친구가 됨. 후에 그는 도스또예프스끼의 공식 전기를 쓰게 됨. 11~12월 『스쩨빤치꼬보 마을 사람들』이 『조국 수기』지에 실림.

1860년 39세 봄 여배우 A. I. 쉬베르뜨의 집에 드나들게 되고 그녀의 남동생 내외와도 알게 됨. 3~4월 〈문학 기금〉을 위한 두 편의 연극에 참여(고골의 「검찰관Revizor」과 「코nos」). 9월 『러시아 세계*Russkii mir*』지(67호)에 『죽음의 집의 기록』 연재 시작. 11월 검열 당국은 『죽음의 집의 기록』의 불온한 표현들을 삭제한다는 조건으로 이 책의 출판을 허가함. 가을, 형과 함께 문학 서클 〈편집자들의 모임〉 결성. 당대의 유명 인사들이 대거 참여.

• 도스또예프스끼의 작품들이 두 권의 책으로 나옴.
1권 : 『가난한 사람들』, 『네또츠까 네즈바노바』, 「백야」, 「정직한 도둑」, 「크리스마스 트리와 결혼식」, 「남의 아내와 침대 밑 남편」, 「꼬마 영웅」. 2권 : 『아저씨의 꿈』, 『스쩨빤치꼬보 마을 사람들』.

1861년 ^{40세} 3월 3일(구력 2월 19일)의 농노 해방령이 시행됨. 7월 『상처받은 사람들*Unizhennye i oskorblionnye*』 마지막 손질. 『시대』지에 기고. 9월 『상처받은 사람들』 출판 허가. 이해에 많은 작가들과 관계를 맺음. 그중에는 곤차로프, 오스뜨로프스끼, 살띠꼬프 쉬체드린도 있음.
• 『상처받은 사람들』이 두 권의 단행본으로 출간됨.

1862년 ^{41세} 1월 『죽음의 집의 기록』의 두 번째 부분이 『시대』지에 실림. 1월 16일 『죽음의 집의 기록』의 단행본을 내기 위해 바주노프와 계약. 5월 온천에 가기 위해 통행증 신청. 5월 16일 상뜨뻬쩨르부르그에서 화재 발생, 15일간 계속되어 1천여 개의 상점이 잿더미가 됨. 도스또예프스끼, 크게 놀람. 6월 7일 처음으로 외국 여행. 6월 8~26일 베를린, 드레스덴, 프랑크푸르트, 쾰른, 파리 등을 여행. 7월 초 런던에 가서 게르쩬 만남. 〈도스또예프스끼가 어제 나를 만나러 왔습니다. 그는 순수하고, 그다지 명석하지는 않지만 매력 있는 사람입니다. 그는 러시아 민족을 열광적으로 믿고 있습니다.〉(1862년 7월 17일 게르쩬이 오가레프*Ogarev*에게 보낸 편지) 7월 7일 체르니셰프스끼*Chernyshevskii*가 체포되어 뻬뜨로빠블로프스끄 감옥에 감금됨. 7월 8일 도스또예프스끼, 파리로 돌아가기 전 게르쩬에게 자신의 서명이 든 사진을 선물함. 7월 15일 쾰른으로 갔다가 라인 강을 거쳐 스위스로, 그 후엔 이탈리아로 감. 12월 『시대』지에 『악몽 같은 이야기*Skvernyi anekdot*』 발표.

1863년 ^{42세} 2월 『시대』지에 「여름 인상에 대한 겨울 메모*Zimnie zametki o letnikh vpechatleniakh*」 연재됨. 4월 『시대』지, 스뜨라호프가 1월에 발생한 폴란드인의 무장봉기 실패에 관해서 폴란드인에게 유리한 기사를 실었다는 이유로 4호로 발행 정지됨. 5월 『시대』지 출판 금지 당함. 8월 외국으로 떠남. 8월 14일 파리에 도착하여 다음 날 먼저 와 있던 수슬로바와 만남. 둘의 관계가 악화되고 그는 노름판에서 돈을 잃음. 9월 수슬로바와 이탈리아로 출발. 바덴바덴에서 머물다가 뚜르게네프를 만남. 노름판에서 3천 프랑을 잃음. 바덴바덴을 떠나 토리노로 감. 그다음 제네바로 가서 도스또예프스끼는 시계를, 수슬로바는 반지를 저당잡힘. 그 후 제네바, 로마, 리보르노로 여행. 9월 17일 로마의 성 베드로 성당 방문. 9월 18일 포럼 산책. 스뜨라호프에게 편지를 보내 『노름꾼 *Igrok*』에 대한 이야기와 돈이 궁한 사정을 호소함. 스뜨라호프는 도스또예프스끼가 토리노로 가기 전, 그에게서 〈독서를 위한 총서〉의 편집자가 되겠다는 약속을 받아 냄. 10월 수슬로바와 나폴리 체류. 그곳에서 게르쩬 가족을 만남. 그 후 토리노로 돌아옴. 10월 8일 수슬로바와 헤어짐. 수슬로바는 파리로 떠남. 도스또예프스끼는 함부르크로 가서 도박을 하고 돈을 잃음. 수슬로바에게 편지를 보내 350프랑을 받음. 이 시기에 『노름꾼』과 『지하로부터의 수기 *Zapiski iz podpol'ia*』 쓰기 시작. 10월의 마지막 10일 동안 러시아로 돌아감. 11월 형 미하일, 내무부 장관 발루예프에게 『시대』지를 다른 이름으로 낼 수 있게 해달라고 요청.

1864년 ⁴³세 1월 발루예프, 형 미하일에게 『세기 *Epokha*』지 출판 허가 내줌. 3월 21일 『세기』지 첫 호 나옴. 3~4월 『지하로부터의 수기』를 『세기』지에 발표. 4월 4일 〈오전 문학 모임〉에서 『죽음의 집의 기록』의 일부를 낭독함. 4월 14~15일 아내 마리야 드미뜨리예브나의 건강 상태 악화. 새벽 4시에 병자 성사. 낮 동안 각혈 계속됨. 저녁 7시에 숨을 거둠. 4월 16일 죽은 아내의 머리맡에서 수첩에 자신의 반성을 적음. 〈아내 마샤는 탁자 위에서 쉬고 있다. 마샤를 다시 볼 수 있을까?〉 4월 말 뻬쩨르부르그로 돌아감. 7월 10일 아침 7시, 빠블로프스끄에서 형 미하일 사망. 그의 아내가 『세기』지 발간을 계속해 나갈 것을 허가받음. 9월 25일 친구 아뽈론 그리고리예프 죽음.

• 『죽음의 집의 기록』이 두 권의 독일어 판으로 라이프치히 출판사에서 나옴.

1865년 ⁴⁴세 3월 31일 친구 브란겔에게 아내의 죽음을 알리는 편지를 씀. 〈그녀는 나를 무척이나 사랑했지. 그리고 나도 그녀를 한없이 사랑했네. 그런데 우린 이제 함께 행복을 나눌 수 없게 되었어⋯⋯. 내 삶은 갑자기 둘로 나뉘어 버렸어.〉 이 시기에 꼬르빈 끄루꼬프스까야 부인, 후에 유명한 수학자가 된 소피야 꼬발레프스까야와의 우정이 시작됨. 4~5월 꼬르빈 끄루꼬프스까야 부인에게 청혼하나 거절당함. 5월 10일 외국 여행을 위해 여권 신청. 6월 『세기』지 2호에 「악어」 연재(「기이한 사건 혹은 아케이드에서의 돌발적 사건」이라는 제목으로 연재 시작). 『세기』지, 재정난으로 발행 중단(통권 13호). 여름에 출판업자 스쩰로프스끼와 계약을 맺고 자기의 모든 작품을 양도하고 1866년 11월 1일까지 일정 페이지의 새 소설을 탈고하겠다고 약속함. 계약을 이행하지 못할 경우 스쩰로프스끼는 보조금 지급 없이 이후의 모든 작품에 대한 저작권을 가지기로 함. 도스또예프스끼, 3천 루블을 받고 모든 작품의 저작권을 팔아 버림. 7월 말 비스바덴에 도착. 8월 3일 뚜르게네프에게 편지를 보내 노름판에서 거액을 잃은 사실을 알리고 1백 탈러를 보내 달라고 부탁함. 수슬로바, 도스또예프스끼를 만나러 비스바덴으로 감. 8월 8일 50탈러를 부쳐 주어서 고맙다는 편지를 뚜르게네프에게 씀. 9월 밀류꼬프에게 편지를 보내 어디든 상관없으니 중편 소설을 팔아 당장 8백 루블을 보내 달라고 부탁하지만 허탕. 〈나는 호텔에 묵고 있습니다. 빚이 불어나서 위협을 받고 있습니다. 그리고 한 푼도 없는 실정입니다.〉 밀류꼬프는 〈독서를 위한 총서〉, 『동시대인』, 『조국 수기』지에 요청하지만 모두 그가 요구하는 선불금을 거절함. 까뜨꼬프에게 『죄와 벌 Prestuplenie i nakazanie』의 구상을 알리는 편지의 초안 작성. 편지에 소설의 줄거리 묘사. 10월 코펜하겐에 도착하여 친구 브란겔의 집에서 10일을 보냄. 15일 상뜨뻬쩨르부르그로 돌아옴. 11월 2일 수슬로바를 만나 다시 청혼함. 11월 8일 브란겔에게 보낸 편지에서 돌아온 첫 주에 세 차례의 간질 발작이 있었음을 알림. 까뜨꼬프가 그에게 선불금 지급. 11월 말 『죄와 벌』 초고를 태워 버림. 〈새 형식, 새 플롯이 내 마음을 사로잡아 나는 모두 다시 시작했다.〉(1866년 2월 18일 브란겔에게 보낸 편지) 『죄와 벌』을 쓰는 동안 센나야 광장 근처로 자주 산책 나감. 어느 날 술 취한 군인이 다가와 목에 걸고 있던 십자가를 팔겠다고 해 그 십자가를 사서 목에 걸고 다님. 1867년 외국으로 떠날 때 상뜨뻬쩨르부르그에 놓고 갔으며 이후 없어짐.
• 도스또예프스끼의 전집이 작가의 검토와 보충을 거쳐 스쩰로프스끼 출판사에서 나옴.
1권 :「여주인」,「쁘로하르친 씨」,「약한 마음」,『죽음의 집의 기록』,『가난한 사람들』,「백야」,「정직한 도둑」. 2권 :『상처받은 사람들』,『지하로부터의 수기』,「악몽 같은 이야기」,「여름 인상에 대한 겨울 메모」등. 도스또예프스끼의 여러 단편들과 중편들이 같은 출판사에서 단행본으로 나옴. 『가난한 사람들』, 「백야」, 「약한 마음」, 「여주인」, 「쁘로하르친 씨」 등. 『죽음의 집의 기록』의 세 번째 판이 검토를 거치고 새 장들이 추가되어 나옴.

1866년 [45세] 1월 『죄와 벌』, 『러시아 통보』지에 연재 시작(12월호로 완결). 1월 14일 고리대금업자 뽀뽀프와 그의 하녀 노르만이 대학생 다닐로프에게 살해되고 금품을 강탈당함. 도스또예프스끼는 『백치 *Idiot*』를 쓰며 이 사건을 숙고함. 3~4월 『동시대인』지에 『죄와 벌』에 대한 비호의적인 평이 실림. 4월 4일 러시아 황제 알렉산드르 2세에 대한 까라꼬조프의 암살 계획. 도스또예프스끼는 이 사건에 깜짝 놀람. 6월 여름을 여동생의 가족이 사는 곳에서 가까운 모스끄바의 교외 지역인 류블리노에서 보냄. 『노름꾼』의 줄거리와 『죄와 벌』 5부 작업. 『러시아 통보』의 편집자 까뜨꼬프에게 부도덕한 장면이라고 지적당한 2부의 6장을 수정해야 했음(라스꼴리니꼬프와 소냐가 복음서를 읽는 장면). 9월 까라꼬조프에 대한 재판과 판결. 도스또예프스끼는 작가 노트와 『악령』의 도입부에서 이 재판에 대해 언급함. 10월 스쩰로프스끼에게 약속한 소설을 제때에 끝내기 위해 속기사를 고용하기로 결심함. 10월 3일 저녁때 안나 그리고리예브나 스니뜨끼나Anna Grigorievna Snitkina가 찾아와 속기사로 일하겠다고 함. 그다음 날 『노름꾼』 구술 시작. 29일에 끝냄. 30~31일 원고 정서함. 11월 『노름꾼』 원고를 스쩰로프스끼에게 가져감. 스쩰로프스끼는 자리에 없고 그의 서기가 원고를 거절함. 도스또예프스끼는 출판사 부근의 경찰서에 소설을 맡김. 11월 3일 어머니 집에 있는 안나 그리고리예브나를 방문함. 그리고 『죄와 벌』 마지막 부분을 속기해 달라고 부탁함. 11월 8일 안나 그리고리예브나에게 청혼. 그녀의 수락. 이달 말, 도스또예프스끼는 하나뿐인 외투를 저당잡혀 쪼들리는 친척들을 도움.

• 도스또예프스끼 전집 제3권 나옴(스쩰로프스끼 출판사).

수록 작품 : 『노름꾼』, 『분신』, 「크리스마스트리와 결혼식」, 「남의 아내와 침대 밑 남편」, 「꼬마 영웅」, 「네또츠까 네즈바노바」, 『아저씨의 꿈』, 『스쩨빤치꼬보 마을 사람들』. 스쩰로프스끼 출판사에서 단편, 중단편들이 단행본으로 나옴. 『분신』, 『지하로부터의 수기』, 『노름꾼』, 「크리

스마스트리와 결혼식」,「악어Krokodil」,「악몽 같은 이야기」 등.
『상처받은 사람들』 세 번째 개정판과 『스쩨빤치꼬보 마을 사람들』의
세 번째 판이 같은 출판사에서 나옴.

1867년 [46세] 2월 15일 저녁 7시, 삼위일체 대성당에서 도스또예프스
끼와 안나 그리고리예브나의 결혼식. 3월 30일 도스또예프스끼와 그의
아내, 모스끄바에 도착. 듀소 호텔로 감. 모스끄바에서 보석상 까밀꼬프
가 양갓집 아들 마주린에게 살해당하는 사건이 발생. 도스또예프스끼는
이 범죄 사건을 『백치』의 마지막에 이용함. 4월 도스또예프스끼 부부,
외국으로 갈 계획 세움. 4월 12일 안나 그리고리예브나, 돈을 빌리기 위
해 개인 물품을 저당잡힘. 빌린 돈의 일부를 도스또예프스끼 가족에게
줌. 4월 14일 도스또예프스끼 부부, 외국으로 떠나 4년 넘게 체류. 안나
그리고리예브나 일기 쓰기 시작. 4월 17~18일 베를린 체류. 4월 19일
드레스덴에 도착, 미술관에서 라파엘의 마돈나 감상. 책 사들임. 5월 4일
도스또예프스끼, 룰렛 게임을 하러 함부르크로 출발. 5월 5일 도박을 하
여 처음엔 땄으나 그 후에 거액을 잃고 아내에게 여러 차례 돈을 요구하
지만 이 돈마저 잃음. 5월 15일 드레스덴으로 돌아옴. 5월 25일 알렉산
드르 2세에 대한 폴란드 이민자 베레조프스끼의 암살 음모. 파리 체류.
6월 디킨스, 위고를 읽음. 베토벤, 바그너의 음악회 감상. 이달 여러 번
의 간질 발작을 일으킴. 6월 21일 도스또예프스끼 부부, 바덴바덴으로
떠남. 이후 룰렛 게임을 계속함. 6월 28일 뚜르게네프를 만나러 감. 러
시아와 서양의 관계에 대한 생각 차이로 말다툼. 7월 10일 도박으로 마
지막 남은 돈을 잃음. 물건을 저당잡힘. 7월 16일 도벨린스끼에 대한 기
사 쓰기 시작. 8월 11일 도스또예프스끼 부부, 제네바로 떠남. 바젤에
들러 미술관 방문. 8월 13일 제네바 도착. 8월 28일 가리발디와 바꾸닌
의 협력으로 제네바에서 평화와 자유 연맹의 첫 번째 회의 열림. 도스또
예프스끼, 여러 회의에 참석. 9월 도박으로 또 손해를 봄. 제네바에 싫
증을 냄. 경제 사정 매우 악화. 10월 『백치』 집필. 도박으로 돈을 잃음.
물건을 저당잡힘. 12월 6일 『백치』의 최종 원고 작업 돌입. 〈내 소설의
주요 생각은 지극히 완전한 사람을 그리는 데 있다.〉
• 『죄와 벌』 수정판이 두 권으로 바주노프 출판사에서 나옴.

1868년 [47세] 2월 22일 딸 소피야 태어남. 3월 10일 한 가족(6명)이 땀보프에서 살해되는 사건 발생. 16세의 고등학생이 용의자로 지목됨. 도스또예프스끼는 이 사건을 『백치』 2부에 이용함. 도박 계속. 5월 12일 어린 딸 소피야 죽음. 9월 밀라노 도착. 성당에 감. 11월 피렌체로 출발. 그곳에서 겨울을 남.

• 『러시아 통보』지에 『백치』 게재.

1869년 [48세] 봄 러시아의 친구들과 활발한 서신 교환. 무신론에 관한 소설을 구상. 7월 프라하에서 사흘을 보낸 다음 베네치아, 볼로냐를 거쳐 드레스덴으로 돌아감. 9월 14일 딸 류보프 출생. 11월 21일 모스끄바에서 혁명 운동가 네차예프를 지도자로 하는 〈민중의 복수〉라는 혁명 단체가 불복종을 이유로 농학과 학생 이바노프를 암살함(소위 네차예프 사건). 도스또예프스끼는 이 사건을 주의 깊게 연구하여 후에 『악령besy』에 이용함.

1870년 [49세] 봄 니힐리즘에 대한 〈악의적인 것〉 작업(『악령』). 6~8월 프랑스–프로이센 전쟁. 도스또예프스끼, 자기 일기와 서신에 유럽의 사건들에 대해 언급.

• 『오로라L'Aurore』에 『영원한 남편Vechnyi muzh』 실림. 『죄와 벌』, 전집 제4권으로 나옴(스쩰로프스끼 출판사).

1871년 [50세] 1월 『러시아 통보』지에 『악령』 연재 시작. 3~5월 파리 코뮌. 도스또예프스끼의 편지와 『미성년Podrostok』의 작가 노트에서 이 사건을 반영했음을 밝힘. 4월 비스바덴에 가서 룰렛 게임. 돈을 잃고 아내에게 편지를 써서 다시는 도박을 하지 않겠다고 약속함. 러시아가 그리워져서 다시 돌아갈 생각을 함. 7월 1일 네차예프의 재판. 재판의 내용이 『악령』 2부와 3부에서 이용됨. 7월 5일 드레스덴을 떠나 뻬쩨르부르그 도착. 7월 16일 뻬쩨르부르그에서 아들 표도르 태어남.

• 바주노프 출판사에서 〈동시대 작가 총서〉의 하나로 『영원한 남편』이 단행본으로 나옴.

1872년 [51세] 4~5월 딸 류보프의 팔이 부러짐. 도스또예프스끼, 뜨레쨔꼬프에게 주문받은 초상화를 그리기 위해 뻬로프의 모델이 됨. 5월

15일 여름을 지내기 위해 스따라야 루사로 떠남. 며칠 후 딸의 잘 낫지 않는 팔을 수술하기 위해 뻬쩨르부르그로 다시 돌아옴. 10월 30일 『시민Grazhdanin』지에서 도스또예프스끼와 공동 작업할 것임을 알림. 11~12월 안나 그리고리예브나, 『악령』을 직접 출판하기 위해 교섭. 도스또예프스끼, 『시민』지의 편집 일을 맡음. 12월 말 도스또예프스끼, 『시민』지 1호에 『작가 일기』 제1장 원고 조판 작업. 독감과 폐기종으로 고생하기 시작.

1873년 52세 1월 1일 『시민』지 제1호가 나옴. 편집장을 맡음. 1월 7일 끼르끼즈 대표단이 겨울 궁전으로 알렉산드르 2세를 접견하러 감. 검열 당국의 사전 허가를 받지 않은 점을 변명하기 위해 도스또예프스끼도 따라감. 뽀베도노스쩨프(성무권의 담당 검사관)가 왕위 계승자 알렉산드르 알렉산드로비치에게 편지와 『악령』 견본 보냄. 2월 26일 안나 그리고리예브나가 출판한 『악령』 판매 시작. 2월 27일 슬라브 자선 단체의 회원으로 뽑힘. 6월 11일 검열법 위반으로 25루블의 벌금형과 48시간의 구류(끼르끼즈 대표단 사건) 처분받음. 6월 15일 시인 쮸체프 사망. 그에 대한 글을 『시민』지에 기고함.
• 『악령』이 세 권의 단행본으로 나옴. 정치적, 연대기적, 문학적 기사와 중편소설, 일상 생활을 묘사한 『작가 일기』가 『시민』지에 연재됨. 『작가 일기』(『시민』지 제6호)에 단편 「보보끄」가 실림.

1874년 53세 1월 『백치』, 두 권의 단행본으로 나옴. 3월 11일 『시민』지 10호에 기고한 글 〈러시아에 사는 독일인들에 대한 비스마르크 왕자의 생각과 관련된 두 단어〉로 잡지는 첫 번째 경고를 받음. 3월 21일과 22일 센나야 광장의 보초에게 체포당함. 이때 『레 미제라블』을 다시 읽음. 4월 22일 건강상의 이유로 『시민』지의 편집장직 사퇴. 그러나 기고는 중단하지 않음. 6월 4일 스따라야 루사를 떠나 엠스에 온천 요법을 받으러 감. 6월 12일 엠스에 도착. 독감에 걸림. 엠스에 싫증을 냄. 뿌쉬낀을 다시 읽고 『미성년』 작업. 〈엠스가 너무 싫은 나머지 감옥이 더 나을 것 같다.〉 7~8월 제네바에 가서 딸 소냐의 무덤에 감. 8월 10일 스따라야 루사로 돌아옴. 이곳에서 겨울을 나기로 결심함. 10월 12일 네끄라소프에게 보낸 편지에서 『조국 수기』지에 소설 『미성년』

이 실릴 것이라고 알림.

1875년 [54세] 4월 9일 안나 그리고리예브나, 꾸르스끄 지방에 있는 남동생 아내의 땅을 소작하기로 남동생과 합의. 5월 26일 도스또예프스끼, 엠스로 떠남. 처음 왔을 때와 같은 참기 힘든 인상을 받음. 욥기를 읽음. 7월 7일 스따라야 루사로 돌아옴. 8월 10일 아들 알렉세이 태어남. 12월 길에서 일곱 살의 어린 거지와 자주 만나며 그의 생활에 관심을 가지고 질문을 함. 현대의 부모와 아이들에 관한 소설 구상. 12월 27일 비행 청소년을 위한 감화원 방문. 12월 31일 개인 잡지 『작가 일기』의 발행 허가가 내려짐.

• 『죽음의 집의 기록』 제4판이 두 권의 책으로 나옴. 『미성년』이 『조국 수기』(1~12월호)에 실림.

1876년 [55세] 1월 월간 『작가 일기』 제1호 발행. 단편 「예수의 크리스마스 트리에 초대된 아이」 발표. 2월 『작가 일기』 2월호에 단편 「농부 마레이」 발표. 3월 영적 경험. 『작가 일기』 3월호에 단편 「백 살의 노파」 실림. 5월 18일 안나 그리고리예브나, 남동생에게 스따라야 루사에 집을 한 채 사놓으라고 시킴. 7월 도스또예프스끼, 엠스로 떠남. 그곳에서 의사는 〈죽으려면 아직도 멀었다〉고 안심시킴. 10월 도스또예프스끼가 『작가 일기』에서 말한 계모 꼬르닐로바의 재판이 열림. 그는 죄수를 두 번 방문함. 『작가 일기』는 점점 더 풍부한 통신란이나 다름없게 됨. 11월 도스또예프스끼는 뽀베도노스쩨프의 충고에 대해 『작가 일기』의 별책들을 유명해지게 할 것을 제안. 『온순한 여자*Krotkaia*』 집필, 『작가 일기』 11월호에 발표. 12월 6일 까잔 광장에서 대학생들의 시위와 난투극. 『작가 일기』에서 이 사건을 상세히 다룸.

• 『미성년』이 3권의 단행본으로 나옴. 『작가 일기』 계속 발간.

1877년 [56세] 봄 스따라야 루사에 안나 그리고리예브나의 동생 명의로 집을 사들임. 4월 러시아 황제의 성명. 러시아 군대가 터키 영토에 진입. 도스또예프스끼는 성명을 읽고 까잔 성당에 감. 4월 22일 꼬르닐로바의 두 번째 재판에 참석함. 피고는 무죄 석방됨. 검사는 처음 선고는 『작가 일기』의 기사에 따라 취소되었다고 말함. 『작가 일기』 4월호에 단편「우스운 사람의 꿈」발표. 도스또예프스끼 가족, 여름을 안나 그리고 리예브나의 남동생 소유지에서 보냄. 7월『안나 까레니나』8부가 단행본으로 나옴. 전쟁에 대한 똘스또이의 반체제적 견해 때문에 거부되었던 책으로『러시아 통보』지의 편집부에서 펴냄. 도스또예프스끼, 그 책을 구입. 7월 19일 꾸르스끄 지방으로 떠남. 어린 시절을 보낸 다로보예로 감. 12월 27일 시인 네끄라소프 사망. 충격에 싸인 도스또예프스끼는 밤을 세워 죽은 시인의 시를 낭독함. 12월 29일 연말 공식 회의에서 도스또예프스끼가 과학 아카데미 러시아 문헌 분과의 객원 회원으로 뽑혔음을 알려 옴. 12월 30일 네끄라소프 장례식에서 간단한 연설을 함.

• 『작가 일기』계속 발간.『죄와 벌』4판이 두 권으로 나옴.『우스운 사람의 꿈』이『시민』에서 나옴.『온순한 여자』가「상뜨뻬쩨르부르그 신문」에 프랑스어로 번역됨. 단행본으로도 나옴.

1878년 57세   연초 도스또예프스끼, 매달 문학인 협회가 주관하는 저녁 모임 참가. 3월 베라 자술리치의 재판. 베라는 정치범을 하찮은 이유로 채찍질한 뜨레뽀프 경찰국장을 저격. 도스또예프스끼, 재판 방청. 5월 16일 세 살의 어린 아들 알렉세이 도스또예프스끼, 갑작스러운 간질 발작으로 죽음. 아들이 죽은 후 그는 자주 블라지미르 솔로비요프를 만남. 6월 23일 솔로비요프와 함께 러시아 영성의 중심지 중 하나인 옵찌나 수도원에 감. 암브로시 장로와 두 번의 대화. 그로부터 『까라마조프 씨네 형제들 *Brat'ia Karamazovy*』의 영감을 얻음. 12월 계획을 세우고『까라마조프 씨네 형제들』의 첫 부분 씀. 12월 14일 『상처받은 사람들』의 넬리 이야기를 자선 문학의 밤 모임에서 낭독. 〈문학 기금〉의 저녁 모임에서 뿌쉬낀의『예언자』를 읽음. 이 겨울 동안 문단에 자주 나옴.

• 『작가 일기』1877년 12월호가 1878년 1월에 나옴.

1879년 58세   3월 9일 〈문학 기금〉을 위한 연회에서 도스또예프스끼는『까라마조프 씨네 형제들』의 일부분을 낭독함. 3월 13일 뚜르게네프 기념 오찬 모임에서 뚜르게네프와 도스또예프스끼 사이의 별로 좋지 않은 이야기들이 회자됨. 3월 20일 어린 딸을 괴롭힌 혐의로 고발당한 외국인 브룬스트의 재판. 도스또예프스끼는 이 사건에 매우 깊은 인상을 받아 『까라마조프 씨네 형제들』에 이용함. 도스또예프스끼는 술 취한 남자 때문에 길에 넘어져 얼굴에 상처를 입음. 그의 항의에도 불구하고 가해자는 16루블의 벌금형을 받음. 빅토르 위고의 주재로 열리는 런던 문학 회의에 참여해 달라는 요청을 건강상의 이유로 거절함. 7월 22일 엠스로 떠남. 베를린에서 이틀 머무름. 수족관, 박물관, 티어가르텐 구경. 7월 24일 엠스 도착. 그가 이곳에 머무는 동안 그의 아내는 아이들을 데리고 그녀의 친척인 꾸마닌 부인의 토지 분할 문제를 처리하기 위해 랴잔 지방에 감. 꾸마닌 부인은 2백 제곱미터의 산림과 1백 제곱미터의 경작지를 보유. 8월 6일 형수 죽음. 9월 러시아로 돌아옴. 『까라마조프 씨네 형제들』 작업. 10월 알렉세이 똘스또이의 미망인, 똘스또이 백작 부인이 도스또예프스끼에게 드레스덴 박물관에 있는 라파엘의 「시스티나의 마돈나」 사진을 보여 줌.

• 『까라마조프 씨네 형제들』(소설 3부의 제4권까지) 『러시아 통보』에서 나옴. 1876년에 쓰인 『작가 일기』 단행본 제2판. 『상처받은 사람들』 제5판.

1880년 [59세] 1월 도스또예프스끼의 아내가 출판한 작품 판매. 1월 17일 도스또예프스끼와 프랑스 외교관이자 작가인 보귀에 사이에 논쟁〔보귀에는 후에 유명한 책, 『러시아 소설』(1886)을 씀〕. 도스또예프스끼는 다음과 같이 말함. 〈우리는 모든 민족들이 가진 특징을 가지고 있습니다. 그 위에 모든 러시아의 특징도. 그 이유는 우리는 당신들을 이해할 수 있기 때문입니다. 그러나 당신들은 우리에 미치지 못합니다.〉 자선 문학의 밤 행사에 여러 번 참여, 자기 작품의 몇몇 부분을 읽음. 4월 6일 뻬쩨르부르그 대학에서 열린 블라지미르 솔로비요프의 박사 논문 통과 심사에 참석. 5월 11일 모스끄바에서 열리는 뿌쉬낀 동상 제막식에서 슬라브 자선 단체의 대표로 임명됨. 5월 23일 모스끄바 도착. 5월 24일 도스또예프스끼를 축하하는 오찬. 여러 작가들 참석. 6월 6일 뿌쉬낀 동상 제막식. 6월 7일 첫번째 공개 회의, 뚜르게네프 연설. 6월 8일 두 번째 공개 회의. 도스또예프스끼, 대중의 열광을 불러일으킨 뿌쉬낀에 대한 연설을 함. 월계관을 받음. 저녁에 『예언자』 낭독. 밤에 그는 뿌쉬낀 동상에 가서 자기가 받은 월계관을 바침. 6월 10일 모스끄바를 떠나 스따라야 루사로 감.『까라마조프 씨네 형제들』쓰기 시작.
9월 26일 똘스또이가 스뜨라호프에게 편지를 보내『죽음의 집의 기록』
은 뿌쉬낀의 작품을 포함하여 새로운 모든 문학 작품들 중 가장 아름다
운 책이라고 말함. 11월 8일 도스또예프스끼,『러시아 통보』지에『까라
마조프 씨네 형제들』의 마지막 장들을 보냄.〈내 소설은 끝났습니다. 이
소설에 바친 3년과 출판한 2년, 나에게는 의미 있는 순간입니다. 작별
인사를 하지 않은 것을 용서하시기 바랍니다. 나는 20년은 더 살면서
글을 쓸 작정입니다.〉11월 29일 한 편지에서 나쁜 건강 상태에 대해 불
평(폐기종으로 고생). 12월 10일 젊은 메레쥐꼬프스끼Merezhkovskii
의 방문을 허락. 15세의 젊은 시인은 도스또예프스끼에게 자신의 시를
읽어 줌.〈제대로 쓰기 위해서는 고통을 감내해야 한다.〉

• 〈뿌쉬낀에 대한 연설〉이『모스끄바 통보』지에 실림.『까라마조프 씨
네 형제들』,『러시아 통보』지에 연재(11월 완결).『작가 일기』8월 호
가 간행됨.『까라마조프 씨네 형제들』단행본 며칠 만에 동이 남.

1881년 60세 1월『작가 일기』작업. 1월 19일 알렉세이 똘스또이의
미망인 집에서 열린 연극『폭군 이반의 죽음Smert' Ioanna Groznogo』
에서 수도승 역을 맡음. 1월 26일 상속 문제로 여동생이 찾아와 다투
고 간 후 도스또예프스끼 각혈, 5시 반에 의사 폰 브레첼 도착, 진찰 도
중 다시 각혈, 의식을 잃음. 6시경 병자 성사를 받음, 7시경 아내와 아
이들에게 작별 인사. 1월 27일 각혈 멈춤. 1월 28일 아침 7시 도스또예
프스끼는 아내에게 오늘 틀림없이 죽을 것 같다고 말함. 그는 복음서
를 아무데나 펼쳐「마태오의 복음서」3장, 14~15절을 읽음. 죽음의
전조가 보임. 아침 11시 또 각혈. 저녁 7시 자식들을 불러 아들에게 자
신의 성서를 건네줌. 저녁 8시 38분 도스또예프스끼 사망. 1월 31일
알렉산드르 네프스끼 수도원 묘지에 묻힘, 많은 사람들이 긴 행렬을
이루며 그의 죽음을 애도함.

• 『죽음의 집의 기록』제5판 나옴.『상처받은 사람들』의 프랑스어 번
역이「상뜨뻬쩨르부르그 신문」에 실림.『죽음의 집의 기록』영어로 번
역됨.『상처받은 사람들』스웨덴어로 번역됨.

열린책들 세계문학 130 상처받은 사람들 하

옮긴이 윤우섭 1955년 충북 충주에서 태어나 한국외국어대학교 노어과를 졸업했으며, 독일 마르부르크 대학교 슬라브 어문학부에서 문학 석사 과정을 마치고 박사 학위를 받았다. 현재 경희대학교 외국어학부 교수로 재직 중이다. 논문으로 「초기 소비에트의 문학정책」, 「유리 뜨리포노프의 교환: 일상적 삶으로서의 교환」 등이 있으며, 역서 『세계 단편 문학 걸작선』(1998, 러시아 편) 등이 있다.

지은이 표도르 도스또예프스끼 **옮긴이** 윤우섭 **발행인** 홍예빈
발행처 주식회사 열린책들 **주소** 경기도 파주시 문발로 253 파주출판도시
전화 031-955-4000 **팩스** 031-955-4004
홈페이지 www.openbooks.co.kr **이메일** literature@openbooks.co.kr
Copyright (C) 주식회사 열린책들, 2000, 2010, *Printed in Korea.*
ISBN 978-89-329-1130-4 04890 **ISBN** 978-89-329-1499-2 (세트)
발행일 2000년 6월 15일 초판 1쇄 2002년 2월 15일 신판 1쇄 2004년 6월 20일 신판 5쇄 2007년 2월 5일 3판 1쇄 2009년 8월 10일 3판 3쇄 2010년 6월 15일 세계문학판 1쇄 2025년 2월 5일 세계문학판 4쇄

이 도서의 국립중앙도서관 출판예정도서목록(CIP)은 서지정보유통지원시스템 홈페이지(http://seoji.nl.go.kr)와 국가자료공동목록시스템(http://www.nl.go.kr/kolisnet)에서 이용하실 수 있습니다.(CIP제어번호:CIP2010001936)

열린책들 세계문학
Open Books World Literature